NORA LYNN

HEARTS AND FALCONS

Im Herzen wild und frei

ROMAN

Besuchen Sie uns im Internet:
www.droemer-knaur.de

Originalausgabe April 2025
© 2025 Knaur Verlag
Ein Imprint der Verlagsgruppe
Droemer Knaur GmbH & Co. KG
Maria-Luiko-Straße 54, 80636 München
Alle Rechte vorbehalten. Das Werk darf – auch teilweise –
nur mit Genehmigung des Verlags wiedergegeben werden.
Die Nutzung unserer Werke für Text- und Data-Mining
im Sinne von § 44b UrhG behalten wir uns explizit vor.
Redaktion: Anne M. Hilliges
Covergestaltung: Guter Punkt, München
Coverabbildung: Getty Images
Satz und Layout: Adobe InDesign im Verlag
Ornament im Innenteil von KAZUOMI / Shutterstock.com,
Vogel von exitum / Shutterstock.com
Druck und Bindung: CPI books GmbH, Leck
ISBN 978-3-426-28472-8

Kontaktadresse nach EU-Produktsicherheitsverordnung:
produktsicherheit@droemer-knaur.de

2 4 5 3 1

Für mein Mädchen.
Für Bernadette.
Bleib im Herzen wild und frei.

Das Geheimnis des Glücks ist die Freiheit,
und das Geheimnis der Freiheit ist der Mut.

(Perikles)

INHALTSVERZEICHNIS

Vorwort der Autorin	11
Prolog	13
Kapitel 1 – *Konrad, Wien, 1895*	17
Kapitel 2 – *Hedwig, Eichgraben/Wienerwald, 1895*	20
Kapitel 3	32
Kapitel 4	48
Kapitel 5 – *Konrad*	64
Kapitel 6 – *Hedwig*	76
Kapitel 7	84
Kapitel 8 – *Konrad*	89
Kapitel 9 – *Hedwig*	104
Kapitel 10	116
Kapitel 11	145
Kapitel 12	154
Kapitel 13	160
Kapitel 14	167
Kapitel 15	174
Kapitel 16	176
Kapitel 17	181
Kapitel 18 – *Konrad*	191
Kapitel 19 – *Hedwig*	201

Kapitel 20	211
Kapitel 21	221
Kapitel 22	228
Kapitel 23	255
Kapitel 24 – *Konrad*	263
Kapitel 25 – *Hedwig*	270
Kapitel 26	278
Kapitel 27	291
Kapitel 28	307
Kapitel 29	318
Kapitel 30 – *Konrad*	329
Kapitel 31 – *Hedwig*	333
Kapitel 32	341
Kapitel 33	349
Kapitel 34	359
Danksagung	359

VORWORT DER AUTORIN

Natürlich mag es zum Thema Beizjagd Stimmen geben, die sie ethisch hinterfragen und den Freiheitsentzug der Greifvögel an den Pranger stellen.

Während meiner Recherche durfte ich allerdings feststellen, dass die Beizjagd sehr viel mit Geduld, Vertrauen und Bindung zwischen Mensch und Tier zu tun hat. Das Wohlbefinden des eigenen Greifvogels steht an erster Stelle – und ebendiese Haltung spiegelt sich auch im Verhältnis meiner Protagonistin Hedwig Wolf zu ihrem Habicht Avis wieder.

Die beiden bilden in der Jagd eine Einheit, durchleben jeden Schritt gemeinsam. Hedwig behält Avis voller Achtsamkeit im Auge, eilt ihm zu Hilfe, wenn er in Bedrängnis gerät, und freut sich über seine Erfolge, belohnt ihn, behütet ihn.

Avis zu verlieren würde den Verlust ihrer Existenz, ihres Vertrauten, ihres Wegbegleiters bedeuten.

Die Beizjagd ist mehr als eine Jagdmethode – sie ist ein lebendiges Zeugnis menschlicher Kulturgeschichte und ein Beispiel für die enge Verbindung zwischen Mensch und Natur. Ob als traditionsbewusstes Hobby oder seit 2010 anerkanntes UNESCO-Weltkulturerbe: Die Falknerei bietet einen faszinierenden Einblick in eine Welt, in der Respekt, Geschick und Geduld maßgeblich sind.

Nora Lynn, 2024

PROLOG

Mit dem Habicht auf meiner Faust fühlte ich mich groß. Dann war mir, als könnte ich den ganzen Himmel überblicken. Die Wolken, die sich auftürmten – dunkel und hell, grau und weiß. Die Gipfel und Hügel des Wienerwaldes, die sich bis zum Horizont ausbreiteten und dabei nichts an ihrer Größe verloren. Der Wald, der üppig und grün Wurzeln schlug. Der Wasserfall, der wild tosend in die Tiefe stürzte und schäumend in den tiefschwarzen See mündete.

Mit meinem Habicht Avis auf der Hand war ich eins mit mir selbst. Dann fühlte ich jeden einzelnen Herzschlag und war nicht sicher, ob es mein eigener war oder der meines Greifvogels. Dann verharrten wir. Warteten. Fühlten. Rochen die würzige Luft und vergaßen das Gestern, das Heute und das Morgen. Die Zeit blieb stehen – nur für uns beide, meinen Habicht und mich – und gewährte uns Einblick in die Unendlichkeit.

Aus weiter Entfernung hörte ich den Gesang meiner Mutter. Ich lächelte, denn nichts vermisste ich mehr, seit ihrem Verschwinden vor unzähligen Jahren.

Der Wind umwob mein Gesicht, fing mich auf und entließ mich in einem Gefühl von Freiheit, das mich zutiefst berührte.

»Avis«, flüsterte ich und war nicht sicher, ob ich meinen Mund überhaupt geöffnet hatte. Ein Blick in seine wachsamen Augen genügte. Er war längst bereit. Klar und durchdringend starrte er mich an, sein Körper stand unter Anspannung, war bereit für die Jagd. Das Federkleid glänzte in den Farben der Erde. Braune Wellen überzogen seine sandfarbene Brust. Seine dunkelbraunen Flügel würde er in Sekundenschnelle von sich spreizen, um sich seiner Beute entgegenzustürzen. Seine spitzen Krallen kerbten sich tief in meinen Lederhandschuh, seinen Kopf wandte er in alle Richtungen, um sich zu orientieren und Ausschau nach einer Beute zu halten.

Avis war ein bedachter Jäger. Er ließ sich Zeit, blieb so lange bei mir, bis er ein Ziel ausgemacht hatte.

Gemeinsam überblickten wir den Hang, der sich zu unserer Linken auftat. Karge Wiesen, Felsen, vereinzelte Büsche – mit etwas Glück könnten wir hier ein Kaninchen oder einen Fasan aufstöbern.

In diesem Augenblick galt es nicht nur, Avis im Auge zu behalten und seinem Blick zu folgen, sondern die mögliche Beute vor ihm auszumachen. Denn sobald mein Habicht sein Beutetier im Visier hatte, überschlugen sich die Abläufe. Dann zählte seine Geschwindigkeit ebenso wie meine. Dann hatte ich temporeich zu sein und vorausschauend.

Und als könnte er meine Gedanken lesen, stieß Avis sich von meiner Faust ab und glitt den Hang hinab. Mit weit ausgebreiteten Flügeln zischte er so knapp über dem kargen Boden, dass der ein oder andere Grashalm seinen Bauch berührte.

Ab dem Augenblick, da Avis meine Hand verlassen hatte, hörte ich nur noch das Rauschen meines Blutes, das aufgeregt durch meinen Körper pulsierte. Dann lief ich los, sprintete. Schnell und noch schneller. Der Boden donnerte unter meinen Füßen, und meine Atmung hastete aufgeregt. Und während ich meine Schritte noch weiter verlängerte, hielt ich meinen Blick auf Avis gerichtet, haftete regelrecht an ihm, um ihn nicht zu verlieren. Ich beobachtete jeden seiner raschen Flügelschläge, verfolgte ihn mit meinen Blicken, während er sein Tempo immerfort steigerte. Er streifte mit einer Geschwindigkeit den Hang entlang, wie ich sie bei keinem anderen Tier je zuvor gesehen hatte. Er schnellte über die Wiesen, vorbei an den Büschen und Bäumen. Dabei schien er trotz seines Tempos nie sein Ziel aus den Augen zu verlieren.

Meine Atemzüge wurden lauter und übertönten sogar das Rauschen meines Blutes im Kopf. Jeder Schritt kostete Kraft, nagte an meiner Ausdauer, und doch würde ich mir erst Ruhe gönnen, wenn die Jagd beendet war.

Endlich hatte Avis seine Beute erreicht, drückte sie zu Boden und begann hektisch und von der Jagd erregt an ihr zu rupfen. Doch der Fasan wehrte sich, schlug mit Flügeln und Läufen um sich, versuchte sich zu befreien.

Schneller. Ich musste noch schneller laufen, um Avis vor einer möglichen Verletzung zu schützen. Nur noch wenige Schritte, dann hätte ich es geschafft.

Ich komme, rief ich Avis in Gedanken zu. Wenige Schritte bevor ich mein Ziel erreicht hatte, drosselte ich das Tempo, griff nach meinem Messer, das im Gürtel steckte, und ging in die Knie. Unmittelbar vor meinem Habicht landete ich auf der trockenen Erde und griff behände nach der Beute.

»Avis, mein guter Junge!«, flüsterte ich und trennte ihn vorsichtig von seinem Riss, um ihn kurz und schmerzlos zu erlegen. Dann teilte ich die Beute mit Avis, belohnte ihn für seine Arbeit, seine Anstrengung und den Erfolg, der meiner Schwester und mir eine nahrhafte Mahlzeit bescheren würde.

Avis folgte in der Jagd seinen Instinkten – so wie ich. Seit ich denken konnte, verdankte ich unser Überleben unseren Greifvögeln.

»Du bist der beste Jäger von allen.« Mit diesen Worten strich ich über sein Federkleid. Er blickte mich an, und ich lächelte. Wir kannten einander, waren uns nahe – vor der Jagd noch mehr als danach, wenn wir uns erschöpft und zufrieden auf den Heimweg machten. Avis auf meiner Faust, der erlegte Fasan in meinem Stoffbeutel, die Sonne im Rücken und das Gras, das meine Knöchel umspielte.

Schritt für Schritt stieg ich den Berg hinab. Hier oben gab es keinen Weg, nur die Wiese, die mich leitete, und den Wind, der mich antrieb. Die Sonne, die mich wärmte, oder den Regen, der mich durchnässte. Die Winter waren kalt und die Winternächte noch kälter. Dennoch lebte ich für dieses Land, liebte jede seiner Begebenheiten. Wenn ich träumte, dann von meinem unsichtbaren Pfad und dem Ruf meines Habichts. Die Berge erdeten mich, verliehen mir ein Gefühl, das man wohl Heimat nannte.

Die Strecke war noch weit, doch das störte mich nicht. Das war mein Leben: die Jagd, mein Habicht, der Berg. Jeden Tag aufs Neue. Immer wieder ein Erfolg. Immer wieder dieser Stolz, weil mein Avis erfolgreich gewesen war und dafür sorgte, dass Valerie und ich satt wurden.

Es gab nichts Schöneres, nichts, das mich mehr erfüllte. Mehr brauchte ich nicht. Und kein Wunsch in mir war größer als dieser eine: dass es für immer so bleiben möge.

Und doch spürte ich sie, diese Unruhe, die langsam in mein Leben kroch und nach etwas verlangte, das ich noch nicht zu geben bereit war.

KAPITEL 1

KONRAD

Wien, 1895

Es war ein sonniger Tag, an dem ich meine Kutsche bestieg, um meinen Onkel in Eichgraben zu besuchen. In einem Brief hatte er mir mitgeteilt, dass er seit Tagen zu schwach war, um das Bett zu verlassen. Er hätte mich nie darum gebeten, und doch konnte ich zwischen den Zeilen lesen, dass er sich über Besuch eines Familienangehörigen freuen würde. Ich mochte Onkel Leonhard und sein weitläufiges Anwesen, das sich mit seinen Pferdeweiden an die sanften Ausläufer des Wienerwaldes schmiegte. Natürlich mochte ich mein Leben hier in Wien noch mehr. Die durchzechten Nächte mit meinen Freunden, die ruhigen Tage in der überschaubaren Bibliothek meiner Wohnung inmitten der Innenstadt.

Ich blickte hoch zur vergoldeten Kaiserkrone, die das Dach des Reichskanzlertrakts der Hofburg zierte. Im Licht der Sonne blitzte der prunkvolle Schmuck und überstrahlte den inneren Burghof mit einer Kraft, die mich demütig zurückließ. Das Geklapper der Pferdehufe hallte an den Wänden der Hofburg wider, die Gebäude, die mir seit meiner Kindheit vertraut sind, zogen an mir vorbei. Das lang gezogene Parlamentsgebäude mit seinen weißen Säulen und dem Pallas-Athene-Brunnen, zwischen dessen weißen Statuen sich das Wasser ergoss. Das Rathaus mit seinen neugotischen Spitzbögen und dem mächtigen Hauptturm, der bis in den Himmel zu ragen schien.

Der Schottenring war auffallend belebt für diese Tageszeit. Händler zogen beladene Leiterwägen hinter sich her, Frauen flanierten mit ihren Ehegatten und Kindern im Schatten der Baumallee, ein junger Herr auf einem Fahrrad schlenkerte gefährlich nahe an ein Fuhrwerk, und das Bimmeln der Pferdetramway ließ eine ältere Dame erschrocken aufschreien.

Wien. Wie sehr ich mein Leben hier doch genoss.

Ich mochte es, dass niemand mir Vorschriften machte und niemand sich für meine kaum geleistete Arbeit interessierte. Das Vermögen meiner Eltern ermöglichte mir jeden Luxus, und ich sagte nicht Nein zu maßgeschneiderten Gehröcken und Zylindern, zu teurem Wein aus Frankreich und Zigarren aus Kuba.

Wenn mir langweilig war, machte ich einen Ausritt durch den gepflegten Stadtpark oder wandelte durch das Kunsthistorische Museum und ließ mich von den prunkvollen Gemälden des Kaisers unterhalten. Hier hatte ich alles.

Und doch sah ich es als meine Pflicht, nach meinem kranken Onkel zu sehen, an seinem Bett zu sitzen und ihm die Zeit bis zur Genesung unterhaltsamer zu gestalten.

Zudem böte sich mir dort die Gelegenheit, meinem Freund Wilhelm einen Besuch abzustatten. Bestimmt hatte er Lust, mit mir auf die Jagd zu gehen. Mit mir und meinem kürzlich erworbenen Gerfalken, der bereits in den Stallungen meines Onkels auf mich und unseren ersten gemeinsamen Jagdausflug wartete. Man hatte mir versichert, dass das edle Tier die beste Ausbildung erhalten hatte und mir gute Dienste leisten würde.

»Aber du bist noch nie zur Jagd gegangen!«, würde Wilhelm mein Vorhaben kommentieren.

»Und wennschon«, würde ich antworten. »Es gibt nichts, das für mich unerreichbar wäre.«

Wilhelm würde schmunzeln und zustimmend nicken, weil er wusste, dass ich recht hatte. Alle, die mich kannten, wussten es: Mir lag die Begabung für vielerlei Dinge im Blut. Es gab für mich keine Hindernisse oder Grenzen. Und wenn doch, dann würde ich sie zu Fall bringen. Wie immer.

Die Straßen wurden unebener, die Landschaft weitläufiger. Und nach etwa vier Stunden stieg ich aus der Kutsche und streckte mich vor dem Panorama der Berge des Wienerwalds durch. Onkel Leonhards Anwesen machte wie immer einen sehr gepflegten Eindruck, die Gärtner waren emsig bei der Arbeit, ein Hausmädchen polierte singend die Fenster, und der hagere Hausdiener trug meinen Koffer ins Gästezimmer.

Nachdem ich mich frisch gemacht hatte, suchte ich das Schlafzimmer meines Onkels auf. Blass und verloren versank er in seinem Kissen und dämmerte vor sich hin. Erschrocken setzte ich mich an sein Bett und griff nach seiner Hand.

»Konrad, mein lieber Junge!«, begrüßte er mich matt und versuchte sich an einem Lächeln.

»Onkel«, sagte ich und drückte seine Hand.

»Sehe ich so schlimm aus?«, fragte er und tastete mit seinen trüben Augen meine Miene ab.

»Bald bist du wieder der Alte«, sagte ich und hatte Sorge, dass dem nicht so sein könnte. »Ich bin jetzt hier und kümmere mich um dich«, versprach ich und befühlte seine Stirn. Sie war heiß. »Ich lasse uns frischen Tee kommen, und dann lese ich aus deinem Lieblingsbuch von Charles Dickens vor. So wie früher, weißt du noch?«

Onkel Leonhard nickte dankbar und schloss seine Augen, während meine einzige Hoffnung seiner Genesung galt.

KAPITEL 2

HEDWIG

Eichgraben/Wienerwald, 1895

Federn und Daunen klebten in meinem Gesicht, hingen in meinem Haar und kitzelten an meiner Nase. Ich versuchte, mich vom Flaum zu befreien, zupfte ihn aus meinem blonden Zopf, der geflochten bis zur Taille reichte. Dabei lächelte ich zufrieden – mit Recht, immerhin hatten Avis und ich eine erfolgreiche Jagd hinter uns. Sorgsam begutachtete ich den Fasan, der neben mir auf der Holzbank ordentlich gerupft in einem Korb voller Kräuter lag und darauf wartete, verkocht zu werden.

Ich konnte es kaum erwarten, ihn meiner Schwester Valerie zu zeigen, bestimmt würde sie sich über die reichhaltige Mahlzeit freuen. Fasan gab es nicht jeden Tag, aber dieser hier war wohlgenährt und würde uns beide für zwei Tage sättigen.

Zufrieden ausatmend lehnte ich mich zurück an die sonnengewärmte Hausmauer und blickte in die Landschaft, die sich vor mir auftat: Bäume, aneinandergereiht wie Kinder, die sich zum Tanz die Hände reichten. Baumkronen, die mächtig in den Himmel ragten und im satten Licht der Sonne ihre Grüntöne entfalteten. Weite. Eine unendliche Weite, die mich glauben ließ, ich würde schweben. Ich schloss für einen kurzen Augenblick die Augen, um der Stille zu lauschen, die mich umgab. Der Tag war gerade erst am Erwachen und doch schon so lebendig, warm und eindringlich.

Meine Gesichtszüge wurden weich, während ich dem Wind lauschte, der über die Wipfel der Tannen und Fichten strich. Aus weiter Ferne hörte ich das unablässige Klopfen eines Spechts und das liebliche Fiepen eines Sperlings. Unter das monotone Wetzen eines Auerhahns mischte sich der aufgeregte Schrei eines Steinadlers.

Sobald ich den Fasan fertig zerlegt hätte, würde Graf Hohenberg zu seinem wöchentlichen Jagdausflug erscheinen. Jeden Donnerstag, pünktlich nach seinem ausgiebigen Frühstück, kam er und hatte seine wahre Freude daran, wenn wir mit seinem Gerfalken zur Jagd gingen. Sein Tier war prächtig und eines Königs würdig. Der Anblick, wenn der Gerfalke sich auf seine Beute stürzte, war ein Schauspiel, dem man sich nicht entziehen konnte. Sein Tempo war rasant, schneller als jede andere Falkenart schnellte er durch die Luft und stieß dabei seine Beute mit einer Wucht zu Boden wie kein anderer Greifvogel.

Wenn Hohenberg doch nur wüsste, welch unbezahlbaren Jäger er auf seiner Faust trug. Doch für ihn schien es keine Rolle zu spielen, über welches Talent sein Vogel verfügte. Hohenberg ging es einfach darum, Zeit in der Natur zu verbringen und mit mir zu plaudern. Er war anders als die vielen gelangweilten Reichen, die in die Berge kamen, um Tiere aus reiner Lust am Töten zu erlegen.

Solche Männer bezahlten Geld, damit man ihnen den Umgang mit ihrem teuer erstandenen Greifvogel nahebrachte. Und sie zahlten Geld, damit man sie begleitete, sie ins beste Jagdrevier lotste und für ihre Vögel die Beute aufstöberte.

Geld. Bei den Reichen ging es immer nur ums Geld und um Macht. Dabei war die Arbeit mit einem Greifvogel so viel mehr als ein Freizeitspaß. Die Beziehung, die ich zu Avis aufgebaut hatte, ging tiefer, als diese Männer sich überhaupt vorzustellen vermochten. Mein Habicht war in meiner Hand groß geworden, war auf mich geprägt, für ihn war ich eine Leitfigur. Und er war für mich ein Vertrauter, ein inniger Wegbegleiter.

»Hier bist du!« Es war Valerie, die plötzlich vor mir stand. Ihre zierliche Silhouette verdeckte die Sonne, die mich bis eben noch gewärmt hatte.

»Wo sonst?«, fragte ich und klopfte mit der Hand einladend auf den leeren Platz neben mich.

»Du bist früh zurück von der Jagd!«

»Aber auch nur, weil ich unglaublich erfolgreich war.« Ich hob den Korb an, um Valerie den gerupften Fasan zu zeigen.

Mit großen Augen blickte sie auf meine Ausbeute und lächelte zufrieden. Sie war nur mit einem dünnen Nachthemd bekleidet, und das sonst so geschmeidige Haar stand wirr vom Kopf, so als wäre sie eben erst aus dem Bett gestiegen. Und vermutlich war sie das auch.

»Oh, Graf Hohenberg ist heute früh da?«, meinte Valerie. Und tatsächlich kamen er und seine beiden Diener just in diesem Moment zu Pferden den schmalen Pfad zu unserer Hütte hochgeritten. Die Hufe der Tiere glitten unsicher über das Geröll des unbefestigten Weges und hatten Schwierigkeiten, den Anstieg zu bewältigen.

»Geh ins Haus«, sagte ich zu Valerie und zeigte auf ihr Nachtkleid, das nicht gedacht war für Männerblicke. Erschrocken sah sie an sich hinab und huschte dann ins Haus.

»Guten Tag, gnädigstes Fräulein Wolf«, meinte er lächelnd vom Pferd herab. Sein Teint war blass, nur die Wangen waren rosig, was wohl an den sommerlichen Temperaturen lag. Sein dunkel gelocktes Haar fiel fast bis auf seine Schultern, und seine Kleidung saß so perfekt, dass sie den Eindruck erweckte, ihm auf den Leib geschneidert worden zu sein. Bestimmt sahen die Menschen in ihm eine schillernde Persönlichkeit. Die pompösen Kleider, der schreitende Gang, sein mildes Lächeln und seine grazile Handhaltung. Doch ich sah in ihm einfach nur einen Schüler, den es in die Berge zu führen galt – und vielleicht gefiel ihm gerade das an der Zeit mit mir. Dieser ungezwungene Umgang, die Nähe, wenn ich hinter ihm stand und ihn anleitete, seinen Arm höher zu tragen.

Ein Mann von seinem Rang war vermutlich daran gewöhnt, dass man sich stets vor ihm verbeugte, seine Blicke mied und ihm niemals widersprach. Ich war anders und hielt ihn stets dazu an, das Beste aus sich und seinem Gerfalken zu holen. Zwar waren die Fortschritte bescheiden, den Spaß an den Jagdausflügen verlor er dennoch nicht.

»Graf Hohenberg«, sagte ich zum Gruß und deutete einen Knicks an. Einer der Diener eilte Hohenberg zu Hilfe und griff in den Zügel seines Pferdes, damit er sich ungehindert aus dem Sattel schwingen konnte.

»Sind Sie bereit für unser Abenteuer?«, fragte Hohenberg und zog seine Jacke straff.

»Ich bin immer bereit, das wissen Sie doch!«, antwortete ich und wies den Grafen an, in seinen Falknerhandschuh zu schlüpfen und sein Tier vom Diener zu übernehmen. Die beiden würden wie immer bei den Pferden warten, während der Graf und ich uns der Beizjagd widmeten.

»Wie viel Zeit haben Sie mitgebracht, Graf Hohenberg? Sollen wir heute eine Wanderung hoch zum Gipfel versuchen?«, fragte ich und hoffte insgeheim, dass er ablehnte. So schön die Wanderung hoch zum höchsten Punkt des Schöpfl auch war, ich war nicht sicher, ob die Ausdauer des Grafen dem weiten Marsch gewachsen war.

Hohenberg blickte mich an, dann hoch zum Gipfel hinter mir und dann wieder zu mir.

»Ich fürchte fast, dass ich heute nicht das passende Schuhwerk für eine Gipfelbesteigung trage.«

Wir blickten beide auf seine mit Seide bezogenen spitzen Schühchen, die nicht einmal für einen kurzen Gang in den Wald geeignet waren.

»Dann nehmen wir den Wald – wie immer?«, schlug ich lächelnd vor.

»Sehr gerne.« Der Graf grinste breit und setzte vorsichtig einen Fuß vor den anderen. Niemand passte weniger in den rauen Wienerwald als dieser Adlige, und doch schien er die Stunden hier draußen in vollen Zügen zu genießen.

Er strahlte förmlich, als wir nebeneinander hergingen und eintauchten in das gedämpfte Licht des Waldes. Er schwieg wie immer. Und ich hielt mich an unsere unausgesprochene Abmachung, es ihm gleichzutun. An manchen Tagen vermutete ich hinter seinem freundlichen Gesicht eine gewisse Schwermütigkeit. An anderen Tagen wiederum lächelte er in einem fort. Dieser Mann war ein Rätsel, und doch war die Stille an seiner Seite unterhaltsam.

»Dort«, flüsterte ich und zeigte mit dem Finger auf einen Hasen, der in weiter Entfernung am Fuße eines Baumes saß. Obwohl seine Löffelohren gespitzt waren, hatte der Hase unser Kommen noch nicht bemerkt und verhielt sich entspannt.

Hohenberg und ich blieben stehen, und er entfernte die Lederhaube vom Kopf des Gerfalken. Sofort begann der Gerfalke zu spähen und die Umgebung mit seinem Blick abzutasten. Es würde nicht lange dauern, bis er den Hasen ausmachte und sich von der Faust des Grafen stieße, um zwischen den Baumstämmen hindurchzusegeln und den Hasen zu packen. Dann würden der Graf und ich es dem Vogel gleichtun und uns in hohem Tempo auf den Weg machen.

Tatsächlich hatte der Gerfalke rasch die Beute ausgemacht, visierte sie an mit seinen dunklen Augen – hart und berechnend. Seine Haltung schärfte sich, jeder Muskel wurde angespannt. Hohenberg löste den Griff um das Geschüh, mit dem er den Gerfalken an sich gebunden hatte, und schon stemmte sich der Vogel vom festen Leder des Handschuhs ab und schnellte durch den Wald.

»Los!«, gab ich dem Grafen das Startsignal, und schon rannten wir beide dem Gerfalken hinterher. Der Graf liebte den Moment, wenn sein Gerfalke im Anflug auf die Beute war und er ihm hinterhereilen konnte. So unpassend seine Kleidung auch war, seine Bewegungen waren energievoll und geschmeidig. Es gab immer ein seltsames Bild ab: der junge Graf in seinen Schühchen und der schillernden Kleidung, der sich kämpferisch durch den Wald bewegte und dabei jede Hemmung hinter sich ließ.

Dabei sprangen wir über Wurzeln, wichen Ästen aus, schlängelten uns an Baumstämmen vorbei – den Blick immer auf den Gerfalken gerichtet. Wir mussten den Vogel und seine Beute erreicht haben, ehe er sich damit in die Lüfte begeben und davonfliegen könnte. Ich hörte nur meine Atemzüge und die des Grafen. Aus den Augenwinkeln heraus sah ich seine purpurrote Jacke und seine dunkelbraunen Locken, die hinter ihm herflatterten.

Der Gerfalke stürzte sich auf den Hasen, packte ihn und begann sofort an seinem Fell zu rupfen.

»Schneller«, rief ich dem Grafen zu und bekam kaum noch Luft. Der verstand, legte an Tempo zu und sprang dem Falken und seiner Beute förmlich entgegen. Ohne auf Wurzelwerk zu achten, ließ er sich auf die Knie fallen und griff nach den Hinterläufen des Hasen, die im Kampf um sein Leben wild um sich schlugen.

»Sehr gut«, keuchte ich, als ich hinter dem Grafen angekommen war. »Und jetzt trennen Sie vorsichtig den Gerfalken von der Beute. Ja, gut so.«

Ich griff nach meinem Messer, um die Beute zu erlegen.

»Nein!«

Ein lauter Ruf brachte den Grafen und mich aus der Fassung. Sofort wandten wir uns beide um … und blickten in die Gesichter zweier völlig fremder Männer.

»Verdammt! Was …?«, rief ich so fassungslos laut aus, dass meine Stimme zwischen den Bäumen widerhallte. Erschrocken über meine eigene Stimme hielt ich inne und blickte hinab zum Hasen, der unter meiner Hand um sein Leben zappelte, und zum Gerfalken, der nervös sein Gefieder plusterte.

Ohne mich weiter um die Fremden zu kümmern, stieß ich dem Hasen das Messer in den Leib, um ihn von seinen Schmerzen zu erlösen.

Und während Graf Hohenberg sich um seinen Vogel kümmerte und ihn behutsam auf seinen Handschuh steigen ließ, erhob ich mich vom Waldboden, wischte meine Hände am Rock trocken und wandte mich aufgeregt an die beiden Störenfriede.

»Was zum Teufel sollte das?«, fragte ich erbost und funkelte die beiden an.

»Die Frage sollte wohl eher von mir kommen!«, zischte einer der beiden. Er wirkte aufgebracht, erregt. Sein Blick wanderte zwischen mir und dem erlegten Hasen hin und her. »Sie haben ein unschuldiges Tier ermordet.«

»Unschuldig? Wie meinen Sie das? Soll ich mich auf die Suche nach einem schuldigen Hasen machen?« Ich griff in meinen Lederbeutel und holte den Lappen hervor, in den ich die scharfe Klinge des Messers einwickelte.

»Wie gehen Sie denn vor, wenn Ihr Gerfalke Beute gemacht hat?«, fragte ich und zeigte auf das edle Tier, das auf seinem Lederhandschuh saß – die Sicht mit einer schwarzen Kappe verdeckt, auf seinen Einsatz wartend.

Der Fremde sah mich an. Mir war, als sähe er durch mich hindurch. Er wirkte verloren, fast wie ein kleiner Junge, dem man eben gesagt hatte, dass das Leben endlich war.

»Sie haben noch nie Beute gemacht, habe ich recht?«, fragte ich ihn.

»Ach was!«, erwiderte der Fremde wenig überzeugend und tat meine Entlarvung mit einer wegwerfenden Handbewegung ab.

»Wer sind Sie überhaupt? Ich habe Sie hier noch nie gesehen!«

»Das wird sich in Zukunft ändern. Mein Name ist Konrad Ahnen, und ich werde hier im Revier meines Onkels, so lange er krank ist, regelmäßig jagen.«

»Ahnen?«, fragte ich. Schlagartig wurde mir klar, um wen es sich handelte. »Er ist krank?«

»Der ist zäh und erholt sich wieder«, meinte Konrad Ahnen salopp, so als würde ihn der Zustand seines Onkels nur beiläufig interessieren.

»Und wie wollen Sie jagen, wenn Sie Ihre Beute nicht erlegen können?«, fragte ich, um auf das ursprüngliche Thema zurückzukommen. Ahnens Neffe blickte mir in die Augen und ich ihm. Sein Blick war stechend und traf mich mit einer Wucht, die mir meine Denkfähigkeit raubte. Ein leichter Bartschatten überzog sein Kinn und verlieh ihm etwas Raues. Seine Haltung war aufrecht und stolz. Anders als der Graf war Konrad Ahnen passend für die Jagd gekleidet. Die tannengrüne Jacke passte sich perfekt seinen auffallend breiten

Schultern und seinem schlanken Oberkörper an. Ich hatte noch nie einen entkleideten Mann gesehen und hatte auch nicht das Bedürfnis danach. Dennoch blitzte für einen kurzen Augenblick in meinem Kopf die Frage auf, wie dieser überhebliche Mann wohl aussah, wenn er sich aus seinen perfekt sitzenden Kleidern geschält hatte. Ich atmete schwer aus uns ließ meinen Blick wieder hochwandern in sein Gesicht. Dann schloss ich für einen kurzen Moment die Augen und versuchte, mich zu fokussieren. Ahnens Neffe hatte hier oben das Sagen, also musste ich mich entgegenkommend zeigen.

»Wollen Sie damit sagen, ich wäre kein geeigneter Jäger? Ich kann Ihnen versichern, dass ich besser bin, als Sie es je sein werden!«

Ich verkniff mir ein Schmunzeln. Was war das für ein Kerl, der vorgab, ein unschlagbar guter Jäger zu sein und in Wahrheit nicht mit ansehen konnten, wie ein Hase getötet wurde?

»Sie sind also der bessere Jäger?«, fragte ich süffisant.

»Das bin ich. Wenn ich wollte. Wenn ich es versuchen würde.« Konrad begann zu stottern, hielt aber meinem Blick stand und hob sein Kinn sogar noch ein Stück weiter an. Unter seinem Filzhut lugte sein dunkelblondes Haar hervor. Seine Züge waren markant und nicht weich, wie die des Grafen. Ahnens Neffe erschien mir wie ein Mann, dem ich lieber aus dem Weg ging.

Der Graf stand so eng neben mir, dass unsere Oberarme sich berührten. Es war eine Nähe, an der ich mich nicht störte. Ich ließ sie zu und wusste, dass er mich vor den beiden Gecken beschützen wollte. Er würde sich für mich starkmachen wie ein großer Bruder. Aber natürlich hatte ich es nicht nötig, dass ein Mann in Seidenschuhen mich beschützte.

»Vielleicht sollten wir einander vorstellen, bevor hier ein wildes Wortduell entbrennt«, schlug Graf Hohenberg vor.

»Ich bin Graf Hohenberg. Seit Jahren nehme ich Jagdunterricht bei Fräulein Wolf und kann Ihnen versichern, dass sie die Beste ist.«

»Graf Hohenberg!«, flüsterte der Jüngere der beiden fast andächtig und deutete eine Verbeugung an. »Mein Name ist Wilhelm Goldbach – ein Freund von Konrad Ahnen.«

»Sie nehmen Jagdunterricht bei einer Frau?«, fragte Konrad Ahnen beinahe angewidert.

»Wie gesagt: Sie ist die Beste!«

Konrad schüttelte den Kopf und lächelte auf mich herab.

»Sie müssen nicht den Starken mimen«, richtete ich mich an Konrad Ahnen. »Wir alle wurden eben Zeuge davon, dass Sie nicht Manns genug sind, um einen Hasen zu töten!« Ich stemmte meine Hände in die Taille und stachelte ihn mit meinem stechenden Blick zusätzlich an.

»Unsinn!«, fauchte Konrad Ahnen etwas hilflos.

»Ertragen Sie es nicht, im Schatten einer Frau zu stehen?«

»Was die immer daherredet«, meinte Konrad an seinen Freund Wilhelm Goldbach gewandt. »Sie nimmt sich wohl zu wichtig.«

»Zeig ihr, dass du in der Beizjagd unschlagbar bist!«, feuerte Wilhelm seinen Freund an.

Ich sah zu Graf Hohenberg. Wir grinsten uns an und rollten mit den Augen. Dann wandte ich mich wieder Konrad und Wilhelm zu. Die beiden standen da, starrten uns an und schienen sich ernsthaft zu fragen, was wir so lustig fanden.

»Das ist euer Ernst, nicht wahr? Ihr glaubt tatsächlich, ihr wärt besser als Fräulein Wolf. Ist das so?«, fragte Graf Hohenberg die beiden mit seiner tiefen Stimme, die förmlich durch den Wald brummte.

»Natürlich ist das so.« Konrad zog eine Augenbraue hoch und kraulte durch das Gefieder seines Gerfalken.

»Wenn das so ist«, meinte Graf Hohenberg und trat einen

Schritt vor mich. »Warum treten Sie dann nicht beim großen Falkenjagdturnier im September an? Da können Sie sich direkt mit dem gnädigen Fräulein Wolf und den anderen Falknern messen. Dort können Sie beweisen, dass Sie der Beste sind! Und wenn Sie erst die Gewinnertrophäe in Händen halten, werden wir Ihr Talent anerkennen. Was sagen Sie?«
Graf Hohenberg stand vor mir, sein gewelltes Haar lag auf seinen Schultern auf, und der Wind trug den Duft seines süßlichen Parfums an mich heran. Seine purpurne Jacke war am Rücken mit farbenfrohen Blüten bestickt und an den Schultern dick ausgepolstert.

»Natürlich trittst du bei dem Turnier an«, meinte Wilhelm und stieß seinen Freund in die Seite. »Du schaffst das!«

»Von einem Turnier war nie die Rede«, meinte Konrad Ahnen und blickte verunsichert zu seinem Freund Wilhelm.

»Konrads Gerfalke ist bestens ausgebildet. Dem kann niemand das Wasser reichen«, erklärte Wilhelm.

»Es ist schön, dass Sie sich derart für Ihren Freund einsetzen«, meinte Graf Hohenberg, »aber ich fürchte, Sie haben ebenso wenig Ahnung von der Beizjagd wie ein Bäcker von der Kriegsführung.«

Graf Hohenberg und Wilhelm blickten einander an. Lange. Es war, als ob sie schweigend Zwiesprache führten. Nur worüber?

Auch Konrad dürfte den intensiven Blickkontakt der beiden bemerkt haben und sah wiederum mich fragend an.

»Kommen Sie, Graf Hohenberg.« Ich fasste ihn am Ärmel seiner Samtjacke und zog ihn neben mir her.

»Was war das?«, zischte ich, nachdem wir uns ein Stück von den beiden entfernt hatten.

»Ich weiß es nicht«, antwortete Graf Hohenberg gedankenverloren und legte an Tempo zu. Forsch und ohne das übliche Lächeln im Gesicht durchschritt er den Wald und hielt erst inne, als wir meine Hütte erreicht hatten. Wortlos übergab er dem Diener seinen Gerfalken und ging zu seinem Pferd, um in den Sattel zu steigen.

»Geht es Ihnen gut?«, fragte ich Graf Hohenberg ehrlich besorgt und trat an sein Pferd heran.

Doch der nickte nur, griff in den Zügel und trieb sein Pferd mit der Zunge schnalzend an. Üblicherweise winkte er mir noch einmal und rief mir ein paar Worte des Abschieds zu, doch dieses Mal verschwand er schweigend, den Kopf gesenkt und nachdenklich.

Der Graf war längst verschwunden, als ich immer noch vor meiner Hütte stand und auf den leeren Weg starrte. Was konnte es gewesen sein, das Graf Hohenberg derart aus der Fassung gebracht hatte?

Als ich mich meiner Hütte zuwandte, stieg mir der Duft des Mittagessens in die Nase. Bestimmt hatte Valerie das Fleisch mit frischen Kräutern aus dem Garten gewürzt und junges Gemüse gegart. Bei dem Gedanken an die knusprig gebratene Haut des Fasans knurrte mein Magen, und die Gedanken an Hohenberg waren schnell vergessen.

KAPITEL 3

»Wir müssen heute dringend ins Dorf«, meinte Valerie aufgeregt. »Der Mehlvorrat muss aufgestockt werden.«

Ich legte den Hammer beiseite. Die losen Fensterläden konnte ich auch später reparieren. Meine Schwester strahlte heller als jeder Stern, und das bestimmt nicht wegen unseres Mehlvorrats, der zur Neige ging, sondern weil sie es kaum erwarten konnte, hinunter ins Dorf zu gehen.

»Heute?« Ich dachte daran, dass ich nach den Arbeiten am Haus auf den Berg wollte, um mit Avis für das Turnier zu trainieren. Es gab noch ein paar Kleinigkeiten, an denen wir arbeiten mussten. Zum Beispiel wollte ich zusehen, dass Avis an Tempo zulegte, um mit Konrads Gerfalken mithalten zu können. Ich wusste noch nicht genau, wie ich seine Schnelligkeit forcieren konnte, aber wenn wir erst oben waren auf dem Schöpfl, dem Gipfel unseres Berges, dann würde mir bestimmt eine passende Idee einfallen.

»Ja, heute!«, meinte Valerie. Ihr Strahlen verblasste ein wenig und machte Platz für ihre finstere Miene, die mich davon überzeugen sollte, den Marsch ins Dorf heute anzutreten.

Vielleicht schaffte ich beides? Nein, der Weg zum Gipfel war beschwerlich, da fände ich nicht noch die Kraft für den Abstieg ins Tal und den anschließenden Heimweg.

»Also gut«, seufzte ich. Das Training konnte ich auch auf morgen verschieben. Valerie umarmte mich und drückte mir einen Kuss auf die Wange. Und wie immer, wenn meine Schwester sich freute, steckte sie mich mit ihrer positiven Stimmung an.

»Ich mach mich sofort fertig«, trällerte sie und huschte ins Haus, während ich mich wieder dem losen Fensterladen zuwandte.

Noch ehe ich den Hammer wieder in Händen hielt, wurde ich von lauter werdendem Hufgeklapper abgelenkt. Ich blickte hinter mich und wartete gespannt, wer sich unserer Hütte näherte. Ein Jäger aus dem Dorf? Oder gar Graf Hohenberg, der um einen zusätzlichen Jagdausflug bat?

Mit Staunen stellte ich fest, dass es Konrad Ahnen war, der mir freundlich von seinem Pferd herab zuwinkte – fast als wären wir gute Bekannte. Ich enthielt mich des Grußes und verschränkte meine Arme vor der Brust.

»Guten Tag, gnädiges Fräulein Wolf!«, sagte er, nachdem er sein Pferd vor mir angehalten hatte. Er hob seinen Hut an und lächelte charmant. Bestimmt gab es einen Grund für seinen plötzlichen Sinneswandel.

»Guten Tag«, sagte ich verhalten und behielt ihn genau im Blick, als er vom Pferd stieg. Mit einem strahlenden Lächeln, das unmöglich echt sein konnte, kam er zu mir, klopfte den Staub aus seiner Reithose und verbeugte sich unnötig tief vor mir.

»Was für ein herrlicher Tag heute«, meinte er und blickte hoch zum wolkenlosen Himmel. Dabei schirmte er das grelle Licht der Sonne mit einer Hand ab.

»Herrlich«, erwiderte ich trocken und musterte jede Regung in seinem Gesicht. Eindeutig führte Konrad etwas im Schilde, ich wusste nur noch nicht, was.

»In wenigen Wochen findet doch hier das große Falkenjagdturnier statt ...« Konrads Worte ließen mich innehalten.

»Ich weiß«, erwiderte ich und dachte an die vielen Monate, in denen ich mich genau auf dieses Turnier vorbereitet hatte.

Mein Habicht und ich waren in Bestform und hatten gute Chancen, den Sieg für uns zu verbuchen. Gleich in den nächsten Tagen würde ich meinen Namen auf die Liste der Teilnehmer setzen lassen. Ich wäre die erste Frau, die es wagte, an diesem Turnier teilzunehmen. Bislang war die Beizjagd eine Männerdomäne gewesen, aber das würde ich ab sofort ändern – und niemand könnte mich daran hindern. Ich wollte nicht nur gewinnen, ich musste – das war ich meiner Schwester schuldig. Seit ihrem Sturz vor ein paar Jahren konnte sie nicht mehr zur Jagd. Die Verletzung an ihrem Bein war schlecht verheilt und erlaubte nur noch kurze Märsche – und selbst dann litt sie unter Schmerzen. Sie fühlte sich dem Leben hier draußen nicht mehr gewachsen, sehnte sich nach der Stadt. Nach Wien. Zu unserer Tante. Doch Tante Irma lebte in bescheidenen Verhältnissen und konnte Valerie nur bei sich aufnehmen, wenn diese zum monatlichen Einkommen beitrug. Ich musste also gewinnen, um meiner Schwester mit dem Preisgeld von zweihundert Kronen ihren Start ins neue Leben zu ermöglichen. Und neben Valeries Unterstützung könnte ich den adeligen Herren, die sich jährlich zum Turnier einfanden, beweisen, dass sie nicht im Recht waren, wenn sie uns Frauen unterschätzten. Wir waren ernsthafte Gegner – sei es nun bei der Jagd oder im Alltag. Wenn man Frauen nur die benötigten Bücher und eine gleichwertige Bildung zukommen ließe, wären sie ernst zu nehmende Gesprächspartner und müssten sich nicht hinter ihrer Stickerei verstecken oder hinter einem neu erprobten Kochrezept.

»Hatten wir nicht bereits darüber gesprochen, dass wir beide daran teilnehmen werden?«, fragte ich knapp.

»Das hatten wir, aber ich hielt diese Aussage für einen Scherz.« Konrad Ahnen funkelte mich ungläubig aus seinen stechend grünen Augen an. Kurz dachte ich, er wollte mich auslachen, doch er schwieg und schien sich zu fragen, ob ich die Wahrheit sagte oder ihn täuschen wollte. Es war wie ein Blickduell, bei dem man verloren hätte, sobald man sich zuerst abwandte.

»Keine Frau hat je an so einem Turnier teilgenommen. Warum sollten ausgerechnet *Sie* die Regel brechen?«, fragte Konrad spitz und mit hochgezogenen Augenbrauen.

»Warum sollte ich nicht?«, stellte ich ihm meine Gegenfrage, ohne zu blinzeln.

Konrad wich meinem Blick aus und wirkte dabei unsicher.

»Gewiss wäre es unterhaltsam, wenn wir beide uns beim Turnier messen könnten. Die Sache ist nur die ... *ich* muss gewinnen. Wilhelm hat doch tatsächlich unseren Freunden erzählt, dass ich vorhabe, beim Turnier als Bester abzuschneiden.«

Ich biss mir auf die Unterlippe, um ein Lachen zu unterdrücken. Die Vorstellung, wie Konrad sich unter all den Profis beim Turnier bloßstellte, fand ich einfach zu erheiternd.

»Das Problem ist nur ...« Er brach ab und blickte an mir vorbei zur Hütte. »... ich kann unmöglich gewinnen.«

»Was? Wie kommen Sie darauf?« Meine Stimme überschlug sich gespielt.

»Tun Sie nicht so. Sie wissen, dass ich völlig talentlos bin, was die Beizjagd betrifft.«

»Natürlich weiß ich das. Mich überrascht allerdings die Tatsache, dass Sie sich dessen ebenfalls bewusst sind. Schließlich haben Sie gestern noch geprahlt, der Bessere von uns beiden zu sein.«

»Das bin ich auch! Also, ich könnte es sein, wenn ich jemanden hätte, der mich in der Beizjagd unterrichtet. So wie Sie zum Beispiel.«

Ich verschluckte mich, hustete und bekam kaum Luft.

»Bist du verrückt?«, fragte ich.

»Ich kann mich nicht erinnern, dass wir uns duzen!«

»Also gut: Sind *Sie* verrückt?«

»Das klingt auch nicht besser«, meinte Konrad mürrisch.

»Ich werde Sie ganz bestimmt nicht in der Beizjagd unterrichten. Wie kommen Sie auf die Idee?«

»Ich dachte, damit verdienen Sie Ihr Geld? Unterrichten Sie nicht auch Graf Hohenberg?«

»Graf Hohenberg ist ein angenehmer Mann.«

»Man kann sich seine Kundschaft nicht immer aussuchen.«

»Ich bin mein eigener Herr. Glauben Sie mir: *Ich* kann mir meine Kundschaft aussuchen.«

»Sie vergessen, dass mein Onkel der Grundbesitzer Ihrer Hütte ist.« Konrads Stimme blieb ruhig, er schien sich seiner Sache sicher zu sein.

»Was wollen Sie mir damit sagen? Wollen Sie mich erpressen?« Ich spürte, wie sich in mir ein Grollen aufbaute, das ich nur schwer in Zaum halten konnte.

»Ach was, wer redet denn von Erpressung! Allerdings habe ich mich erkundigt, und das mündliche Abkommen, das mein Onkel mit ihrem Vater abgeschlossen hat, ist wohl jederzeit auflösbar.«

»Sie ungehobelter Wichtigtuer!«

»Beruhigen Sie sich!«, sagte er forsch und legte einen Finger an seinen Mund.

Ich atmete tief ein und blickte hinauf zum Schöpfl. Der

Berggipfel rekelte sich förmlich in der Sonne. Ich versuchte, einen klaren Gedanken zu fassen und abzuwägen. Konnte ich es mir leisten, Konrads Vorschlag abzulehnen? Das Verhältnis mit Leonhard Ahnen war immer entspannt gewesen, aber wie würde er reagieren, wenn ich mich nicht bereit erklärte, seinem Neffen diesen Gefallen zu tun?

Andererseits war mir kaum ein Mensch so zuwider wie dieser Konrad. Bei der Vorstellung, Zeit mit ihm zu verbringen und ihn zu unterrichten, fühlte ich mich unbehaglich.

»Ich bin eine Frau! Wie soll ich Ihnen auch nur das Geringste über die Beizjagd beibringen? Ich könnte Ihnen allerhöchstens zeigen, wie man einen Topflappen häkelt«, sagte ich barsch.

»Oh, bitte, tun Sie nicht so, als wären Sie beleidigt. Das steht Ihnen nämlich nicht«, meinte Konrad eindringlich. Ich sah ihn an. Konrad. Sein kantiges Kinn, seine markanten Wangenknochen, die fein geschnittene Nase, die glatte Stirn und die grünen Augen. Das dunkelblonde Haar, das er hinter seine leicht abstehenden Ohren gestrichen hatte.

Konrad strahlte nicht nur dieses ruhige Selbstbewusstsein aus, er schien es tatsächlich in sich zu tragen. Wäre es klug, den Zorn dieses Mannes auf mich zu ziehen, nur weil meine Eitelkeit es verlangte? Schließlich trug ich nicht nur für mich Verantwortung, sondern auch für meine Schwester. Wir lebten hier, hier waren wir zu Hause. Konnte ich es zulassen, dass mein Stolz unsere Heimat, unseren Anker, in Gefahr brachte? War es nicht einfacher, mit diesem Konrad Ahnen ein paar Jagdausflüge zu machen, bei denen ich ihm einige Kniffe beibrachte, die er ohnehin nicht umsetzen konnte?

Ich atmete tief ein, machte mir bewusst, dass ich Leonhard Ahnen nicht erklären wollte, warum ich zu hochmütig war, um seinen Neffen zu unterrichten.

Ich fühlt mich dabei schlecht, da ich in Leonhard Ahnens

Schuld stand, weil er uns stets mit Sorge und Güte begegnet war, immer freundlich gewesen war und sich Zeit genommen hatte für Valerie und mich.

Plötzlich hatte ich das milde Lächeln des alten Mannes vor Augen, seine weiße faltige Haut, den treuen Blick aus ebenso grünen Augen wie die seines Neffen.

Nein, ich konnte die Schuld, in der ich gegenüber Leonhard Ahnen stand, nicht verleugnen. Sie ließ mir keine Wahl – ob es mir gefiel oder nicht.

»Sei morgen vor Sonnenaufgang hier, dann beginnen wir mit der Ausbildung.«

»*Sie*«, erinnerte Konrad mich an die förmliche Anrede.

»Sei pünktlich«, entgegnete ich ihm stur.

Er sah mich an und rollte mit den Augen.

»Ich bin immer pünktlich«, murmelte Konrad und marschierte zu seinem Pferd.

Konrad hatte sichtlich Mühe, sich in den Sattel zu schwingen. Mehr als einmal rutschte er aus dem Steigbügel und stolperte tollpatschig ein paar Schritte zurück, während sein Pferd geduldig auf der Stelle verharrte. Verwundert verfolgte ich das seltsame Schauspiel und konnte nicht glauben, was ich sah. Als er es endlich geschafft hatte, auf sein Pferd zu steigen, atmete ich erleichtert auf.

Ich stand noch eine Weile da und blickte ihm hinterher, während er den schmalen Pfad hinabritt.

Noch eben war ich der Meinung gewesen, dass der lose Fensterladen mein einziges Problem wäre, aber da war ich mir nun nicht mehr sicher.

Um mich zu beruhigen, ging ich hinüber zu Avis, der auf seinem Holzblock sitzend sein Gefieder putzte. Wie zufrieden er dabei aussah und so ruhig. Er widmete all seine Konzentration nur der Reinigung seines Körpers, und zog erst seinen Kopf unter dem Flügel hervor, als ich direkt vor ihm stand.

Ich ging in die Hocke, um ihm direkt in die Augen sehen zu können. Und wie immer spiegelte sich darin die ganze Welt.

»*Der gehört dir. Kümmer dich ordentlich um ihn!*« Mit diesen Worten hatte Vater mir wenige Monate nach Mutters Verschwinden einen jungen Habicht in die Hand gedrückt, den er aus einem Gelege ausgehorstet hatte. Flaumig war er gewesen und vermutlich kurz vor der ersten Mauser. Vater hatte die Greifvögel gekannt, hatte gewusst, wann der ideale Zeitpunkt war, um sie in menschliche Hände zu übersiedeln, damit sie im Besitzer ihre Leitfigur fanden.

Damals hatte ich mich gefragt, warum Vater mir diesen Vogel geschenkt hatte. War es, weil er mir eine Freude bereiten wollte oder weil er von mir erwartete, dass ich in seine Fußstapfen trat und ihn bei der Jagd unterstützte?

»Wie soll er heißen?«, hatte Valerie mich damals gefragt.

»Ich weiß es nicht«, hatte ich gelogen. Denn bereits beim ersten Blick in die Augen des jungen Habichts hatte ich gewusst, dass ich ihn Avis nennen würde. Trotzdem hatte ich den Namen wenigstens eine Weile für mich behalten wollen. Er sollte mein Geheimnis sein. Keiner außer mir durfte wissen, auf welchen Namen mein Habicht den Rest seines Lebens hören würde. Avis. Diesen Namen hatte ich in einem von Vaters Büchern gelesen. Avis – dieser Klang hatte sich in mein Herz eingebrannt.

Ungefiedert und schutzlos, wie er damals gewesen war, kümmerte ich mich Tag und Nacht um ihn. Und auch wenn ich es war, die den Habicht umsorgt hatte, so waren wir doch beide aneinander gereift.

Sein Schnabel hatte sich verformt, sein Federkleid war gewachsen, sein Blick war stechend geworden und seine Krallen kräftig. Ich hatte ihn dafür bewundert, dass er auch ohne den Schutz seiner Eltern zu einem derart imposanten Vogel heranwachsen konnte.

Vater und ich hatten über Avis' erste Flugversuche gelacht und darüber, wie tollpatschig er auf Valeries Kopf gelandet war und aus ihrem Haar ein unansehnliches Nest gerupft hatte.

Ich war zu seinem Mittelpunkt geworden und er zu meinem. Und daran hatte sich nichts geändert. Das Band zwischen uns war mit jeder Jagd gewachsen.

Ich stand auf, ging zurück zur Hütte und dachte an Konrad. Wie konnte er auch nur im Ansatz glauben, dass er dieses Band, das ich mit meinem Habicht in jahrelanger Arbeit geknüpft hatte, in ein paar Wochen mit seinem Greifvogel erschaffen könnte?

»Der hat sie nicht alle!«, murmelte ich und griff nach dem Hammer, um meine Reparaturarbeiten fortzusetzen.

Der Gedanke, dass dieser eingebildete Tollpatsch in meinen Alltag eingreifen würde, stimmte mich zornig. Ich wollte ihn nicht hierhaben. Meine einzige Hoffnung war, dass er schon nach ein paar ernsthaften Jagdversuchen einsah, dass er nicht geschaffen war für unwirtliche Wildnis und die energieraubende Jagd. Ich würde ihn hart trainieren, das schwor ich mir. Er sollte sehen, was es bedeutete, mit seinem Vogel auf die Jagd zu gehen und ihn nicht nur gemütlich durch den Wald zu tragen.

Der Gedanke an einen erschöpften und völlig verschmutzten Konrad Ahnen rang mir tatsächlich ein Lächeln ab.

»Was wollte er von dir?«, fragte Valerie neugierig.

»Sich lächerlich machen, mehr nicht.«

Valerie kniff ihre Augen etwas zu und schüttelte fragend den Kopf. Sie war kaum siebzehn Jahre, doch der nachdenkliche Blick ihrer eisblauen Augen ließ sie älter und reifer wirken.

»Auch wenn du drei Jahre älter bist als Valerie, so seht ihr dennoch aus wie Zwillingsschwestern«, hatte Mutter einmal gesagt. Trotz Mutters Worten war mir bewusst, dass die Schönheit meiner Schwester nicht mit meiner zu vergleichen war. Wenn ich in den Spiegel blickte, sah ich eine wilde junge Frau, ungestüm, hart und abgeklärt. Ich hatte mich der Wildnis hier oben angepasst, war mit ihr verschwommen und verwachsen. Hier oben spielte es keine Rolle, wie ich aussah. Hier galt es nur, ausdauernd zu sein und kräftig. Meine Hände waren zerfurcht vom Klettern und mein goldblondes Haar zerzaust vom ewigen Wind.

»Wir könnten nach dem Essen hinüber auf die Wiese. Es ist herrliches Wetter, die Aussicht ist bestimmt unvergleichlich, und die Strecke wäre nicht so weit wie hinunter ins Dorf«, schlug ich vor und zeigte mit dem Kinn auf ihr verletztes Bein.

»Keine Ausflüchte! Du hast mir bereits zugesagt, mit mir ins Dorf zu gehen. Die Strecke habe ich noch immer geschafft, das weißt du«, entgegnete Valerie.

Ich schlug mit dem Hammer einen Nagel ins Holz und lachte, ohne den Blick von der Arbeit zu wenden, trocken auf. Ich kannte meine Schwester. Sie würde alles tun, um ins Dorf zu kommen – wobei es ihr dabei nicht um das dringend benötigte Mehl ging, sondern darum, Menschen zu treffen, mit ihnen zu plaudern und den neuesten Tratsch zu erfahren.

»Ich kann auch allein ins Dorf, und du gehst hoch zu deinem geliebten Gipfel und bewunderst die aufregenden Farben der Wolken.« Valerie machte eine übertriebene Geste mit beiden Händen und kicherte.

»Mach dich nicht lustig über mich!«, sagte ich und warf lachend einen Holzspan nach ihr.

»*Sieh nur Valerie*«, äffte sie mich nach, »*wie die Wolken rot und golden schimmern im Licht der untergehenden Sonne!*«

»Hör auf!« Ich lachte. »Was bist du nur für ein Banause!

Jeder Mensch liebt die unzähligen Formen und Farben der Wolken.«

»Nein, tun sie nicht, glaub mir!« Valerie riss ihre ohnehin schon großen Augen noch weiter auf. »Menschen lieben Nachmittage im Kreis ihrer Familie und ihren Freunden, den Duft von frischem Brot und Umarmungen – aber woher sollst du das wissen, wenn du dich ständig nur zwischen Felsen und Bäumen herumtreibst und deine Freude daran hast, einen Fasan auszuweiden.«

Gerne hätte ich Valerie erklärt, dass die Gefahr, die im Dorf lauerte, nicht vergleichbar war mit der Stille und der Einsamkeit, die mich durch die Wälder begleitete. Ich sah sie doch, die lüsternen Blicke der jungen Männer, wenn Valerie fröhlich lächelnd an ihnen vorbeilief.

»Ich komme mit ins Dorf«, wiederholte ich, ohne Valerie meine Beweggründe zu erklären.

»Aber erst nachdem ich hier fertig bin«, sagte ich und klemmte erneut einen Nagel zwischen meine Lippen.

Als wir uns nach dem Essen auf den Weg ins Tal machten, ließ ich mich von Valeries guter Laune anstecken. Trotz ihrer körperlichen Einschränkung spazierte sie leichtfüßig dahin und pfiff ein fröhliches Lied. Sie trug ihr bestes Kleid und hatte sich das Haar ordentlich hochgesteckt. Der safrangelbe Baumwollstoff ihres Rocks flatterte bei jedem ihrer Schritte, und ihre Melodie hallte in den Wäldern wider.

»Du hättest dich ruhig auch etwas hübscher machen können. Wie willst du je das Interesse eines Mannes wecken, wenn du ungekämmt und mit schmutzigem Rocksaum durch das Dorf schlenderst, ohne jemanden zu grüßen?« Valerie war stehen geblieben und begutachtete mein Erscheinungsbild.

»Ich hab mich doch gekämmt!«, entgegnete ich entrüstet

und strich über meinen Hinterkopf. Natürlich hatte Valerie recht, und ich hätte mehr Wert auf mein Auftreten legen sollen. Andererseits: Wozu? Weder interessierte es meinen Habicht, wie ich gekleidet war, noch würde eine kunstvoll hochgesteckte Frisur meine beschwerlichen Wege durch Wald und Wiese überstehen. Zudem war die Antwort auf die Frage, ob ich einem Mann gefallen wollte, eindeutig mit *Nein* zu beantworten. Niemals würde ich zulassen, dass ein Mann mein Leben steuerte oder meine Gefühlswelt beeinflusste.

»Sei nicht gleich beleidigt«, meinte Valerie. »Dein Haar sieht schön aus, aber der Rest …« Sie zog mit ihrem Finger einen angedeuteten Kreis um meinen Körper und schnitt dabei eine derartige Grimasse, dass ich lauthals über sie lachen musste.

Als die Hausdächer des Dorfes langsam immer größer wurden und die Baumgrenze sich mit jedem Schritt weiter von uns entfernte, wurden meine Schritte kürzer.

Valerie hakte sich bei mir unter und zerrte mich geradezu durch die Gassen. An den kleinen Fenstern der Häuser standen üppige Blumenkästen, an den Balkonen hingen Decken und Polster. Durch die geöffneten Fenster drangen Gesprächsfetzen, und der Duft von frisch gebackenem Gugelhupf lag in der Luft.

»Wir könnten vor unserem Einkauf ins Gasthaus gehen und etwas trinken«, schlug Valerie vor.

Tu mir das bloß nicht an, hätte ich fast geantwortet. Aber dann sah ich in ihr Gesicht, das beim bloßen Gedanken an einen Umtrunk im Gasthaus zu leuchten begann. Und so schwieg ich. Wir würden uns an einen der hinteren Tische setzen, wo uns keine neugierigen Blicke verfolgen konnten.

»Komm schon«, meinte Valerie und stieß mich leicht gegen den Oberarm. »Trink einfach einen Krug Bier, so wie Vater früher, dann fühlst du dich vielleicht beschwingter.«

»Keine schlechte Idee«, murmelte ich, während Valerie mich bereits zum Gasthof lenkte. Die Tore standen weit offen, und von drinnen drang lautes Gelächter zu uns auf die Straße.

Es konnte nur schrecklich werden, trotzdem ließ ich mich von Valerie in die Gaststube ziehen, die für einen gewöhnlichen Nachmittag relativ gut gefüllt war. Der Lärmpegel war unerträglich. Krüge schepperten, Männer lachten grölend und schrien sich über die Tische hinweg zu.

Als man Valerie und mich wahrnahm, flachte die Lautstärke etwas ab. Ich konnte sie fühlen, die Blicke, und ich glaubte, sie hören zu können, die stummen Gedanken, die fragend ihre Runde machten: Was wollen die beiden Wilden vom Berg hier?

»Schau, da ist noch ein Tisch für uns frei!«, meinte Valerie und rückte einen Stuhl für mich zurecht. Ihr Lächeln überstrahlte mein Unwohlsein, also nahm ich mir vor, es ihr gleichzutun und breit zu grinsen.

Nachdem die Kellnerin uns jeweils ein Glas trüben Apfelsaft serviert hatte, prosteten wir uns zu und nahmen einen großen Schluck. Der Saft war kühl und erfrischte nach dem Marsch vom Berg hinunter ins Dorf.

»Schön ist es hier«, meinte Valerie und ließ ihren Blick über die Blumensträußchen und die bestickte Tischdecke wandern. Ihr Lächeln war so lieblich, dass ich über den Tisch nach ihrer Hand greifen musste, um sie zu spüren.

»Ja, das ist es«, antwortete ich, weil ich ihr die Freude nicht verderben wollte. Valeries Grinsen war so breit, dass es ansteckend war.

»Was für ein Zufall!«

Eine lallende Stimme riss mich aus meinen Gedanken. Erschrocken blickte ich hoch und sah in ein Gesicht, von dem ich gehofft hatte, es heute nicht noch einmal sehen zu müssen.

»Wohl eher ein Unglücksfall«, erwiderte ich an Konrad Ahnen gerichtet. Was machte er hier im Gasthof, der für die einfachen Dorfbewohner bestimmt gut genug war, aber für einen Freiherrn wie ihn gewiss erbärmlich und zu wenig pompös. Dennoch schien er sich wohlzufühlen. Seine Wangen waren – vermutlich von zu viel Bier – tiefrot gefärbt, und sein Blick war wässrig. Und doch wirkte er völlig zufrieden – fast so, als wäre er ein angenehmer Zeitgenosse.

»Oh, warum ist sie immer so griesgrämig?«, fragte er. Ein Schluckauf durchzuckte seinen Körper. Fast hätte ich gelacht, weil er mit einem Mal gar nicht mehr so steif und überheblich wirkte. Doch ich zwang mich, der Wahrheit ins Auge zu sehen. Trotz seines sanften Blickes war er ein Scheusal.

»Vielleicht weil ich mich nicht gerne erpressen lasse?«, entgegnete ich.

»Ach so«, sagte er und setzte sich tatsächlich zu uns an den Tisch. »Du siehst das völlig falsch. Ich bin ...« Er unterbrach den Satz, um lautstark aufzustoßen.

Angewidert wandte ich mich ab und sah ihm erst wieder ins Gesicht, nachdem er plump seine Hand auf meine gelegt hatte.

»... dein Gönner!«

»Du bist was?«, fragte ich entrüstet und entzog ihm meine Hand.

»Dein Gönner. Immerhin hast du nun die Ehre, mit mir und meinem Gerfalken Zeit zu verbringen.«

»Ich würde es dennoch Erpressung nennen«, sagte ich zu Konrad, griff nach meinem Glas und trank es leer.

Konrad atmete schwer aus. Dann wandte er seinen leicht verklärten Blick zu Valerie, die schweigsam und schüchtern am Tisch saß. Er musterte sie – etwas zu lange für meinen Geschmack.

»Ist das deine Schwester?«, fragte er an mich gewandt und blickte wieder zu Valerie. Die Art, wie er sie anstarrte, gefiel weder mir noch Valerie, die Hilfe suchend nach meiner Hand griff.

»Komm, Valerie, wir gehen«, forderte ich meine Schwester auf.

»Also gut …«, meinte sie und leerte gierig ihr Glas, bevor sie es mir gleichtat und aufstand.

Ohne Konrad weiter Beachtung zu schenken, legte ich ein paar Münzen für die Getränke auf den Tisch und eilte nach draußen. Ich wollte weg. Weg vom Lärm, vom Gestank nach Zigarrenqualm und schalem Bier und vor allem weg von Konrad. Wie sehr mich dieser Mann doch anekelte – betrunken noch mehr als nüchtern. Sein überhebliches Grinsen vor Augen, konnte ich es nicht erwarten, endlich an die frische Luft zu gelangen.

»Bleibt doch noch. Es war doch nicht bös gemeint!«, rief er uns hinterher, aber ich ignorierte ihn und strebte nur noch schneller hinaus an die frische Luft.

»Kannst du mir bitte erklären, was das war?«, fragte Valerie und zeigte hinter sich zum Gasthof.

»Was für ein unmöglicher Kerl!« Ihre Augen funkelten und erinnerten mich für einen kurzen Moment an Vaters Wut, die manchmal plötzlich wie ein Sommergewitter über uns hereingebrochen war.

Mir war danach, ihr zu sagen, dass ich genau deshalb die Menschen mied, dass Menschen unberechenbar waren und wir lieber zur Wiese hätten gehen sollen, um die Ruhe und die Aussicht zu genießen. Doch dann sah ich ihr in die Augen und erkannte hinter der erwachsenen Fassade das Mädchen, das ich seit Jahren umsorgte, das ich von Herzen liebte und das es nur schwer ertrug, wenn ich ihm Vorwürfe machte. Also schwieg ich und machte mich auf den Weg zum Bauern, um das dringend benötigte Mehl zu besorgten.

»Ich wünschte, ich wäre ihm nie begegnet«, fauchte ich und hastete durch die engen Gassen. »Er denkt, nur weil er ein Freiherr und Leonhard Ahnens Neffe ist, bin ich seine Leibeigene.«

Valerie fasste ihren Rocksaum und rannte angestrengt neben mir her, während ich ihr den Grund für meinen Zorn erklärte. Ich drosselte mein Tempo, als ich sah, dass sie leicht zu hinken begann.

»Dann geh doch zum gnädigen Herrn Ahnen und erzähl ihm vom unmöglichen Benehmen seines Neffen!«, schlug sie vor.

»Wenn ich den Worten dieses arroganten Kerls Glauben schenken darf, dann ist der alte Ahnen krank und liegt vielleicht sogar im Sterben. Denkst du ernsthaft, er interessiert sich da für meine Belange?«

Ich blieb stehen, und Valerie tat es mir gleich. Sie lehnte sich gegen das Gemäuer der Dorfkirche hinter sich und massierte ihre Wade.

»Konrad ist mein Problem. Es gibt niemand, den ich um Hilfe bitten kann. Ich kann es ihm nur gleichtun und ihm das Leben schwer machen«, sagte ich und blickte hoch zum Kreuz des Kirchenturms, das in der Sonne funkelte. »Und das werde ich auch«, fügte ich hinzu und lächelte so hämisch, dass ich sogar Valerie ansteckte.

»Was hast du vor?«, fragte sie neugierig und trat an mich heran, damit ich mein Geheimnis mit ihr teilte.

Ich grinste breit. »Es wird sicher lustig – zumindest für mich.«

KAPITEL 4

Die Sonne wanderte am Himmel empor. Langsam und dennoch unaufhaltsam. Ich beobachtete sie mit leicht zugekniffenen Augen und genoss die wärmenden Sonnenstrahlen auf meinem Gesicht.

Der Sonnenaufgang war längst vorüber, und dennoch war Konrad noch nicht erschienen.

Lag es am gestrigen Treffen in der Gaststube? Er war betrunken gewesen und hatte Unsinn gelallt. Schämte er sich und vermied es, mir gegenüberzutreten? Gewiss nicht. Vermutlich lag er verkatert im Bett und schaffte es nicht, unserer Vereinbarung nachzukommen.

Ich blickte an mir hinab. Meine Kleidung hatte ich wie immer sorgfältig ausgewählt. Sie musste leicht sein und mir Bewegungsfreiheit gewähren. Sorgfältig strich ich über meinen moosgrünen Rock und schüttelte die grob gelegten Falten auf.

Gerade als ich beschloss, mich ohne Konrad auf die Jagd zu machen, hörte ich Hufgeklapper von mehreren Pferden. Hatten wir nicht vereinbart, dass ich nur ihn in der Beizjagd unterrichtete?

Neugierig lugte ich den Pfad hinab und wartete. Das Hufgeklapper wurde lauter, und endlich krochen Pferdeohren und Hutspitzen in mein Blickfeld. Es waren Konrad und ein weiterer Herr, den ich noch nie gesehen hatte und der im Gegensatz zu Konrad sehr schlicht und in Brauntönen gekleidet war und auf dessen Faust Konrads Gerfalke saß. Das große und imposante Tier trug eine Lederhaube auf dem Kopf, um ihn für die Außenreize weniger empfänglich zu machen. Viele Greifvögel trugen derlei Sichtschutz, um sie vor unnötiger Aufregung zu bewahren.

»Du bist spät!« Diesen Satz spuckte ich Konrad geradezu entgegen, als er wenige Schritte vor mir sein Pferd anhielt.

»Wir mussten noch ausgiebig frühstücken, um uns für die bevorstehende Jagd zu stärken.« Konrad rieb sich genüsslich den Bauch und lächelte breit.

»Wir?«, fragte ich.

»Mein Falke und ich. Natürlich.« Er wies mit einer Hand zu seinem Begleiter, auf dessen Hand der Vogel saß.

»Dein Gerfalke hat gefressen?« Ich zog eine Augenbraue hoch und ignorierte Konrads Frage.

»Natürlich. Er braucht doch Kraft.«

»Was hat er gefressen?« Ich näherte mich Konrads Begleiter und begutachtete den Gerfalken, der völlig entspannt auf dessen Faust saß.

»Ein Kaninchen.«

»Er durfte so viel fressen, wie er wollte?« Ich begutachtete den Schnabel des Gerfalken, an dem noch Fellreste der Beute klebten. Ein schönes Tier, da musste ich Konrad recht geben. Stark, muskulös und sogar für einen Gerfalken ziemlich groß. Das Federkleid schillerte im Licht der Sonne, und seine Krallen wirkten gepflegt.

»Ich habe den Stallknecht angewiesen, den Gerfalken so richtig satt zu füttern.« Konrad lächelte selbstgefällig, und seine strahlenden Augen ließen erahnen, wie spitzbübisch er als Junge ausgesehen haben musste.

»Dann brauchst du dir gar nicht die Mühe zu machen, vom Pferd abzusteigen. Wenn dein Gerfalke so satt ist, wie du sagst, dann kannst du ihn direkt wieder an seinen Holzblock binden.«

»Aber …« Konrad wirkte so verdutzt, dass er mir beinahe leidtat.

»Du möchtest das Falkenjagdturnier gewinnen und weißt nicht, dass nur ein hungriger Falke ein ehrgeiziger Jäger ist?« Ich lachte kurz auf, dann verfinsterte ich meine Miene und trat so nahe an Konrads Pferd, dass ich seinen Zügel greifen konnte.

»Das ist die erste Lektion, die ich dir mit auf den Weg gebe: Dein Falke bekommt gerade so viel zu fressen, damit er Kraft für die Jagd hat, und so wenig, damit er alles tut, um Beute zu machen.«

Konrad blickte mich fassungslos und mit offenem Mund an.

»Aber …«, murmelte er. »Das arme Tier. Das ist ja pure Folter!«

»Mit einem satt gefressenen Falken auf Jagd zu gehen, das wäre Folter.«

»Bislang hatte ich immer Freude an der Falkenjagd«, meinte er verdutzt und strafte mich mit einem verachtenden Blick.

»Bislang warst du noch nicht wirklich auf Falkenjagd, glaub mir!«

»Wie soll ich Freude an der gemeinsamen Jagd haben, wenn mein armer Vogel verhungert?«

»Dein Vogel verhungert nicht. Der bekommt genug, wenn er Beute gefasst hat. Außerdem war nie von Spaß die Rede. Die Beizjagd ist anstrengend und kräfteraubend. Ich gehe zur Jagd, um mich und meine Schwester satt zu bekommen, und bestimmt nicht, weil ich Spaß dabei habe. Bislang bist du nur durch den Wald spaziert, aber mit mir wirst du auf Jagd gehen – mit einem hungrigen Gerfalken!« Ich tätschelte den Hals von Konrads Pferd und trat ein paar Schritte zurück.

»Komm morgen wieder, aber dann vor Sonnenaufgang und ohne deinen Burschen, der den Gerfalken für dich trägt. Das machst du in Zukunft schön selbst, hörst du? Beim Turnier wird dir auch niemand zur Hand gehen.« Ich verschränkte beide Arme vor der Brust und verfinsterte meinen Blick. »Und wenn es dir an Härte für die Beizjagd fehlt, tu uns beiden einen Gefallen: Bleib im Bett, lass dir von deinem Diener dein Kissen aufschütteln und schlaf weiter.«

Während ich mit ausladenden Schritten zurück zum Haus ging, konnte ich Konrads Blicke förmlich auf meinem Rücken spüren.

Ich verschwand im Haus, schloss die Tür hinter mir und atmete schwer aus. Versteckt schaute ich aus dem kleinen Fenster neben der Haustür und beobachtete Konrad, der wie erstarrt auf seinem Pferd saß und nicht zu wissen schien, was er nun tun sollte. Er wandte sich an seinen Begleiter, zuckte mit den Schultern, starrte wieder zu meiner Haustür und anschließend hoch zum wolkenlosen Himmel. Mein Herz klopfte heftig gegen meine Brust, während ich verharrte und ein Stück weit hoffte, bereits gewonnen zu haben.

Am nächsten Tag stand ich früher auf als gewohnt. Im Licht des Mondes und der Sterne wusch ich mich im Wassertrog vor dem Haus. Das Wasser war klirrend kalt und stach sich förmlich in meine Poren. Dennoch reinigte ich mich gründlich, ging dann ins Haus, wo ich mich ankleidete und frisierte. Mit raschen Handgriffen steckte ich mein Haar hoch – fest genug, damit der Wind mir nicht einzelne Strähnen ins Gesicht peitschte. Dann band ich meinen Lederbeutel um die Taille, verknotete die Riemen so eng, damit er selbst dann nicht verrutschte, wenn sich die erlegte Beute darin befand.

Bevor ich das Haus verließ, schlüpfte ich in meine Lederstiefel, die zwar nicht besonders damenhaft aussahen, dafür aber die Nässe des Grases abhielten und mich standhaft über jeden Felsen klettern ließen. Im Haushalt anderer Frauen lag auf der Kommode neben der Haustür vermutlich ein samtenes Hütchen mit Spitzenbesatz oder ein seidenes Tuch, das man sich um die Schultern legen konnte, bei mir war es mein Falknerhandschuh aus dunklem Hirschleder, der sich im Laufe der Jahre perfekt an meine linke Hand angepasst hatte. Weich und doch fest genug umschloss er meine Hand und den Unterarm, schützte meine Haut und bot Avis festen Halt für seine Krallen. Ich klemmte den Handschuh unter meinen Arm und marschierte nach draußen. Der Weg zum Schuppen war kurz, nur wenige Schritte.

Das Licht der Gestirne wurde schwächer und wich dem nahenden Sonnenaufgang. Vogelgezwitscher erfüllte die Büsche und drang emsig trällernd aus dem Wald. Kurz blickte ich den Pfad, der zum Dorf führte, hinab. Kein Konrad. Ich fragte mich, ob er wohl kommen würde. Heute würde ich nicht warten. Wenn er nicht zum vereinbarten Zeitpunkt erschien, dann machte ich mich allein auf den Weg zur Jagd. Ich hatte keine Lust, mich weiter auf die dummen Spielchen dieses Zieraffen einzulassen. Wenn er mit mir trainieren wollte, hatte er pünktlich zu erscheinen und seinen Falken in jagdtauglichem Zustand zu bringen. Alles andere war Zeitverschwendung.

Doch sosehr mich der Gedanke an Konrad auch in Rage brachte, so sehr erheiterte mich die Erinnerung an sein fassungsloses Gesicht, als ich ihn am Vortag unverrichteter Dinge wieder ins Tal geschickt hatte. Ihn so verdutzt zu sehen, so hilflos und wortkarg, das war eine Freude gewesen.

Im Schuppen war es dunkel, doch sobald ich die Tür geöffnet hatte, hörte ich, wie Avis sich auf seinem Block, an dem er festgebunden war, streckte und seine Federn plusterte.

»Bist du ausgeschlafen?«, fragte ich und kraulte seinen Bauch. Der Greifvogel legte den Kopf schräg und drückte ihn gegen meine Hand.

»Besser so?«, fragte ich und kraulte ihn so am Kopf, wie er es gerne mochte. Mit den Fingerspitzen strich ich durch seine kühlen Federn, bis ich seine warme Kopfhaut spürte.

»O ja, das mag er, mein Junge!« Der Anblick meines zufriedenen Habichts zauberte mir ein Lächeln ins Gesicht und ließ in mir die Vorfreude auf die gemeinsame Jagd aufflackern.

Kurz dachte ich an Konrads Entrüstung, als ich ihn über die Fütterung seines Falken belehrt hatte. Dieser Mann hatte doch wirklich keine Ahnung. Und doch fiel es mir schwer, mich über ihn lustig zu machen. Sosehr ich ihn auch verabscheute – etwas in mir wünschte sich in seine Nähe. Etwas in mir konnte den Blick nicht von seinen Lippen wenden, wollte seinen herben Duft inhalieren und seine ausstrahlende Wärme spüren.

Und was, wenn er am Ende recht hatte und es tatsächlich ein Gräuel war, das ich meinem Vogel zumutete? Nein! Ich ließ Avis nicht hungern. Ich fütterte ihn. Jeden Tag. Gerade genug, damit er noch auf Beute erpicht war und Kraft genug hatte, um sie zu erlegen. Wie hatte sich dieser Stadtmensch die Jagd vorgestellt? Was glaubte er? Dass Avis bei mir am Esstisch saß und in meinem Bett bei mir schlief?

Ich liebte meinen Habicht und würde alles tun, damit es ihm gut ging. Ich brauchte ihn. Für die Jagd. Die Beizjagd war die effektivste, die ich kannte. Nie im Leben würde ich mit einem Gewehr bewaffnet durch die Wälder ziehen, so, wie es die Jäger aus dem Dorf machten. Dabei kam es zu oft vor, dass das Beutetier nur verletzt wurde und sich dann im Wald versteckte, wo es qualvoll an der Schusswunde verendete. Das passierte Avis nicht. Hatte er eine Beute im Visier, dann gehörte sie ihm, dann gab es kein Entkommen mehr für das Kaninchen, den Fasan, das Rebhuhn oder den jungen Auerhahn.

Ich würde nicht an meiner Art zu überleben zweifeln, nur weil sie nicht der Vorstellung eines gewissen Konrad Ahnen entsprach. Der hatte keine Ahnung, was es hieß, selbst für einen gefüllten Teller arbeiten zu müssen, sich den Gefahren von Wetter und Naturgewalten auszusetzen, nur um am Ende mit einem kleinen Rebhuhn im Beutel den Abstieg vom Berg zu bestreiten. Es war ein anstrengendes Leben, aber für mich war es Erfüllung.

Ich hielt inne. Waren das Schritte? Sofort eilte ich aus dem Schuppen und blickte tatsächlich in das errötete Gesicht des Konrad Ahnen. Schweißperlen standen auf seiner Stirn, und sein Atem ging laut und rasselnd.

»Du bist pünktlich«, sagte ich knapp. »Fast.« Die ersten Sonnenstrahlen läuteten bereits den neuen Tag ein und erhellten den Himmel.

»Wenn du denkst, dass ich mich jeden Tag hier hochquäle, dann irrst du dich!«, presste er mir schwer atmend entgegen.

»Und wenn du denkst, dass ich mir jeden Tag dein Gejammer anhöre, dann irrst *du* dich!«, entgegnete ich vorwurfsvoll zurück. »Warum kommst du nicht hochgeritten?«

»Weil ich unmöglich mein Pferd zügeln und den Gerfalken tragen kann!« Konrad blickte mich verwundert an.

»Dein Diener kann das doch auch!«

»Ich bin kein Diener!«, meinte er noch immer außer Atem und blickte verzweifelt zur Holzbank vor meinem Haus.

»Sicher nicht!«, sagte ich forsch und hielt ihn davon ab,

sich niederzusetzen. »Wir haben einen langen Weg vor uns.« Mit der Rechten zeigte ich zum Berggipfel hoch, der hinter den Wipfeln der Bäume zu uns herablugte.

»Wie soll ich das schaffen? Ich bin jetzt schon erschöpft. Meine Waden brennen, und mein Arm ist völlig taub vom Gewicht des Vogels. Schau, wie meine Hand zittert!«

Seine Hand zitterte tatsächlich. Lange würde er sich nicht mehr auf den Beinen halten können. Das war vielleicht der Augenblick, in dem ich ihn triumphierend verspotten und ihn erneut einfach unverrichteter Dinge den Berg hinunterschicken könnte. Und vielleicht könnte ich ihm sogar das Eingeständnis abringen, dass ich die bessere Jägerin war.

»Also gut!« Ich seufzte laut auf. »Gib mir den Gerfalken und ruh dich eine Weile aus.«

»Wirklich?« Die Erleichterung in seinen Zügen verursachte in mir einen Anflug von schlechtem Gewissen. Ich sollte meinen Mitmenschen nicht immer mit meiner mir antrainierten Härte begegnen. Manche hatten tatsächlich Freundlichkeit verdient. Bei Konrad war ich mir da allerdings nicht sicher. Dennoch schlüpfte ich in meinen Lederschuh und übernahm den Gerfalken. Das edle Tier fühlte sich anders an als mein Avis. Es wog schwerer, platzierte sich anders auf dem Handschuh, war unruhiger und wollte sich kaum stillhalten. Das lag vielleicht daran, dass er mich nicht kannte, oder er die Geräusche des Waldes hinter uns wahrnahm.

Konrad trottete müde zur Holzbank, auf die er sich plump und laut seufzend niederließ. Breitbeinig saß er da und lehnte seinen Kopf gegen das Gemäuer des Hauses. Fehlte gerade noch, dass er mich um ein kühles Getränk bat.

Meine Blicke wechselten zwischen Konrad und dem Gerfalken hin und her. Beide waren mir fremd, beide fühlten sich wie Eindringlinge in meinem Revier an. Ich wollte sie nicht hierhaben, und doch hatte ich keine Wahl.

»Komm!«, sagte ich zu Konrad. »Es wird Zeit.«

»Aber ich habe mich doch eben erst niedergesetzt«, meinte er ungläubig. Seine Wangen waren noch gerötet, seine Atmung hatte sich kaum beruhigt, und der Schweiß auf seiner Stirn perlte über seine Schläfen.

»Wenn du beim Turnier gewinnen willst, dann musst du an deiner Ausdauer arbeiten. Schnelligkeit und Wendigkeit sind dringend vonnöten, wenn du mit deinem Gerfalken die gestellten Aufgaben als Erster absolvieren möchtest.«

»*Absolvieren möchtest* …«, wiederholte er meine Worte, wobei eine Prise Spott nicht zu überhören war. »Was für ein beeindruckender Wortschatz für eine …« Er brach ab und musterte mich.

»Frau? Oder meintest du Rivalin?«, bot ich ihm an und wartete neugierig auf seine Reaktion. Doch er wich meinem Blick aus und schwieg.

»Also gut«, fuhr ich fort. »Die Sache ist die: Gestern konnten wir nicht arbeiten, weil dein Jagdvogel satt war, heute bist du müde. In wenigen Wochen ist das Turnier, das du gewinnen möchtest. Aber wie willst du das schaffen, wenn du nicht langsam deiner Bequemlichkeit entschlüpfst?«

Ich trat an Konrad heran, streckte meinen Arm aus und hielt ihm seinen Gerfalken entgegen.

»Es geht hier schließlich nicht nur um dich. Es ist meine Zeit, die du in Anspruch nimmst – dann soll sie wenigstens sinnvoll genutzt sein.« Ich starrte ihm so tief in die Augen, wie es das spärliche Tageslicht zuließ. »Aber meine Zeit ist dir natürlich egal. Was kümmert es dich, wie hart ich für das Falkenjagdturnier trainiert habe? Schließlich soll der Sieg ja dir gehören. Ich kann doch heiraten, Kinder bekommen und mich um das Wohl ihrer Familie kümmern, anstatt allein hier oben in den Bergen zu hausen und durch die Wildnis zu rennen. Männer wie du sind der Meinung, dass mein Wohl unter ihrem steht. Immer! Du …«

»Hör auf!« Konrads Miene wirkte angestrengt und genervt. »Ist ja schon gut! Ich stehe auf und werde alles tun, was du von mir verlangst.« Augenrollend schlüpfte er in seinen ledernen Handschuh, der noch ungetragen aussah und in der Anschaffung gewiss kostspieliger gewesen war als meiner.

Zufrieden lächelnd übergab ich ihm seinen Gerfalken und eilte zum Schuppen, um Avis zu holen. Der flatterte bereits aufgeregt und konnte es kaum erwarten, sich auf den Weg zu machen. Ich löste den Riemen seines Geschühs vom Block und ließ ihn auf meine Faust steigen. Im Gegensatz zu Konrads Gerfalken benötigte Avis keine Haube, die ihm die Sicht verdeckte. Er war ein ruhiger Jäger, besonnen und vertraute mir. Erst wenn ich meinen Griff um den Beinriemen löste, machte er sich bereit für den Abflug. Avis benötigte kein Kommando. Meist genügte die Anspannung meines Körpers, um ihm zu signalisieren, dass die Jagd begann.

Wortlos marschierten Konrad und ich hintereinander her. Ich voraus, er lautstark schnaufend hinter mir. Ich wusste es, konnte es fühlen, dass ihm danach war, die Strapazen abzubrechen und kehrtzumachen. Und doch kämpfte er sich Schritt für Schritt den schmalen Weg hoch, stieg über Felsen und Wurzeln und balancierte jede Unebenheit aus – was bestimmt nicht einfach war, wenn man bedachte, welche Wegstrecke er bereits völlig untrainiert hinter sich gebracht hatte.

Ich konnte mich an meine ersten kräftezehrenden Jagdausflüge erinnern. Die Momente, in denen ich glaubte, mein Arm würde brennen. Die Schritte, bei denen ich sicher war, ich könnte meine Beine nicht mehr anheben.

»Winkle den Arm etwas mehr ab und drücke ihn möglichst in die Taille, damit das Gewicht des Vogels sich besser verteilt. Schau einfach, wie ich es mache!« Ich zeigte Konrad, wie er den Arm am besten abwinkelte, damit das Gewicht seines Vogels ihn möglichst gering belastete.

»So?«, fragte er, nachdem er seine Haltung korrigiert hatte.

»Ja, sehr gut. Fühlt sich gleich besser an, oder?«

Konrad nickte müde lächelnd und marschierte weiter durchs Gestrüpp.

»Morgen wird dein Arm bei jeder Bewegung derart schmerzen, dass du ihn am liebsten abhacken möchtest, aber in ein paar Tagen, wenn Routine einkehrt, wirst du deinen Gerfalken kaum noch spüren – selbst wenn du ihn über lange Strecken trägst.«

»Danke fürs Mutmachen.«

»Dafür bin ich da. Es ist schließlich etwas anderes, auf Jagd zu gehen, als seinen Vogel gemütlich durch den Wald zu tragen, wie du es bisher gemacht hast, nicht wahr?«

»Du musst nicht immer auf meinem Stolz herumtrampeln!«, brummte er hinter mir.

»O doch, denn genau das ist die wichtigste Lektion, die ich dir auf den Weg mitgeben möchte: Dein Stolz, wenn er zu übermächtig wird, steht dir im Weg. Lass dich auf deinen Gerfalken ein, vertrau ihm, dann vertraut er dir. Vielleicht.« Das letzte Wort murmelte ich nur für mich.

Ohne es zu wollen, zeichnete sich ein Lächeln in meinem Gesicht ab. Etwas an Konrads Anwesenheit erfüllte mich auf unerklärliche Weise mit Freude.

In diesem Moment versuchte ich noch zu verdrängen, dass Konrad keine Ahnung von der Beizjagd hatte und ich ihm jeden einzelnen Schritt zu erklären hatte. Aber er war nicht der Erste, dem ich die Jagd mit den Greifvögeln näherbrachte.

Ich blickte über meine Schulter. Konrad hielt seinen Kopf gesenkt und kämpfte um jeden Schritt. Der Weg hier hoch war beschwerlich – wie beschwerlich, das hatte ich völlig vergessen. Selbst mit geschlossenen Augen würde ich den Gipfel erreichen. Ich kannte hier oben jeden moosbewachsenen Baumstumpf und jedes Geröll. Ich wusste, an welcher Stelle ich mich bücken musste, um einem tief hängenden Zweig auszuweichen, und ich wusste, wann ich meine Füße höher anzuheben hatte, damit ich über keine Wurzel stolperte. Mein Körper strebte von ganz allein über meine fein gewobenen Pfade hoch zum Gipfel, da bedurfte es keiner Anstrengung. Ich tat es einfach. Leichtfüßig und flink.

Wenn ich zu Konrad blickte, erinnerte rein gar nichts an Leichtfüßigkeit. Er wirkte angestrengt, aber auch bemüht um die Haltung, die ich ihm gezeigt hatte. Wer weiß, vielleicht wäre er ein besserer Schüler, als ich vermutet hatte.

»Was für eine Quälerei!«, murmelte Konrad leise.

»Quälerei? Du solltest die kühle Morgenluft genießen und die Aussicht!« Ich zeigte mit meiner Rechten hinab ins Tal, das sich vor uns ausbreitete wie ein saftig grüner Teppich. Die Sonne wanderte langsam höher und warf erste Sonnenstrahlen ins verschlafen daliegende Dorf. Es gab keine schönere Stille als jene, die zwischen der Nacht und dem Morgen lag. Wenn nur vereinzelt zaghaftes Vogelgezwitscher ertönte und unter den Bäumen erste stumme Schatten hervorkrochen. Stille, durchbrochen von Leben, emsig und wach.

»Das ist tatsächlich … schön!«, sagte er zögerlich. Aus meinen Augenwinkeln blickte ich zu ihm hinüber. Ein zufriedenes Lächeln umspielte seine Lippen, und sein Blick wanderte über die Weite, die durchbrochen war von Hügeln und sanften Bergen, die sich abzeichneten vom heller werdenden Himmel.

»Dann hat sich der harte Aufstieg gelohnt, ja?«, fragte ich neugierig.

»Ja, hat er.« Er wandte sich mir zu, sah mich an – nicht mit der gewohnten Abweisung, sondern fast freundlich. Vielleicht lag es am zarten Rosa des Sonnenaufgangs, das seine Miene sanfter erscheinen ließ, vielleicht war es aber auch die Begeisterung, die der vollbrachte Aufstieg mit sich brachte.

»So hab ich mich noch nie gefühlt!«, flüsterte er und blickte wieder zum Horizont, der sich in unzähligen Schattierungen von Rosa und Hellblau vor uns ausbreitete. »Mir ist zwar immer noch heiß, und meine Knie zittern vor Erschöpfung, aber dieser Ausblick und dieses Gefühl von Höhe und Freiheit macht alles wieder gut.«

»Die zitternden Knie werden in den nächsten Wochen verschwinden. Das Gefühl von Freiheit allerdings wird bleiben, egal wie oft du hierherkommst.«

»Das ist gut«, sagte er leise und ließ seinen Blick zu meinen Lippen gleiten.

»Was?«, fragte ich und hörte mit einem Mal nur noch mein Herz pochen. Laut und viel zu schnell raste es in meiner Brust. In meinem Kopf herrschte Chaos. Fragen überschlugen sich. Wollte er mich etwa küssen?

Konrad näherte sich mir einen Schritt und streckte seine freie Hand nach meiner aus. Etwas in mir zog mich magisch in die Nähe dieses Mannes. Es war, als könnte ich seinen Geruch auf meiner Zunge schmecken – seinen süßlich herben Duft. Als könnte ich seine Wärme spüren und seinen Atem auf meiner Haut spüren.

Konrad, der Mann, der mich mit seiner Arroganz in den Wahnsinn trieb. Der Mann, der glaubte, besser als ich zu sein, nur weil ich eine Frau war. Konrad, der mich erpresste, damit ich ihn in der Beizjagd unterrichtete, und der zu zartbesaitet war, um einen Hasen zu erlegen.

»Nein!«, sagte ich forsch und wich einen Schritt zurück. Binnen einer Sekunde hatten sich meine Gedanken geklärt. Beinahe hätte ich zugelassen, dass er sich mir nähert. Aber es war nur ein Augenblick gewesen, der Bruchteil eines Moments. Nun war ich wieder bei mir und blickte ihn mit dem stechenden Blick an, den er verdient hatte.

»Deine Beute wartet da drüben und nicht hier!«, sagte ich und tippte mit einem Finger gegen meine Unterlippe. Dann marschierte ich ihm voraus zur Waldlichtung.

»Ich wollte nicht …«, stotterte er. »Denkst du womöglich, ich wollte dich küssen? Niemals, das kannst du mir glauben!«

»Dein wollüstiger Blick hat etwas anderes gesagt«, warf ich ihm über meine Schulter hinweg zu.

»Mein Blick! Dass ich nicht lache!«

»Du wiederholst dich. Und bist wenig überzeugend dabei!« Meine Schritte führten lang gezogen über die letzte Steigung.

»Ich wollte dich nur etwas fragen. Mehr nicht«, keuchte er hinter mir. »Nur eine Frage.«

»Eine Frage also? Welche?« Ich blieb stehen und wandte mich ihm zu. Die Faust, auf der Avis saß, hob ich ein Stück höher an, um meinen Arm, der unter der langen Anstrengung litt, etwas zu entlasten.

»Der Graf von Hohenberg …«

»Was ist mit ihm?«

»Ihr kennt euch doch, oder? Ihr geht regelmäßig zur Jagd, verbringt Zeit miteinander und seid dabei unter euch.«

»Ja!«, antwortete ich gedehnt und fragte mich, worauf er hinauswollte.

»Seid ihr euch denn schon einmal nähergekommen?«, fragte Konrad und sah mich dabei ungeduldig an.

»Bist du verrückt?« Meine Stimme überschlug sich.

»Dann ist er nicht an dir interessiert?«

»Was bildest du dir ein? Was geht dich es an, in welcher Verbindung der Graf und ich stehen?« Meine Wangen glühten, und meine Kiefer malmten.

Konrad starrte mich an und schwieg. Er wusste wohl, dass jedes weitere Wort ihn noch mehr in Schwierigkeiten bringen würde.

»Ach, so ist das!«, sagte ich und gab ihm mit der Hand einen Stoß gegen die Schulter. »Du denkst, dass es bei meinen Jagdausflügen gar nicht um die Jagd geht, hab ich recht?«

»Nein, so war das nicht gemeint. Hör mir doch zu!«

»Du denkst, der Graf bezahlt mich, damit ich im Wald mit ihm …! Und deshalb dachtest du, du könntest mich küssen, weil ich dir auch zur Verfügung stehe? Du bist …« Ich brach den Satz ab und hastete weiter der Waldlichtung entgegen.

»Niemals!«, wimmerte Konrad förmlich, doch ich ignorierte ihn und durchquerte das Wäldchen im Laufschritt.

»Nur so viel: Der Graf ist ein feiner Mensch. Der würde es nicht wagen, das Ansehen einer Frau in Verruf zu bringen.«

»Das wollte ich damit nicht sagen! Hör mir doch zu! Bei meiner Frage ging es weder um dich noch um mich. Wilhelm …«

»Willst du nun von mir unterrichtet werden?«, unterbrach ich ihn. »Wenn ja, dann solltest du jetzt lieber deinen Mund halten und mir folgen!« Schon allein wegen Avis war ich nicht so laut geworden, wie meine Wut es verlangt hätte, dennoch hatte Konrad verstanden, dass es besser war, zu schweigen. Stumm trottete er hinter mir her, bis wir den Platz erreicht hatten, an dem ich ihm die erste Lektion beibringen wollte.

Mit aller Kraft versuchte ich, meine Wut einzudämmen, sie zu ignorieren oder wegzuatmen. Nichts dergleichen gelang mir. Das Gegenteil war der Fall, und mein Zorn gegen

Konrad steigerte sich mit jedem weiteren Moment, den er in meiner Nähe verbrachte.

Und während wir da oben standen auf dem Berg, die Welt sich unter uns ausbreitete und der Himmel uns strahlend blau umfing, da fragte ich mich, warum mich Konrads Behauptung derart verletzt hatte. Ich wusste doch, dass er ein überheblicher Mensch war. Ich ließ die Meinung anderer doch sonst nicht so nahe an mich heran. Warum also hatte es dieser Kerl geschafft, mich derart zu empören?

Ich blickte zu ihm, wie er dastand, den Kopf in den Nacken gelegt und den Blick hoch zum Himmel gerichtet. Seine Lippen bewegten sich. Sprach er etwa mit seinem Gerfalken?

»Komm jetzt!«, sagte ich und winkte ihn zu mir. Ich wollte nicht noch länger über etwas nachdenken, das keinen Sinn ergab.

KAPITEL 5

KONRAD

»Komm jetzt!«, sagte sie zu mir und winkte mich zu sich. »Es ist unser erstes Training, und das hätten wir genauso gut unten auf der Wiese machen können, aber hier finde ich es besser.«

Ich blickte sie mit einer Mischung aus Verzweiflung und Irritation an. Und ein klein wenig Wut konnte ich auch nicht verbergen. Schweiß perlte über meine Schläfen, und mein Körper fühlte sich so heiß an, als würde er dampfen.

»Wir hätten nicht bis hier hochmüssen? Wir hätten unsere erste Übung auch unten durchführen können?«, fragte ich keuchend und blieb stehen. Meine Stiefel fühlten sich so schwer an, dass ich glaubte, sie wären mit der Wiese verwachsen. Was hatte ich mir nur dabei gedacht, mich von Wilhelm zur Teilnahme an diesem Falkenjagdturnier überreden zu lassen? Wilhelm dachte doch tatsächlich, dass ich ein Talent für die Beizjagd hätte. Vielleicht hätte ich nicht so angeberisch mit meiner nie gefangenen Beute prahlen sollen? Für diese Übertreibung musste ich jetzt teuer bezahlen. Dabei hatte ich sie genossen, diese Spaziergänge mit meinem Gerfalken auf der Faust. Dabei hatte ich das Gefühl, ein Abenteurer, ein Jäger, ein Wilderer zu sein. Und doch war ich keines von alledem, sondern einfach nur ein ahnungsloser Stadtbewohner, der sich an der wilden Natur erfreute.

Und hätte Wilhelm sich nicht bei unseren Freunden verplaudert, würde ich auch heute nur gemütlich durch den Wald spazieren und mich an der Ruhe und der Natur erfreuen. Aber damit war jetzt Schluss. Meine Freunde hatten mich angefeuert, als wäre ich ein Held. Wenn ich jetzt versagte, würde ich mein Gesicht verlieren und müsste mich mit dem Gespött meines gesamten Umfeldes abfinden.

Ich war ein schlechter Verlierer. Lieber ließ ich mich von dieser schroffen Person unterrichten und den Berg hochtreiben, als mir eine Niederlage einzugestehen.

»Genau das habe ich gesagt.« Sie kniff ihre Augen zu und stemmte die vogelfreie Hand in ihre schmale Taille. Ich konnte nicht umhin, ihre gesamte Gestalt zu begutachten. Die Art, wie sie dastand, sich bewegte und in die Welt schaute, war so anders als bei den Frauen aus meinen Kreisen.

Hedwig wirkte frei und unbekümmert. Ihr schien es egal zu sein, was ich über sie dachte, ob ich sie hübsch fand oder mich für sie interessierte.

Während die Frauen aus meinem Umfeld nur darauf warteten, zum Tanz aufgefordert zu werden, hielt sie Ausschau nach einer Beute, die ihr Habicht erlegen konnte. Galt die Sorge der feinen Damen ihren Kleidern und dem perfekten Sitz ihres Korsetts, so grübelte Hedwig wohl eher, wie sie die Jagdinstinkte ihres Greifvogels noch besser forcieren konnte. Ihre Miene war ernst und bot keinen Platz für Lachfalten. Ihr Haar war zerzaust und ihr Rock verknittert, und doch strahlte sie etwas aus, dem man sich nicht entziehen konnte. Etwas, das man erforschen wollte – wäre da nicht ihre schnippische Art. Wenn sie still in die Welt blickte, nachdenklich und scheinbar alles wissend, wirkte sie geheimnisvoll und anziehend. Doch sobald sie den Mund öffnete und mich mit

Beleidigungen und Spott überschüttete, war sie einfach eine Qual.

Ich konnte ihr ansehen, dass sie noch immer wütend auf mich war. Dachte sie allen Ernstes, ich wäre der Meinung, sie ließe sich von Graf Hohenberg für körperliche Gefälligkeiten bezahlen? Dabei sollte ich doch nur auf möglichst unauffällige Weise für Wilhelm mehr über den Grafen in Erfahrung bringen …

»Demnach hätten wir auch unten bei deiner Hütte bleiben können?«

»Etwas Ausdauer aufzubauen schadet dir weiß Gott nicht. Außerdem ist jede Zeit, die du mit deinem Gerfalken verbringst, eine wertvolle. So kommt ihr euch näher und baut eine Bindung auf.«

»Ich komme meinem Vogel näher, wenn ich ihn mit verdeckten Augen einen Berg hochschleppe?« Nun war ich mir doch ziemlich sicher, dass es Zorn war, der meine Stimmung dominierte.

»Bist nicht du derjenige, der das Turnier gewinnen möchte? Und dann knickst du bereits beim ersten kleinen Anstieg ein?«, fragte sie, ohne auch dabei angestrengt zu wirken. Wie war es möglich, dass sie nicht annähernd erschöpft wirkte? Sie hatte doch denselben Anstieg hinter sich gebracht wie ich. Und während ich darauf hoffte, dass meine Lungen nicht Feuer fingen, stand sie federleicht da, den Habicht auf ihrer Faust, und wirkte dabei völlig unangestrengt. Einzelne Haarsträhnen hatten sich aus ihrer Frisur gelöst, und ihre Wangen waren leicht gerötet, aber ansonsten sah sie aus, als wäre sie auf dem gemütlichen Weg zu einem Picknick.

»Kleiner Anstieg? Das hier ist ein verdammter Berg. Für einen Menschen vom Land wie dich mag es keine bessere Beschäftigung geben, als irgendwo hochzuklettern, aber für mich ist das tatsächlich kein Vergnügen. Deine Aufgabe ist es, mich zu unterrichten, und alles, was du schaffst, ist, mich zu blamieren? Du solltest dich schämen.« Meine Stimme war lauter geworden als gewollt.

Stille. Hedwig schwieg und blickte mir stur in die Augen. Fast glaubte ich, ihren Blick spüren zu können, wie er sich tief in meinen Kopf grub. Mit aller Kraft versuchte ich, ihr standzuhalten, um mich nicht erneut als Schwächling auszuzeichnen.

Mein Arm schmerzte, und dieser Gerfalke wog mit jeder Sekunde schwerer auf meiner Hand. Meine Fußsohlen brannten vom anstrengenden Marsch, und mein Hemd klebte feucht und unangenehm an meiner Haut.

Was machte ich hier eigentlich? Ich machte mich lächerlich – jetzt vor Hedwig und in einigen Wochen beim Turnier.

Während meine Lungen brannten, wünschte ich mich zurück nach Wien in meine Wohnung. Ich liebte die Lage in der Innenstadt, die es mir erlaubte, meine liebsten Plätze zu Fuß aufzusuchen. Das Kunsthistorische Museum, die Staatsoper oder die Karlskirche. Ich liebte meine kleine Bibliothek im ersten Stock, die Aussicht zum Turm des Stephansdoms und den Geruch der Seidentapete im Schlafzimmer. Abends glühten die letzten Sonnenstrahlen durch die Fenster meines Salons, dann genoss ich mein Glas Wein, während der Sonnenuntergang die Dächer Wiens rot und golden färbte.

»Ich ...«, setzte Hedwig an, doch ich hatte keine Lust auf ihren störrischen Konter. Wortlos machte ich kehrt, um meinen Gerfalken den Weg, den ich mich eben noch hochgeschleppt hatte, wieder hinunterzutragen. Hedwig bewegte sich nicht. Sie verharrte und blickte mir hinterher, das konnte ich deutlich fühlen.

»Du hast recht«, murmelte sie kaum hörbar.

Ich hielt so prompt inne, dass mein Gerfalke Mühe hatte, sich festzuhalten.

»Bitte was?«, fragte ich verdutzt und versuchte, ihre Miene zu deuten.

»Du hast mich gehört«, sagte sie.

»Aus deinem Mund klingt jeder Satz wie ein Vorwurf. Hat man dir das schon einmal gesagt?«, fragte ich und ging ihr einen Schritt entgegen. »Und nein, ich habe dich nicht gehört. Ich war wohl zu weit entfernt.« Ich legte eine Hand an mein Ohr, forderte sie auf, lauter zu sprechen.

»Ich hab keine Lust!« Sie schüttelte den Kopf, ihre Miene war starr und ihr Blick kühl, nur Strähnen ihres blonden Haares tanzten verspielt im Wind.

»Worauf hast du keine Lust? Mir beizupflichten?«

»Bis vor ein paar Tagen war mein Leben in Ordnung, da war ich mein eigener Herr, aber dann hast du beschlossen, mich mit deiner erpresserischen Ader ins Unglück zu stürzen.«

»Ja, das hatten wir schon mal«, erwiderte ich gleichgültig. »Man möchte meinen, du wärst eine alte Frau, die nicht mit Veränderungen klarkommt.«

»Nicht jeder Mensch sehnt sich nach Abwechslung. Ich war zufrieden, so, wie es war.«

»Zufrieden!« Ich lachte spöttisch auf. »Das ist es, was du vom Leben möchtest? Zufriedenheit? Wo bleibt der Sinn für ein Abenteuer, eine Reise hinaus in die Welt?«

»Pah! Abenteuer gibt es hier in den Bergen zur Genüge, das kannst du mir glauben. Und wenn ich Langeweile verspüre, dann schicke ich einen reichen Gecken wie dich den Berg hoch und amüsiere mich über seine Tollpatschigkeit.« Ihr Blick war hochmütig – so hochmütig, dass er mich beinahe reizte. Aber diese Genugtuung wollte ich ihr nicht gönnen, also verhielt ich mich ruhig und antwortete mit Bedacht: »Das ist also dein Lebensinhalt? Ziemlich armselig, findest du nicht?«

Sie verengte ihre Augen zu schmalen Schlitzen, und vermutlich dachte sie darüber nach, mir ihren Habicht ins Gesicht zu werfen.

»Du möchtest das Turnier gewinnen? Dann sollten wir endlich mit dem Training beginnen.« Ohne mich eines weiteren Blickes zu würdigen, schritt sie an mir vorbei, dabei berührten sich unsere Arme, und für einen kurzen Augenblick glaubte ich, dass sie eine nahbare Wärme ausstrahlte. Aber da musste ich mich wohl geirrt haben, denn ihr Blick war kalt und berechnend wie immer.

»Du kannst deinen Gerfalken abhauben.«

»Abhauben?«

»Seine Lederhaube abnehmen«, meinte sie ungeduldig und zeigte mit dem Finger auf die maßgefertigte Haube aus schwarzem Leder, die meinem Gerfalken die Sicht verdeckte.

»Und dann?«, fragte ich, nachdem ich die Haube vorsichtig abgenommen hatte und sich mein Gerfalke aufgeregt die Umgebung besah.

»Sei nicht zu zaghaft in deinen Bewegungen, das verunsichert dein Tier unnötig. Hast du genug Fleisch dabei, um ihn anzufüttern?«

»Einen ganzen Beutel sogar«, sagte ich stolz und zeigte auf die prall gefüllte Tasche.

»Hat er einen Namen?«, fragte sie. Sie stand etwa fünf Schritte von mir entfernt, trug ihren Habicht auf dem abgewetzten Lederhandschuh und stand so reglos da wie eine Statue.

»Ich weiß nicht. Ich habe ihn letzte Woche vom besten Züchter gekauft. Er hat die beste Ausbildung genossen und ist einer der exzellentesten Jäger. Das hat man mir versichert.«

»Dein Vogel wird nur so gut jagen, wie du es ihm ermöglichst.«

Ihre Worte waren knapp. Wie immer. Aber ich verstand, was sie meinte. Und ich gab mein Bestes, um ihre Worte als Hilfestellung zu sehen, und nicht als Vorwurf.

»Du wirst ihm noch heute einen Namen geben und du wirst ihn ab sofort bei jeder Gelegenheit damit ansprechen. Er soll sich an deine Stimme gewöhnen, an deine Anwesenheit, und er soll deine Nähe mit einem guten Gefühl verknüpfen – auch wenn das vermutlich unmöglich ist.« Den letzten Satz murmelte sie kaum hörbar. »Füttere ihn an.«

Ich wagte es nicht, erneut nachzufragen, was sie genau meinte, und hoffte, intuitiv das Richtige zu tun. Mit einem Griff in meinen Beutel fasste ich nach einem Stück Fleisch und klemmte es zwischen Daumen und Zeigefinger meiner behandschuhten Hand, damit der Gerfalke es sich nehmen konnte. Dabei redete ich möglichst ruhig mit ihm, damit er sich an meine Stimme gewöhnte.

»Was für schöne Augen er hat!« Seine gelb umrandeten Augen waren dunkel wie ein tiefe, geheimnisvolle Höhle. Ich sah ihn an und er mich – dabei spürte ich ein Kribbeln, das sich durch meinen gesamten Körper zog und jede Müdigkeit von mir abschüttelte.

»Schrei niemals mit ihm oder in seiner Gegenwart, hörst du?«, fuhr Hedwig fort, doch ihre Stimme war angesichts der Verbindung zu meinem Gerfalken in den Hintergrund gewandert. Es war, als gäbe es nur noch mich und dieses wunderschöne Tier mit seinem weißen Gefieder, das von braunen Sprenkeln durchzogen wurde. Mir war, als verlor das Tier an Gewicht, aber vermutlich gewöhnte ich mich einfach daran, ihn auf meiner Hand zu spüren.

»Wenn du ihn anschreist, machst du ihm Angst, und dann wird er dir nicht vertrauen und dich meiden.«

»Ich werde ihn niemals anschreien«, sagte ich mehr zu mir selbst.

»Lass seinen Geschühriemen los und lass ihn fliegen. Sobald er deine Faust verlassen hat und sich zu weit von dir entfernt, lockst du ihn damit.« Hedwig warf mir etwas vor die Füße, das aussah wie ein toter Hase ohne Kopf, an dem ein Riemen befestigt war.

»Du wirbelst das Federspiel durch die Luft und erweckst so die Aufmerksamkeit deines Vogels. Wenn er gut ausgebildet ist, weiß er, was zu tun ist, und wird wieder auf deiner Faust landen, wo er von dir mit einem Stück Fleisch belohnt wird.«

Ich seufzte laut auf. Nichts lag mir ferner, als mir meine Unsicherheit anmerken zu lassen, doch wenn ich Hedwig so zuhörte, war ich nicht sicher, ob ich das alles in dem Ausmaß lernen würde, das ich für einen Sieg benötigte. All diese Ausdrücke, das fremde Tier auf meiner Faust, die körperliche Anstrengung ...

Dennoch würde ich mich nicht unterkriegen lassen. Ich würde Hedwigs Befehle ausführen, jeden Handgriff verinnerlichen und üben, bis mein Gerfalke und ich ein eingespieltes Gespann wären. Ich war ein schlechter Verlierer, und vielleicht genügte es, mir den drohenden Spott meiner Freunde in Erinnerung zu rufen, um mich für die harte Arbeit bestmöglich zu motivieren. Ich würde gewinnen, schließlich hatte ich die beste Lehrerin.

Also hob ich mit Schwung meinen Arm und ließ den Geschühriemen los, mit dem ich den Gerfalken bis jetzt festgehalten hatte. Ohne zu zögern, stieß sich der Vogel von meiner Hand ab, spreizte die Flügel und stieg hoch.

Während ich langsam meinen Arm sinken ließ, hing mein Blick am Gerfalken, der mit langsamen und effektiven Flügelschlägen immer höher stieg. Dabei stieß er kurze Laute aus, die an ein Klagen, ein Jammern erinnerten und Wehmut in mir auslösten. Immer weiter entfernte er sich, immer höher stieg er. Ich blickte zu Hedwig, die den Gerfalken gebannt und mit einem begeisterten Lächeln beobachtete. Mir wurde bewusst, dass es das erste Mal war, dass Hedwigs Miene ihre Härte verlor und sie einfach nur strahlte. Es war, als ob die Freiheit meines Gerfalken auch sie ein Stück weit erlöste.

Ich wandte mich von Hedwig ab und wieder meinem Vogel zu, der inzwischen hoch über uns flog. Zu hoch – zumindest für mein Empfinden. Rasch griff ich nach dem Riemen, an dessen Ende das Hasenfell hing, und tat, wie Hedwig mich geheißen hatte. Mit kräftigen Bewegungen wirbelte ich das Federspiel durch die Luft und sah dabei hoch zu meinem Vogel. Nur Sekundenbruchteile später konzentrierte sich der Gerfalke auf die Bewegungen unter ihm und ließ sich durch die Lüfte fallen.

»Lass es ihm noch nicht. Er muss es sich erkämpfen!«, meinte Hedwig und zeigte auf das Fellknäuel, das ich durch die Luft kreisen ließ. Ich verstand und nickte ihr zu.

Sobald der Gerfalke sich auf das Federspiel zu stürzen versuchte, änderte ich die Richtung meines Schwunges. Der Gerfalke stieg wieder hoch, machte kehrt und versuchte es erneut. Dieses Spiel wiederholten wir einige Male, bis ich das Gefühl hatte, dass es an der Zeit war, dem Falken die Beute zu überlassen. Dann krallte er sich das Federspiel und stürzte sich damit zu Boden.

»Geh zu ihm und tausche das Federspiel gegen etwas Fleisch.«

Mit ausladenden Schritten eilte ich zum Gerfalken und befolgte Hedwigs Anweisungen. Wieder auf meiner Faust sitzend, fraß er sich am Fleisch satt.

»Fühlst du es?«, fragte Hedwig.

Ich nickte. Sie brauchte die Frage nicht weiter auszuformulieren, ich wusste auch so, was sie meinte. Diese Aufregung, die durch den Vogel pulsierte, ausgelöst durch die Jagd, und die nun auch durch meine Adern zu brodeln schien.

»Für heute ist es genug. Wenn er sich satt gefressen hat, kannst du ihn wieder aufhauben. Dann ist Avis an der Reihe. Hast du noch Zeit? Bestimmt lernst du was, wenn du uns beobachtest.«

»Ja, sehr gerne. Danke!« Die Freundlichkeit, mit der Hedwig mir begegnete, erfüllte mich mit Stolz. Bestimmt sah sie mich inzwischen als ernst zu nehmenden Gegner und nicht mehr als unwissenden Angeber.

»Hast du die Kraft gesehen, mit der er sich auf die Beute gestürzt hat?«, fragte ich Hedwig.

»Ja, habe ich. Er ist ein besonderes Tier. Pass gut auf ihn auf.«

»Das mache ich«, antwortete ich und lächelte ihr zu.

»Tollpatschig, wie du bist, wirst du ihn beim nächsten Training verlieren«, sagte sie hart und zerstörte den Moment, in dem ich dachte, sie nähme mich ernst.

»Warum sagst du das? Du hast doch gesehen, dass ich mit ihm umgehen kann!«

Doch Hedwig schenkte mir nicht weiter Beachtung und ging einfach an mir vorbei, als wäre ich unsichtbar. Sie hielt bereits Ausschau nach einem Beutetier. Ihre Haltung war straff, ihr Blick ebenso stechend wie der ihres kleinen Habichts. Und als ich ihr nachblickte und zusah, wie sie leichtfüßig von einem Stein zum nächsten hüpfte, ohne dabei das Gleichgewicht zu verlieren und ohne dabei den Greifvogel auf ihrer Faust zu erschüttern, da wuchs in mir der Wunsch, es ihr zu zeigen. Sie sollte sehen, dass sie sich in mir geirrt hatte und ich nicht der verwöhnte Schnösel war, für den sie mich hielt. Und dann blieb sie stehen. Wie eine Statue verharrte sie auf einem Felsen. Nur ihr Rock und ein paar lose

Haarsträhnen tanzten mit dem Wind. Es war, als gäbe es nur noch sie, ihren Vogel und die bevorstehende Jagd. Sie vermochte alles auszublenden, versetzte sich gleichermaßen in ihren Habicht und das Beutetier. Ein kurzer Blick in die Augen ihres Vogels, und sie wusste, dass er dieselbe Beute im Visier hatte wie sie. Ein kurzer Ruck ihres Arms, und Avis erhob sich – schnell und wendig. Und während der Habicht zielsicher in eine Richtung schnellte, hob Hedwig ihren Rock an und rannte ihm hinterher.

Es war unglaublich, wie schnell die beiden waren. Fassungslos lachte ich kurz auf, konnte nicht wahrhaben, wie eingespielt und treffsicher die Jagd der beiden vonstattenging. Der Habicht stürzte sich auf das Kaninchen, fasste es und begrub es unter seinem Körper. Und schon im nächsten Augenblick warf sich Hedwig neben ihn auf die feuchte Wiese, griff behände nach der Beute und erlegte sie.

Was war das nur für eine Frau. In diesem Augenblick bewunderte ich sie und fragte mich, ob es ein Fehler gewesen war, sie derart in die Enge zu drängen, damit sie mich unterrichtete. Sie war ein Mensch der Freiheit, des Windes, der Wildnis. Jemanden wie sie erpresst zu haben fühlte sich in diesem Augenblick falsch an. Ich hatte meine Bedürfnisse über ihre gestellt, doch ihre Ansprüche galten nur ihrem Leben hier draußen. Sie war anders als alle Frauen, die ich kannte. Und für einen Moment – jetzt und hier – hatte ich das Gefühl, die Jagd, die Natur und unsere Greifvögel hätten ein unsichtbares Band zwischen uns geknüpft. Und ich hoffte, dass sie es auch fühlte.

Ich nahm mir vor, jeden Tag an meiner Fertigkeit, meiner Kraft und meiner Ausdauer zu arbeiten. Ich wollte sie davon überzeugen, dass ich ein ernst zu nehmender Gegner war, ein Gleichgesinnter.

Gut, es war noch nicht oft in meinem Leben vonnöten gewesen, mich anzustrengen, aber ich wusste, dass ich es konnte, wenn es darauf ankäme.

In diesem Augenblick wünschte ich mir nur eines: den Sieg im Falkenjagdturnier. Hedwig sollte mich als Jäger wahrnehmen. Ich wollte von ihr gesehen werden.

Kurz lachte ich auf, weil mir bewusst war, dass es unmöglich wäre, diese Frau zu besiegen. Und doch würde ich alles daransetzen.

KAPITEL 6
HEDWIG

Ich blickte hinter mich und sah, dass Konrad den großen Abstand zu mir immer noch nicht aufgeholt hatte. Es war eine Schande, dass ich meine Zeit mit einem Mann wie ihm vergeuden musste.

Valerie wusch in einem Bottich vor dem Haus unsere Wäsche, als ich mit Avis den schmalen Pfad herabgestiegen kam. Sie trug ihr Haar streng aus der Stirn gekämmt zu einem Dutt am Hinterkopf – wie immer, wenn sie arbeitete. Um ihre Taille hatte sie Mutters alte Schürze mit dem hellblauen Blumenaufdruck gebunden. Ihre Hände waren gerötet von der Arbeit und dem kalten Wasser. Mit gleichmäßigen Bewegungen schrubbte sie eine Bluse über das Waschbrett, tunkte sie immer wieder in die Seifenlauge und schrubbte erneut.

Wenn ich etwas nicht mochte, dann war es Hausarbeit. Zum Glück nahm Valerie das kommentarlos zur Kenntnis. Sie fegte und wischte die Böden, bezog die Betten frisch und putzte die Fenster, während ich zur Jagd ging, Reparaturen am Haus vornahm und kochte.

»Was mache ich nur, wenn du eines Tages ausgezogen bist?«, fragte ich, während ich Avis an seinem Block festband.

»Ich fürchte, dann wirst du nur noch schmutzige Kleider tragen«, antwortete sie, ohne vom Bottich aufzusehen.

»Wenn es nur das ist«, sagte ich und knotete den Stoffbeutel von meiner Taille.

»Die Leute werden dich für eine Eigenbrötlerin halten.«

»Das tun sie auch jetzt schon«, entgegnete ich und lachte auf. Dann fasste ich in meinen Stoffbeutel und holte stolz die beiden erlegten Kaninchen hervor, die Avis im Anschluss an das Training mit Konrad erbeutet hatte.

»Avis hatte einen guten Tag heute. Schau!« Ich hielt die beiden toten Tiere an den Hinterläufen und präsentierte sie meiner Schwester. Doch anstatt sich auf das üppige Mittagessen zu freuen, sah sie mich ernst an.

»Für dich ist alles immer nur ein Spaß, aber ich mache mir ernsthaft Sorgen um dich. Der Gedanke, dass du hier schon bald ganz allein lebst, bereitet mir schlaflose Nächte.« Sie ließ die Bluse ins Wasser sinken und wischte die Hände an der Schürze trocken.

»Wie kommst du darauf, dass für mich alles nur ein Scherz ist?« Ich schüttelte den Kopf und legte die Kaninchen auf die Holzbank vor dem Haus. »Und wenn dir der Gedanke, mich zu verlassen, solche Sorgen bereitet, dann bleib doch einfach hier.«

Das war ungerecht; das wusste ich, und vermutlich sollte ich mich entschuldigen. Doch ich wich nur Valerics vorwurfsvollem Blick aus und schwieg.

»Ich bleibe nicht«, sagte sie ungewohnt roh und stand auf. »Hier kann man doch nicht glücklich werden – zwischen blutverschmierten Kaninchen, einem undichten Dach und dieser endlosen Einsamkeit.«

»Seltsam, genau das sind die Dinge, die für mich das Glück hier oben ausmachen: die Selbstständigkeit, die mir die Jagd mit Avis verschafft, mein eigenes Haus, auch wenn es nicht perfekt ist, und, ja, das Alleinsein, die Ruhe.« Ich konnte mir nicht vorstellen, mein Leben nicht hier oben zu führen.

»Wir führen beide das gleiche Leben, und doch fühlt es sich für jede von uns anders an«, meinte Valerie so überrascht, als wäre sie gerade eben zu dieser Erkenntnis gelangt.

»Ich weiß«, sagte ich zu Valerie und reichte ihr die Hand. »Und deshalb machen wir uns so bald wie möglich auf den Weg zu Tante Irma nach Wien. Ich werde dich begleiten und erst abreisen, wenn du dich eingelebt hast. Lass mich nur noch das Falkenjagdturnier gewinnen, damit wir genügend Geld für die Reise und deinen Unterhalt haben, und dann kann es losgehen.«

»Vielleicht gefällt es dir in Wien so gut, dass du auch bleiben möchtest.«

»Niemals«, sagte ich.

»Der Abschied von dir wird ganz schrecklich werden«, meinte Valerie und drückte meine Hand.

»Noch sind wir zusammen.« Ich löste mich aus dem sanften Griff meiner Schwester und ging hinüber zu Avis, der sein Gefieder putzte. Dabei wühlte er sorgfältig mit dem Schnabel unter seinen Flügeln.

Wie würde es sich anfühlen, wenn Valerie nicht mehr hier war und dennoch alles an sie erinnerte? Ihr Lachen würde in jedem Raum nachhallen, und der Duft ihrer Ringelblumenseife würde noch lange an jedem Kissen hängen. Und ich? Würde ich es ertragen, so ganz allein hier oben? Nach außen hin gab ich mich stets hart, gab vor, die Einsamkeit zu lieben – und doch war ich noch nie wirklich einsam gewesen. Würde ich es ertragen, wenn ich nur meine eigene Stimme hörte, wenn niemand mir antwortete?

Ich dachte an früher, als unser Haus mit Gesprächen und Gelächter erfüllt gewesen war. Damals, als Mutter noch hier gewesen war und Vater noch gelebt hatte. Mit jedem Verlust war es stiller geworden im Haus und in unseren Herzen. Und doch hatten wir weitergemacht, hatten weitergelebt, neue Möglichkeiten gefunden, um die Frage nach Mutters Verbleib zu verdrängen und um Vater zu weinen. Oft hatten wir uns gefragt, wie es ihr geht. Wir hatten uns gefragt, ob sie an uns denkt und bei jedem Geräusch gehofft, sie käme wieder zur Tür herein. Und doch war sie nicht wiedergekommen. Kein Abschiedsbrief, kein letzter Kuss, keine letzten Worte. Sie war einfach weg gewesen. Hatte sie die Einsamkeit nicht mehr ertragen, so wie Valerie? War sie vor dem Berg geflohen, um anderswo ein neues Leben zu beginnen, inmitten von Menschen? Oder war sie bei einer ihrer Wanderungen abgestürzt, hatte verletzt auf Hilfe gehofft, bis sie letztendlich ... Nein, diesen Gedanken verdrängte ich. Lieber war mir die Vorstellung, in der sie in einem fein möblierten Haus aus dem Fenster sah und lächelte, wenn sie an uns dachte. Und vielleicht überlegte sie gerade, uns eines Tages einen Besuch abzustatten. Oder auch nicht ...

Ich streckte meine Hand aus und strich über Avis' weiches Gefieder am Bauch. Ich war nicht einsam, hatte ich doch meine Tiere und die Natur, die mich unverändert und treu begleiten würde, solange ich lebte.

»Was war so schlimm?«, fragte Valerie. Erleichtert über die Ablenkung von meinen trüben Gedanken, wandte ich mich ihr zu.

»Was meinst du?«, sagte ich und griff nach der ledernen Messerscheide an meinem Gürtel, den ich eng über Rock und Bluse geschnürt hatte, holte das Messer hervor und machte mich auf den Weg zu den Kaninchen.

»Ich kenne dich. Wahrscheinlich hasst du jede Sekunde, die du mit Konrad Ahnen verbringen musst?« Valerie griff wieder in den Bottich und fasste nach einem Kleidungsstück.

»Er ist schrecklich untalentiert. Sein Gerfalke ist königlich, und seinen Flug zu beobachten raubt mir den Atem. Das arme Tier hätte einen Falkner verdient, der mit ihm umzugehen weiß«, sagte ich. Da signalisiert mir Valerie plötzlich zu schweigen.

»Guten Tag, Herr Ahnen!«, sagte Valerie und blickte über meine Schulter hinweg zu Konrad. Ich drehte mich um und sah ihn, wie er sich müde zur Hütte schleppte und samt seinem Gerfalken auf der Faust auf die Bank niederließ.

»Guten Tag, Fräulein Valerie«, seufzte er und streckte die Beine von sich.

»Wollen Sie einen Schluck Wasser?«

»Wir sind hier kein Gasthaus, Vali!«, schalt ich meine Schwester, doch die machte sich bereits auf den Weg zum Brunnen, um für Konrad frisches Quellwasser in eine Flasche abzufüllen.

»Deine Schwester weiß eben, wie man einen Gast behandelt.«

»Du bist nicht mein Gast«, antwortete ich schroff und griff nach meinem Messer, um die beiden Kaninchen zu zerteilen.

»Oh, bitte nicht!«, meinte Konrad gequält und wandte den Blick von meiner Beute ab. »Kannst du damit nicht warten, bis ich weg bin?«

Ich schmunzelte und stellte mich direkt vor ihn. Mir war danach, ihm meine Meinung zu sagen, aber etwas ließ mich innehalten. Er wirkte so erschöpft und hilflos, dass es mir keinen Spaß bereitete, mich weiter über ihn lustig zu machen. Als Valerie ihm ein Glas Wasser reichte, schenkte er ihr ein Lächeln, das mich beinahe schmerzte, und in mir die Sehnsucht weckte, er möge auch mir so offen und freundlich begegnen.

Mit großen Schlucken leerte er sein Glas und gab es dankend zurück an Valerie.

»Bevor ich mich hier noch weiteren Beschimpfungen aussetzen muss, gehe ich lieber zurück zu meinem Onkel.«

Mühsam stöhnend erhob er sich von der Bank und stand nun direkt vor mir. Er war um einiges größer als ich, blickte auf mich herab und ich zu ihm hoch.

»Vielen Dank für den Unterricht«, sagte er leise und deutete ein Lächeln an. »Sehen wir uns morgen wieder?«

Mein Blick hing an seinen Lippen, die noch mit Wasser benetzt waren. Ich schluckte heftig und zwang mich, mich von ihm abzuwenden.

»Ich werde hier sein«, sagte ich knapp und platzierte die toten Kaninchen auf dem Tisch.

»Auf Wiedersehen, Fräulein Valerie. Und danke für das Wasser«, hörte ich ihn sagen.

»Wie willst du eigentlich das Turnier gewinnen, wenn du die Beute nicht erlegen kannst?«, rief ich ihm noch hinterher, doch Konrad ignorierte mich – und das war beinahe schmerzhafter als eine seiner bissigen Antworten.

»Ich mag ihn«, sagte Valerie und starrte Konrad verträumt hinterher. »Und er gäbe eine gute Partie ab.«

»Unsinn!«, brummte ich und war nicht sicher, was ich von Valeries Einstellung halten sollte. War sie naiv oder ich zu feindselig? Glaubte sie tatsächlich, an der Seite eines Mannes wie Konrad ihr Glück zu finden?

»Er ist schrecklich!«, antwortete ich entsetzt.

»Zu mir war er bislang freundlich und zuvorkommend.«

Ich hielt den Atem an und versuchte, Valeries Worte sacken zu lassen. War es möglich, dass sie eine Verbindung mit diesem Kerl in Betracht zog?

Ich wollte dieses Gespräch nicht fortsetzen. Lieber widmete ich mich den beiden Kaninchen, die darauf warteten, ausgeweidet zu werden. Vielleicht konnte ich bei der Arbeit einen klaren Gedanken fassen.

Mit einem gekonnten Schnitt öffnete ich den Brustkorb eines Kaninchens. Angewidert wandte meine Schwester sich ab und ihrer Wäsche zu. Mit aller Kraft drückte sie das Wasser aus dem Stoff eines Rockes und hängte ihn zum Trocknen über die straff gespannte Leine.

Konrad Ahnen als Ehemann meiner Schwester? Was für ein grauenvoller Gedanke. Er war reich und der Meinung, sich alle Menschen kaufen zu können. Er war ein Erpresser, ein Tunichtgut. Hinter seiner gut aussehenden Fassade steckte ein hinterlistiger Mensch, da war ich mir sicher. Und von seiner Selbsteinschätzung mochte ich gar nicht erst reden! Er glaubte tatsächlich, das Turnier gewinnen zu können, und schaffte es nicht einmal den Berg hoch, ohne in Atemnot zu geraten. Er stolperte über Wurzeln und schaffte es nicht, das Geschüh seines Gerfalken ordentlich zu verknoten. Und wenn ich ihn für seine Fehler tadelte, gab er mir die Schuld an seinem fehlenden Können.

Und doch musste ich ihm zugestehen, dass er es heute geschafft hatte, das Vertrauen seines Gerfalken für sich zu gewinnen. Und dabei schien er ehrliche Freude bei der Arbeit mit seinem Vogel zu haben. Das Strahlen und die Begeisterung, nachdem sein Gerfalke zufrieden auf seiner Hand saß und am Fleisch rupfte, waren echt gewesen.

»Ich würde mich von Konrad hofieren lassen. Er gefällt mir«, sagte Valerie mit erröteten Wangen. »Und wer weiß, vielleicht brauche ich mich dann gar nicht mehr bei Tante Irma einzuquartieren, sondern halte gleich Einzug bei Konrad.«

Valerie wischte ihre nassen Hände an der Schürze ab und blickte hinab ins Tal.

»Du hast einen besseren Mann verdient als diesen hochnäsigen Konrad«, murmelte ich über das Kaninchen gebeugt.

»Und was, wenn du dich irrst?« Mit diesen Worten stürzte

sie den Bottich mit dem Seifenwasser um, damit er in der Sonne trocknen konnte. Dann ging sie an mir vorbei ins Haus und ließ mich zurück mit meinen Gedanken an die Zukunft.

Die Vorstellung, dass Konrad und Valerie vor dem Traualtar standen, sich anlächelten, küssten und später auf der Traufeier tanzten und ausgelassen lachten, ließ in mir ein Gefühl der Beklemmung heranwachsen. Ich sah mich bei der Hochzeit im Abseits stehen, den Blick auf das Brautpaar gerichtet und betrübt.

Dabei sollte ich mich für Valerie freuen, oder etwa nicht? Eine Ehe mit einem reichen Mann war das, was sie sich seit einer Ewigkeit gewünscht hatte.

Was, wenn ich mich irre, dachte ich und hob meinen Blick hoch vom Kaninchen und hinüber zum Weg, den Konrad eben ins Tal gegangen war.

KAPITEL 7

Ich finde es schrecklich, dass die armen Greifvögel an einem Block festgebunden sind«, meinte Konrad, als wir uns ein paar Tage später bei Sonnenaufgang auf den Weg zum Gipfel machten. Wir hatten nun schon eine Weile trainiert, und ich war verblüfft über seine wachsende Kondition. Obwohl der Weg steil war, sprach er mit mir, ohne zu keuchen und ohne einen tiefroten Kopf zu bekommen. Unter dem dünnen Stoff seines weißen Hemdes zeichnete sich sein Oberkörper ab, und ich kam nicht umhin, wiederholt einen heimlichen Blick zu wagen.

»Das sind Tiere der Freiheit und des Himmels. Und dann werden sie von uns dazu gezwungen, auf einem Holzblock zu sitzen und zu warten, bis wir sie wieder für die Jagd brauchen?«

»Tiere der Freiheit und des Himmels?«, entgegnete ich und löste meinen Blick von seinen breiten Schultern. »Vielleicht solltest du lieber an einem Wettkampf für Poeten teilnehmen?«

»Was für ein Unsinn. Beides lässt sich miteinander vereinbaren: eine Haltung der Tiere, die nicht derart entwürdigend ist, und ihre Nutzung für die Jagd. Ich werde für Fürst einen Käfig bauen lassen, in dem er fliegen kann.«

»Fürst«, hatte ich geantwortet und gelacht, wie ich es immer tat, wenn er den Namen seines Gerfalken aussprach. »Dein Vogel ist jeden Tag mit dir auf der Jagd und hat dabei die Möglichkeit, in seinem natürlichen Umfeld zu fliegen. Wäre es da nicht ein makaberer Spott, ihn zwischen Käfiggittern flattern zu lassen?«

»Ihn an einem Holzpfosten festzuzurren ist also respektvoll?« Sein Blick hatte mich getroffen – vorwurfsvoll und hart.

Ich blickte auf das Geschüh, das Avis um sein Bein trug und das ich fest im Griff hatte. Was, wenn Konrad recht hatte und Avis mehr Freiheit brauchte?

»Was für ein Unsinn!«, sagte ich und erhöhte mein Tempo, um dem unnützen Gespräch zu entfliehen.

»Meinem Vogel geht es gut«, sagte ich bestimmt und blickte Avis ins Gesicht. Wenn Valerie und ich uns vor dem Haus aufhielten, war Avis dabei. Er hatte sogar einen Block drinnen im Wohnraum, aber den nutzten wir nur, wenn er krank war und ich ihn Tag und Nacht beobachten musste – was zum Glück nicht oft vorkam. Nur einmal war er im Sturzflug gegen einen Felsen geprallt und war apathisch auf dem Boden liegen geblieben. Damals war ich in großer Sorge um ihn gewesen und wollte ihn auch noch im Haus bei mir haben, als er sich längst wieder erholt hatte.

Und während ich den Berg hochstieg und in Avis' Augen sah, passierte etwas mit mir, womit ich nicht gerechnet hatte: Avis tat mir leid. Wie er hilflos dasaß, auf meiner Faust, unfähig, mir zu entfliehen oder sich den Rufen seiner Artgenossen anzuschließen. Mein Habicht wirkte kleiner als sonst, verloren, der Blick, den er mir zuwarf, fragend, fast traurig.

»Ach was«, sagte ich und konzentrierte mich wieder auf den Weg. Doch schon ein paar Schritte weiter wandte ich mich wieder Avis zu und versuchte, mir vorzustellen, wie er sich fühlen musste, wenn er die Tage und Nächte festgebunden an einem Holzblock verharren musste.

»Er kennt kein anderes Leben«, versuchte ich mich erneut zu verteidigen. »Er ist so aufgewachsen.«

Avis legte den Kopf schief und blickte mich aus seinen dunklen Augen an.

»Aber macht es das besser?«, fragte Konrad wenige Schritte hinter mir.

Meine Schultern sackten tiefer, und in meiner Magengegend machte sich eine unangenehme Schwere breit. Ich dachte an Vater und wie er mir jahrelang den Umgang mit Greifvögeln nahegebracht hatte. Ich hatte jeden Handgriff von ihm übernommen, hatte nie etwas hinterfragt, sondern war davon ausgegangen, dass alles zum Besten unserer Tiere war. Aber was, wenn das nicht stimmte? Was, wenn ausgerechnet dieser Konrad Ahnen im Recht war und die Haltung der Tiere überdacht werden sollte?

Bestimmt schadete es nicht, wenn ich heute einen Blick in die Scheune warf und überlegte, wie ich sie für Avis angenehmer gestalten konnte. Dort standen Kästen, in denen Vaters Werkzeug verstaut war. An einer Wand stand ein Tisch, auf dem Vater früher seine Schnitzarbeiten gefertigt hatte – Kruzifixe und Madonnenfiguren, die er auf dem Markt im Dorf für ein kleines Zugeld verkauft hatte. Jetzt war der Tisch leer, es war niemand mehr da, der Vaters Handwerk fortsetzte. Ansonsten befand sich nichts in der Scheune. Dort war nichts, woran sich Avis verletzen, nichts, das er beschädigen konnte. Was, wenn …? Der Gedanke war verrückt, aber doch auch nur, weil er neu war. Warum sollte ich Avis nicht versuchsweise freilassen, ihn nicht am Block festbinden? Ich könnte ihm die kleine Birke an eine Wand lehnen, die der letzte Sturm geworfen hatte.

Konrad würde ich natürlich nichts davon erzählen – auf seinen Hohn konnte ich verzichten.

Noch am selben Tag setzte ich meinen Plan um. Ohne weiter abzuwägen, was richtig oder falsch sein könnte, zog ich einen Baum in die Scheune. Dort angekommen, stellte ich ihn auf und befestigte ihn zwischen einem der Kästen und dem Tisch. So würde er nicht umstürzen, wenn Avis daran hinaufkletterte.

Ich verspürte eine gewisse Aufregung, als ich zu Avis ging und seinen Lederriemen vom Holzblock löste.

»Na los, sieh dich um!«, forderte ich ihn auf und deutete mit beiden Händen auf den Raum, der ihm ab sofort zur Verfügung stand. Doch Avis verharrte auf seinem Block. Er schien nichts mit seiner neu gewonnenen Freiheit anfangen zu können. Erst nach einer Weile streckte er seine Flügel und stemmte sich vom Holzblock ab, um zur Birke hinüberzufliegen.

»Ja!« Ich lachte auf und legte beide Hände an meine Wangen. Was war das für eine Freude, ihn dabei zu beobachten, wie er durch das dünne Geäst kletterte und seinen Schnabel daran wetzte. Mit einem Mal wirkte Avis lebendig, aufgeweckt und fröhlich.

»Gefällt dir das, ja?« Meine Stimme klang tränenerstickt – zum Teil vor Freude, zum Großteil aber, weil mir in diesem Augenblick bewusst wurde, was ich meinem Vogel so lange Zeit vorenthalten hatte. »Die ganze Scheune gehört jetzt dir!«

Avis stürzte sich vom Wipfel der Birke und flatterte hinüber auf den Kasten. Neugierig erkundete er jeden Zentimeter, dabei klackerten seine Krallen auf dem Holz des Schranks. Unwillkürlich lachte ich auf und erfreute mich an der kindlichen Neugierde meines Vogels.

Als ich wenig später den Schuppen verließ, fühlte ich mich auf ungewohnte Weise leicht. Auf dem Weg zum Haus fragte ich mich, was Vater wohl sagen würde, wenn er heute hier wäre. Hätte er mit mir gelacht oder sich über mich lustig gemacht?

Ich würde es nie erfahren, und es spielte auch keine Rolle. Was zählte, war meine Meinung, mein Gefühl, meine Erfahrung. Alte Gewohnheiten durften verändert werden, Neues durfte entstehen. Ich war nicht so eingerostet, wie alle glaubten. Sollten sie mich Eigenbrötlerin nennen, ich wusste es besser.

Es war ein gutes Gefühl, etwas an alten Gewohnheiten zu verändern, auch wenn das bedeutete, Konrad Ahnen ein Stück weit recht geben zu müssen.

Ausgerechnet der Mann, den ich für einen Tollpatsch hielt, einen untalentierten Falkner, brachte mich zum Nachdenken und ließ mich aus einem neuen Blickwinkel auf meine Traditionen schauen.

Aber das musste er ja nicht erfahren …

KAPITEL 8
KONRAD

Du trägst eine schreckliche Unruhe in dir, und die überträgt sich auf deinen Vogel – und um ehrlich zu sein: auch auf mich.« Diese Worte hatte Hedwig mir schon unzählige Male vorgeworfen – entnervt und mit den Augen rollend. Dabei gab sie mir das Gefühl, ich wäre unbelehrbar und unverbesserlich.

»Was kann ich tun, um diese Unruhe abzulegen?«, fragte ich.

»Du bist ein Stadtmensch – geprägt von Lärm und Stress. Würdest du hier oben leben, würdest du die Kraft der Berge spüren und dich von ihr durchdringen lassen.«

»Ich bin doch aber hier. Wenn du mir sagst, wie das geht, dann werde ich lernen, die Kraft der Berge zu spüren.«

»Du möchtest zu viel. Wie immer«, sagte Hedwig und nahm mir den Gerfalken ab. Sie stand dicht neben mir, so nahe, dass ich ihren Atem riechen konnte, der nach Pfefferminztee duftete. Ich konnte ihre Wärme fühlen, das innere Feuer, das sie stets zu umgeben schien. Sie stand wirklich in Flammen. Immer. Sie loderte, brannte, und es war unmöglich, sie zu bändigen. Aber warum sollte das jemand wagen? So, wie sie war, war sie perfekt.

Ich blickte sie an, fragte mich, woher ihre Kraft rührte. Waren es wirklich unsere verschiedenen Welten, die uns trennten? Kein Mensch könnte mir fremder sein als sie. Und doch war da in manchen seltenen Augenblicken diese Wehmut in ihrem Blick, der ich nachspüren wollte und die mich fast dazu drängte, ihre Nähe zu suchen. Ich bräuchte nur meine Hand auszustrecken und könnte ihre Wange berühren oder ihren Hals oder ihre Lippen. Bestimmt waren sie zart und weich. Und bestimmt würde ich mich in einem Kuss mit ihr verlieren.

»Vielleicht sind wir einander ähnlicher, als du wahrhaben möchtest«, flüsterte ich.

»Wenn du dich irrst, dann aber so richtig!«, sagte sie und durchbohrte mich mit ihrem Blick.

Ich zog meine Augenbrauen hoch und wandte mich von ihr ab. Mit Hedwig zu diskutieren machte keinen Sinn. Ihr etwas erklären zu wollen, ebenso wenig. Sollte sie doch glauben, dass ich ihr unterstellte, mit dem Grafen mehr zu unternehmen als Jagdausflüge. Sollte sie glauben, ich interessierte mich für ihre jüngere Schwester. Es war mir nicht egal, aber ihre Fehlschlüsse richtigzustellen war ohnehin unmöglich.

»Schließ deine Augen«, sagte sie. Ihre Stimme war kühl und ruhig. »Atme mit mir.«

Sie trat an mich heran. Ganz nahe. Unsere Oberarme berührten sich, und es war, als spürte ich ihr Feuer plötzlich in mir. Es war ein seltsames Gefühl, hier oben die Augen zu schließen, dennoch wusste ich, worauf sie hinauswollte, und versuchte, mich mit der Natur zu verbinden. Hedwig hatte recht, wenn sie sagte, dass ich ein getriebener Mensch aus der staubigen Stadt war. Wie sollte es auch anders sein? Ich war in Wien aufgewachsen, kannte den Wienerwald nur von Besuchen bei meinem Onkel.

»Du atmest nicht richtig!«

»Wie kann jemand falsch atmen?«, fragte ich und trat einen Schritt zurück.

»Man kann alles falsch machen, glaub mir!« Ihr Blick war voller Abneigung.

»Du willst aus mir einen Narren machen!« Ich trat einen weiteren Schritt zurück und stolperte über loses Geröll. Mit aller Mühe konnte ich einen Sturz verhindern und mich wieder fangen.

»Du schaffst es auch ganz ohne meine Hilfe, einen Narren aus dir zu machen.« Sie stemmte beide Hände in die Taille und lachte.

»Noch nie in meinem Leben bin ich einem Menschen begegnet, der so boshaft ist wie du!«

»Das liegt vielleicht daran, wie du mich behandelst – und erpresst.«

»Die Dorfbewohner erpressen dich nicht und haben trotzdem kein gutes Wort für dich übrig.«

»Die Dorfbewohner sind dumme Tölpel!«

»Warst du schon immer so arrogant oder gefällt es dir einfach, mit vorgefertigten Meinungen um dich zu werfen?«

»Arrogant? Ich? Das hättest du gerne, nicht wahr? Dann wäre ich in diesem Spiel die Böse und du der Unschuldige.« Ihre Stimme war zu einem Fauchen geworden, und ich fragte mich, mit welcher Aussage ich sie derart in Rage gebracht hatte.

Ich schnappte nach Luft. War ich ihr tatsächlich so sehr zuwider? Wenn ich die Tatsachen überschlug, hatte sie natürlich allen Grund, mich nicht zu mögen, aber mich derart mit Wut zu konfrontieren fand ich dennoch maßlos übertrieben.

»Dann liegt es also nur an mir, dass du Gift und Galle spuckst?« Ich starrte sie herausfordernd an.

»Natürlich!«

»In besserer Gesellschaft weißt du dich also zu benehmen

oder kannst gar ein fröhliches Verhalten an den Tag legen?«, fragte ich und sah sie herausfordernd an.

»Da kann weiß Gott niemand das Gegenteil behaupten.« Breitbeinig stand sie vor mir, baute sich förmlich auf und starrte mir mit einer Selbstsicherheit entgegen, wie ich sie noch nie bei einer Frau gesehen hatte.

»Beweise es mir!«, sagte ich forsch.

»Wie meinst du das?« Sie fuhr durch ihr vom Wind zerzaustes Haar.

»Mein Freund Wilhelm gibt auf seinem Anwesen einen Sommerball, und hiermit lade ich dich und deine Schwester dazu ein!«

»Sommerball«, murmelte sie und verzog dabei ihre Miene. »Was soll ich auf einem Sommerball?«

»Mir beweisen, dass du Manieren hast!«

Wir starrten uns wortlos an. Zu gerne hätte ich in diesem Augenblick ihre Gedanken gelesen. Bestimmt dachte sie, dass ich sie mit dieser Einladung bloßstellen wollte und sie sich unter den vornehmen Gästen blamieren sollte. Was sie nicht wusste, war, dass ich es kaum erwarten konnte, sie einmal in einer anderen Umgebung kennenzulernen. Fernab ihres Berges und der Jagd. Ich wollte herausfinden, was für ein Mensch sie war, wenn sie sich nicht an ihrem Habicht festhalten konnte. Was, wenn wir beide uns unerwarteterweise mögen würden?

»Du denkst, ich schaffe das nicht, habe ich recht?«

Ich schmunzelte und schwieg.

»Aber da irrst du dich! Der Ball wird ein voller Erfolg, und mit etwas Glück lernt meine kleine Schwester eine passende Partie kennen. Die Einladung nehme ich also dankend an!« Sie griff nach ihrem Rock und deutete einen Knicks an. »Wenn du allerdings denkst, dass ich mit dir tanzen werde, dann hast du dich geirrt!«

»Als ob ich mit dir tanzen wollte«, erwiderte ich und lachte.

»Eine schreckliche Vorstellung«, antwortete sie mit unsicherer Stimme. Was, wenn es ihr so ging wie mir und sie neugierig war auf unseren gemeinsamen Ballbesuch?

»Nimm doch Graf Hohenberg mit, damit er dich vor mir beschützt!«, forderte ich sie heraus.

»Was für eine großartige Idee. Bestimmt wird er erfreut über die Einladung sein. Dann befindet sich wenigstens ein Gentleman auf dem Ball.«

»Wie schön!«, antwortete ich und konnte nicht fassen, dass Graf Hohenberg womöglich wirklich auf Wilhelms Ball erscheinen würde. Ich konnte es kaum erwarten, meinem Freund davon zu erzählen.

»Ich fiebere der rauschenden Ballnacht entgegen. Der Graf und ich werden ein wunderbares Paar abgeben«, sagte sie und blickte mich erwartungsvoll an. Was erwartete sie dieses Mal? Eifersucht?

»Zweifellos«, erwiderte ich und stieg den schmalen Pfad vom Gipfel hinab zu ihrer Hütte, wo mein Pferd auf mich wartete. Der Weg war nicht ungefährlich, und jeder Tritt wollte mit Bedacht gesetzt werden, damit man nicht stolperte und sich auf einem der kantigen Felsen aufschlug. Anfangs hatte es mir Schwierigkeiten bereitet, mit meinem Gerfalken auf der Faust die Balance zu halten, aber inzwischen war ich darin geübt. Nach drei Wochen des Trainings bemerkte ich tatsächlich erste Fortschritte.

Hedwig mochte es vielleicht noch nicht bemerkt haben, aber ich war schon lange nicht mehr der unbegabte Anfänger, für den sie mich noch immer hielt. Inzwischen benötigte ich keine Pause mehr, wenn wir frühmorgens den Berg bestiegen, und ich hatte keine Scheu mehr, das Wild für meinen Gerfalken aufzustöbern.

Wenn ich Hedwig und ihren Habicht bei der Jagd beobachtete, wurde mir klar vor Augen geführt, was ich noch alles zu erlernen hatte, aber ich durfte zufrieden sein mit meinen Fortschritten. Und wenn ich so hart weitertrainierte, war der Sieg beim Turnier tatsächlich nicht ganz ausgeschlossen.

»Schon fertig für heute?« Es war Valerie, die vor der Hütte saß und einen Blumenkranz band. Wie unterschiedlich die beiden Schwestern doch waren. Hatte ich bei Hedwig ständig das Gefühl, sie würde mich herumkommandieren, so vermittelte Valerie den Eindruck, sie wäre eine Waldfee – so zart, leicht und vorsichtig in ihrer Wortwahl.

»Sagen wir so: Ich habe beschlossen, dass es für heute genug ist. Deine Schwester ist noch auf Jagd mit Avis. Ohne mich.«

»Was wohl bedeutet, dass ihr wieder einmal uneins wart, oder?« Valerie lachte. Ihre Zähne waren ebenmäßig und ihre Wangen zartrosa. Die leichten Wellen ihres blonden Haares reichten bis fast zur Taille. Und ihre Haut war hell, fast durchsichtig. Das hellblaue Kleid, das sie trug, war mit Rüschen und Spitze besetzt – ganz anders als die Kleider ihrer Schwester, die immer in Erdtönen gehalten und ohne jeglichen Zierrat waren.

»Wäre doch langweilig, wenn wir uns vertragen würden«, sagte ich zwinkernd, während ich zu meinem Rappen ging und den Zügel vom Baum löste.

»Schade, dass du meine Schwester nicht anders kennst. Sie kann nämlich sehr liebenswürdig sein.«

»Kann sie?«

»Manchmal«, meinte Valerie und lachte auf. Dann setzte sie sich den fertig gebundenen Blumenkranz auf den Kopf und betrachtete ihr Spiegelbild im Fenster.

»Hübsch siehst du aus«, sagte ich. »Ich habe dich und deine Schwester zu Wilhelms Sommerball eingeladen. Vermutlich wirst du dort allen Junggesellen den Kopf verdrehen.«

»Ein Ball? Ich war noch nie auf einem Ball.«

»Dann wird es höchste Zeit!«

»Und Hedwig hat zugesagt?« Valeries Stimme überschlug sich. Ich nickte ihr zu und führte meinen Rappen direkt vors Haus.

»Das wundert mich!«, meinte Valerie nachdenklich. »Wir haben doch nicht einmal Kleider für so einen Anlass.«

»Keine Ballkleider?«, fragte ich verwundert. Was war das für eine Welt, in der die beiden Schwestern lebten.

»Kannst du mir sagen, warum wir Geld für Kleider ausgeben sollten, die wir nicht benötigen? Abgesehen davon, dass wir kein übriges Geld haben. Ich wünsche mir seit Jahren ein Buch, aber Hedwig sagt, dass wir uns solchen Unsinn nicht leisten können.«

»Deine Schwester hält Bücher für Unsinn? Wie kannst du nur mit ihr unter einem Dach leben?«

Valerie blickte mich erschrocken an, schien abzuwägen, ob ich mein Urteil über Hedwig ernst meinte.

»Wenn du magst, bringe ich dir morgen ein paar Bücher aus der Bibliothek meines Onkels.«

»Das würdest du?« Ihre Augen bekamen diesen freudigen Glanz, den sie aber rasch wieder verloren. »Hedwig würde nicht wollen, dass ich ein Geschenk von dir annehme.«

»Und wie sieht es mit einer Leihgabe aus? Eine, die wir vor ihr verheimlichen?« Den letzten Satz flüsterte ich ihr verschwörerisch zu.

»Und wie machen wir das mit den Kleidern für den Ball?«, fragte ich Valerie und grübelte ernsthaft über die Lösung des Problems. »Ich weiß: Ich werde Wilhelms Schwester bitten, euch welche zu leihen.«

»Ich kann mir nicht vorstellen, dass Hedwig das annehmen wird.«

»Sie hat die Einladung angenommen, also ist ihr wohl hoffentlich bewusst, dass ihr beide Ballkleider braucht!«

»Ich fürchte, meine Schwester wäre imstande, in einem ihrer Baumwollkleider auf den Ball zu gehen.« Valerie legte eine Hand an ihren Mund und lachte.

»Womöglich hast du recht! Unfrisiert und ohne Schuhe obendrein!«, sagte ich und erfreute mich an Valeries hellem Lachen.

»Schuhe sind unbequem, sie schränken einen nur unnötig ein«, setzte Valerie nach und machte dabei ihre Schwester nach.

»Genau: Freiheit für die Füße!«, sagte ich und ließ mich von ihrem Lachen anstecken.

»Aber warum machst du das?«, fragte Valerie, und mit einem Mal erkannte ich in ihrer Miene dasselbe Misstrauen, das ich jeden Tag in Hedwigs Gesicht ablesen konnte. Und für einen kurzen Augenblick empfand ich Mitleid für die beiden Frauen, die glaubten, in Freiheit zu leben, und die doch ihr eigenes Gefängnis um sich errichtet hatten.

»Weil ich dir eine Freude machen möchte«, antwortete ich Valerie und meinte es so. Ich kannte die junge Frau kaum, dennoch berührte mich ihr Schicksal. Sie hatte noch nie in ihrem Leben ein Ballkleid getragen, konnte sich keine Bücher leisten und hatte sich stets dem Willen ihrer Schwester zu beugen. Ob Hedwig bewusst war, wie widrig die Umstände waren, unter denen sie ihre Schwester zu leben zwang?

»Dann sehen wir uns morgen, ja?«

Valerie nickte und winkte mir zum Abschied zu. Allein das Lächeln, das die Vorfreude ihr ins Gesicht zauberte, war den Aufwand wert.

Sobald ich den Berg hinter mir gelassen, meinen Gerfalken dem Stallknecht übergeben und ich mich passend angekleidet hatte, würde ich zu Wilhelm reiten und zwei Kleider für die Schwestern organisieren.

Inzwischen hatte ich kein Problem mehr damit, meine Zügel in einer Hand zu halten und gleichzeitig auf der anderen den Gerfalken zu tragen. Im Gegenteil: Wenn ich so durch das Dorf ritt, fühlte ich mich unglaublich stattlich.

Als das Anwesen meines Onkels am Rande des Dorfes in mein Sichtfeld rückte, verspürte ich wie immer dieses Entzücken in mir, weil sich das lang gezogene Gebäude mit seinen kleinen Türmchen so wunderbar in die gebirgige Landschaft einfügte. Die Stallungen standen etwas abseits des Wohntrakts und grenzten an weitläufige Weiden, auf denen die Pferde ihr Temperament ausleben durften.

Alarmiert von den Huftritten meines Rappen, eilte mir der Stallknecht bereits entgegen.

»Hatten Sie eine erfolgreiche Jagd, gnädiger Herr?«, fragte Gustav und strich sich über seinen buschigen Vollbart, bevor er in seinen Lederhandschuh schlüpfte, um Fürst zu übernehmen.

»Erfolgreich? Wenn man bedenkt, dass ich nun seit über drei Wochen vor Sonnenaufgang den Berg hochsteige, um mir von Fräulein Wolf sagen zu lassen, wie träge meine Fortschritte sind, bin ich nicht sicher, was ich dir antworten soll, Gustav.«

»Wenn Sie doch den Unterricht eines fachkundigen Falkners vorziehen, kann ich Ihnen ein paar Namen nennen – von Männern wohlgemerkt.« Gustav lockte den Gerfalken mit einem Stück Fleisch auf seine Faust.

»Tja, für mich spielt es keine Rolle, ob Mann oder Frau, ich möchte einfach nur vom Besten unterrichtet werden.«

»Dann sind Sie bei der da oben an der falschen Adresse«, sagte er und zeigte mit einem Finger zum Berg hinter uns.

Ich folgte seinem Fingerzeig und sah Hedwigs Haus, das hinter ein paar Fichten hervorlugte. Ob Valerie ihrer Schwester schon von den Kleidern erzählt hatte, die ich ihnen für den Ball besorgen würde? Ich konnte mir förmlich Hedwigs Gesicht vorstellen, mit dem sie laut darüber schimpfte, dass sie es nicht nötig hatte, sich Kleider zu borgen.

»Ich denke, Hedwig ist vorerst die richtige Adresse für mich. Aber danke.«

Ich schlüpfte aus meinem schweren Handschuh und reichte ihn Gustav.

»Natürlich. Verzeihen Sie, gnädiger Herr.« Mit diesen Worten marschierte Gustav samt Fürst hinüber zu den Stallungen, wo wir den Gerfalken untergebracht hatten. Auch wenn Hedwig der Meinung war, dass ein Greifvogel mit einem Holzblock zufrieden sein musste, so hatte ich Fürst dennoch in einer leer stehenden Sattelkammer einquartiert. Die Vorstellung, dass mein Tier Tag und Nacht an einen Pfosten geknotet verharren musste, war für mich nicht akzeptabel.

In meinem Umkleideraum angekommen, stand ich vor dem bodentiefen Spiegel und knöpfte mein Hemd auf. Stolz blickte ich auf meinen Oberkörper, der von den Strapazen, denen mich Hedwig aussetzte, tatsächlich Muskeln aufgebaut hatte. Egal wie sehr ich Hedwig auch dafür verachtete, dass sie mich den Berg hochjagte, aber heute und hier war ich stolz auf die Figur, die ich dank ihr machte.

Ich schmunzelte meinem Spiegelbild entgegen und strich über meine Kinnpartie. Früher war ich blass gewesen, doch nun war meine Haut sonnengebräunt und ließ mein blondes Haar noch heller wirken.

Ich wusch mich mit klarem Wasser und Seife, schlüpfte in ein frisches Hemd, das mein Kammerdiener für mich bereitgelegt hatte, band das fliederfarbene Tuch um meinen Hals und entschied mich für den hellbraunen Gehrock, der so gut zu meiner neuen weißen Reithose passte. Der schwarze Zylinder lag frisch poliert auf der hell gebeizten Kommode und komplettierte meinen Auftritt. So konnte ich mich bei meinem Freund Wilhelm sehen lassen.

Der Ritt von Onkels Anwesen zu Wilhelms Schloss war nicht lang. Bestimmt hatte Gustav mir meinen Schimmel gesattelt – das schnellste Pferd im Stall. Mit ihm wäre ich in weniger als einer Stunde am Ziel angelangt und könnte mit meinem Freund bei einer würzigen Zigarre über seine Pläne für den Sommerball plaudern.

Der Ritt durch die Natur war erfrischend und belebte meine Sinne. Das betriebsame Rauschen des Flusses begleitete mich und verlieh meinen Gedanken Flügel. In Momenten wie diesen verstand ich Hedwigs Verbundenheit zur Natur, ihre Liebe zu den rauen Bergen und der Geräuschkulisse, die lebendig in allen Winkeln und von sämtlichen Berggipfeln widerhallte. Das Brausen des Flusses, das Zwitschern der Vögel, Baumwipfel, die im Wind wogend rauschten, ein Specht, der gegen einen Baumstamm klopfte. Ich schloss die Augen, um jedes Geräusch für sich zu erleben. Und während mein Schimmel mich verlässlich dem Ziel näher brachte, verlor ich mich in der gewaltigen Geräuschkulisse, glaubte, sie zu spüren, wie sie durch meinen Körper pulsierte und mich mit ihrer Kraft erfüllte.

»Hedwig!«, flüsterte ich und öffnete erschrocken meine Augen. Kann es sein, dass ich gerade die Kraft gespürt hatte, die Hedwig mir hatte nahebringen wollen? Wieder schloss ich die Augen und versank im Geräuschpegel der Natur. Es war, als fielen alle meine Gedanken von mir ab. Die Sorge um das Falkenjagdturnier. Der Ärger über Hedwig, die glaubte, mich mit jedem ihrer Worte in den Schatten stellen zu müssen.

In diesem Moment schien alles einfach und alles möglich. Wenig später ritt ich die gekieste Einfahrt zu Wilhelm entlang und überblickte dabei das protzige Anwesen, das seit jeher in Besitz der Goldbachs war. Weiß getünchte Türme ragten in den Himmel, jedes Fenster war versehen mit moosgrünen Fensterläden, und das Dach hob sich rostrot vor der Kulisse der Berge ab. Auf dem höchsten Turm wehte eine königsblaue Flagge mit dem Wappen der Familie durch die Luft. Das kleine Schloss war eingebettet in eine prächtige Parkanlage, die zu jeder Jahreszeit zu einem Spaziergang einlud. An manchen Tagen hatte ich Wilhelm um diesen Besitz beneidet, und doch war ich nicht sicher, ob ich abseits der Innenstadt Wiens mein Glück finden konnte.

»Wenn man dich ansieht, möchte man meinen, du bist ein richtiges Landei«, meinte Wilhelm, als wir uns wenig später in seinem Salon gegenübersaßen und uns mit unseren gefüllten Rotweingläsern zuprosteten.

»Wie meinst du das?«, fragte ich und blickte an mir hinunter. Meine Kleider waren wie immer sorgfältig aufeinander abgestimmt und frisch aufgebügelt.

»Ich meine weder deine Hosen noch deinen Frack«, murmelte Wilhelm und legte einen Finger grüblerisch an seine Lippe. »Vielmehr dein sonnengebleichtes Haar und die Bräune deiner Haut.«

»Ich trainiere hart für das Falkenjagdturnier, da nehme ich etwas Bräune gerne in Kauf. Übrigens habe ich Hedwig und ihre Schwester zum Ball eingeladen«, sagte ich und schmunzelte.

»Du hast was?« Wilhelm riss seine Augen auf und starrte mich ungläubig an.

»Es hat sich so ergeben. Aber diese Einladung soll für dich nur von Vorteil sein, mein Freund.«

»Warum?«, fragte Wilhelm und lehnte sich mir neugierig entgegen.

»Weil ich ihr vorschlagen werde, ihren guten Freund Graf Hohenberg mitzubringen.« Ich lächelte breit und wartete neugierig Wilhelms Reaktion ab. Es dauerte eine Weile, aber dann erhellte sich seine Miene, strahlte förmlich. Er grinste und drückte verlegen eine Hand an seine Wange. Wie sehr ich es doch mochte, wenn ich meinen Freund überraschen konnte.

»Und du denkst, dass er kommen wird?« Wilhelm atmete tief ein und hielt dann gespannt die Luft an.

»Natürlich wird er kommen, wirst sehen!«

Wilhelm stieß einen lauten Seufzer aus und gönnte sich einen großen Schluck Wein.

»Was soll ich nur mit ihm reden?«, fragte er und goss sich Rotwein nach. »Und was soll ich anziehen?« Wilhelm erhob sich von seinem Stuhl und ging aufgeregt im Salon auf und ab.

»Du schaffst das«, sagte ich, stand auf und ging zu meinem Freund. »Ich bin ja da.« Er blickte mich an, fast schon hilflos, verloren. »Ich bleibe an deiner Seite, solange du es wünschst«, versicherte ich ihm und legte meine Hand an seine Schulter.

»Da fällt mir ein, dass ich Valerie versprochen habe, ihnen Kleider zu borgen. Deine Schwester hat doch sicher ein paar ältere Modelle, die sie nicht mehr trägt, oder?«

»Natürlich«, antwortete Wilhelm. Er wirkte angespannt, kaute an seiner Unterlippe, sein Blick strich fahrig durchs Zimmer.

Es schmerzte förmlich, ihn so verloren zu sehen. Wenn ich konnte, hätte ich ihm etwas von meinem Mut abgeben.

»Ich hoffe, ich habe dich nicht allzu sehr überrumpelt mit der Einladung des Grafen?«, fragte ich vorsichtig.

»Nein, hast du nicht. Es ist an der Zeit, dass ich mich aus meinem Kokon befreie. Ich habe mich viel zu lange versteckt.«

In mir glomm ein Funke Hoffnung, dass die Ballnacht Wilhelms Leben verändern könnte. Wenn ich an die Blicke dachte, welche Wilhelm und Graf Hohenberg bei ihrer Begegnung im Wald ausgetauscht hatten, war ich mir sicher, dass meine Hoffnung nicht unbegründet war.

Als ich mich später von Wilhelm verabschiedet hatte und mich auf den Heimweg machte, lächelte ich vor mich hin. Die Kleider, die ich für Valerie und Hedwig ausgesucht hatte, waren wunderschön. Valeries eisblaue Augen würden geradezu strahlen, wenn sie das cremefarbene Kleid mit der dunkelblauen Bordüre trug. Aufgeregt versuchte ich mir vorzustellen, wie die junge Frau wohl aussah, wenn sie das Haar ordentlich hochgesteckt und sich etwas geschminkt hatte. Bestimmt würde sie in diesem Kleid die Blicke aller Gäste auf sich ziehen. Valeries Leben könnte sich an diesem Abend für immer verändern. Reizvoll, wie sie war, würden die jungen Männer ihrem aufrichtigen Wesen verfallen. Sie würde freie Wahl haben, mit wem sie tanzte und wer ihr das nächste Getränk bringen durfte. Ich würde ein Auge auf sie haben, damit sie ihr Herz nicht an den Nächstbesten verschenkte oder sie sich in ihrer Unerfahrenheit von Männern ausnutzen ließe. Wenn wir Zeit fänden, würde ich ihr ein paar Tänze beibringen und ihr einige Benimmregeln mit auf den Weg geben. Valerie war eine so zarte junge Frau, die man immerfort beschützen wollte.

Das Kleid, das ich für Hedwig ausgewählt hatte, war aus dunkelgrüner Seide, die im Licht der Kerzen schillern würde. Die Nähte waren mit goldener Tresse aufgeputzt und der Ausschnitt mit feiner Spitze eingefasst. Sie würde umwerfend aussehen und die Schönheit der anderen überstrahlen.

Wilhelm würde gleich am nächsten Tag einen seiner Bediensteten mit den Kleidern auf den Weg zu den Schwestern zu schicken. Wie gerne wäre ich dabei, um die Gesichter der beiden zu sehen, wenn sie die Kleider in Empfang nähmen.

Der Ball fand in einer Woche statt. Ich konnte es kaum erwarten, die beiden ungleichen Frauen abzuholen und nach Schloss Schönau zu begleiten.

»Als ob ich mit dir tanzen wollte«, hatte ich zu Hedwig gesagt und gelacht. Was für ein Irrsinn, wenn man bedachte, dass ich mir nichts sehnlicher wünschte.

KAPITEL 9

HEDWIG

Ich hasste die Tatsache, dass ich nicht in der Lage war, die Leihgabe der Ballkleider abzulehnen. Valerie und ich waren auf die abgelegten Kleider von Wilhelms Schwester angewiesen, wenn wir uns nicht völlig zum Gespött machen wollten.

Ich hätte den Ballbesuch einfach absagen und mich den gesamten Abend in meiner geliebten Stube verkriechen können, um die erschöpften Glieder von mir zu strecken.

»Hast du jemals so etwas Schönes gesehen?«, fragte Valerie, nachdem sie die Kiste, die eben von Wilhelms Dienerschaft angeliefert worden war, geöffnet hatte.

Da war dieser Glanz in Valeries Augen, als sie die beiden Ballkleider aus der Kiste entnahm. Mit Fingerspitzen strich sie vorsichtig über den kostbaren Stoff, um nur ja keine einzige Falte im Stoff zu riskieren. Andächtig hielt sie das cremefarbene Kleid vor sich und starrte es ergeben an – wissend, dass dies ihr Kleid war. Und da wurde mir klar, dass es kein Entkommen gab und ich diese Ballnacht hinter mich zu bringen hatte – mit Würde und ohne mich zu blamieren.

»Träume ich, oder sind das wirklich die Kleider, die wir

auf dem Ball anziehen dürfen?«, flüsterte sie und legte das Kleid vor sich auf das frisch gemachte Bett.

»Zieh es an!«, schlug ich vor und lehnte mich an den Türrahmen zwischen Schlafzimmer und Stube.

»Ich trau mich nicht«, meinte Valerie, ohne den Blick vom Kleid zu wenden. »Sogar Schuhe hat man uns eingepackt!«

»Als ob wir keine eigenen Schuhe hätten!«, murmelte ich, während meine Schwester nach den mit Seide bezogenen spitzen Schühchen griff, die mir bereits beim Anblick Schmerzen bereiteten.

»Als ob du zu so einem Kleid deine schweren Lederstiefel tragen könntest!«, entrüstete Valerie sich.

»Das Kleid ist so lang, da sieht doch kein Mensch, welche Schuhe ich darunter trage!«

Valerie zog ihre schmalen Augenbrauen hoch und schüttelte kaum merklich den Kopf.

»Sogar ein Mann wie Konrad Ahnen hat mehr Gespür für Mode als du!«

»Mein Gespür für ein nahendes Unwetter ist mir wichtiger.«

»Ich kann gar nicht so laut seufzen, wie ich müsste«, meinte Valerie und griff nach dem zweiten Kleid, das sich in der Kiste befand. »Sieh her, ist das nicht genau deine Farbe?«

Ich stellte meine dampfende Teetasse auf die Kommode und gesellte mich zu Valerie. Ein Blick auf den moosgrünen schimmernden Stoff erfüllte mich tatsächlich mit so etwas wie Freude. Die goldenen Bordüren, welche Ausschnitt und Nähte hervorhoben, die kleinen Puffärmel, der in Falten gelegte Rock – das Kleid machte einen sehr edlen Eindruck, und für einen kurzen Augenblick drängte sich mir die Frage auf, wie ich darin wohl aussah.

»Komm, ich helfe dir!«, überrumpelte mich Valerie. Und noch ehe ich widersprechen konnte, knöpfte sie meine Bluse auf. Sie hielt mir den Rock entgegen, damit ich hineinsteigen konnte. Der Stoff wog schwer an meiner Taille und engte mich in meiner Freiheit ein.

»Halt still!«, wies Valerie mich an, während sie mir ins Mieder half.

»Du schnürst das viel zu eng!«

»Das muss so sein!«, erwiderte sie und zurrte die Schnürung am Rücken noch fester.

»Woher willst du das wissen?«, stöhnte ich und griff an meinen Brustkorb, der unter dem Druck zu zerbersten schien.

»Während du beim jährlichen Falknerturnier nur auf die Vögel starrst, habe ich die feinen Damen im Visier, deren Taillen so eng geschnürt sind, dass man befürchtet, sie könnten einfach in der Mitte durchbrechen.«

»Genauso fühle ich mich gerade: Als würde ich jeden Moment durchbrechen.«

»Du hältst das aus, da bin ich mir sicher. Jemand, der ohne Rast bis hoch zu den Berggipfeln rennt, der erträgt auch für einen Abend ein straff geschnürtes Mieder. So, lass dich ansehen.«

Ich wandte mich zu meiner Schwester um. Dabei fühlte ich mich steif wie in einer Rüstung. Das Mieder erlaubte kaum einen Atemzug, und die Fischbeine bohrten sich schmerzhaft in meine Haut. Doch als ich in Valeries Gesicht sah, wusste ich, dass ich ihr gefiel. Ihre Wangen färbten sich vor Freude zartrosa, während ihre Augen vor Begeisterung glänzten und ihre Blicke über meinen Körper wanderten.

»Du bist wunderschön!«, sagte sie und tupfte sich verstohlen eine Träne aus dem Augenwinkel. »Wenn Mutter oder Vater dich so sehen könnten.«

»Es reicht mir, dass ich dir gefalle!«, sagte ich und blickte an mir hinab.

»Komm mit!« Valerie nahm mich an der Hand und zog mich hinter sich her, aus dem Haus hinaus, und ließ mich erst los, als wir vor dem frisch geputzten Küchenfenster standen.

»Hier siehst du dich besser als drinnen in dem kleinen Wandspiegel. Sieh, wie hübsch du bist!«, sagte sie und zeigte auf das Fenster, in dem wir beide uns spiegelten.

Es dauerte einen Moment, bis ich mich wiedererkannte. Ungläubig strich ich über das Mieder, die schmale Taille und die aufgebauschte Hüfte. Ich drehte mich hin und her und ließ den Rock schwingen wie eine Glocke.

»Das bin wirklich ich!«, rief ich lachend aus. Dann hielt ich still und sah mich eingehend in der Fensterscheibe an. Mir war nicht bewusst gewesen, dass meine Figur derart weiblich war. Und ohne es zu wollen, zauberte mir mein eigener Anblick ein Lächeln ins Gesicht. Ich strich mein Haar aus der Stirn und zog meine Lippen kraus.

»Du gefällst dir, hab ich recht?«, fragte Valerie neckisch.

»Ach was«, sagte ich und fuhr durch mein Haar. »Das ist nur ein Kleid!«

»Das ist es nicht. Was du da trägst, ist vermutlich ein kleines Vermögen.«

»Es ist nur ein Kleid!«, wiederholte ich betont. »Hilf mir lieber wieder raus aus dem Ungetüm, bevor ich in Ohnmacht falle!«

Ich machte mich gerade auf den Weg zur Haustür, da hörte ich Hufgeklapper. Ich blickte zum schmalen Weg, der den Berg hochführte.

»Warum müssen die ausgerechnet jetzt kommen?«

Um mich im Haus zu verstecken, war es zu spät, also gab ich mich möglichst gelassen, damit niemand bemerkte, wie unsicher ich mich in dem Kleid fühlte.

»So gehst du aber nicht zur Jagd, oder?«, fragte Konrad schmunzelnd und zeigte mit dem Finger auf das Kleid.

Ich schwieg. Was sollte ich auch sagen. Über seinen Versuch, lustig zu sein, lachen? Oder ihm versichern, dass ich gut auf das Stück Stoff aufpasste?

»Das Kleid meiner Schwester steht dir ausgezeichnet«, meinte Wilhelm freundlich lächelnd. »Sie wird entzückt sein, wenn sie dich so auf dem Ball antrifft.«

»Entzückt? Also ich fühle mich, als würde ich in einem engen Kamin feststecken. Wie schaffen das nur die Damen bei Hofe?«, fragte ich und blickte an mir hinab.

»Vermutlich ist es reine Übungssache«, meinte Wilhelm und zuckte mit den Schultern.

»Dann muss ich wohl noch üben«, erwiderte ich und versuchte mich an einem Lachen.

»Du wirst das ganz wunderbar meistern. Wie alles«, sagte Konrad und nickte mir aufmunternd zu. Seine Freundlichkeit irritierte mich – hatte ich doch vermutet, dass er mich auf dem Ball bloßstellen wollte. Aber was, wenn ich mich geirrt hatte?

»Wir freuen uns auf jeden Fall, euch als unsere Gäste begrüßen zu dürfen«, versicherte Wilhelm. »Graf Hohenberg begleitet euch?« Wilhelms Stimme war auf einmal gepresst.

»Der Graf? Ja, ich habe mit ihm über den Ball geredet. Er freut sich, zumal er Schloss Schönau schon immer einen Besuch abstatten wollte«, überbrachte ich die Antwort des Grafen auf die Einladung.

»Wie schön«, meinte Wilhelm und grinste selig.

»Und du, Valerie, hast du dein Kleid schon anprobiert?«, fragte Konrad und stieg von seinem Pferd.

Valerie schüttelte den Kopf. »Soll ich es anziehen und euch zeigen?«

»Sehr gerne«, antwortete Konrad und schenkte meiner Schwester ein charmantes Lächeln. Ich legte meine Stirn in

Falten und versuchte, dieses Lächeln zu analysieren. Was, wenn er tatsächlich an ihr interessiert war?

Ich blickte Valerie hinterher, wie sie im Haus verschwand, um sich umzuziehen. Kurz war ich versucht, sie aufzuhalten und ihr klarzumachen, dass sie sich nicht zur Schau stellen musste. Aber im Grunde war es ihr eine Freude, in das Kleid zu schlüpfen und es zu präsentieren. Warum also sollte ich sie dieser Freude berauben? Nachdem Valerie im Haus verschwunden war, musterte ich Konrad aus zugekniffenen Augen. War er tatsächlich ein Mann, der Valeries Unschuld ausnützen würde?

»Deine Schwester scheint sich auf den Ball zu freuen, nicht wahr?«, fragte er und wirkte ehrlich erfreut. Konrad war vielleicht manchmal ein Ekel, aber er würde meiner Schwester nicht zu nahe treten.

»Hedwig?«, meinte Konrad leise und sah mich beinahe schüchtern an. »Ich weiß, wir beide werden in diesem Leben keine Freunde mehr, aber lass uns doch wenigstens am Ball Waffenstillstand abhalten, damit wir alle den Abend genießen können. Was hältst du davon?«

Ich nickte widerwillig und ließ zu, dass mein Blick zu lange auf ihm verharrte. Sein Lächeln brachte sein Gesicht zum Strahlen und ließ ihn geradezu unwiderstehlich erscheinen. Und da wurde mir bewusst, dass nicht Valerie es war, deren Herz man vor Konrad schützen musste, sondern meines. Ich hatte diesen Mann viel zu nahe an mich herangelassen. Näher, als gut für mich war.

»Aber nur für diesen einen Abend«, sagte ich forsch. Der Glanz in seinen Augen wich seiner gewohnten Ernsthaftigkeit, dann wandte er sich von mir ab.

»Ihr beiden seid fürchterlich«, meinte Wilhelm und schüttelte schmunzelnd den Kopf.

Unser Gespräch wurde von Valerie unterbrochen, die

plötzlich durch die Tür trat. Ihre Wangen waren tiefrot gefärbt vor Aufregung. Sie biss auf ihre Lippen, um ihre Unsicherheit zu überspielen, und zwirbelte eine ihrer blonden Haarsträhnen um einen Finger.

»Vali!«, rief ich erfreut aus. Noch nie hatte meine Schwester bezaubernder ausgesehen. Der Schnitt des Kleides betonte ihre leichten Rundungen, und die Farbe schmeichelte ihrem Teint.

»Fräulein Valerie, Sie sehen umwerfend aus!«, meinte Wilhelm, und Konrad nickte zustimmend.

»Sie werden alle Damen auf dem Ball in den Schatten stellen«, versicherte Konrad.

Valerie brauchte kein Wort zu sagen, ich sah auch so, dass sie noch nie so glücklich war wie in diesem Augenblick. Meine kleine Schwester. Wenn sie so auf den Ball ginge, würde sich ihr Traum von einer gut situierten Ehe erfüllen.

»Was war das?«, fragte Konrad und sah über meine Schulter hinweg zum Schuppen.

»Was meinst du?«, fragte ich und folgte seinem Blick.

Konrad ließ den Zügel fallen und eilte in großen Schritten zum Schuppen.

»Warte!«, rief ich und eilte ihm hinterher. Noch ehe er die Tür zum Schuppen öffnen konnte, stellte ich mich vor ihn. Auf keinen Fall durfte er dahinterkommen, dass ich Avis nicht mehr an den Block gebunden hielt, sondern er sich frei im Inneren des Schuppens bewegen konnte. Bestimmt wäre er der Meinung, dass seine Einschätzung mich zum Sinneswandel veranlasst hätte – und in gewisser Weise hätte er damit auch recht.

»Hörst du das denn nicht? Da macht sich jemand in deinem Schuppen zu schaffen.«

»Ach was, wer sollte das denn sein? Der alte Schuppen knarzt an allen Ecken und Enden!«

»Das war doch kein knarzendes Holz!«, meinte er und drängte sich an mir vorbei, um die Tür zu öffnen. Und noch ehe ich ihn aufhalten konnte, war er ins Innere gestürmt. Ich folgte ihm und schloss die Tür hinter uns, damit Avis nicht entwischen konnte.

»Lass uns wieder gehen!«, sagte ich. Für Avis war es eine wahre Freude, wenn ich ihm große Äste in den Schuppen packte. Er kletterte an den Stämmen hoch, rieb sich nach der Jagd seinen Schnabel an der Rinde sauber und verkroch sich gerne im frischen Laub des Geästs. Auch jetzt saß er im Geäst des frischen Birkenasts, ohne dass Konrad ihn bemerkt hatte.

»Keine Ahnung, was du gehört hast!« Ich fasste Konrad am Oberarm und versuchte, ihn aus dem Schuppen zu zerren. Doch er blieb unbeirrt stehen und lugte in sämtliche Winkel des düsteren Innenraums.

»Hörst du das nicht?«, fragte er und näherte sich dem Birkenstamm, der neben dem Fenster stand. »Und was macht eigentlich das ganze Geäst hier drinnen? Möchtest du einen Wald für deine Puppen bauen?«

»Als ob ich Puppen hätte.«

»Stimmt. Vermutlich hast du als Kind lieber mit Holzstöcken gespielt und irgendwelche Kleintiere aufgespießt.«

Ich schüttelte den Kopf und schwieg. Wie sollte ich einem Menschen wie Konrad auch erklären, dass in meiner Kindheit kein Platz für irgendwelche Spielsachen war. Wir hatten hier oben seit jeher in Armut gelebt, kümmerten uns tagsüber um unseren kargen Gemüsegarten, den Haushalt und die Jagd. Die einzige Art von Spiel – wenn man es so nennen mag – war das Erklimmen der höchsten Gipfel und das Streunen durch die tiefsten Wälder. Entdeckungsreisen in der Natur waren meine größte Freude gewesen. Meine blanken Zehen haben sich in den Waldboden gegraben, und meine Fingerkuppen waren oft blutig gewesen, von den Felsen, die ich hochgeklettert war.

Während er, Konrad, vielleicht am Klavier gesessen und neue Noten gelernt oder man ihm beigebracht hatte, wie man aufrecht am Esstisch zu sitzen hatte, hatte ich die Welt erforscht. Meine Welt. Sie war vielleicht nicht groß, aber sie war groß genug.

»Verdammt, Konrad, ich möchte, dass du von hier verschwindest!«, rief ich wütend und zerrte noch fester an seinem Oberarm.

»Was ist nur los mit dir? Ich möchte doch nur nachsehen, woher die seltsamen Geräusche kommen.«

»Das schaffe ich auch allein. Wir brauchen hier keinen Mann, der sich wichtigmacht und neugierig herumstöbert.«

»Meine Güte«, sagte er und hob beschwichtigend beide Arme. »Dann sieh zu, wie du mit deinem Ungeziefer allein zurechtkommst.«

»Genau das habe ich doch gesagt!« Meine Stimme überschlug sich vor Zorn. Gerade als er sich auf die Tür zubewegte, hielt er inne und drehte sich erneut zu der jungen Birke hinter sich.

»Moment!« Langsam, Schritt für Schritt näherte er sich dem Baum. Ich wusste, dass ich verloren hatte und auffliegen würde. Gleich würde er Avis zwischen den Ästen entdecken und sich mir dann mit siegessicherer Miene zuwenden. Mit dem Finger würde er auf mich zeigen und spöttisch lachen, weil ich seinem Rat gefolgt war und meinem Habicht einen größeren Freiraum zugestanden habe.

Er bog raschelnd einen Ast beiseite. »Da sitzt er ja!« Konrad jauchzte beinahe, als er meinen Habicht zufrieden zwischen dem Geäst entdeckte.

»Ha!«, stieß er freudig aus und wandte sich mir zu. Gleich

würde er anfangen. Ich konnte seine triumphierende Stimme bereits in meinem Kopf hören …

»Hedwig Wolf, die Königin der Beizjagd, nimmt sich also meinen Rat zu Herzen, und das, obwohl ich nur ein völliger Banause bin. Ein Anfänger. Eine Null!« Konrad lachte auf, sah zu mir, dann wieder zu Avis und zu mir zurück.

Ich konnte fühlen, wie mein Puls schneller wurde und meine Haut brannte. Starr blickte ich ihm in die Augen und hoffte, dass er all meine angestaute Wut spüren konnte.

»Warum nur musst du dich derart aufregen? Man möchte meinen, du springst mir gleich ins Gesicht!«

Wie schaffte er es nur, meinen Zorn mit ein paar plumpen Worten weiter zu schüren?

»Ich hab dir nicht erlaubt, meinen Schuppen zu betreten. Aber der gnädige Herr Ahnen muss sich ja an keine Verbote halten, hab ich recht?«

»Deine Wangen glühen. Hast du Fieber?«, fragte er spöttisch.

»Verschwinde einfach!«, fauchte ich so leise wie möglich, um Avis nicht unnötig in Unruhe zu versetzen.

»Genau genommen ist das der Schuppen meines Onkels.« Er blickte hoch zum morschen Gebälk. »Und wäre es nicht das Zuhause deines kostbaren Habichts, würde ich meinen Onkel bitten, ihn noch heute abreißen zu lassen – baufällig, wie er ist, stellt er eine Gefahr für jedermann dar.«

»Wage es ja nicht!«

»Du solltest endlich aufhören, mir ständig zu drohen«, sagte er.

Ich atmete tief durch und blickte zu Avis, der entspannt auf einem Ast saß und mich anstarrte: »*Du* drohst gerade mir.«

»Warum kannst du nicht einfach zugeben, dass ich im Recht war?«, fragte er und kam mir näher als je zuvor.

Mit offenem Mund starrte ich ihn an und suchte verzweifelt nach einem Konter.

»Sieh lieber zu, dass du den Schuppen verlässt, bevor er über deinem ach so klugen Kopf zusammenbricht«, sagte ich und schob ihn durch den Ausgang.

»Nun sei doch ehrlich: Avis ist zufriedener, seit er nicht mehr auf dem Block verharren muss, oder?«, fragte er, nachdem ich die Tür zum Schuppen von außen verriegelt hatte.

»Du weißt einfach nicht, wann du deinen Mund halten sollst«, murmelte ich.

»Und du weißt nicht, wann es angebracht ist, ehrlich zu sein. Die Wahrheit ist, dass ich mich einfach nur freue, dass du meinen Rat angenommen hast – wo ich doch so wenig Ahnung habe.«

Konrad lachte herzhaft und schwang sich überraschend sportlich auf den Rücken seines Rappens. Tatsächlich musste ich zugeben, dass er eine imposante Erscheinung auf seinem Pferd abgab. Bei unseren ersten Begegnungen hatte er ungelenk gewirkt und tollpatschig, aber davon konnte nun nicht mehr die Rede sein. Gestärkt und stolz saß er im Sattel und schenkte mir ein Lächeln, das mich berührte.

Er hob seinen Zylinder an und nickte mir zum Abschied zu und ritt davon.

»Dieser Mann bringt mich immer wieder an meine Grenzen«, sagte ich, während ich ihm und Wilhelm hinterherblickte. »Ich bin nicht dafür gemacht, meine Fehler zuzugeben.«

»Du bist für vieles nicht gemacht, Hedi. Ich hoffe nur, dass du eines Tages einen Weg findest, dich der Welt zu öffnen.« Mit diesen Worten verschwand Valerie im Haus und ließ mich allein zurück.

Ich blickte an mir hinunter und stellte fest, dass ich immer noch das moosgrüne Ballkleid trug. Höchste Zeit, mich von den stechenden Fischbeinen zu befreien und wieder in mein leichtes Kleid zu schlüpfen.

Ein letzter Blick ins Fenster ließ mich innehalten. Vor Valerie, Konrad oder Wilhelm würde ich es niemals zugeben, und selbst mir gegenüber konnte ich es kaum eingestehen, aber ich gefiel mir. Mein Spiegelbild lächelte verhalten. Und ich lächelte zurück.

KAPITEL 10

Noch nie war unsere kleine Stube derart mit Aufregung erfüllt gewesen wie an diesem späten Nachmittag. In Kürze würde Konrads Kutscher uns abholen. Er hatte zugesagt, seinen wendigen Zweispänner den Berg hochzuschicken.

»Was, wenn die Pferde es nicht den schmalen Weg hochschaffen?«, fragte Valerie und sah mich besorgt an.

»Dann gehen wir ihnen ein Stück weit entgegen«, versuchte ich sie zu beruhigen.

»In den Kleidern und den spitzen Schuhen?«

»Ja«, sagte ich besonnen. »Und wenn das ein Problem ist, gehen wir in unseren eigenen Schuhen und ziehen sie erst um, wenn wir unten sind. Und die Röcke halten wir hoch, damit sie nicht schmutzig werden.«

»Aber …«

»Dabei werden auch keine Falten entstehen, glaub mir!« Ich legte meine Hand auf ihre Schulter und lächelte. »Der Abend wird so verlaufen, wie du ihn dir erträumt hast. Und noch schöner.«

»Ich bin so aufgeregt!«

»Tatsächlich?«, fragte ich ironisch und lachte. »Du siehst wunderschön aus.«

»Ich dachte, du machst dir nichts aus den teuren Kleidern.«

»Aber ich mache mir was aus dir! Und dich so strahlen zu sehen, macht mich glücklich. Komm, lass dich ansehen!«

Valerie trat einen Schritt zurück und drehte sich langsam um die eigene Achse. Wie schmal und zierlich sie doch wirkte in diesem engen Mieder. Ihre hohen Wangen hatte sie mit etwas rosa Farbe betont. Um ihren Hals trug sie die Kette, die Großmutter unserer Mutter vererbt hatte und die nun uns gehörte. Und heute war der große Abend – für Valerie und für die Kette mit dem rubinroten Stein, der so wunderbar zu dem cremefarbenen Kleid passte.

»Hörst du das?«, fragte Valerie und lauschte. Rasch eilte sie zum Fenster und schob den Vorhang beiseite.

»Wir werden abgeholt!«, rief sie und klatschte aufgeregt in die Hände.

»Also gut: Gehen wir!«, sagte ich und hoffte, dass sie mir meinen Widerwillen nicht ansah.

»Sei keine Spielverderberin, ja?«, sagte sie und griff nach meiner Hand, um mich nach draußen zu ziehen.

»Nun dann«, sagte ich und rang mir ein aufgesetztes Lächeln ab. Vielleicht lag vor uns die aufregendste Nacht unseres Lebens. Oder aber ich behielt recht, und es würde ganz schrecklich werden.

Konrads Kutscher begrüßte uns und half uns den schmalen Einstieg hoch. Nachdem wir auf der mit Leder bezogenen Bank Platz genommen und die Röcke sortiert hatten, schnalzte der Kutscher mit der Zunge, und die Pferde setzten sich in Bewegung.

»Hast du schon einmal in so einer schönen Kutsche gesessen?«, fragte Valerie und strich über das weiß lackierte Holz.

»Nein, noch nie«, sagte ich und verschwieg, dass dies gewiss die schäbigste Kutsche aus Konrads Besitz war. Seine teuerste Droschke würde er bestimmt nicht den unbefestigten Weg den Berg hochschicken.

»Der gnädige Herr erwartet die Damen bereits«, meinte der Kutscher über seine Schulter hinweg zu uns. »Die Fahrt vom Anwesen zum Schloss Schönau wird etwa eine Stunde dauern.«

Der Weg ins Tal war steil, und der Kutscher war damit beschäftigt, das Tempo der Pferde zu drosseln, um sie sicher hinabzuleiten. Valerie und ich wurden auf unseren Plätzen ordentlich durchgeschüttelt. Mir war es einerlei, aber meine Schwester kontrollierte nach jedem Ruckeln ihre Frisur und den Sitz ihres Schultertuches.

Als wir durchs Dorf kutschierten, stierte man uns mit großen Augen an. Valerie grüßte freundlich, doch ich wich den Blicken aus. Ich wollte nicht in die schaulustigen Gesichter sehen, die sich hinter unserem Rücken die Mäuler zerreißen würden.

»Jetzt halten sie sich für was Besseres, die beiden Verrückten vom Berg!« So oder so ähnlich würde man über uns reden, ich konnte die gehässigen Stimmen förmlich in meinem Kopf hören.

Erst als wir das Dorf und die neugierigen Blicke hinter uns gelassen hatten, entspannte ich mich ein wenig. Ich lehnte mich zurück und reckte mein Gesicht der Abendsonne entgegen. Heute durfte ich alle meine Sorgen hinter mir lassen und eintauchen in eine andere Welt.

Die zwei Pferde legten an Tempo zu, je näher wir Ahnens Anwesen kamen.

»Die beiden können den Hafer im Stall schon riechen«, meinte der Kutscher lachend und bremste die Tiere etwas ein.

Neugierig blickte ich dem Anwesen entgegen. Ich hatte es nur selten mit Vater besucht – er und Konrads Onkel hatten ein gutes Verhältnis gehabt und waren sogar das ein oder andere Mal gemeinsam auf die Jagd gegangen. In all den Jahren hatte sich hier kaum etwas verändert. Die Blumenrabatten am Rande der Einfahrt blühten prächtig, und der kleine Springbrunnen im Rondeau vor dem Treppenaufgang sprudelte munter vor sich hin. Aus dem Park hörte man den abendlichen Gesang der Vögel und das Rauschen des Blätterdachs.

Ich atmete tief ein und stellte fest, dass es der Luft an Würze fehlte. Die Kiefern und Föhren, die den Berg bis zur Baumgrenze besiedelten, verströmten dieses harzige Aroma, das mich bei jedem Atemzug belebte.

»Hier könnte ich nicht leben«, sagte ich und überblickte die Grünanlage. »Ich hätte Angst, dass ich ebenso strammstehen müsste wie die Bäume und Büsche, denen man die Freiheit genommen hatte, so zu wachsen, wie ihnen der Sinn stand.«

»Was du wieder redest«, meinte Valerie. »Ist doch schön, wenn die Bäume ordentlich beschnitten werden.«

Der Kutscher lenkte die Droschke zu den Stallungen, wo er sie mit einem lauten »Brrrr« anhielt. Zwei Stallburschen eilten herbei und übernahmen die Pferde, während der Kutscher vom Bock sprang und Valerie und mir half, auszusteigen.

»Den restlichen Weg zum Schloss Schönau nehmen wir die vierspännige überdachte Droschke – nur für den Fall, dass es zu regnen beginnt.« Der Kutscher wies uns den Weg und zwinkerte Valerie neckisch zu. Sofort begann es in mir zu brodeln. Was bildete er sich ein. So grau, wie er war, könnte er unser Vater sein, und dann auch noch dieser verhohlene Blick in Valeries Dekolleté. Valerie schien meine Empörung zu spüren und griff nach meiner Hand. Ganz sanft drückte sie meine behandschuhten Finger und schenkte mir ein duldsames Lächeln.

Manchmal fragte ich mich, wer von uns beiden die Erwachsene war und die andere beschützte.

»Hedwig?«

Ich drehte mich um und blickte in Konrads Augen. Er trat gerade aus dem Hintereingang des Herrenhauses und marschierte auf uns zu. Gut sah er aus. Sein Gehrock war aus nachtblauem Samt, und sein Haar hatte er aus der Stirn gekämmt. Er lächelte mich so freundlich an, als hätte er den ganzen Tag nur auf unsere Begegnung gewartet.

»Warum siehst du mich so verwundert an? Du hast mich doch schon im Ballkleid gesehen«, sagte ich und erwiderte sein Lächeln.

»Ja, das habe ich. Aber heute, weit weg von deiner Hütte, siehst du völlig anders aus. Fast könnte man meinen, du wärst eine richtige Frau!«

»Was?«, fragte ich entrüstet.

»Deine Haare«, sagte er und zeigte auf die hochgesteckte Frisur, die Valerie in zeitraubender Arbeit kunstvoll angefertigt hatte.

»Und dein Gesicht.«

Ich konnte fühlen, wie ich errötete. Noch nie zuvor in meinem Leben hatte ich mich geschminkt, aber Valerie hielt es für angemessen, dass wir uns für diesen Abend herausputzten, so, wie es alle feinen Damen machten. Valerie hatte gekichert, als sie mir mit dem Saft einer eingelegten Roten Rübe die Lippen und Wangen gefärbt hatte.

»Warum kannst du so etwas?«, hatte ich sie gefragt, während sie vorsichtig mit kohlegeschwärzten Fingern die Augenbrauen betupft hatte.

»Ich will eben vorbereitet sein«, hatte sie gesagt und zufrieden weitergemacht.

»Was ist mit meinem Gesicht?«, fragte ich Konrad und verfinsterte meine Miene.

»Ach ja, so kenne ich dich!« Er lachte und bot mir seinen Arm an. Nach kurzem Zögern hakte ich mich bei ihm unter. Es war ein seltsames Gefühl, einem anderen Menschen so nahe zu sein. Ich war daran gewöhnt, nur für mich zu sein. Aber nun den Oberarm eines Mannes zu berühren ließ mich erschaudern – auf überraschend wohlige Art.

Konrad ging unbeirrt auf die Kutsche zu, die bereits auf uns wartete, während ich ihn aus den Augenwinkeln heraus beobachtete. Seine gerade geschnittene Nase, seine hohen Wangenknochen, sein fülliges, nun aufgehelltes Haar und der zielbewusste Blick nach vorne.

Plötzlich konnte ich es kaum erwarten, an Konrads Seite Wilhelms Schloss zu betreten und einzutauchen in diese fremde Welt.

Die Fahrt in Konrads Droschke gestaltete sich angenehm. Die Sitze waren mit weichem dunkelbraunem Leder gepolstert, und durch die geöffneten Fenster trieb milde Abendluft ins Innere. Valerie stellte Konrad unzählige Fragen zu Verhaltensregeln in der gehobenen Gesellschaft. Sie wollte wissen, wie man sich in seiner Gesellschaft begrüßte, ein Glas hielt, wie sie sich zu bewegen hatte, ob sie über einen Scherz herzhaft lachen oder lieber nur verhalten kichern sollte und welche Gesprächsthemen angesagt waren. Aufmerksam sog sie jedes Wort aus Konrads Mund in sich auf, darauf bedacht, sich heute Abend nicht zu blamieren.

Mir war es einerlei, wie man sich zu benehmen hatte, ich hielt meinen Blick lieber auf den emsig plätschernden Fluss zu unserer Linken gerichtet. Der Sog des Wassers zog mich mehr in seinen Bann als die angesagten Gesprächsthemen der wohlhabenden Gesellschaft. Ich wollte den Abend lieber schweigend hinter mich bringen. Denn eines war klar: Sobald ich meinen Mund aufmachte, würde ich anecken – und das wollte ich meiner geliebten Schwester ersparen.

»Dahinten, seht ihr? Das ist unser Ziel: Schloss Schönau.«

Ich folgte Konrads Fingerzeig und war fasziniert vom Blick auf das Schloss. Unbeeindruckt vom Rest der Welt lag es da, umgeben von Wasser – abgegrenzt, mächtig und beschützt.

Ich blickte zu Valerie. Ihr Lippen bebten beim Anblick von Wilhelms Schloss. Sie knetete ihre Hände und wirkte mit einem Mal klein und in sich gekehrt.

»Ist dir kalt?«, fragte ich und griff nach meinem Schultertuch, um es ihr zu geben.

»Nein, mir ist nicht kalt.«

»Ich weiß«, sagte ich leise und rückte näher an sie heran. »Aber glaub mir: Du brauchst nicht aufgeregt zu sein. Wir machen uns einen schönen Abend, so, wie wir es geplant hatten.«

»Die feinen Damen werden mich von oben herab ansehen, und die Herren werden mit dem Finger auf mich zeigen und lachen. Wird man nicht selbst im teuersten Kleid erkennen, dass ich im Grunde arm bin?«

»Sie sehen aus wie eine Prinzessin, liebste Valerie! Kein Mensch wird auf die Idee kommen, Sie zu verspotten, glauben Sie mir«, versicherte Konrad, und tatsächlich schien Valerie sich ein wenig zu entspannen.

»Danke«, formte ich lautlos mit meinen Lippen und strahlte Konrad dankbar an, während ich meinen Arm um Valerie legte und sie sanft an mich drückte. Ihr seidiges Haar roch nach Ringelblumenseife und ihrem Lavendelkissen.

»Dein Freund Wilhelm muss unglaublich reich sein!«, sagte ich beim Anblick des weitläufigen Wasserschlosses.

»Du hast keine Ahnung, wie reich«, meinte Konrad, ohne den Blick vom Anwesen zu wenden.

»Neidisch?«, fragte ich keck und unterdrückte einen Aufschrei, als Valerie mich in den Unterarm kniff.

Vom Fluss stob kühle Luft herauf, über dem Wasser kreisten schreiende Möwen, und das monotone Geklapper der Pferdehufe wirkte beruhigend.

»Niemals«, meinte Konrad an mich gewandt.

»Wenn man so reich ist, bekommt man bestimmt sein Essen in mundgerechte Häppchen geschnitten, oder?«, fragte ich in süffisantem Tonfall.

»Natürlich. Ich kenne kaum jemanden, der sich das Essen selbst schneiden kann. Wir Adeligen sind dazu verdammt, zu verhungern, sollte unser Personal eines Tages die Arbeit niederlegen.«

Valerie blickte misstrauisch zu Konrad und dann zu mir, um zu überprüfen, ob wir Witze machten.

»Sie können einem fast leidtun, nicht wahr?«, sagte ich und lachte.

»Sie brauchen nicht aufgeregt zu sein, Fräulein Valerie«, erklärte Konrad meiner Schwester. »Sie werden heute Abend feststellen, dass die Unterschiede zwischen unseren Ständen gar nicht so groß sind, wie man meinen möchte.«

»Ach, ist das so?«, fragte ich ungläubig. Doch Konrad ließ sich von mir nicht aus der Ruhe bringen und ignorierte meinen Seitenhieb.

Als wir wenig später über eine Brücke zu Wilhelms Schloss kutschierten, konnte ich die Spannung fühlen, die in der Luft lag und den kommenden Abend einläutete. Aus dem Gemäuer drang gedämpft Musik zu uns – Klänge, wie ich sie noch nie gehört hatte. Ich kannte nur den Gesang aus der Kirche und das Gegröle, wenn die Männer im Gasthaus zu viel getrunken hatten und der Wirt mit seinem Akkordeon ein Lied anstimmte. Aber das hier klang anders. Ich schloss meine Augen und gab mich ganz der entfernten Melodie hin. Sie brachte meine Gedanken zum Schweigen und zauberte mir ein Lächeln ins Gesicht.

»Hedwig?«, flüsterte Konrad, und als ich die Augen öffnete, blickte ich in sein Gesicht. Er war bereits aus der Kutsche ausgestiegen und reichte mir die Hand.

Ich ließ mir von ihm über den Einstieg helfen. Valerie blickte ehrfurchtsvoll hoch zu den Türmen des Schlosses und beobachtete schüchtern die anderen Gäste, die vergnügt aus ihren Droschken stiegen, in schillernde Seidenstoffe gehüllt und mit Blumenschmuck beladene Hüte auf dem Kopf.

»Kommt«, meinte Konrad und ließ uns beide bei sich unterhaken. Normalerweise mochte ich diese Art von Nähe nicht, es war mir unangenehm, mich von jemandem leiten zu lassen. Doch in diesem Moment war ich dankbar für Konrads Unterstützung, die er mir und Valerie entgegenbrachte.

»Wann wollte Graf Hohenberg eintreffen?«, fragte er mich betont beiläufig.

»Warum ist es dir so wichtig, dass er kommt?«, erkundigte ich mich neugierig.

»Das erkläre ich dir ein anderes Mal«, meinte er und schmunzelte.

»Bestimmt ist er schon längst hier. Er erscheint immer früher als vereinbart.«

»Sehr gut«, sagte Konrad und grinste zufrieden.

Schon als wir die Treppen zum Eingang hochschritten, wusste ich, dass ich in wenigen Augenblicken eine andere Welt betreten würde. Düfte von würzigen Gerichten, süßen Parfums und Zigarrenrauch strömten mir entgegen.

Und als wir die Schwelle ins Schloss überschritten hatten, fanden wir uns in einer unbeschreiblich großen Halle wieder. Mit aufgemalten Efeuranken verzierte Säulen stützten die mit bunten Fresken bemalte Decke. Blickfang der Eingangshalle waren die beiden Treppenaufgänge, die sich in der oberen Etage auf einer Galerie kreuzten. Alles hier machte den Anschein, als wäre es mit Gold überzogen und von unschätzbarem Wert.

»Gefällt es euch?«, fragte Konrad und blieb stehen, damit wir uns die Fresken genauer ansehen konnten. Wie war es möglich, dass eine Menschenhand ein solches Kunstwerk hervorbringen konnte? Männer ritten bewaffnet auf Pferden, Frauen streckten verzweifelt die Hände nach ihnen aus, Kinder krallten sich an die Körper ihrer Mütter, über den Köpfen der Männer kreisten Adler und sandten Blitze auf die Menschen hernieder. Die Farben des Gemäldes waren lebendig, die Gesichter angsteinflößend. Ich achtete auf die Details, die Faltenwürfe der Kleider, die verzierten Klingen der Schwerter, die Tränen in den Augen der Kinder. Alles wirkte so echt. Das mit Blut getränkte Gras unter den Hufen der Pferde, die zornigen Blicke der Adler.

»So etwas habe ich noch nie gesehen«, hauchte ich und spürte Konrads Blicke auf mir.

»Du überraschst mich, Hedwig Wolf. Ich hatte nicht damit gerechnet, dass du dich für Kunst begeisterst.«

»Du dachtest wohl, dass mein Interesse sich auf das Häuten von Kaninchen beschränkt, habe ich recht?«

»Hast du vergessen, dass wir heute Abend nett zueinander sein wollten?« Konrad lächelte schief und geleitete mich weiter ins Innere des Schlosses. Ich blickte hinüber zu Valerie, die damit beschäftigt war, sämtliche Eindrücke zu verarbeiten. Und ich beobachtete die Männer, deren Blicke an meiner Schwester hingen – bewundernd und entzückt zugleich.

Keinen einzigen Augenblick würde ich Valerie aus den Augen lassen. Ich würde sie hüten wie meinen Schatz und jeden Mann mit meinen Blicken in die Flucht schlagen, der es wagen sollte, ihr zu tief ins Dekolleté zu blicken.

»Konrad, mein lieber Freund!«, rief Wilhelm durch die Menschenmenge und winkte Konrad zu sich.

»Ihr entschuldigt mich einen Augenblick? Ich bin gleich wieder da.« Mit diesen Worten verschwand Konrad in einem Meer aus hochgesteckten Frisuren. Ich hielt meinen Blick auf sein sonnenblondes Haar gerichtet, bis er schließlich zur Gänze verschwunden war.

»Gefällt es dir?«, fragte ich Valerie und legte einen Arm um ihre Taille, weil sie so verloren wirkte.

»Ich hatte nicht damit gerechnet, dass es so … aufdringlich sein wird. Alles hier glänzt etwas zu sehr, ist etwas zu laut und zu beengt. Findest du nicht?«

»Aber war es nicht genau das, was du wolltest? Lass das Mädchen vom Berg für heute Nacht hinter dir und tu so, als ob du dazugehörtest!«

»Als ob das so einfach wäre.«

»Ist es«, sagte ich und beobachtete die feinen Damen, wie sie an ihren Gläsern nippten und viel zu kleine Bissen von ihren Speckbrötchen nahmen. Ihre Augenbrauen hatten sie ein Stück weit zu hochgezogen, und ihre kleinen Finger spreizten sie von der Hand ab. Ihre Stimmen waren hoch und ihr Kichern unecht.

»Ich wünschte, ich könnte mich in diese Gesellschaft einfügen und so sein wie sie!«, flüsterte Valerie mir zu und blickte auf eine junge Frau in mintfarbenem Kleid, die sich angeregt mit einem Herrn in Uniform unterhielt.

»Du möchtest so sein wie sie?« Ich musterte die Fremde eingehend. Ihre grazile Haltung, ihre gespitzten Lippen, die blasse Haut. Alles an ihr wirkte aufgesetzt und langweilig. Wie konnte meine Schwester sich wünschen, so zu sein wie sie?

»Darf ich die Damen zu einem Glas Punsch einladen?« Es war Graf Hohenberg, der plötzlich vor uns stand – sein dunkel gelocktes Haar trug er aus der Stirn gekämmt, sein Schnauzbart war ordentlich gezwirbelt, sein Lächeln freundlich.

»Sehr gerne!«, antwortete ich und freute mich ehrlich über das bekannte Gesicht in der Unmenge Fremder.

»Dann kommen Sie!«, meinte Hohenberg und bot uns an, uns links und rechts von ihm einzuhaken. So flanierten wir durch das Getümmel. Man richtete die Blicke auf uns, verbeugte sich vor dem Grafen und machte den Weg für uns frei.

Diese Beachtung fühlte sich fremd an. Ich konnte förmlich spüren, wie die Blicke an mir hingen, an meinem Haar, meinem Gesicht und meinem Kleid. Ich hakte mich fester bei Graf Hohenberg unter, für den die Aufmerksamkeit alltäglich zu sein schien.

»Ich bin froh, dass Sie gekommen sind, Graf. Ohne Sie fände ich mich hier überhaupt nicht zurecht«, sagte ich gerade laut genug, um die Musik und das Stimmengewirr zu übertönen.

»Im Grunde ist es ähnlich wie die Beizjagd«, meinte er und hatte sofort meine volle Aufmerksamkeit.

»Anfangs hält man sich etwas bedeckt, verschafft sich einen Überblick, taxiert die jungen Damen oder Herren und überlegt, wen man um den nächsten Tanz bittet. Dann, wenn man die Wahl getroffen hat, schreitet man auf sie zu, nicht zu schnell, damit man sie nicht erschreckt, aber auch schnell genug, damit sie wissen, dass es kein Entkommen gibt. Bei ihr oder ihm angekommen, lässt man die Falle zuschnappen.«

Ich lachte herzlich und fühlte mich gleich viel wohler. Der Vergleich gefiel mir, und tatsächlich begann ich, die Ballgäste nun mit anderen Augen zu sehen.

»Die sind bestimmt der Meinung, Sie hätten eine Liebschaft mit mir und meiner Schwester!«, flüsterte ich ihm zu.

»Mit beiden?« Graf Hohenberg schmunzelte und geleitete uns aus dem Saal, hinüber in eine prunkvolle, etwas kleinere Räumlichkeit. Die Atmosphäre war nicht mehr so überhitzt und energiegeladen. Ich atmete erleichtert auf und sah mich um.

Tische, weiß eingedeckt, mit silbernen Servierplatten, deren Ränder mit Schnörkeln verziert die kleinen Häppchen präsentierten. Gläser, die im Kerzenlicht geradezu funkelten. Die Dienerschaft trug schwarze Tracht und versuchte, dezent die Wünsche der Gäste von deren Mienen abzulesen. Der üppige Blumenschmuck, der in Form von Girlanden an den Wänden hing und in Vasen die Tische zierte, erfüllte den Raum mit einem schweren süßlichen Duft. Die Musik war hier nicht ganz so laut, und das Gelächter der Gäste drang nur gedämpft vom Ballsaal in den prunkvollen Salon.

»So, die Damen, was kann ich Ihnen anbieten?«, fragte Graf Hohenberg lächelnd und verschaffte sich einen Überblick über die angebotenen Getränke. »Ich würde sagen, wir stoßen mit einem Glas Champagner an, ja?« Er nickte dem Diener zu, und ohne ein weiteres Wort an ihn richten zu müssen, hatte dieser verstanden und nahm sogleich eine der dunklen Flaschen, um die goldene Flüssigkeit in drei der Gläser zu gießen.

Valerie sah aus vor Aufregung geweiteten Augen zu mir herüber, und als man uns die Gläser überreichte, bekam sogar ich etwas Herzklopfen. Champagner. Noch nie zuvor hatte ich so etwas getrunken. Ich beobachtete die kleinen Perlen, die im Glas hochstiegen und wieder langsam nach unten sanken.

»Es wird Ihnen schmecken«, flüsterte der Graf mir zu und prostete mit seinem Glas leise klirrend gegen meines.

Ich nickte und setzte mein Glas an die Lippen. Ganz vorsichtig nippte ich an der prickelnden Flüssigkeit und behielt dabei Valerie im Auge, die es mir gleichtat.

»Bin ich jetzt betrunken?«, fragte Valerie ernsthaft besorgt, nachdem sie ihr Glas wieder abgesetzt hatte.

»Aber Mädel, so schnell geht das doch nicht«, meinte der Graf und lachte herzhaft über ihre Unwissenheit.

»Graf Hohenberg?« Ich wandte mich um und sah Wilhelm, gefolgt von Konrad. »Was für eine Ehre, Sie hier zu haben!«

Die Herren nickten einander zu, begrüßten sich und beglückwünschten sich gegenseitig für ihre unnatürlich großen Anwesen mit ihren unbezahlbaren Gemälden, Gärten, Tieren und Droschken.

Es war beinahe unerträglich, dem Gespräch zu lauschen, also widmete ich mich meinem Glas Champagner und begann, den Geschmack für mich zu entdecken.

»Darf ich Sie um den nächsten Tanz bitten?«

Konrads Frage riss mich aus meiner Zweisamkeit mit meinem Champagner und durchzuckte mich wie ein Blitz. Tanzen? Nein, niemals.

Als ich von meinem Glas hochsah, wurde mir allerdings rasch klar, dass die Frage nicht mir gegolten hatte, sondern Valerie.

Die knickste artig und reichte Konrad ihre Hand. Gemeinsam tänzelten sie förmlich hinüber in den Ballsaal, unterhielten sich fröhlich. Der Anblick meiner Schwester an der Seite von Konrad schmerzte.

Doch dann sah ich, wie sie sich angeregt unterhielten, wie Valerie kicherte und wie glücklich sie dabei aussah. Und plötzlich verspürte ich einen Druck in meiner Brust, der unerträglich war.

War es, weil mir bewusst wurde, dass ich meine kleine Schwester bald ziehen lassen musste? Oder weil ich Angst hatte, dass sie an den falschen Mann geriet?

Ich beschloss, mich zurückzuhalten und den beiden diesen Tanz zu gönnen. Was sollte schon passieren? Ich war ja in ihrer Nähe. Konrad würde es nicht wagen, meiner Schwester zu nahe zu treten. Trotzdem folgte ich den beiden unauffällig hinüber in den Ballsaal. Hinter einer marmornen Säule versteckt, beobachtete ich die beiden sehr genau.

Valerie hatte noch nie in ihrem Leben getanzt. Was, wenn sie sich hier vor den Gästen blamierte? Das würde sie zutiefst treffen.

Ich lugte hinter der Säule hervor, sah, wie die Tanzpaare Aufstellung nahmen. Die Damen auf der einen Seite der Tanzfläche, die Herren ihnen gegenüber. Unfassbar, aber Valerie fügte sich wunderbar ein in das Gefüge aus reichen Damen. Fast wirkte es, als gehörte sie in diese feine Gesellschaft. Als die ersten Klänge des Orchesters ertönten, hielt ich die Luft an und sah nur auf meine Schwester.

Valerie war klug und hatte eine rasche Auffassungsgabe. Ich konnte sehen, wie sie aus den Augenwinkeln die anderen Frauen beobachtete und jeden ihrer Schritte kopierte. Konrad fasste sie an den Händen und führte sie leichtfüßig übers Parkett. Es wirkte, als hätten die beiden schon unzählige Male miteinander getanzt, als kannten sie jede Bewegung des anderen. Gemeinsam, Arm in Arm schwebten sie förmlich über die Tanzfläche und strahlten gemeinsam einen Glanz aus, der anderen Tanzpaaren fehlte.

Für einen kurzen Augenblick schloss ich die Augen und versuchte, mir vorzustellen, wie es sich wohl anfühlte, zu den schwungvollen Takten des Orchesters zu tanzen. Würde ich ebenso schwebend über das Parkett gleiten wie Valerie und die anderen Damen? Und würde ich es vielleicht sogar genießen, mich auf die Führung eines Mannes wie Konrad einzulassen?

Was, wenn Konrad sich tatsächlich für meine Schwester begeisterte? Und sie sich für ihn? Der Anblick, den sie boten, ließ darauf schließen, dass sie einander zugetan waren.

»Sie sehen wunderbar aus!« Die Stimme einer Frau riss

mich aus meinen Gedanken. Ich wandte mich um und blickte in ein so ebenmäßiges Gesicht, wie ich es noch nie zuvor gesehen hatte.

»Danke!«, sagte ich geschmeichelt.

»Verzeihen Sie. Wir kennen einander nicht. Aber ich kenne Ihr Kleid«, sagte sie und lächelte.

»Sie sind Wilhelms Schwester!«, schlussfolgerte ich und knickste. »Ich danke Ihnen tausend Mal für die wunderbare Leihgabe. Meine Schwester und ich stehen tief in Ihrer Schuld.«

»Aber nein«, sagte sie und schüttelte den Kopf. »Die Kleider passen Ihnen beiden wie angegossen. Ich möchte, dass Sie sie behalten.«

»Nein, das kann ich nicht annehmen.«

»Aber ich wünsche es«, meinte sie und legte eine Hand an meine Schulter.

»So ein kostbares Geschenk hat mir noch nie jemand gemacht.«

»Dann nehmen Sie es einfach an und genießen Sie den Abend.« Ich hing an ihren tiefroten Lippen, ihrem milden Lächeln, und der Art, wie sie grazil und selbstbewusst vor mir stand. Sie war eine Erscheinung, der man sich nicht entziehen konnte. Und noch während ich mich ärgerte, weil ich Konrad nicht zugehört hatte, welche Gesprächsthemen gerade angesagt waren, nickte sie mir zu und verschwand in der Menge der Gäste. Ich blickte ihr noch hinterher. Das dunkle, hochgesteckte Haar mit Perlen verziert, ihr Gang schreitend, ihre Haltung erhaben. Und mit einem Mal war ich es, die sich klein fühlte, und nicht Valerie, die vermutlich noch immer mit Konrad tanzte.

Valerie. Sofort wandte ich mich der Tanzfläche zu, um meine Schwester zu suchen. Unzählige Paare wirbelten im Takt der Musik und erschwerten meine Suche.

»Sie sehen aus, als benötigten Sie einen adretten Tanzpartner?«, fragte Graf Hohenberg schelmisch zwinkernd und reichte mir seine Hand.

»Wie zuvorkommend, lieber Graf, aber nein, ich suche gerade meine Schwester. Ich kann überhaupt nicht tanzen.« Den letzten Satz flüsterte ich ihm hinter vorgehaltener Hand zu.

»Leichtfüßig, wie Sie durch den Wald hüpfen, haben Sie bestimmt ein besonderes Geschick für jede Art von Bewegung. Und Ihre Schwester lassen Sie mal schön bleiben, wo sie ist. Ihr geht es bestimmt hervorragend.«

Ehe ich widersprechen konnte, griff Hohenberg nach meiner Hand und geleitete mich auf die Tanzfläche, auf der die Paare sich bereits für den nächsten Tanz aufstellten.

Als die ersten Violinenklänge ertönten, versuchte ich mich auf die Musik einzulassen, auf Graf Hohenberg und seine Erfahrung als Tänzer.

Als Graf Hohenberg mir ganz nahe kam, seinen Arm um meine Taille legte und mich an sich drückte, da lauschte ich in mich hinein. Noch nie zuvor war ich einem Mann so nahe gewesen, müsste diese Nähe nicht etwas mit mir machen? Sollte ich mich nicht hingezogen fühlen zu ihm, mich nach seiner Berührung sehnen? Wie war es wohl, wenn eine Frau wusste, dass sie sich zu einem Mann hingezogen fühlte und ihn küssen wollte oder heiraten oder gar beides?

Da war nichts. Kein Verlangen, kein inneres Drängen, kein Herzflattern. Ich fühlte einfach gar nichts, und dieses Nichts empfand ich beinahe als enttäuschend. Graf Hohenberg war ein gut aussehender Mann, freundlich und zuvorkommend. Wenn sich zu ihm keine Verbundenheit einstellte, zu wem dann? Ich dachte an Valerie und wie sehr sie der Tanz mit Konrad hatte leuchten lassen. Lag es am Ende an mir? War ich unfähig, tiefergehende Gefühle für einen Mann zu empfinden?

»Gefällt es Ihnen hier?«, fragte Graf Hohenberg. »Sie wirken so abwesend.«

»Verzeihen Sie, ich war in Gedanken«, antwortete ich und suchte im Menschengewirr nach Valerie.

»Es gefällt mir sehr gut«, beantwortete ich Graf Hohenbergs Frage. »Und Ihnen?«

»Sie werden es nicht glauben, gnädigstes Fräulein Wolf, aber heute ist etwas passiert, womit ich nie gerechnet hätte.«

»Tatsächlich?«, fragte ich neugierig und vergaß für einen Moment die Suche.

»Ihnen kann ich es anvertrauen, oder? Wir sind doch Freunde. Und Freunden kann man Geheimnisse verraten.«

»Natürlich!«, sagte ich ungeduldig.

»Ich habe jemanden kennengelernt«, flüsterte er mir zu.

»Oh!«, stieß ich erfreut aus und überlegte, mit wem Graf Hohenberg in ein Gespräch verwickelt war.

»Wen?«

»Das, meine Liebe, ist ja das Geheimnis!«

Hohenberg wirbelte mich so unvermittelt über die Tanzfläche, dass ich beinahe zu Sturz kam.

»Sosehr ich auch grüble, aber ich habe Sie an diesem Abend nur mit Wilhelm gesehen.« Ich kniff meine Augen angestrengt zusammen und überlegte weiter. Nein, mir wollte niemand sonst einfallen, der mir an Hohenbergs Seite aufgefallen wäre.

»Ja!«, sagte Graf Hohenberg, und seine Augen funkelten, seine Wangen waren leicht gerötet, und sein Lächeln erhellte sein ganzes Gesicht.

»Wilhelm?«, stieß ich entrüstet aus und starrte ihn ungläubig an. Ich wagte es kaum, den Gedanken zu wiederholen. Das war doch unmöglich, oder etwa nicht? Vater hatte einmal von einem entfernten Verwandten erzählt, der wohl eine Vorliebe für Männer gehabt hatte und der wegen seiner

Neigung aus der Familie verstoßen worden war. Vaters Geschichte hatte für mich immer wie ein absurdes Märchen geklungen. Es machte für mich keinen Sinn, dass zwei Männer eine Beziehung miteinander eingehen sollten. Waren wir Frauen nicht für Männer gemacht und umgekehrt? In meinem Kopf ratterten die Gedanken, und als ich in Hohenbergs Gesicht blickte, wurde mir klar, dass er mich schon eine Weile beobachtet hatte.

»Sie müssen mir versprechen, es niemandem zu sagen. Nicht einmal Avis«, meinte er gespielt scherzhaft. Seine Mundwinkel zitterten.

»Aber …!«

»Sie müssen es mir versprechen! Sie sind die Einzige, der ich mich anvertrauen kann. Oder etwa nicht?« Obwohl die Musik noch nicht zu Ende war, blieb Graf Hohenberg unvermittelt stehen und sah mich so eindringlich an, dass ich innerlich schauderte.

»Wie kann das sein?«, fragte ich ihn.

Hohenberg wirkte verwirrt über meine Ansichten. »Denken Sie, dass man sich seine Sehnsüchte aussuchen kann? Dass man seine innersten Wünsche zu steuern vermag?«, fragte er so leise, dass niemand außer mir ihn hören konnte.

Als endlich die Musik verklang, war ich erleichtert, mich von Hohenberg lösen zu können. Der Tanz hatte meine Erwartungen nicht erfüllt, das Gegenteil war der Fall: Ich schwor mir, nie wieder auch nur einen Fuß auf eine Tanzfläche zu setzen.

»Verzeihen Sie, aber ich muss jetzt meine Schwester suchen.« Mit einem angedeuteten Knicks zog ich mich von Graf Hohenberg zurück und begab mich auf die Suche nach Valerie. So schnell es das dichte Gedränge zuließ, schob ich mich durch das Getümmel. Doch sosehr ich mich auch streckte und meinen Blick schärfte, konnte ich sie nirgends entdecken.

Mit jedem Moment, der verstrich, wuchs in mir eine Unruhe heran. Ich bereute es zutiefst, sie aus den Augen gelassen zu haben. Hätte ich diesen Tanz doch nur abgelehnt. Was, wenn ihr etwas zugestoßen war? Wenn sie Hilfe brauchte? Was, wenn sie und Konrad …

»Valerie!«, schluchzte ich. Mir war unerträglich heiß, und ich bekam keine Luft in dem eng geschnürten Mieder. Meine Füße schmerzten, und meine Kehle fühlte sich an wie zugeschnürt. Ich wollte heim, auf meinen Berg, mit meiner Schwester. Jetzt. Doch sosehr ich mich auch bemühte, sie zu finden, ich konnte sie nirgendwo entdecken.

Was, wenn ihr ebenso unerträglich heiß war wie mir? Ich eilte wenig damenhaft zur Frontseite des Saals, von der zwei riesige Glastüren nach draußen führten. Dort angekommen, sog ich die kühle Nachtluft in meine Lunge. Was für eine Wohltat. Vor mir lag eine lang gezogene Terrasse, die über eine mit Fackeln beleuchtete Brücke in den Park mündete. Ohne weiter zu überlegen, hob ich meinen schweren Rock an und rannte hinüber in den Park.

»Vali!«, rief ich. Erst leise, doch als ich keine Antwort bekam, lauter. Das Licht war hier spärlich, und ich hatte Mühe, den Weg nicht aus den Augen zu verlieren.

»Wo bist du?« Mit jedem unbeantworteten Ruf wuchs meine Beklommenheit. Hier war sie nicht. Sofort machte ich kehrt und näherte mich wieder Wilhelms Prunkbau. In den oberen Stockwerken waren nur wenige Zimmer beleuchtet, wo also sollte ich meine Suche beginnen?

Als ich mich dem Schloss näherte, vernahm ich plötzlich Valeries Kichern.

»Hallo?«, erkundigte ich mich knapp.

»Hedwig?«

Ich stieß einen Seufzer der Erleichterung aus und rannte in die Richtung, in der ich meine Schwester vermutete.

Sie saß auf einer Parkbank, gemeinsam mit Konrad. Rasch taxierte ich mit meinen Blicken die Situation ab, verschaffte mir einen Überblick.

»Was machst du hier?«, fragte ich vorwurfsvoll und nahm ihr das halb leere Glas aus der Hand. »Ich habe überall nach dir gesucht.«

»Verzeih, das wusste ich nicht …«

»Ich hab nach dir gerufen. Mehrmals! Wie konntest du mich nicht hören?«

»Wir waren wohl zu vertieft gewesen«, antwortete Valerie schuldbewusst.

Vertieft? Sie saß hier draußen auf einer Parkbank, unweit des Weges, von dem aus ich nach ihr gerufen hatte.

»Was hast du mit ihr gemacht?«, zischte ich.

»Nichts! Wo denkst du hin?« Er blickte zu Valerie, deren Gesicht im Schatten lag.

»Es ist besser, wenn wir jetzt fahren. Endgültig und ohne Widerrede! Geh zurück ins Schloss und warte bei Graf Hohenberg auf mich. Sofort. Ich komme gleich nach!«, wies ich Valerie barsch an. Den Kopf schuldbewusst gesenkt, machte meine Schwester sich auf den Weg und ließ mich allein mit Konrad zurück.

»Und, bekomme ich jetzt Prügel von dir?«, fragte er mich keck und erhob sich von der Parkbank.

»Verdient hättest du sie! Valerie ist meine kleine Schwester. Wie konntest du es wagen, dich an sie heranzumachen.«

»Das habe ich nicht ansatzweise. Sie klagte über Schmerzen im Bein, da habe ich sie an die frische Luft gebracht«, versuchte Konrad mir zu erklären.

»An die frische Luft gebracht …«, wiederholte ich seine Worte und schüttelte den Kopf.

»Wenn du denkst, ich interessiere mich für deine Schwester, dann irrst du dich. Sie ist doch noch fast ein Kind.«

»Richtig erkannt!«

»Eine Frau, die mein Interesse weckt, muss schon etwas mehr zu bieten haben als die Ausstrahlung eines Mädchens.«

»Ich möchte gar nicht erst wissen, für welchen Typ Frau du dich interessierst!«

»Dann lass mich doch einfach in Frieden. Ich wollte mich nur um Valerie kümmern – und schon werde ich mit Vorwürfen überschüttet. Weißt du eigentlich, wie unmöglich du bist?«

»Warum hast du mich dann zu diesem Ball eingeladen? Du weißt, dass ich mich hier nicht wohlfühle.«

»Ich wollte dir und deiner Schwester eine Freude machen, euch für einen Abend rausholen aus eurem *Elend*.«

»*Elend*? Wie überaus galant von dir, aber wir kommen sehr gut ohne Champagner und teure Kleider zurecht.«

»Du bist so unsagbar undankbar, weißt du das?«

»Ach, du hättest dir Dank erwartet? Wofür, wenn ich fragen darf? Weil du mich hierher eingeladen hast, um mich bloßzustellen? Denn das ist doch der wahre Grund, warum ich hier bin, oder? Du wolltest mich vorführen vor deinen Freunden, mich verspotten und demütigen. Hab ich recht?«

Konrad schwieg. In seinem Blick lag blanke Entrüstung.

»Wie sehr hasst du mich eigentlich?«, fragte ich ihn und durchstach ihn förmlich mit meinen Blicken.

»Ich hasse dich nicht. Und wenn es eine Möglichkeit gäbe, dir den wahren Grund für meine Einladung zu erläutern, dann würde ich es tun. Aber mit dir kann man einfach nicht reden.«

»Mit mir kann man nicht reden? Was für eine armselige Ausrede, Konrad Ahnen!« Ich stemmte meine Hände in die Taille und funkelte ihn an.

»Du bist kein Stück besser, Hedwig Wolf!«

Schweigen. Ich wandte mich von Konrad ab, um mich auf den Weg ins Schloss zu machen.

»Nein! Geh nicht!«

»Was meinst du?«, fragte ich und wandte mich ihm wieder zu.

»Ich weiß es nicht!« Seine Stimme klang verloren. Er strich sich mit einer Hand durch sein welliges Haar und sah mich verzweifelt an.

»Deine Nähe ist unerträglich, aber wenn du nicht bei mir bist, ist es noch schlimmer«, sagte er und sah mich aus großen Augen an. Doch ich schwieg. Ich wusste nicht, wie ich darauf reagieren sollte.

Und dann passierte etwas, womit ich nie gerechnet hätte: Konrad umfasste meine Taille und zog mich an sich. Ganz langsam. Ich hätte tausend Momente Zeit gehabt, um mich von ihm zu lösen. Doch ich ließ es zu. Spürte seine Hände, die mich umfassten – kraftvoll und doch so zärtlich, dass es mir den Atem raubte. Ich sah ihm in die Augen, sein Blick hing an meinem – wehmütig und doch voller Hoffnung. Und dann war da plötzlich dieses Gefühl, das ich noch eben in Graf Hohenbergs Umarmung gesucht hatte. Alles in mir quoll über vor Sehnsucht, vor Begierde und dem Wunsch nach Nähe und einem Kuss. Mit Fingerspitzen strich er über mein Kinn und meinen Hals, löste ein Gefühl in mir aus, das mich schweben ließ.

Die Welt verschwamm zu einem Lichtermeer, während Konrad mir so nahe kam, dass sein Atem mich warm umfing.

Und als seine Lippen die meinen fanden, schloss ich meine Augen und ließ zu, dass meine Gefühle mit seinen verschmolzen. Es gab nur noch ihn und mich – uns. Mit beiden Händen umfasste ich sein Gesicht und konnte nicht fassen, wie viel Wärme seine Lippen in mir auslösten. Es war, als umarmte er alles, was ich war. Ich war verloren, für immer. Es war, als hätte ich mein Leben lang nur auf diesen Kuss gewartet. Es war verrückt, und doch stimmte es. Ich wollte für immer in dieser Woge schweben, losgelöst von meiner inneren Härte, die das Leben mir angedacht hatte. Konrads Lippen auf meinen machten mich zerbrechlich, und doch fühlte ich mich so heil wie nie zuvor. Ich schlang meine Arme um seinen Nacken, wollte ihm noch näher sein, noch mehr spüren von diesem Gefühl, das mich hochtrug zu den Sternen.

Doch dann beendete Konrad den Kuss, löste die Umarmung, trat einen Schritt zurück und ließ mich wieder allein in meinem Leben. Ich sah ihn an. Das flackernde Licht der Fackeln ließ Schatten auf seinem Gesicht tanzen. Er lächelte, oder etwa nicht?

»Warum hast du das gemacht?«, fragte ich leise und legte meine Fingerspitzen an meinen Mund, um dem Kuss nachzuspüren.

»Weil ich nicht anders konnte. Verzeih mir.« Kurz glaubte ich, hoffte ich, er wollte seine Hand nach mir ausstrecken, mich wieder an ihn ziehen und küssen. Ich wollte ihm sagen, dass es nichts zu verzeihen gab, dass alles gut war – besser als zuvor. Aber er blickte mir nur ein letztes Mal in die Augen und verschwand in der Dunkelheit des Parks. Und ich stand da, fröstelnd und gegen einen Schmerz in mir ankämpfend, der noch intensiver durch meinen Körper pulsierte als der Kuss.

Später konnte ich nicht mehr sagen, wie lange ich in der Dunkelheit gestanden und versucht hatte, zu mir selbst zurückzufinden. Es war, als hätte ich mich in diesem Kuss verloren und fände den Weg in mein altes Leben nicht mehr zurück. Es war, als gäbe es ein Leben vor diesem Kuss und eines, das direkt danach begann.

»Was für ein törichter Mann!«, sagte ich zu mir selbst und war wenig überzeugend dabei. Völlig verwirrt machte ich mich auf den Weg in Wilhelms lauten Tanzsaal. Alles in mir sträubte sich dagegen, erneut in diesen Trubel einzutauchen – nicht nach dem, was ich eben erlebt hatte. Nicht nach diesem Kuss. Ich wollte allein sein mit mir und meinen wirren Gefühlen. Nein, das war eine Lüge, und das wusste ich. Ich wollte nicht allein sein. Ich wollte zurück zu Konrad …

»Bringen Sie uns bitte nach Hause«, flüsterte ich Graf Hohenberg zu, der sich angeregt mit Wilhelm und Valerie unterhielt.

»So früh schon? Gefällt es Ihnen nicht?«

»Bitte fragen Sie nicht. Ich möchte einfach nur weg. Bitte«, antwortete ich und kämpfte gegen meine aufsteigenden Tränen an.

»Natürlich! Ich weise meinen Kutscher an, Sie und Ihre Schwester sicher nach Hause zu bringen«, meinte Graf Hohenberg und begleitete mich und Valerie aus dem Schloss und zu seiner offenen Droschke.

»Ich erzähle Ihnen alles ein anderes Mal«, sagte ich, obwohl mir klar war, dass ich niemals ein Wort über den Kuss verlieren würde. Ich würde diesen Augenblick, diese Nähe einsperren in mein Herz und ihn für mich behalten. Graf Hohenberg verabschiedete sich von uns und wirkte dabei ehrlich besorgt. Die Pferde hatten sich bereits in Bewegung gesetzt, da winkte er uns noch nach.

Als wir durch die Nacht kutschierten, schwiegen Valerie und ich. In meinem Kopf waren keine Worte mehr. Da war nur die Erinnerung an den Kuss. Ich blickte hoch zum sternenklaren Nachthimmel und spürte der Wirkung des Champagners nach.

Was, wenn Konrad mich nur geküsst hatte, weil Valerie nicht mehr da war? Was, wenn er eigentlich sie wollte? Immerhin hat er sich mit ihr in den Park zurückgezogen. Und ich hatte sie gestört. Mir war, als zerbräche mein Herz in kleine Stücke. Und ich fühlte mich dumm und klein, weil ich neidisch auf meine Schwester war.

»Was hast du dir nur dabei gedacht, mit Konrad in den Park zu gehen?«, fragte ich Valerie vorwurfsvoll, ohne sie anzusehen. »Ich verbiete dir den Umgang mit diesem Mann!«

»Das kannst du mir nicht verbieten! Du bist nicht unsere Mutter.« Valeries Stimme durchschnitt die sonst friedliche Nacht.

»Wer – wenn nicht ich – sollte dich zur Vernunft bringen?«

»Du kannst mich nicht ewig an deinen Pfahl gebunden halten wie einen Habicht!«, wimmerte Valerie, doch ich zog es vor zu schweigen.

Die Fahrt erschien mir endlos lange, jeder Kurve folgte eine weitere. Als sich in absehbarer Entfernung endlich der Kirchturm von Eichgraben am Himmel abzeichnete, entfuhr mir ein Seufzer der Erleichterung.

»Wir steigen am Fuße des Berges aus. Ihre Kutsche ist nicht gemacht für diesen steilen Anstieg«, sagte ich zum Kutscher. Der nickte.

»Aber meine Füße tun mir jetzt schon weh!«, jammerte Valerie.

»Dann hättest du nicht so viel tanzen sollen!« Mit diesen Worten stieg ich aus der Kutsche.

Mit beiden Händen fasste ich nach meinem Rock und hob ihn an, um längere Schritte machen zu können. Ich musste weg von hier und hoch auf meinen Berg. Jetzt.

»Warte!«, rief Valerie, und als ich mich umdrehte, sah ich, wie sie mir mit ihrem schweren Kleid nachzueilen versuchte. Sofort fühlte ich mich beim Anblick meiner Schwester schlecht. Ich war hart und manchmal auch ungerecht, das wusste ich.

»Ich werde dich stützen«, sagte ich karg und reichte ihr meine Hand. Sie war meine kleine Schwester, wie sollte ich sie je im Stich lassen? Dennoch zog ich es vor, den Aufstieg wortkarg zu bewältigen.

Ich war trainiert und würde den Weg auch mit dem unbequemen Kleid und den spitzen Schuhen hinter mich bringen, aber bei Valerie hatte ich da meine Bedenken. Das würde ein langer Heimweg werden. Aber wenn wir eines im Überfluss hatten, dann war das Zeit.

»Du kannst nicht ewig über mein Leben bestimmen, weißt du?«, keuchte Valerie, nachdem wir schon ein großes Stück des Weges geschafft hatten. »Irgendwann wirst du mit mir reden müssen. Konrad hat nichts Unrechtes getan. Er hat sich nur um mich gekümmert, während du mit Graf Hohenberg getanzt hast. Er war sehr fürsorglich und bemüht.«

»Dieser Mann ist selbstsüchtig. So wie alle anderen auf diesem Ball. Alle!«, stieß ich aus und drehte mich zu ihr um. »Ich werde nicht erlauben, dass du in diese Kreise einheiratest.«

»Wenn Konrad mir einen Antrag macht, werde ich ihn annehmen!«

»Dann hatte ich also recht, und er ist dir vorher im Park zu nahe getreten?«

»Ist er nicht! Das würde Konrad nie!«

»Und ob er das würde«, murmelte ich und setzte den Marsch fort. Ich wollte nur noch in meine Hütte, in mein Bett, umgeben von den altbekannten Gerüchen und Geräuschen. Erst dann könnte ich mich um mein zerbrochenes Herz kümmern. Immer wieder sah ich Konrads wehmütigen Blick. Fühlte er womöglich denselben Schmerz wie ich? Standen wir uns beide selbst im Weg?

Und wenn ich mich irrte und er doch Valerie zugetan war? Was, wenn die beiden füreinander bestimmt waren und eine glückliche Zukunft vor sich hätten? Was, wenn ich den Gedanken daran nicht zulassen konnte, weil *ich* in meiner Fantasie mit Konrad tanzte?

Diese Erkenntnis fühlte sich an wie ein Stich in meinem Herzen. Ich wollte Valerie ihr Glück gönnen, wirklich, aber in diesem Augenblick wurde mir bewusst, dass das Glück der beiden für mich das größte Unglück bedeutete.

»Hätte er mich nur nie geküsst«, murmelte ich, als wir zu Hause angekommen waren und uns ins Bett gelegt hatten.

Wenn alles gut ging, würde Konrad nicht wiederkommen. Er würde einen anderen Lehrer finden, der ihn in der Beizjagd unterrichtete. Das Turnier würde er ohnehin nicht gewinnen. Wie auch? Er war ein Anfänger, ein Tollpatsch.

Nein, war er nicht, musste ich mir selbst eingestehen. Er war bemüht, hatte eine schnelle Auffassungsgabe und trainierte hart. Er hatte sich in jeder Hinsicht verbessert. Sein Gerfalke vertraute ihm, spürte Sicherheit, und Konrad hatte die für die Jagd so nötige innere Ruhe gefunden. Konrad war längst nicht mehr der ungeschickte Adelige und zu einem ernsthaften Konkurrenten geworden. Wie gut, dass er das nicht wusste. Wie würde es sich anfühlen, wenn wir uns im Turnier tatsächlich gegenüberstünden? Wenn es galt, ihn zu besiegen?

Ruckartig drehte ich mich auf die andere Seite. Ich musste meine Gedanken zu einem anderen Thema lenken und Konrad aus meinem Herzen verdrängen. Er tat mir nicht gut, und es gab tausend Dinge in meinem Leben, die wichtiger waren.

Der Sieg des Falkenjagdturnieres zum Beispiel. Ich sollte mich wieder mehr auf diesen Sieg konzentrieren! Ab morgen würde ich wieder hart trainieren, um aus Avis und mir das Beste herauszuholen.

Ich zog meine Decke bis ans Kinn und konnte es kaum erwarten, am nächsten Morgen ohne Konrad loszuziehen. Nur Avis und ich! So wie immer. Kein anderer Mensch weit und breit. Kein Mann, der mich ablenkte und meine Zeit stahl.

Was für eine Erleichterung, oder etwa nicht?

KAPITEL 11

Am nächsten Tag stand ich vor meiner Hütte und blickte hoch zur Sommersonne, die am wolkenlosen Himmel einen heißen Tag versprach. Ich schloss die Augen und reckte mein Gesicht den wärmenden Sonnenstrahlen entgegen.

Gedanklich hing ich noch immer in der Ballnacht fest. Sie hatte ein aufgewühltes Gefühl in mir hinterlassen, und ich wünschte mir nichts sehnlicher, als diese Stunden einfach hinter mir lassen zu können.

Ich brauchte dringend Ablenkung. Und vielleicht beschloss ich deshalb, genau an diesem Tag endlich hinunterzugehen ins Dorf und mich für das Falkenjagdturnier anzumelden. Immer wieder hatte ich dieses Vorhaben verschoben und verdrängt. Denn sosehr ich auch an diesem Turnier teilnehmen wollte, sosehr war mir bewusst, dass meine Anmeldung mit Problemen verbunden sein könnte. Ich wäre die erste Frau, die sich um einen Platz im Turnier bewerben würde, und es war damit zu rechnen, dass einige Männer sich mir in den Weg stellten.

Ich atmete tief ein, hoffte, dass die harzige Luft meine Gedanken klären würde. Valerie würde mich trotz unseres Streits nach dem Ball begleiten – warum auch nicht, mein

Sieg war für ihre Zukunft maßgebend. Sie würde mir mit ihrer Ruhe und Besonnenheit zur Seite stehen. Valerie war beliebt im Dorf – im Gegensatz zu mir.

Als wir wenig später den Berg hinabgingen, hielt Valerie ein paar Schritte Abstand zu mir. Das Schweigen zwischen uns fühlte sich unwirklich an.

»Es tut mir leid«, murmelte ich so leise, dass ich mich kaum selber hörte.

»Was?«

»Es tut mir leid«, wiederholte ich etwas lauter. Valerie schwieg.

»Immer habe ich das Gefühl, dich beschützen zu müssen. Aber du bist bald erwachsen und darfst deine eigenen Fehler machen.«

»Von welchem Fehler sprichst du?«

»Du solltest darauf achten, mit welchen Menschen du dich umgibst«, erklärte ich.

»Bestimmt hast du recht. Aber Konrad hat sich einfach nur um mich gekümmert und mich an die frische Luft begleitet, als meine Schmerzen im Bein unerträglich waren. In keinem einzigen Augenblick hatte ich das Gefühl, dass er mir zu nahe treten wollte. Und das, obwohl ich seine Annäherungen erwidert hätte.«

Ich blieb stehen und wandte mich Valerie zu.

»Ich hätte dich vor ihm nicht behandeln dürfen wie ein Kind. Aber Konrad ...« Ich brach ab und wandte mich von Valerie ab. Sie sollte nicht sehen, wie sehr mich meine Erinnerungen an die Ballnacht schmerzten.

»Manchmal stehe ich mir selbst im Weg, nicht wahr?«, fragte ich und spürte dabei eine ungewohnt traurige Beklemmung in mir.

»Man kann sich jederzeit ändern«, sagte Valerie liebevoll und griff nach meiner Hand. »Sogar du wirst eines Tages feststellen, wie gut es tut, Menschen in sein Leben zu lassen. Mach die Tür zu deinem Herzen ein wenig auf, Hedi, und du wirst dich wundern über die Fülle, die das Leben für dich bereithält.« Valerie drückte meine Hand – sanft und doch stark genug, um mir klarzumachen, dass sie recht hatte. Wie sehr ich meine Schwester doch liebte.

»Du bist so viel klüger als ich«, sagte ich. Gerne hätte ich hinzugefügt, dass ich ihr alles Glück der Welt wünschte, einen Mann, der sie glücklich machte, einCed Zuhause, in dem sie sich wohlfühlte – aber meine Stimme versagte, zerbrach unter meinen aufsteigenden Tränen.

»Komm!«, meinte Valerie und geleitete mich ins Dorf, wo unser Weg direkt zum Hof des selbst ernannten Vorsitzenden der ansässigen Jägerschaft führte. Bartl Hufner war ein Mann, dem ich sonst lieber aus dem Weg ging. Er war der Meinung, etwas Besseres zu sein, weil er engen Kontakt mit einigen Adligen pflegte. Aber die nutzten ihn letztendlich nur für ihre Zwecke und ließen ihn die Vorarbeiten für das Turnier erledigen, die ihnen selbst zuwider waren.

Über all das würde ich jetzt hinwegsehen und ihm mit einer aufgesetzten Freundlichkeit begegnen, damit die Anmeldung beim Falkenjagdturnier möglichst reibungslos vonstattenging.

»Du bist eine Frau! Ein Weibsbild!«, war wenig später seine Antwort auf mein Anliegen. Er saß an seinem Esstisch, vor ihm ein mit Speck gefüllter Teller und Brot. In der Mitte des Tisches stand eine Vase mit einem Strauß voller Wiesenblumen. An der Wand tickte eine Uhr, und die Holzbank knarrte unter jeder Bewegung des beleibten Bauern.

»Ich weiß«, antwortete ich knapp.

»Beim Falkenjagdturnier sind keine Frauen zugelassen«, meinte er und schob sich eine dicke Scheibe Speck in den Mund.

»Das steht nirgends geschrieben!«

»Als ob man so was festhalten muss. Das weiß doch jeder!«, erklärte er schmatzend.

»Du willst mich also nicht teilnehmen lassen am Turnier?«

»Genau das habe ich damit gesagt.«

»Ich lass es mir von dir nicht verbieten!«

»Mädl, du verschwendest meine Zeit. Und deine. Es gibt Regeln, und die werden wir nicht ändern.«

»Geh, Bauer, mach es uns nicht schwerer als nötig. Du könntest mir jede Menge Zeit sparen, wenn du meinen Namen jetzt einfach auf deine Liste schreibst. Jeder Falkner sollte am Turnier teilnehmen dürfen – egal ob Mann oder Frau.« Ich zeigte auf das Papier, das neben ihm lag und auf dem bereits einige Namen vermerkt waren.

»Warum sollte ich *dir* einen Gefallen tun?« Er hob seine buschigen Augenbrauen an und starrte mich unverhohlen an.

Ich spürte, wie sich in meinem Brustkorb die Wut aufbaute. Es würde nicht mehr lange dauern, bis sie sich lautstark entladen würde.

»Komm, gehen wir!«, flüsterte Valerie mir zu und fasste mich an der Hand. Ich entzog mich ihrem Griff und blieb standhaft.

»Ich gehe nicht! Nicht bevor der Bartl meinen Namen auf die Liste geschrieben hat.«

Der Bauer grinste breit und lehnte sich amüsiert zurück. Seine Arme vor seinem Bierbauch gekreuzt, sah er mich an – herausfordernd und überlegen.

»Seit Jahren arbeite ich auf dieses Turnier hin. Ich bin besser als die meisten, deren Namen du auf deinen Schmierzettel geschrieben hast.«

»Das werden wir leider nicht erfahren, oder?« Seine roten Wangen glänzten, sein Blick war verwässert.

»Verdammt! Bartl!«, rief ich und schlug mit der Hand auf die Tischplatte. »Sei nicht so selbstgefällig, das steht dir nicht!«

»Und du sieh ein, dass du keine Chance hast.«

Mein Blick wanderte über den Tisch. Vom Bierkrug, den ich gerne über seinen Kopf entleert hätte, bis hin zur Butter, die ich ihm nur zu gerne in sein vom Alkohol gezeichnetes Gesicht geschmiert hätte. Mein Atem ging schnell, und die Hitze in meinen Wangen nahm mit jedem Augenblick weiter zu. Ich musste Bartl überzeugen. Nur wie?

»Ich habe ein Recht auf die Teilnahme am Turnier!«, sagte ich bestimmt.

»Als ob eine Frau irgendwelche Rechte hätt!«

Diese Aussage traf mich wie ein Schlag ins Gesicht, und zwar mit voller Wucht.

»Deine Frau kann einem leidtun!«, schleuderte ich ihm entgegen.

»Braucht's nicht, die ist sehr zufrieden mit ihrem Leben!«

»Als ob man an der Seite eines starrköpfigen Kerles wie dir sein Glück finden könnte!« Mir war danach, den Bartl an beiden Schultern zu packen und zu schütteln. Ich wollte Männern wie ihm zeigen, dass sie nicht das bessere Geschlecht waren. Sie waren anmaßend, selbstverherrlichend und ungerecht. Und mit meiner Teilnahme am Turnier wollte ich sie vom Gegenteil überzeugen. Ich musste an diesem Wettbewerb teilnehmen – jetzt dringender denn je!

In mir schwoll eine Wut an, die sich in Bartls Gesicht widerspiegelte.

»Hedwig, komm!«, zischte Valerie und packte mich fest am Oberarm.

»Hedwig, komm!«, äffte der Bauer meine Schwester nach und grinste so selbstgefällig, dass ich mich vergaß. Es ging alles so schnell, es passierte wie von selbst, so als ob nicht ich es war, die nach der Blumenvase griff, sie mit beiden Händen packte und den Inhalt schwungvoll in Bartls Gesicht schüttete.

»He!«, rief er aus und wischte sich notdürftig das Wasser von den Augen. Kornblumen hingen in seinem schütteren Haar und auf den Schultern. Sein Hemd war triefend nass, und von seiner Nase tropfte in einem fort Wasser auf seinen Speckteller.

»Was hast du gemacht?«, fragte Valerie.

Ja, was hatte ich gemacht? Ich stand wie angewurzelt da und starrte auf die Blumen, die von Bartls Kopf fielen.

»Verschwind!«, fauchte er bedrohlich.

Ich versuchte, die Situation zu retten, und hob beschwichtigend beide Hände. Doch Bartl schien sich nicht für meine Entschuldigung zu interessieren, klaubte sich die Blumen vom Kopf und stand auf.

»Komm ja nie wieder!«, wiederholte er und wirkte dabei so bedrohlich, dass ich das Zimmer gerne verließ.

Gemeinsam mit Valerie stürmte ich aus dem Haus des Bauern und drosselte mein Tempo erst, als Bartls Hof ein paar Straßen hinter uns lag.

Völlig außer Atem lehnte ich mich an das kühle Gemäuer der Kirche. Vor meinem inneren Auge sah ich noch einmal die Bilder vor mir, wie ich die Vase in Händen hielt, und fühlte den Schwung, mit dem ich den Inhalt über Bartls Kopf ergossen hatte. Dann vergrub ich mein Gesicht in beide Hände und rieb mir Stirn und Schläfen.

»Meine Teilnahme beim Turnier kann ich jetzt vergessen!« Ich lehnte den Kopf zurück und blickte hoch zum Himmel.

»Es sei denn, jemand anders schreibt deinen Namen auf die Liste!«, meinte Valerie und rieb sich nachdenklich das Kinn.

»Wer sollte das tun? Hast doch den Bartl gehört: keine Frauen!«

»Und wenn du dich als Mann verkleidest?«

»Niemals. Ich bin eine Frau und denke nicht im Traum daran, das zu verschleiern. Entweder ich gewinne als Frau oder gar nicht! Ich werde mich nicht als einer von denen verkleiden, damit man mich beim Turnier zulässt!«

Valerie schüttelte den Kopf und wandte sich von mir ab.

»Du bist so stur!«, fauchte sie mich an.

»Weder bin ich eine Betrügerin, noch habe ich etwas zu verbergen.«

»Aber das Turnier ist wichtig. Dein Sieg ist wichtig. Auch für mich und meine Zukunft. Warum schaffst du es nicht ein einziges Mal, den richtigen Ton zu treffen? Der Bartl hätte dich auf die Liste geschrieben, wenn du ihm mit gebührendem Respekt begegnet wärest!« Ihre Stimme überschlug sich, war lauter als je zuvor.

»Vor so einem Kerl werde ich nicht auf die Knie gehen und betteln. Keiner der Männer muss um seine Teilnahme betteln, warum also ich?«

»Weil du nun mal kein Mann bist, Hedi! Du bist eine Frau, und als solche sind wir nun mal untergeordnet!«

»Das ist so ungerecht!«

»Ich habe nie etwas anderes behauptet«, sagte Valerie etwas ruhiger. »Und doch liegt es an uns, mit einem gewissen Gespür die Männer zu behandeln, um zu bekommen, was wir wollen.«

»Wenn ich das könnte, hätte ich es getan«, sagte ich.

»Das Problem ist: Du wolltest nicht! Sonst hättest du die Situation gerettet und hättest den Hof vom Bartl mit einem triumphierenden Lächeln im Gesicht verlassen.« Valerie stemmte beide Hände in die Taille und sah mich vorwurfsvoll an. Und dann wurde mir bewusst, was sie mir hatte sagen wollen. Ein Sprung über meinen Schatten hätte mich als Gewinnerin aus der Situation hervorgehen lassen, aber ich war zu stur, um mit anderen Menschen Kompromisse einzugehen. Nun hatte ich verloren, und zwar auf jeder Ebene.

»*Du bist eine Frau! Ein Weibsbild!*« Das waren Bartls verachtende Worte gewesen.

Welche Möglichkeiten hatte ich noch, wenn ich am Turnier teilnehmen wollte, ohne mich als Mann zu verkleiden? Die Liste war in Bartls Händen, aber ich wusste auch so, welche Namen sich darauf befanden. Adelige, Reiche ... allesamt Herren, die sich schulterklopfend und sich selbst beweihräuchernd an den Start begeben würden. Bei dem Turnier ging es nur ansatzweise um den besten Jäger, vielmehr wurden an diesen Tagen Geschäfte abgeschlossen, Ehen von Töchtern arrangiert und über Ländereien verhandelt.

Ich wäre wohl eine der wenigen, der am einfachen Sieg gelegen war. Das Preisgeld und der Pokal waren doch für die meisten nicht von Wert – die gnädigen Herren reisten auch so nach Beendigung des Turniers wieder zufrieden ab.

Freilich gab es auch andere, die sich tatsächlich in der Beizjagd messen wollten, aber die waren in der Minderheit. Trotzdem gab es sie, die ernst zu nehmenden Konkurrenten, mit denen ich mich nur zu gerne gemessen hätte.

Wie ungerecht die Welt doch war. Es war eine Welt der Männer, in der nur sie bestimmten und nur sie die Regeln machten, die Frauen zu befolgen hatten.

Ich spürte, wie heiße Tränen über meine Wangen flossen, und fühlte mich völlig hilflos. Wenn ich als Frau am Falkenjagdturnier teilnehmen wollte, brauchte ich einen Mann, der mir den Rücken stärkte, der sich für mich einsetzte und Bartl und die anderen Vorsitzenden für mich umstimmte. Aber wer könnte das sein?

Mir fiel Konrads Onkel ein, aber er war bestimmt noch zu

schwach, um sich mit solchen Dingen auseinanderzusetzen. Oder Graf Hohenberg? Nein, ich wollte unsere Beziehung nicht ausnutzen.

Wie sehr ich es doch hasste, wenn ich jemanden um Hilfe bitten musste. Aber noch mehr hasste ich den Gedanken, nicht am Turnier teilnehmen zu können.

Es musste eine Lösung geben. Unbedingt!

KAPITEL 12

Nach einer schlaflosen Nacht lehnte ich mich gegen den Türrahmen und blickte hoch zu den Baumwipfeln, deren sanftes Wiegen im Wind mich sonst immer zu beruhigen vermochte. Aber nicht heute. Es war einfach zu viel passiert. Die Müdigkeit hing noch schwer an meinen Augenlidern und dämpfte meine Motivation, die mich sonst um diese Uhrzeit hinüber zu Avis drängte.

Vielleicht sollte ich den Tag heute ruhiger angehen und mich gemütlich auf der Holzbank von der Sonne wärmen lassen? Lieber nicht. Ich würde nur unnötig meine Gedanken zu Bartl, Konrad oder Graf Hohenberg schweifen lassen. Am besten wäre es, zur Tagesordnung überzugehen. Außerdem waren Valerie und ich auf frische Beute angewiesen, wenn wir mittags eine warme Mahlzeit essen wollten.

Also stieß ich mich vom Türrahmen ab und schleppte mich zum Schuppen. Kurz dachte ich an Konrad, der zu dieser Zeit üblicherweise mit seinem Gerfalken auf der Faust zum täglichen Jagdtraining hochgeritten gekommen war. Seit dem Ball allerdings nicht mehr. Unsere Wege würden sich nicht wieder kreuzen, da war ich mir sicher. Diese Endgültigkeit verursachte mir ein bedrückendes Gefühl und trübte meine Gedanken.

Und Graf Hohenberg? Ihn als Kunde zu verlieren, wäre eine finanzielle Bedrohung für mich. Andererseits war ich nicht sicher, ob es richtig war, nach seinem Geständnis noch mit ihm zu verkehren. Menschen mit solch einer Neigung machten sich strafbar und mussten mit einigen Jahren Gefängnis rechnen. Wollte ich mich tatsächlich mit einem Gesetzesbrecher abgeben?

»*Warum machen Sie das?*« Das waren meine Worte an Graf Hohenberg gewesen. Etwas in mir sagte, dass ich falsch reagiert hatte. Aber wie verhielt man sich in so einer Situation richtig? Und warum hatte er ausgerechnet mir sein Geheimnis anvertraut? In all der gemeinsam verbrachten Zeit waren wir Freunde geworden. Er war mir vertraut, und doch hätte ich nie damit gerechnet, dass er sich zu Männern hingezogen fühlte. Wirkte der Graf deshalb oft so verloren, weil er ein Stück weit immer im Geheimen leben musste? Und wie viel Überwindung hatte es ihn gekostet, mir die Wahrheit anzuvertrauen? Und ich? Ich hatte ihm zu verstehen gegeben, dass ich seine Gefühle für Männer nicht guthieß. Warum hatte ich das gemacht? Wem konnte ein Mann seines Standes sich schon anvertrauen? Und wo waren Geheimnisse besser aufgehoben als bei einer Frau, die allein mit ihrer Schwester auf dem Berg hauste? Je länger ich darüber nachdachte, desto schlechter fühlte ich mich. Eine träge Schwere breitete sich in meiner Brust aus und sagte mir, dass ich keine gute Freundin gewesen war. Ich hatte das Gefühl, alle Menschen, die mir am Herzen lagen, aus meinem Leben zu drängen oder zu verletzen. Graf Hohenberg, Valerie … und Konrad. Ich strich über meine Unterlippe und dachte wieder an den Kuss, der mich so zerbrechlich hatte werden lassen. Ich wollte sie nicht, diese schmerzenden Gefühle, diese

Sehnsucht, dieses innere Verzehren. Ich hatte nicht darum gebeten. Warum nur hatte ich diesen Kuss zugelassen? Ich hätte mich von Konrad lösen müssen, ihn anfauchen, für seinen Versuch, mir nahe zu sein. Dann wäre ich heute noch die Jägerin, die ein Leben in Einsamkeit vorzieht. Konrad hatte mich verändert. Und doch war ich ihm nicht böse, weil dieses Gefühl – so schmerzhaft es auch war – etwas in mir zum Glänzen brachte.

»Fräulein Wolf?«

Ich drehte mich um und blickte direkt in Graf Hohenbergs dunkel umschattete Augen.

»Graf Hohenberg!«, rief ich erschrocken aus.

Schweigend und mit gesenktem Haupt kam er auf mich zu. Seine Schritte wirkten matt und kraftlos. Sein dunkles Haar hing ihm ungepflegt in die Stirn, und sein Hemd trug er am Kragen offen.

»Sie sind ohne Ihren Falken hier?«, fragte ich verwundert.

»Den brauche ich nicht, Fräulein Wolf.« Wenige Schritte vor mir blieb er stehen. Er blickte unsicher.

»Ich möchte mich aufrichtig bei Ihnen entschuldigen, Fräulein Wolf«, sagte er und knetete seine Hände. »Ich hätte Ihnen mein Geheimnis nicht anvertrauen dürfen.«

»Aber warum haben Sie es dann getan?«, fragte ich und atmete schwer auf.

»Weil es gutgetan hat, deshalb.« Waren das Tränen, die in seinen Augen funkelten?

»Sie haben es ein Stück weit selbst erraten, und ich fühlte mich versucht, es Ihnen anzuvertrauen. Heute weiß ich, dass ich hätte schweigen müssen – so, wie ich es immer tue. Schweigen und so tun, als wäre ich wie alle anderen.«

»Ich weiß, was Sie meinen«, sagte ich und beobachtete, wie Graf Hohenbergs Augen sich aufgeregt weiteten.

»Seit jeher sieht man mich von oben herab an, weil ich

nicht so bin, wie man sich eine Frau vorstellt. Ich bin nicht leise, ordentlich, fügsam ... oder im klassischen Sinne hübsch.«

Der Graf sah mich fast mitleidig an.

»Und haben Sie es nicht auch satt, für die Mitmenschen immer eine Fassade aufrechterhalten zu müssen?«

»Sehe ich aus, als würde ich für irgendeinen Mitmenschen irgendetwas aufrechterhalten?«

Wir lachten beide.

»Immerhin haben Sie sich für den Ball in ein Korsett gezwängt und getanzt.«

»Das habe ich meiner Schwester zuliebe getan.«

»Nur für sie? Oder vielleicht auch ein wenig für einen gewissen Herrn Ahnen?«, fragte er neckisch und legte den Kopf schief.

»Wie kommen Sie zu dieser irren Annahme?«

»Ich bin ein sehr guter Beobachter!«

»Nicht gut genug!«, sagte ich überzeugt. »Konrad Ahnen und ich können einander nicht besonders leiden, glauben Sie mir«, sagte ich wenig überzeugend.

»Also gut, lassen wir dieses Thema. Viel wichtiger für mich ist: Steht noch etwas zwischen uns beiden?«, fragte er und streckte mir seine Hand entgegen. Ich blickte auf seine zarte Hand und zögerte. Graf Hohenberg war ein edler Mensch. Verlässlich, stets freundlich, und seinen Gerfalken behandelte er mit dem nötigen Respekt. Wir ähnelten uns in vielerlei Hinsicht. Konnte die Tatsache, dass er sich zu Männern hingezogen fühlte, dieser Verbundenheit tatsächlich schaden?

Ich wägte ab und kam zu dem Schluss, dass es für mich keine Rolle spielte, ob er nun einem Mann oder einer Frau sein Herz schenkte. Warum sollte er sich nicht nach der Umarmung eines Mannes sehnen? Die Gesellschaft mochte es als Verbrechen sehen, aber wenn ich in seine Augen blickte, wurde mir bewusst, dass er kein Verbrecher war, sondern sich von seinen wahren Gefühlen leiten ließ.

»Es steht überhaupt nichts zwischen uns, Graf Hohenberg«, sagte ich und griff nach seiner Hand.

»Dann sehen wir uns morgen zur gewohnten Zeit, ja?«, fragte er und wirkte dabei noch immer unsicher.

»Ich erwarte Sie, Graf! Es gibt da etwas, das ich dringend mit Ihnen besprechen muss«, sagte ich und hoffte immer noch, dass der Graf eine Lösung für meine Teilnahme am Falkenjagdturnier hatte.

»Morgen also«, antwortete er und drückte meine Hand noch einmal innig, bevor er sie losließ. Und als er anschließend den Berg hinunterspazierte, machten seine Schritte einen kräftigen und wachen Eindruck.

Im Leben brauchte man manchmal jemanden an seiner Seite, um seinen Mut wieder zu finden.

Mit einem Lächeln im Gesicht machte ich mich auf den Weg zum Schuppen. Avis wartete bestimmt schon auf mich, und nach dem klärenden Gespräch mit Graf Hohenberg hatte ich wieder zu meiner alten Motivation gefunden.

»Avis, ich komm schon!«, sagte ich, als ich die Tür zum Schuppen öffnete. Normalerweise antwortete mein Habicht mit einem kurzen Fiepen oder flog mir sogar entgegen. Doch heute war es still. Zu still.

Nachdem ich die Tür hinter mir geschlossen hatte, verschaffte ich mir einen Überblick und fand meinen Vogel am Boden sitzend. Er bewegte sich nicht und starrte mir verängstigt entgegen.

»Was ist denn los?«, flüsterte ich und kniete mich zu ihm.

Das Licht hier drinnen war spärlich, und doch erkannte ich relativ rasch, was mit meinem Habicht nicht stimmte.

Fassungslos begutachtete ich meinen Vogel, tastete seinen

zierlichen Körper ab, kontrollierte das Gefieder, den Schnabel und die Krallen. Und als ich sah, was mit Avis passiert war, da sackte ich zu einem kleinen Haufen Elend zusammen.

»Wer war das …?«, fragte ich in den Schuppen hinein und fühlte, wie Tränen über meine Wangen perlten. Mein Blick trübte sich, und ein lauter Schluchzer entfuhr mir.

»Warum? Wer macht so etwas?« Ich streckte meine Hand nach Avis aus. Fühlte, wie sein kleiner, fedriger Körper unter meinen Fingerspitzen zitterte.

Mir war danach, laut zu schreien. Ich war zornig und fassungslos.

Doch ich schrie nicht. Ich weinte leise und versuchte, stark zu sein, um Avis nicht noch weiter zu verängstigen.

KAPITEL 13

Meine Tränen tropften auf den sandigen Boden, während ich das glatte Gefieder meines Habichts streichelte, um ihn etwas zu beruhigen.

Vorsichtig spreizte ich seine Flügel vom Körper, um den Schaden genau zu begutachten. Tatsächlich hatte jemand alle Schwungfedern meines Greifvogels gekürzt. Aber wem konnte etwas daran gelegen sein, dass mein Habicht flugunfähig war? Denn das war er, und zwar für die nächsten Monate.

Ich wandte mich von Avis ab und schloss meine Augen. Wenn Avis für so lange Zeit nicht fliegen konnte, dann würde ich nicht zur Jagd gehen können. Freilich konnte ich in der Zwischenzeit Fallen aufstellen, um an Beute zu gelangen, aber meine Sorge war, dass Avis nach so langer Zeit des Pausierens sich nur schwer wieder in den Jagdalltag einfinden würde.

Ich öffnete die Augen und sah, dass man sich nicht einmal die Mühe gemacht hatte, Avis' abgeschnittene Federn wegzuräumen. Sie lagen auf dem Boden verteilt in der gesamten Scheune. Der Anblick stimmte mich noch trauriger, als ich es ohnehin schon war. Es war ein Feld der Verwüstung, und ich mochte mir die Angst und die Panik meines geliebten Vogels gar nicht vorstellen. Wie sehr musste er gelitten haben unter dem festen Griff des Peinigers, der ihn ohne Skrupel seiner Flugfähigkeit beraubt hatte.

»Mein armer Junge«, flüsterte ich und spürte einen unsagbaren Schmerz in meiner Kehle. Wer konnte nur so kaltblütig und gemein sein, um ein völlig wehrloses Tier derart zu verletzen? Wer hasste mich so sehr, dass er mich meines wichtigsten Schatzes berauben wollte?

Wer also kam dafür infrage?

Ich griff nach einer der Federn und sah sie mir genau an. Der Schaft der Feder war mit einem scharfen Schnitt durchtrennt worden. Es musste jemand gewesen sein, der fachkundig war und der mich ausreichend hasste, um bei Nacht meinen Vogel zu verstümmeln. Ich versuchte, mich zu beruhigen – um Avis' willen. Er sollte sich in meiner Nähe beruhigen und wieder sicher fühlen.

»Es tut mir so leid«, flüsterte ich ihm zu und kraulte ihn am Kopf. »Ich weiß doch, wie gerne du fliegst.«

Avis flatterte unbeholfen mit seinen Flügeln, versuchte, hochzufliegen auf die junge Birke, die ich ihm in die Scheune gestellt hatte. Sein hilfloser Blick, nachdem seine Flugversuche scheiterten, zerbrach mir förmlich das Herz. Immer wieder versuchte er, vom Boden abzuheben, bis er es völlig erschöpft aufgab und sich schwer atmend zusammenkauerte.

Zu Avis' eigener Sicherheit band ich ihn, wie früher, mit seinem Riemen am Block fest und gab ihm etwas Futter. Vielleicht konnte er so besser zur Ruhe kommen.

Nachdem ich den Schuppen verlassen und die Tür hinter mir geschlossen hatte, wurde mir bewusst, dass ich an diesem Tag völlig allein auf die Jagd gehen musste. Ohne meinen stets treuen Begleiter: Avis.

Während ich durch den Wald schritt und meine Fallen

aufstellte, waren meine Gedanken bei ihm. Ich würde mich um ihn kümmern, ihn pflegen, füttern und beruhigen. Er war mein Weggefährte, mein Freund, ich würde alles für ihn tun.

Am meisten aber beschäftigte mich die Frage, wer Avis das angetan haben konnte. Die wenigsten Menschen mochten mich, aber wer hasste mich so sehr, dass er meine Existenz gefährdete?

Einer der Jäger aus dem Dorf? Oder vielleicht Bartl, der sich für den Inhalt der Blumenvase auf seinem Kopf rächen wollte? Wenn ja – wie könnte ich ihm das je beweisen? Ein schmerzhafter Druck baute sich in mir auf. Ein Druck, der jeden Atemzug erschwerte und keinen klaren Gedanken zuließ.

Und dann war da plötzlich der Wunsch, in diesem verlorenen Augenblick in der Nähe eines einzigen Menschen zu sein. Weder Valerie noch Graf Hohenberg konnten meine Verzweiflung tilgen. Es gab nur eine Schulter, an der ich mich ausweinen wollte. Es gab nur einen Menschen, dessen Gegenwart ich jetzt spüren wollte: Konrad.

Ich hielt inne, blickte hoch zu den Baumwipfeln, in denen ich schon so oft Antworten auf meine Fragen gefunden hatte. Aber dieses Mal nicht. Nichts konnte mir erklären, warum ich mich in meinem zerbrechlichsten Augenblick an die Seite des Mannes wünschte, der mich am meisten verletzt hatte. Ich wusste nur, dass ich zu ihm musste. Jetzt. Sofort.

Meine letzte Falle nahm ich mit zurück zur Hütte, wo ich sie achtlos in die Wiese warf. Dann eilte ich hinab ins Dorf. Da war so viel Verwirrung in meinem Kopf, und doch überwog immer und immer wieder der Wunsch, meine Hand nach der von Konrad auszustrecken. In diesem Augenblick wusste ich, dass diese Berührung alles in mir heilen konnte. Und vielleicht hatte Valerie recht, wenn sie sagte, ich solle mein Herz öffnen und die Fülle an Liebe erlauben? Was, wenn diese Sehnsucht nach Konrad schon immer da gewesen war und ich sie einfach nicht hatte begreifen wollen? Was, wenn er auch so empfand und mich mit einem erleichterten Lächeln in Empfang nahm?

»Konrad«, flüsterte ich gegen den Wind und stellte fest, dass der Klang des Namens sich verändert hatte. Er war nicht mehr hart und kalt, sondern löste in mir einen wohligen Schauder aus.

Als ich endlich vor dem mit aufwendigen Intarsien verzierten Eingangstor angekommen war, hielt ich inne. Ich war außer Atem und wollte erst etwas zur Ruhe kommen, ehe ich den schmiedeeisernen Türklopfer betätigte. Mit den Fingerspitzen strich ich über das kühle Holz und suchte nach den richtigen Worten, mit denen ich Konrad konfrontieren würde.

Ich holte noch einmal tief Luft, dann klopfte ich drei Mal laut gegen die Tür.

Keinen Atemzug später öffnete mir ein hagerer Hausdiener in schwarzem Frack und weißen Handschuhen.

»Guten Tag, ist Herr Ahnen zu sprechen?«, fragte ich.

»Warten Sie hier!«, meinte der Diener zögerlich und verschwand im Flur. Ich wartete, stand wie angewurzelt auf den Marmorfliesen, die sich wie ein Schachbrett über den gesamten Eingangsbereich ausbreiteten.

»Bitte!«, meinte der Hausdiener nach wenigen Minuten und wies mir den Weg. Ich hatte das Anwesen von Leonhard Ahnen nur wenige Male betreten, und das lag inzwischen Jahre zurück. In keinem der Räume hier wurde an Prunk gespart, und doch wirkte das Anwesen bescheiden. Die Ölgemälde waren nicht so üppig wie die auf Wilhelms Schloss, die Vorhänge und Seidentapeten in natürlichen Farben und Erdtönen gehalten. Anstatt prahlerischer Rosengestecke zierten hier sanfte Wiesenblumen die Porzellanvasen.

Als der Hausdiener mir die Tür zu einem Salon öffnete und mich eintreten ließ, überschlug sich mein Herz. Gleich würde ich Konrad gegenüberstehen. Was würde ich zu ihm sagen, und wie würde er reagieren? In mir entlud sich ein Chaos aus Vorfreude, Aufregung, Angst und dem Wunsch, das Haus sofort wieder zu verlassen. Aber hier war ich nun, und es gab kein Zurück. Gleich würde ich ihm gegenübertreten und ihn um Verzeihung bitten – für meine Vorwürfe und meinen Spott, dem er seit unserem ersten Aufeinandertreffen ausgesetzt war. Nichts davon hatte er verdient, das hatte ich nun eingesehen.

Der Hausdiener schloss die Tür hinter mir. Das Licht im Salon war spärlich, und doch konnte ich Konrad am Fenster stehend ausmachen.

»Hedwig Wolf!«

Das war nicht Konrads Stimme. All meine Gedanken und Gefühle, die eben noch durch meinen Kopf geschwirrt waren, verstummten, als ich in das blasse und hagere Gesicht von Leonhard Ahnen blickten.

»Wie schön, dass du mich besuchst«, meinte er und trat mir entgegen. Eine Ähnlichkeit mit seinem Neffen war nicht zu leugnen, und bestimmt hatte Leonhard Ahnen in seinen jungen Jahren eine stattliche Erscheinung abgegeben. Jetzt aber war er gezeichnet von Alter und Krankheit.

»Ich wollte mich nach Ihrem Befinden erkundigen«, kam es mir spontan über die Lippen.

»Wie lieb von dir, Kind. Es geht inzwischen so gut, dass ich nicht länger das Bett hüten muss, wie du siehst.« Als er lächelte, fühlte ich mich auf schmerzliche Weise an Konrad erinnert.

»Wie ich gehört habe, kümmert sich Ihr Neffe fürsorglich um Sie«, sagte ich und hoffte, dass Leonhard Ahnen den Wink verstand und nach Konrad schicken lassen würde.

»Ja, er ist ein so lieber Junge.« Die Art, wie er das sagte, legte nah, dass er in Konrad immer noch das Kind sah, mit dem er vor unzähligen Jahren am Weiher fischen war.

»Aber so gut, wie es mir geht, brauche ich seine Unterstützung nicht länger. Also habe ich ihn vor ein paar Tagen zurück nach Wien geschickt. Ein so junger Mann langweilt sich doch hier auf dem Lande, oder etwa nicht?«

»Ja, das tut er vermutlich«, antwortete ich und konnte fühlen, wie meine Schultern nach unten sackten. Konrad war weg. Abgereist.

Plötzlich fühlte ich mich klein und töricht. Was hatte ich auch erwartet? Dass Konrad hier war und mich in seine Arme schloss? Ich fühlte mich lächerlich und dumm. Ich war nicht gemacht für die Liebe und die Nähe zu einem Mann. Und am Ende musste ich dankbar sein dafür, dass Konrad bereits abgereist war und ich mich nicht vor ihm bloßgestellt hatte. Mir war ein Leben allein oben auf dem Berg vorherbestimmt. Für mich würde es kein größeres Gefühl geben als den Erfolg nach einer Jagd oder die Nähe zu meinem Greifvogel. Das sah ich in diesem Augenblick ein.

»Ich freu mich, dass es Ihnen besser geht, Herr Ahnen. Wir alle waren sehr in Sorge um Sie.«

»Möchtest du etwas zu trinken? Die Hitze heute ist unerträglich, nicht wahr?«

»Danke, ich brauche nichts«, antwortete ich und war um ein freundliches Lächeln bemüht. »Ich habe noch einiges zu erledigen und muss mich verabschieden.«

»Ihr jungen Menschen habt immer so viel zu tun. Aber komm mich gerne wieder besuchen, wenn du Zeit hast. Dann kannst du mir von deinem Habicht erzählen und deinen Erfolgen als Jägerin. Konrad war geradezu hingerissen von deinem Können.«

»Leider wird es in naher Zukunft keine Jagderfolge mehr

geben. Jemand hat meinem Habicht die Schwungfedern gestutzt und ihn damit flugunfähig gemacht«, sagte ich.

»Wer macht den so etwas?«, sagte er und klang ernsthaft bestürzt.

»Ich weiß es nicht. Aber wenn Ihnen etwas zu Ohren kommt, dann informieren Sie mich, ja?«

»Natürlich. Wer immer das war, muss bestraft werden.«

Die Worte des alten Mannes waren ein Trost. Und vielleicht gelang es ihm tatsächlich, den Täter ausfindig zu machen. Leonhard Ahnen kannte jeden hier im Dorf.

Ich nickte.

»Soll ich Konrad ausrichten, dass du ihn sprechen wolltest?«, fragte Leonhard Ahnen väterlich besorgt und drückte mir eine saftige Frucht aus dem Obstkorb in die Hand.

»Nein danke.« Ich nahm den rotbackigen Apfel an und rollte ihn nachdenklich in meiner Hand. Da waren so viele offene Fragen, auf die ich nun, da Konrad abgereist war, keine Antwort mehr bekäme.

Ich hatte mich erst wenige Schritte vom Haus entfernt, da hielt ich noch einmal inne. Langsam wandte ich mich um, taxierte jedes Fenster, in der Hoffnung, Konrad zu entdecken. Konrad war abgereist. Und bestimmt hatte er seine Gründe dafür. Sein Leben war in Wien, meines hier. Uns beide trennten Welten und noch mehr. Es gab kein Band, das stark genug war, um die Kluft zwischen uns zu schließen. Und vermutlich war das gut so.

Mein Herz war wild und frei, und so würde es auch bleiben. Ich horchte in mich hinein, wollte zu meiner Freiheit spüren, und doch war da dieses Gefühl, das mir sagte, dass die Liebe mich schon fest in ihren Fängen hatte.

KAPITEL 14

Als ich etwas später durch den Wald spazierte, griff ich in meine Rocktasche und holte den Apfel hervor, den Leonhard Ahnen mir gegeben hatte. Ich biss hinein und genoss die zarte Süße, die sich in meinem Mund verteilte.

Konrad war weg. Die Teilnahme am Jagdturnier wurde mir verwehrt. Meinen Habicht hatte man flugunfähig gemacht.

Ich fühlte mich am Tiefpunkt meines Lebens angekommen. Alles, wofür ich die letzten Monate gearbeitet hatte, hatte man zunichtegemacht. Am meisten litt ich mit Valerie, deren Zukunftspläne sich unwiederbringlich verändert hatten. Ohne das Preisgeld blieb ihr der Weg nach Wien versperrt.

Kurz blieb ich stehen und atmete tief durch. In meinem Brustkorb keimte ein bohrender Schmerz, der jeden meiner Atemzüge zur Qual werden ließ.

Ich ging weiter, hoffte, wieder in meinen alten Takt zu finden. Und während ich mir den Weg zwischen Büschen, Wurzeln und Felsen bahnte, stellte ich verwundert fest, dass mir die Umgebung hier völlig fremd war. Ohne Avis auf meiner Faust war ich viel tiefer in den Wald eingedrungen als sonst. In Gedanken versunken, hatte ich viel zu wenig auf den Weg geachtet. Ich drehte mich um die eigene Achse und suchte nach einem Baum, einem Felsen, der mir bekannt vorkam.

Ich hatte keine Angst vor einem Irrweg durch den Wald und würde den Weg zur Hütte schon wiederfinden, aber gerade heute war mein Bedarf an Unannehmlichkeiten bereits gedeckt. Meine Hände in die Taille gestemmt, suchte ich den Waldboden nach Spuren ab, die ich hinterlassen hatte.

»Ich hinterlasse keine Spuren«, gab ich mir selbst die Antwort und suchte hinter den Baumwipfeln nach der Sonne. Doch die hatte sich hinter Wolken versteckt und zeigte mir keine Richtung an.

Ohne weiter zu überlegen, folgte ich meinem Instinkt und machte mich auf den Rückweg. Dieses Mal würde ich mich nicht von Gedanken ablenken lassen, sondern den Wald im Auge behalten. Bestimmt fände ich schon bald einen Anhaltspunkt, der mir die richtige Richtung wies.

Überraschenderweise tat es gut, mich so völlig allein durch den Wald zu bewegen. Kein Avis, keine Jagd, kein Konrad oder Graf Hohenberg. Nur ich. Ich fühlte mich an meine Kindheit erinnert, in der ich oft den halben Tag durch die Wildnis gestreift war, ohne zu wissen, wo ich war und wie ich wieder nach Hause kam. Mein Orientierungssinn hatte mich nie im Stich gelassen, und er würde es auch heute nicht.

Als ich mich einer kleinen Waldlichtung näherte, blieb ich stehen. Hier war ich noch nie gewesen. Oder doch?

Die von einem Blitzschlag ausgebrannte Fichte kam mir bekannt vor. Vermodert und umgestürzt lag sie in der Wiese und bot Käfern und Ringelnattern Heimat.

Hier war ich schon einmal gewesen. Nur wann? Ich schloss die Augen und versuchte, mich zu erinnern. War es bei einem Jagdausflug mit Vater gewesen? Damals, als wir gemeinsam unterwegs waren – mit seinem Bussard Nepomuk?

Und noch während mir dämmerte, wo ich mich befand, öffnete ich die Augen und sah *ihn!* Und dann fiel es mir ein. Ich erinnerte mich an den Tag und an den schrecklichen Zwischenfall.

Mit einem Mal fühlte ich mich um Jahre zurückversetzt. Damals, als Vater und ich gemeinsam durch die Wälder schritten und er mir sein Wissen über die Beizjagd vermittelt hatte. Damals, als ich noch ungeschickt gewesen war und nur mit Mühe einen fehlerlosen Ablauf geschafft hatte.

Vater hatte mir dennoch vertraut und hatte mir seinen Bussard überlassen. Ich war so stolz gewesen, als ich das erste Mal in Vaters zu großen Lederhandschuh hatte schlüpfen dürfen. Das Gefühl, zum ersten Mal einen Greifvogel auf meiner Faust tragen zu dürfen, war unbeschreiblich gewesen.

Vater war so stolz auf mich gewesen.

»Na los«, hatte er mir Mut gemacht, »mach dich auf den Weg und stöbere meinem Nepomuk eine Beute auf.«

Ich hatte genickt und war gemeinsam mit dem Bussard losgestapft. Aufgeregt war ich gewesen und hatte meinen Blick nicht vom Greifvogel gewandt. Ständig war ich in Angst gewesen, er könnte mir entkommen.

Doch dann war da ein Augenblick der Unachtsamkeit. Eine Wurzel hatte mich stolpern lassen, und dann war es passiert: Der Geschühriemen des Vogels hatte sich aus meinem Griff gelöst, und während ich zu Boden gefallen war, war der Vogel hochgestiegen. Er hatte seine Flügel ausgebreitet und sich von mir entfernt.

»Nein!«, hatte Vater gerufen. »Greif nach dem Riemen!«

Doch da war ich schon gestürzt und hatte an meinen schmerzenden Hinterkopf gegriffen.

»Bleib da! Nepomuk!«

Ich kann mich heute noch an das verzweifelte Gesicht meines Vaters erinnern. Der Moment, in dem ihm klar geworden war, dass er seinen Bussard nicht wiedersehen würde.

Jetzt verstand ich, welchen Verlust mein Vater damals erlitten hatte. Und ich konnte mich erinnern, dass ich noch Tage und Wochen hier zu dieser Lichtung gekommen war, um nach Nepomuk zu suchen. Vater hatte nicht mit mir geschimpft, vermutlich hatte er sich selbst die Schuld gegeben, und doch hatte das schlechte Gewissen auch noch Monate später an mir genagt.

»Nepomuk?«, flüsterte ich und blickte dem Bussard, der auf der umgestürzten Fichte saß, in die Augen. Konnte es sein, dass dies wirklich der Vogel meines Vaters war? Hatte ich wirklich so ein großes Glück, ihn zufällig wiederzufinden?

Ich könnte ihn fangen und ihn wieder antrainieren – das waren meine ersten Gedanken.

Der Vogel lebte inzwischen seit etwa zehn Jahren in Freiheit, war alt und hatte seine Abhängigkeit vom Menschen längst abgelegt.

Und doch war er meine einzige Chance.

»Nepomuk«, flüsterte ich und näherte mich ihm zaghaft. Er erwiderte meinen Blick, schien zu überlegen, ob er mir trauen konnte.

»Ich bin es, Hedwig. Kennst du mich noch?« Natürlich kannte er mich noch. Wenn ich eines wusste, dann, dass das Gedächtnis eines Vogels unglaublich gut funktionierte.

Ohne den Blickkontakt zu lösen, näherte ich mich Nepomuk vorsichtig. Er plusterte sein Gefieder auf, zuckte und machte einen Schritt von mir weg. Dabei sah ich, dass er tatsächlich noch seinen Geschühriemen um das rechte Bein trug. Wenn Vater ihn heute sehen könnte, würde er in Freudentränen ausbrechen.

Aber er war nicht hier, sondern ich. Und ich würde alles daransetzen, Vaters Vogel für mich einzufangen.

Und weil ich diesen Bussard unbedingt haben wollte, wusste ich, dass ich geduldig sein musste. Wenn ich mich ihm heute zu aufdringlich näherte, würde er vor mir fliehen – vielleicht für immer. Wenn das hier sein Revier war, würde ich ihn auch morgen wieder hier anfinden, und dann würde ich ein Federspiel mitbringen, mit dem ich ihn anlocken könnte. Bestimmt erinnerte er sich an das Training mit dem Hasenfell und würde sich darauf stürzen. Und dann gehörte er mir.

Mit einem Mal fiel mir der Heimweg nicht mehr schwer, und schon eine Stunde später stand ich vor meiner Hütte.

»Wo warst du?«, fragte Valerie besorgt und eilte mir entgegen. »Ich dachte schon, du wärst verunglückt.«

»Ich bin noch nie verunglückt«, sagte ich etwas zu harsch und leerte meinen Beutel mit dem Fang aus den Fallen. Angewidert wandte Valerie sich von den toten Hasen ab.

»Du warst ohne Avis auf der Jagd?«, fragte sie misstrauisch.

»Es gibt in nächster Zeit keine Jagd mit Avis«, antwortete ich und holte mein Messer aus der Gürteltasche. Für Avis würde ich heute mehr Fleisch als sonst beiseitelegen. Und während ich auf einem Holzbrett mit raschen Schnitten meine Arbeit machte, erzählte ich Valerie von dem Angriff auf Avis.

»Aber wer könnte das getan haben?«, fragte sie mit vor Schrecken geweiteten Augen.

»Ich dachte an Bartl«, sagte ich trocken, ohne meinen Blick vom Hasen zu wenden.

»Du hast recht! So zornig, wie er auf dich war, traue ich ihm alles zu. Aber was können wir machen?«

»Gar nichts können wir machen«, sagte ich und legte das Fleisch zum Einwürzen auf einen Teller.

»Wir könnten Konrad um Hilfe bitten«, schlug Valerie nach einer Weile vor.

»Wie kommst du auf diese irrsinnige Idee?« Verwundert legte ich mein Messer beiseite und wandte mich Valerie zu.

»Weil ich ihn mag, und weil ich weiß, dass er uns helfen würde.«

»Konrad ist abgereist!«, sagte ich mit einer Härte in der Stimme, die mich selbst erschreckte. »Er ist weg, und das, ohne sich von dir zu verabschieden – oder von mir. Schlag dir den Kerl aus dem Kopf, der ist nicht gut für dich.«

»Wenn er sich nicht verabschiedet hat, woher weißt du dann, dass er abgereist ist?« Valeries Blick war misstrauisch. Und das nicht ohne Grund, schließlich hatte ich ihr verschwiegen, dass ich Konrad bei seinem Onkel besucht hätte, um ihm … ja was eigentlich? Je weiter Konrad in die Ferne rückte, desto mehr wurde mir bewusst, dass mein Anflug an Gefühlen für ihn absoluter Irrsinn gewesen war.

»Dass er abgereist ist, habe ich durch Zufall erfahren«, sagte ich und war überzeugt davon, dass es nur eine ganz kleine Notlüge war.

»Nur weil du ihn nicht leiden kannst, soll ich auf mein Glück verzichten?«

»Denkst du wirklich, dieser Mann wäre dein Glück? Da irrst du dich leider.«

Valerie schwieg. Und doch wusste ich ganz genau, dass sich in ihrem Kopf die Fragen und Gedanken überschlugen.

»Du wirst einen anderen Mann kennenlernen, einen, der gute Absichten hat und es ehrlich meint mit dir, das verspreche ich dir.«

»Wenn du meinst«, sagte sie gedankenverloren und griff nach einer Pfanne, um das eingewürzte Fleisch zu verkochen. Ich kannte meine Schwester: Das Gespräch war für sie beendet. Und in diesem Fall war das auch gut so. Ich wollte ihre Gedanken um Konrad nicht unnötig vertiefen. Besser war es, ihn aus unserem Leben zu streichen. Endgültig.

KAPITEL 15

Avis saß auf seinem Block in der Scheune und blickte mich erwartungsvoll an. Inzwischen hatte er sich an die veränderten Umstände gewohnt und wirkte ruhiger. Bestimmt könnte ich ihn schon am nächsten Tag wieder von seinem Block losbinden, damit er die Äste hochkletterte, die ich ihm im Schuppen aufgestellt hatte.

Die Nähe zu meinem Habicht beruhigte auch mich ein wenig. An seiner Seite fühlte ich mich stark und gelassen, da war ich die Jägerin, die Frau, die in den Bergen hauste und niemanden brauchte.

Ich stand auf, griff nach meinem Lederhandschuh und lockte Avis auf meine Faust. Ich musste raus, hinauf auf den Gipfel. Ich brauchte eine Aufgabe, wenn ich die immer wiederkehrenden Gedanken an Konrad beiseiteschieben wollte. Konrad war weg, und sosehr ich seine Gegenwart verabscheut hatte, seine Abwesenheit schien mich noch mehr zu belasten. In den letzten Wochen war er mir ein verlässlicher Begleiter gewesen. Die gemeinsamen Jagdausflüge, die Zankereien, mein Spott und seine berechtigten Konter. Und nun war er aus meinem Leben verschwunden, ohne Abschied.

Er war weg, und anstelle eines Gefühls der Erleichterung

war da nur mein Herz, dessen Schläge sich mit einem Mal träge anfühlten.

Als Avis und ich den Gipfel erreicht hatten, dämmerte es bereits. Gedankenverloren blickte ich hinab ins Tal, wo sich die Häuser von Eichgraben aneinanderschmiegten. Aus manchen Fenstern drang Licht, und ich stellte mir vor, wie dahinter Familien gemeinsam am Esstisch saßen und bei der wohlverdienten Brotzeit den Tag Revue passieren ließen.

»Wir haben uns«, sagte ich leise zu Avis, der gemeinsam mit mir in die Welt blickte. Aber würde das tatsächlich ein Leben lang genügen? Ich stellte mir vor, wie Konrad eines Tages gemeinsam mit seiner jungen Frau und den gemeinsamen Kindern den Onkel besuchte. Wie sie lachen würden und Arm in Arm durch das Dorf schlendern – glücklich, gemeinsam. Und ich? Ich wäre immer noch das Weibsbild, das allein auf dem Berg hauste und mit ihrem Jagdvogel Gespräche führte.

Würde mich das glücklich machen? Oder bräche es mir das Herz erneut, wenn ich Konrad an der Seite seiner geliebten Frau sähe? Aber hatte ich überhaupt eine Chance, mein Schicksal zu ändern? War mir mein Weg der Einsamkeit nicht längst vorgegeben? Ich hatte mein Schicksal selbst so gewählt. Aber Konrad hatte alles infrage gestellt.

KAPITEL 16

»Nepomuk, mein Junge, komm!«, lockte ich Vaters Bussard an. Es war nun der dritte Tag in Folge, dass ich ihn an der kleinen Waldlichtung bei der vom Blitz getroffenen Fichte antraf. Das hier musste sein Revier sein. Hier war er zu Hause. Neugierig legte er den Kopf schief und schien zu überlegen, ob er mir trauen konnte. An den Tagen zuvor hatte er sich gegen mich entschieden und hatte das Weite gesucht. Aber ich war hartnäckig und wollte Nepomuk um jeden Preis einfangen. Für mich. Für Vater. Für meine Zukunft als Jägerin.

In einiger Entfernung blieb ich stehen, um ihn nicht zu verschrecken. Heute würde ich es anders angehen und ihn mit dem Federspiel weglocken aus seinem Revier. Instinktiv zog ich das Lockmittel an seiner Schnur langsam über den Boden, um Nepomuks Aufmerksamkeit darauf zu lenken. Der reckte seinen Hals, wie auch an den Tagen davor, machte sich groß und verfolgte das Federspiel mit wachem Blick.

Dann begann ich, das Hasenfell langsam zu schwingen, immer mehr, bis es sich etwas in die Luft erhob. Dabei behielt ich stets den Bussard im Blick, immer darauf bedacht, wie er reagierte.

Immer höher schwang das Federspiel, bis es über meinem Kopf kreiste. Ich erhöhte das Tempo, ließ es aufgeregt durch die Luft tanzen. Und dann passierte das, worauf ich seit Tagen gehofft hatte: Nepomuk stieß sich von seinem Ast ab und stürzte sich durch die Luft, direkt auf die leblose Beute zu. Heute zog er sich nicht in den Wald zurück, heute wollte er das Federspiel fangen, das konnte ich ihm ansehen. Mit beiden Füßen krallte er sich daran fest und stieß das Hasenfell zu Boden, um sofort aufgeregt daran zu rupfen. Innerlich triumphierte ich, und doch verhielt ich mich ruhig, um Nepomuk nicht in seinem Treiben zu stören. Ich kniete mich neben den Bussard, griff nach einem frischen Stück Fleisch und bot es ihm an. Mein Atem ging aufgeregt schnell. Keine Sekunde ließ ich Nepomuk aus den Augen, taxierte jede seiner Reaktionen und war bereit, nach dem Geschühriemen zu greifen und ihn einzufangen.

Es war, als hätte Nepomuk sein hartes Training und die vielen Jagdausflüge mit Vater nicht vergessen, als wäre der antrainierte Trieb noch immer verinnerlicht. Dieses Mal lief alles nach Plan, und ohne zu zögern stieg er auf meinen Lederhandschuh und ließ sich das Fleisch schmecken. Und während er sich gierig satt fraß, ordnete ich seinen Geschühriemen und klemmte ihn zwischen meine Finger, um den Vogel am Abflug zu hindern.

Ich hatte ihn. Ja, ich hatte Nepomuk eingefangen! Es fühlte sich an, als gehörte mir die ganze Welt. Nach so vielen Niederschlägen war da endlich wieder ein Funke Hoffnung. Kein Funke, vielmehr war es ein loderndes Flammenmeer, das den gesamten Horizont rot färbte.

Gerne hätte ich laut aufgeschrien vor Freude, hätte am liebsten jubiliert und wäre in die Luft gesprungen. Aber diesen Drang unterdrückte ich, schließlich wollte ich Nepomuk nicht unnötig erschrecken.

»Mein Guter, Vater wär stolz auf uns beide«, flüsterte ich und setzte ihm zur Sicherheit die Lederhaube auf den Kopf, um ihn vor unnötiger Aufregung zu schützen.

»Weißt du überhaupt, was das bedeutet, Nepomuk?«, fragte ich den Vogel, während ich mich mit ihm auf der Faust auf den Heimweg machte. »Du und ich, wir beide werden in Zukunft gemeinsam jagen. Ich werde mich gut um dich kümmern. Du wirst dich bei mir wohlfühlen, das verspreche ich dir.«

Ich redete und redete. Nepomuk sollte sich an meine Stimme gewöhnen und mich als neuen Bezugsmenschen anerkennen. Und während ich mit dem Vogel auf der Faust durch den Wald marschierte, begann es zu regnen. Erst nur ganz leicht, dann immer stärker. Dicke Tropfen prasselten durch das dichte Geäst und saugten sich an meiner dünnen Bluse fest. Es war ein lauer Sommerregen, und doch begann ich nach einer Weile zu frösteln. Der durchnässte Stoff klebte an meiner Haut, meine Lippen bebten, und doch konnte ich kaum an Tempo zulegen, weil Nepomuk ungewohnt schwer auf meiner Faust wog. Meine Zähne klapperten, dennoch grinste ich breit und fühlte mich so leicht wie schon lange nicht mehr. Wenn Vater mich heute sehen könnte – mich und seinen geschätzten Nepomuk. Wir würden beide lachen, weil keiner von uns daran geglaubt hatte, dass wir diesen eigensinnigen Kerl jemals wieder einfangen würden.

Was gäbe ich dafür, wenn ich gemeinsam mit Nepomuk am Falkenjagdturnier antreten könnte. Nachdem ich diesen Satz gedacht hatte, wurde mir erneut bewusst, wie wichtig diese Teilnahme für mich gewesen wäre. Seit jeher belächelte man mich und meine Jagdausflüge. All der Hohn, den ich über mich ergehen lassen musste, weil man mich nicht ernst nahm. Und nun beraubte man mich auch noch meiner Möglichkeit, mich mit den anderen zu messen.

Doch als ich Nepomuks braunes Gefieder bewunderte, seinen abgerundeten Schnabel und seine großen Augen, fühlte ich eine Energie in mir, die mich jeden Unmut vergessen ließ. Dieses Jahr hatte man mich ausgeschlossen, aber ich würde mich im nächsten Jahr wieder bewerben. Und im Jahr danach. Bis man mich endlich auf die Liste der Teilnehmer setzte. Mit diesem Ziel vor Augen marschierte ich zurück zur Hütte.

Als ich unter dem Vordach meiner Hütte ankam und Nepomuk auf den Holzblock vor den Schuppen band, war mir, als wäre mein Zuhause endlich wieder komplett. Dieses Glücksgefühl ließ mich sogar die Kälte vergessen.

»Ist das etwa …?« Valerie war zu mir vor die Hütte gekommen und starrte Nepomuk mit offenem Mund an.

»Ja, ist er!«, antwortete ich freudig.

»Nepomuk!«, flüsterte sie und ging zu ihm. In ihren Augen glänzten Tränen. Natürlich. Das letzte Mal, als sie Nepomuk gesehen hatte, hatte er auf der Faust unseres Vaters gesessen. Sie hatte ihn noch immer vermisst, und vielleicht war das ein Grund mehr gewesen, warum sie von hier wegwollt hatte. Weil alles an das Leben mit unseren Eltern erinnerte.

»Mit ihm werde ich auf Jagd gehen, bis Avis wieder flugfähig ist.«

»Aber er hat jahrelang in der Wildnis gelebt.«

»Das Leben da draußen hat ihn stark gemacht und wendig. Bestimmt ist er der beste Jäger von allen.«

Valerie und ich sahen uns an.

»Stell dir vor, du hättest gemeinsam mit ihm beim Turnier antreten können. Ihr beide hättet gewonnen.«

»Ja, das hätte ich, und gewinnen werde ich. Irgendwann«, antwortete ich selbstbewusst und kraulte Nepomuks Bauch.

»Wo sollen wir ihn unterbringen?«

»Im Schuppen.«

»Und Avis? Für beide ist es da drinnen zu klein, und die beiden würden einander rivalisieren, meinst du nicht?«

»Bestimmt würden sie das«, sagte ich besorgt und nahm ihm die Lederhaube vom Kopf. Wie prächtig er sich entwickelt hatte in den letzten Jahren. Wie würde er sich fühlen, wenn er nun wieder in Gefangenschaft leben musste? Es war selbstsüchtig, ihn nach so langer Zeit wieder einzufangen, und in diesem Moment versprach ich ihm in Gedanken, ihn freizulassen, sobald Avis wieder einsatzfähig war.

»Du bringst Avis zu uns ins Haus und bindest ihn dort auf dem Block fest, ja?«, bat ich Valerie. »Wir werden uns gut um ihn kümmern. Jetzt, da er nicht fliegen kann, ist er im Haus vielleicht sogar besser aufgehoben.«

Es donnerte laut und blitzte. Valerie huschte ins Haus und holte Vaters alten Lederhandschuh, um meinen Habicht aus der Scheune zu holen. Nach all den Niederlagen fühlte ich mich zum ersten Mal wieder siegessicher …

KAPITEL 17

Nepomuk machte sich gut. Es war, als hätte er in all den Jahren weder das Vertrauen zum Menschen verloren noch seine Ausbildung vergessen. Ich war noch etwas zögerlich und entließ ihn nur ungern von meiner Hand. Die Angst, ihn erneut zu verlieren, war einfach zu groß.

Und doch war er ein verlässlicher Jäger und kehrte immer wieder zufrieden und entspannt mit mir nach Hause in den Schuppen zurück.

Es war noch früher Morgen, Avis hatte ich bereits gefüttert, und nun würde ich mich mit Nepomuk auf den Weg machen. Ich ging gerade hinüber zum Schuppen, als mich plötzlich ein heftiger Schwindelanfall überkam. Dergleichen hatte ich noch nie erlebt. Ich bekam Angst und setzte mich auf die Holzbank vor dem Haus. Mit geschlossenen Augen lauschte ich dem unnatürlichen Rasen meines Herzens. Schweiß sog meine Bluse fest an den Körper, meine Hände fühlten sich kalt an, und ein heftiger Schmerz durchzuckte meinen Kopf. Sofort legte ich beide Hände an die Schläfen und versuchte, den Schmerz mit kreisenden Bewegungen zu lindern. Nach einer Weile versuchte ich wieder aufzustehen, doch der Schwindel drückte mich sofort wieder zurück auf die Bank.

»Valerie!«, rief ich, doch meine Stimme war zu schwach, um meine Schwester zu wecken. Also blieb ich sitzen. Allein. Und fühlte mich mit jedem Atemzug kränker.

Womöglich hatte ich vor ein paar Tagen, als ich Nepomuk eingefangen hatte, im Regen erkältet. Und doch machte mir das Ausmaß meiner Krankheitssymptome richtiggehend Angst. Das war keine einfache Erkältung. So schwach hatte ich mich noch nie gefühlt. Was, wenn ich mir eine Lungenentzündung zugezogen hatte? Ich griff an meine Stirn und erschrak, weil die Haut sich glühend heiß anfühlte.

Ich war nie krank – egal ob Winter oder Sommer, auf meinen Körper war stets Verlass, er funktionierte immer. Valerie litt ab und an unter einer fiebrigen Erkältung oder lag für ein paar Tage im Bett, weil ihre monatliche Blutung sie so stark schmerzte. Dann umsorgte ich sie und sammelte im Wald Kräuter für einen wohltuenden Tee.

»Niemals! Ich werde nie krank«, flüsterte ich und versuchte erneut, mich auf den Weg zum Schuppen zu machen. Langsam, Schritt für Schritt, tastete ich mich an der Hauswand entlang und redete mir ein, dass mein Körper schnell zu seinem alten Schwung zurückfände. Nur nicht stehen bleiben, nur keine Rast machen. Der Schwindel und die Schwäche würden schon wieder verklingen.

Der Schuppen war nur noch einen Schritt weit weg. Ich streckte die Hand aus, ignorierte meine zittrigen Beine und versuchte, den Riegel der Holztür zu öffnen.

Doch noch ehe ich den Riegel zu fassen bekam, wurde mir schwarz vor Augen. Ich spürte noch, wie meine Beine unter mir versagten und ich zu Boden sackte, doch dann war es still um mich.

Als ich die Augen aufmachte, brauchte ich eine Weile, um mich zu orientieren. Ich lag in meinem Bett und fragte mich, wie ich hierhergekommen war.

»Hedi! Endlich bist du wach!«, hauchte Valerie erleichtert und legte die Hand an meine Stirn.

»Was ...?« Ich brach ab, weil meine eigene Stimme sich so fremd anhörte. Meine Augen brannten und tränten, und in meinem Kopf war noch immer dieses unerträgliche Hämmern, das mich auch schon draußen vor der Scheune durchzuckt hatte.

»Du hast hohes Fieber. Wir waren in schrecklicher Sorge um dich«, erklärte Valerie und griff nach meiner Hand. Selbst diese zärtliche Berührung schmerzte. Doch um meiner Schwester die Hand zu entziehen, fühlte ich mich zu schwach.

»Wir?«, fragte ich. Meine Kehle brannte.

»Graf Hohenberg hat dich gestern vor der Scheune liegend gefunden.«

Gestern? Ich lag seit über einem Tag ohne Bewusstsein im Bett? Mein Körper glühte, und doch war mir so kalt, dass ich zitterte.

»Der Arzt war hier und hat dir Wadenwickel verordnet.«

Ein Arzt? Ich presste meine schmerzenden Augen zu und versuchte, klar zu denken.

»Und keine Bange, der Graf hat darauf bestanden, den Arzt zu bezahlen.«

Ich schüttelte nur leicht den Kopf – was ich schnell bereute, weil jede noch so geringe Bewegung meinen Kopfschmerz verschlimmerte.

»Dr. Preyer meinte, dass es noch ein paar Tage dauern wird, bis das Fieber endgültig weg ist und Sie Besserung verspüren. Sie haben sich eine richtig schlimme Grippe eingefangen. Also bleiben Sie einfach liegen und schlafen so viel wie möglich«, meinte der Graf. Jetzt erst schaffte ich es, den Kopf auf die andere Seite des Bettes zu drehen und sah ihm direkt in die Augen. Müde sah er aus und besorgt wie meine

Schwester. Ich musste den beiden mit meiner Ohnmacht einen ganz schönen Schrecken verursacht haben.

»Ich bin froh, dass Sie wieder wach sind, Fräulein Wolf, aber sehen Sie zu, dass Sie rasch wieder einschlafen, um zu Kräften zu kommen.«

Ich nickte matt. »Hast du auch die Vögel gut versorgt?«, fragte ich unter Schmerzen.

»Natürlich. Die beiden sind satt und zufrieden«, meinte Valerie und lächelte.

»Und sobald Sie wieder fit sind, können Sie mit Ihrem Bussard für das Turnier trainieren. Wie heißt er noch? Nepomuk?«

»Nein, kein Turnier«, krächzte ich. Ich war einfach zu schwach für ausführliche Erklärungen. Und ein Stück weit war es mir auch egal, ob Graf Hohenberg wusste, dass ich beim Turnier nicht zugelassen worden war.

Da schaltete sich Valerie ein und erzählte dem Grafen vom Gespräch mit Bartl Hufner. Den Teil mit der Vase ließ meine Schwester zum Glück unerwähnt.

»Keine Frauen? Warum?« Graf Hohenberg zeigte sich ehrlich entrüstet. »Ich werde mit diesem Bartl sprechen! Noch heute!« Die Art, wie er den Namen *Bartl* aussprach, brachte mich beinahe zum Lachen.

»Das würden Sie tun?«, fragte Valerie Graf Hohenberg über mich hinweg.

»Natürlich! Unbedingt!«, setzte er nach und hob sein Kinn ein Stück weiter an. Gut sah er aus, der Graf. Seine weichen Züge machten es schwer, ihn nicht zu mögen. Haut und Haar waren wie immer gepflegt, seine Bartenden hochgezwirbelt und der Blick aus seinen dunklen Augen weich, präsent und einnehmend.

»Wir sind doch Freunde, nicht wahr?«, sagte er an mich gerichtet. »Und Freunde helfen einander.«

Erleichtert atmete ich auf und streckte ihm meine Hand entgegen. Ich war gerne die Freundin dieses gutmütigen Mannes, der sich scheinbar ehrlich um meine Gesundheit sorgte. Und ja, der Gedanke, dass er sich um meine Teilnahme beim Turnier bemühen würde, gab mir ein unglaublich berauschendes Gefühl. Ich als Teilnehmerin am diesjährigen Falkenjagdturnier. Es war wie ein Wunder. Oder war es am Ende nur ein Fiebertraum?

Das Turnier war in drei Wochen. Wenn ich bis dahin jeden Tag trainierte, konnten Nepomuk und ich es schaffen. Und allein dieser Gedanke entspannte meinen Körper und ließ mich selig lächeln. So schloss ich die Augen und dämmerte wieder weg.

Die Nacht war unruhig, Albträume und wirre Gedanken machten einen erholsamen Schlaf unmöglich. Letztendlich war ich froh, als die Sonne aufging und ein neuer Tag anbrach. Vielleicht wäre ich heute schon erholt genug, um aufzustehen und vielleicht sogar ein paar Schritte in den Wald zu gehen.

Doch als ich versuchte, mich aufzusetzen, war mir klar, dass ich von einem Spaziergang noch weit entfernt war.

»Wie geht es dir heute?«, fragte Valerie.

»Hast du da geschlafen?«, wollte ich wissen und zeigte auf Vaters gepolsterten Lesesessel. Valerie und ich schliefen für gewöhnlich in einem Bett, und zwar schon seit wir Kinder waren. Das hat auch der Tod der Eltern und das leer stehende Ehebett nicht geändert.

»Du bist krank, fieberst und redest im Schlaf, da habe ich es vorgezogen, mich von dir fernzuhalten.«

»Ich rede im Schlaf?« Tatsächlich fiel es mir heute schon bedeutend leichter, ein paar Worte zu artikulieren. Und auch die heftigen Schmerzen in Kopf und Gliedern waren erträglicher geworden.

»Ja, ständig!«

»Was habe ich denn erzählt?«, fragte ich belustigt.

»Wenn du es wirklich wissen willst ...« Sie lehnte sich zu mir und bekam einen Ausdruck im Gesicht, den ich schwer deuten konnte.

»Du hast ständig nach Konrad verlangt«, erzählte Valerie und beobachtete sehr genau meine Reaktion.

»Warum sollte ich nach Konrad verlangen?« Ich nahm einen Schluck Tee, um das Kratzen im Hals zu lindern, und stellte die Tasse zurück auf den Nachttisch.

»Die Art, wie du nach ihm gerufen hast, würde erklären, warum du gegen meine Verbindung mit ihm warst.«

»Was redest du? Du fantasierst ja ohne Fieber mehr als ich. Vermutlich wollte ich ihm an die Gurgel, eine andere Erklärung habe ich nicht.«

Valerie schien jedes einzelne Wort von mir zu hinterfragen. Mir war danach, aus diesem Gespräch zu flüchten. Weg von meiner Schwester, weg aus diesem Zimmer, das nach Krankheit roch. Ich wollte hinaus in den Wald, um meinen Körper rein zu waschen mit der harzigen Luft der Fichten und Tannen. Wie lange hatte ich schon im Bett gelegen? Drei Tage? Ich musste nach Nepomuk sehen und mich um Avis kümmern.

Mühsam versuchte ich, mich von meiner Decke zu befreien, um aufzustehen. Doch die Daunendecke wog so schwer auf meinem Körper, dass ich sie unmöglich anheben konnte. Ich war schwach, müde und unfähig, einen klaren Gedanken zu fassen.

»Ich möchte nicht über Konrad reden. Dieser Mann gehört der Vergangenheit an«, flüsterte ich und merkte, wie meine Augenlider immer schwerer wurden.

»Kümmere dich bitte um Nepomuk und meinen Avis, ja ...?«

Schlafen, einfach nur schlafen und schnell wieder gesund werden ... das waren meine letzten Gedanken, bevor ich wegdämmerte.

Als ich die Augen wieder aufschlug, erschrak ich. Graf Hohenberg saß am Bett und sah mich an. Weder wusste ich, welche Tageszeit wir hatten, noch, wie lange er schon bei mir im Zimmer war.

»Graf Hohenberg!«, hauchte ich und spürte in meinen Körper. Ich fühlte mich etwas frischer und fieberfrei. Was für ein Glück, dann könnte ich vielleicht schon morgen das Bett verlassen.

»Holen Sie mich zu einem Jagdausflug ab?«, fragte ich und lachte. Ein heftiger Hustenanfall ließ mich meinen Scherz vergessen.

»Nein, kein Jagdausflug. Ich wollte Ihnen nur von meinem Gespräch mit Herrn Bartl Hufner berichten.«

»Sie waren schon bei ihm? Ich bin Ihnen so dankbar.« Ich seufzte erleichtert auf. Doch Graf Hohenberg lächelte nicht, vielmehr wirkte seine Miene besorgt.

»Sie und Ihre Schwester haben mir nichts von dem *Vorfall* erzählt!«

»Der Vorfall. Oh, den haben wir wohl vergessen!«, murmelte ich und wich seinem strengen Blick aus.

»Das hätten Sie lieber nicht vergessen sollen, denn diese Angelegenheit ist der Grund dafür, warum er und auch die anderen Organisatoren des Turnieres Sie auf keinen Fall als Teilnehmerin dulden werden.«

»Was?« Mit einem Mal fühlte ich mich hellwach. »Das ist doch nur eine Ausrede. Die wollten mich nie dabeihaben, weil ich eine Frau bin. Die paar Blumen auf dem Kopf des Bauern kommen denen gerade recht.«

»Das mag schon sein. Das Turnier ist seit jeher eine Männerdomäne. Daran etwas zu ändern ist schon schwer genug, aber wie soll man für eine Frau argumentieren, die sich nicht zu benehmen weiß?« Graf Hohenberg zog seine Augenbrauen hoch und wirkte wie ein strenger Lehrer. Normalerweise überwogen seine milden Züge und seine sanfte Art, aber in diesem Augenblick schien er wütend zu sein.

»Ich hätte wirklich alles für Sie getan, Fräulein Wolf. Nur zu gerne hätte ich Sie bei dem Turnier gesehen, aber wie soll ich jemanden befürworten, der bei der ersten Erschwernis jemand anderem Schaden zufügt?«

»Schaden«, murmelte ich und schnaubte auf. »Das waren nur Wasser und ein paar Blumen!«

»Es war nicht nur Wasser, es war respektlos! Beim Turnier gibt es einen Verhaltenskodex, an den sich bislang jeder Teilnehmer gehalten hat. Niemand würde es gerne sehen, wenn eine aufbrausende Frau, die sich nicht unter Kontrolle hat, das gesamte Turnier ins Chaos stürzt.«

»Aber so bin ich nicht!«, wimmerte ich. »Ich kann mich gesittet verhalten. Oder haben Sie bei der Jagd je unangemessenes Verhalten bei mir beobachtet?«

Graf Hohenberg wandte seinen Blick von mir ab und grübelte.

»Die Teilnahme am Turnier ist für Valeries Zukunft unabdingbar. Bitte, Graf Hohenberg, helfen Sie mir!«

Gebannt sah ich dem jungen Grafen ins Gesicht und hoffte, dass er mir seine Zustimmung gab, noch einmal mit Bartl Hufner zu sprechen und ein gutes Wort für mich einzulegen.

»Solche Regeln lassen sich nicht über Nacht ändern«, meinte er leise, aber bestimmt.

»Dann gibt es also wirklich keine Möglichkeit?«, fragte ich und kämpfte gegen meine aufsteigenden Tränen an. Ich hasse es, wenn meine Gefühle sich gegen meinen Willen offenbaren.

»Ich wüsste nicht, welche!«, antwortete Graf Hohenberg und griff nach meiner Hand. Dabei lächelte er sanft, vermutlich, um mich zu trösten.

»Es sei denn …«, sagte er und strich mit seinen Fingern über seine schmal gezupften Augenbrauen.

»Was?«, fragte ich und schöpfte etwas Hoffnung.

»Es sei denn, Sie nehmen meinen Platz ein.«

»Wie meinen Sie das? Bartl hat mehr als eindeutig gesagt, dass Frauen nicht erlaubt sind, und Sie haben mir eben bestätigt, dass Sie daran nichts ändern können.«

»Ich kann nichts daran ändern, dass man Sie, liebes Fräulein Wolf, nicht auf die Teilnehmerliste setzt, aber sehr wohl kann ich Sie als meine Vertretung schicken.«

»Vertretung?« Mein Kopf war vom Fieber und den Schmerzen noch nicht vollständig einsatzfähig.

»Meine Vertretung«, wiederholte der Graf und sah mir direkt in die Augen.

»Aber das bedeutet, dass Sie auf Ihre Teilnahme verzichten?«

»Genau das.« Graf Hohenberg strahlte mich an und lächelte breit.

»Das kann ich nicht annehmen!«

»Eben meinten Sie noch, dass die Teilnahme am Turnier für Sie unabdingbar wäre!«

»Aber nicht um jeden Preis. Sie arbeiten seit Monaten hart mit Ihrem Gerfalken, nur um sich beim Turnier von der besten Seite zu präsentieren.«

»Das tue ich. Aber seien wir doch mal ehrlich: Mit meinem Mangel an Talent hatte ich doch nie eine Chance auf den Sieg«, meinte der Graf und zwinkerte mir spitzbübisch zu.

»Tut mir leid.«

»Ist ja nicht Ihre Schuld, Fräulein Wolf. Ich bleibe Ihnen

als Kunde treu und werde auch in Zukunft die Jagdausflüge mit Ihnen genießen.«

»Das freut mich«, sagte ich und drückte seine Hand.

»Wenn ich Sie an meiner statt an den Start schicke, habe ich wohl die höheren Gewinnchancen«, meinte er schmunzelnd.

»Ich werde alles geben, um Sie nicht zu enttäuschen, Graf!«

»Und darf ich Ihnen etwas verraten?« Er kam mir so nahe, dass ich seinen frischen Atem riechen konnte. Irgendwie schien alles an Graf Hohenberg sauber zu sein. Immer. Und ein Stück weit schämte ich mich, weil ich vermutlich einen erbärmlichen und ungepflegten Eindruck machte.

Ich nickte und taxierte seine feinen Poren und seine glatt rasierte Haut.

»Es gäbe für mich nichts Begrüßenswerteres, als die Gesichter der Kerle zu sehen, nachdem sie gegen eine Frau verloren haben.« Er lachte kurz auf und lehnte sich wieder in seinem Sessel zurück.

»Aber was, wenn ich nicht gewinne?«, fragte ich. Immerhin hatte ich kaum Zeit gehabt, mit Nepomuk zu jagen. Meine Erkrankung hatte mich zusätzlich einige Tage gekostet, und das Turnier fand in drei Wochen statt.

»Dann nehme ich in Zukunft Unterricht bei Bartl Hufner!«, meinte Hohenberg und lachte so herzlich, dass er mich damit ansteckte.

KAPITEL 18
KONRAD

Vor mir baute sich der Stephansdom mit seinen spitzen Türmen auf. Ich legte meinen Kopf in den Nacken und sah hoch zum goldenen Kreuz auf dem Südturm, das in den Himmel ragte. Wien, meine Heimat. Wie sehr ich diese Stadt doch liebte. Onkel Leonhard ging es inzwischen so viel besser, dass er mir anbot, mich wieder auf die Heimreise zu begeben. Vermutlich war er der Meinung gewesen, ich fühlte mich nicht wohl – was Unsinn war. Meine Schweigsamkeit in den letzten Tagen hatte völlig andere Gründe gehabt. Die Ballnacht hatte mich nachdenklich hinterlassen. Und selbst heute, hier in Wien, fand ich nicht zu meiner alten Begeisterung für die pompöse Innenstadt zurück.

Früher hatte ich die Betriebsamkeit der Stadt gebraucht, die Musik, die aus den Lokalen drang, die vielen Geschäfte, in denen man Schmuck, Kleidung, Geschirr und Möbel erstehen konnte. Und die vielen Ateliers, in denen man sich der Kunst hingeben oder für sich ersteigern konnte. Ich hatte es geliebt, meine Wohnung auszustaffieren und mich zu jeder Tageszeit an meinen Errungenschaften zu erfreuen.

Während ich früher darüber nachgedacht hatte, ob ich heute ins Kunsthistorische Museum oder zur Trabrennbahn fuhr, stand ich heute vor dem Stephansdom, schirmte mit einer Hand das grelle Sonnenlicht vor meinen Augen ab und fragte mich, ob das da oben ein Turmfalke war, der mit gespreizten Schwanzfedern über dem Dach im Stand in der Luft verharrte.

»*Das nennt man Standschwebflug! Irgendwann solltest du dir das merken!*« Ich erinnerte mich an Hedwigs Worte und an ihren strengen Blick, den sie aufsetzte, wenn sie mir etwas zu erklären versucht hatte. Ich lächelte. Nicht nur, weil mich ihre Dickköpfigkeit immer wieder aufs Neue amüsiert hatte, sondern weil ich glaubte, ihre Stimme zu hören.

Das da oben war ein Turmfalke. Ganz eindeutig, das erkannte ich nicht nur an seinem Standschwebflug, sondern auch am grauen Schwanz mit der typischen schwarzen Endbinde.

Ich beobachtete den Flug des Turmfalken, behielt ihn im Auge. Hatte er auf dem Dach eine Beute gesichtet? Wenn ja, würde er sie im Sturzflug erlegen?

Hedwig wäre bestimmt fasziniert von der Tatsache, dass wir hier mitten in Wien Greifvögel hatten.

Hedwig. Ich senkte meinen Kopf und konzentrierte mich wieder auf den Menschenrummel, der um mich herum herrschte. Gelächter, Wortfetzen und das Klackern von Damenschuhen. Ich musste meine Gedanken von dieser Frau befreien. Es tat mir nicht gut, ständig an sie zu denken. Vielmehr beschwerte es mein Gemüt. Die Zeit in Eichgraben lag nun hinter mir, und alles, was zählte, war die Gegenwart. Und was für ein Unsinn es doch war, mir die Zeit mit ihr immer wieder in Erinnerung zu rufen. Und den Kuss. Sie lebte in einer völlig anderen Welt, und was das Schlimmste war: Sie konnte mich nicht leiden.

Ich wollte sie vergessen, die Zeit mit ihr abschütteln. Als ob das so einfach wäre. Sie hatte mir eine völlig andere Welt gezeigt, hatte mich eintauchen lassen in die Natur, die ihr so vertraut war wie mir der Naschmarkt mit seinen köstlichen Gewürzen, dem frischen Fisch und den lauten Marktschreiern.

Die Wochen mit ihr waren intensiv und unvergesslich gewesen. Doch gehörte ich hierher nach Wien – mit seinen Fiakern und den unhöflichen Kellnern. Und sie gehörte auf ihren Berg, wo sie ihre kleine Welt überblickte und sich reicher fühlte, als ich es je könnte.

Ich bewunderte die Tatsache, dass sie keine Einsamkeit zu kennen schien, und das, obwohl kaum ein anderer Mensch so allein lebte wie sie. Sie war stark und eigenständig. Hedwig brauchte niemanden.

Aber was, wenn *ich* sie brauchte?

Nie zuvor hatte mich die Nähe einer Frau derart berührt und erregt. Die Art, wie sie beim Training über meine Schulter strich, wenn sie mir Anweisungen gab. Ihr warmer Atem an meinem Hals, wenn sie ganz nahe neben mir stand und mir erklärte, wie ich mit meinem Gerfalken umzugehen hatte. Ihr Blick, der über mein Gesicht strich wie eine zarte Berührung. Mir wurde bewusst, dass es keine andere Frau gäbe, zu der ich mich derart hingezogen fühlen würde.

Und unser Kuss auf dem Ball, der so voller Hingabe gewesen war, dass ich für einen Augenblick der Meinung gewesen war, sie könnte etwas für mich empfinden. Unsinn. Für sie gab es nur ihre Jagd, ihre Berge und ihre Freiheit.

Und doch hatte sie mich wiedergeküsst, mich berührt und sich in meine Umarmung fallen lassen.

Immer wieder sah ich sie vor mir stehen in der Dunkelheit des Parks. Nur das schwache Licht aus den Fenstern des Schlosses hatte ihr Gesicht erstrahlen lassen. Sie hatte vor mir gestanden und mich aus funkelnden Augen angeblickt, und ohne es wirklich steuern zu können, war da plötzlich dieser Impuls gewesen. Er hatte mich überrumpelt, verwirrt und meine Gefühle zu Hedwig infrage gestellt.

Es war, als hätte dieser eine Moment alles umgeworfen und die Achse meiner Welt unwiederbringlich verschoben.

Wie sehr hatte ich es geliebt, für mich zu sein, mein Leben zu leben, Freunde zu treffen, zu trinken, zu plaudern und zu lachen. Und dieser Kuss mit dieser Eigenbrötlerin hatte alle meine Freuden in den Hintergrund gedrängt.

Aus Eichgraben abzureisen war die einzig richtige Entscheidung gewesen. Ich hätte es nicht ertragen, sie wiederzusehen und ihr nicht nahe sein zu können. Nicht mehr den blumigen Duft ihres welligen goldblonden Haares einatmen oder ihre weiche Haut fühlen zu können.

Was für ein Glück, dass Onkel mich aus meiner Pflicht entlassen hatte und ich wieder in Wien war. Das wäre der schnellste Weg, um Hedwig zu vergessen oder sie zumindest ausreichend aus meinen Gedanken zu verdrängen.

Ich schlenderte über den Stephansplatz, hinüber in den Graben, der zu dieser Tageszeit besonders belebt war. Vorbei an der Pestsäule und hinüber zum Michaelerplatz, durch das prunkvoll gestaltete Tor, das den Eingang zur Spanischen Hofreitschule zierte. Lautes Hufgeklapper riss mich aus meinen Gedanken, und als ich mich umwandte, sah ich die Bereiter der Hofreitschule mit ihren Lipizzanern, die wohl zu einem ihrer Ausritte durch den Burggarten aufbrachen.

Erhaben und stolz saßen die Bereiter auf ihren Hengsten und ritten sie im Trab durch die Straßen Wiens.

Ich dachte an die Pferde meines Onkels und an meine Ritte hoch zu Hedwig. Natürlich war ich kein besonders guter Reiter und ein noch viel schlechterer Jäger, aber ich verehrte die Natur. Der harzige Geruch des Waldes hatte mich mehr erfrischt, als der stärkste Kaffee es vermochte, und die klare Luft hatte meine Gedanken beflügelt.

Schwer seufzend wandte ich mich von den Lipizzanern ab und marschierte weiter zum Heldenplatz, der sich geschichtsträchtig vor mir ausbreitete.

Hinter der Baumallee, welche die Ringstraße säumte, konnte ich bereits die lang gezogenen Dächer des Naturhistorischen und des Kunsthistorischen Museums sehen.

Wenn Wilhelm pünktlich war, dann wartete er bereits vor den weitläufigen Treppen des Kunsthistorischen Museums, wo wir uns verabredet hatten.

Tatsächlich stand er in einem hellblauen Gehrock im Schatten des monumentalen Maria-Theresia-Denkmals, das sich mächtig zwischen den beiden Museen aufbaute. Die Kaiserin blickte milde von ihrem Sockel herab und wurde schützend umringt von Reiterstandbildern ihrer Feldherren.

Wilhelm hob einen Arm und winkte mir zu. Ich winkte zurück und ging in flottem Tempo die letzten Schritte zu ihm.

»Du bist spät!«, sagte er und klopfte mir auf die Schulter.

»Schimpf nicht mit mir«, sagte ich und schritt gemeinsam mit ihm die Treppen zum Eingang des Museums hoch. Dann traten wir ein in die Atmosphäre, die von Stille und dem Zauber großer Künstler geprägt war.

»Du wirkst so bedrückt«, flüsterte er mir zu, als wir durch die Kuppelhalle schritten, in der jedes noch so leise Geräusch widerhallte.

»Tu ich das?«, fragte ich, obwohl ich wusste, dass er recht hatte.

»Du siehst übermüdet aus. Fühlst du dich nicht besonders?«, fragte er und sah mich besorgt an.

»Doch, es geht mir gut.«

»Vielleicht bessert sich deine Laune, wenn ich dir von meinen Neuigkeiten berichte?«

»Es gibt Neuigkeiten? Nur her damit«, sagte ich gespannt.

»Es ist so«, eröffnete Wilhelm seine Erzählung und senkte nachdenklich den Kopf. Nach außen wirkte er immer gut gelaunt und voller Elan, aber ich wusste es besser: Wilhelm war ein in sich gekehrter Mensch, in Gedanken versunken und schüchtern. Seine Offenheit hatte er sich übergezogen wie einen Mantel, im Inneren jedoch befürchtete er stets nur, dass man seine wahren Gefühle erkennen könnte – seine Neigung zu Männern. Selbst mit mir sprach er nicht oft über die Traurigkeit, die seine Gefühlswelt ihm bescherte. Die endlose Heimlichtuerei, die Flirts mit Damen, um seinen Ruf als Frauenheld aufrechtzuerhalten, die Sehnsucht, einen Mann anzusprechen und doch nur Angst haben zu müssen, er würde sich von seinen Annäherungsversuchen abgestoßen fühlen.

Gemeinsam stiegen wir die Stufen hoch in die Kunstkammer Wiens.

Heute war ein ruhiger Tag im Museum. Nur wenige Damen schlenderten zwischen den Vitrinen herum und tuschelten kaum hörbar miteinander. Ich konnte verstehen, warum Wilhelm sich hier in diesen Hallen so wohlfühlte. Beim Anblick der Gemälde fühlte man sich an einen anderen Ort, in eine andere Zeit versetzt und vergaß tatsächlich die eigenen Sorgen.

»Es geht um Graf Hohenberg«, sagte Wilhelm, ohne den Blick von einer Statue zu wenden.

»Habt ihr euch getroffen? Erzähl mir alles!«, sprudelte es aufgeregt aus mir heraus.

»Du möchtest nicht alles wissen, glaub mir«, meinte Wilhelm schmunzelnd, und als seine Wangen sich tiefrot färbten, wusste ich, dass die beiden einander nähergekommen waren.

»Ihr seid einander ehrlich zugetan?«

»Ja, das sind wir.«

»Und ihr werdet einander wiedersehen?«

»Das hoffe ich doch!«, meinte Wilhelm und grinste breit.

»Das freut mich. Sehr sogar!« Ich atmete erleichtert auf. Dass Wilhelm sein Glück gefunden hatte, nahm mir eine Sorge.

»Mich freut es auch, glaub mir. Es ist nur … was bleibt, ist die Angst, dass man uns eines Tages entlarvt.«

»Ihr seid nicht die ersten Männer, die so fühlen, und ihr werdet auch nicht die letzten sein. Und deine Eltern werden Fragen stellen, wenn du so viel Zeit mit dem Grafen verbringst, anstatt dir eine heiratswillige Frau zu suchen.«

Wilhelm seufzte schwer auf.

»Frauen«, sagte er und schüttelte den Kopf.

»Sie sind nicht alle schlecht. Es gibt auch welche, die tatsächlich liebenswürdig sind«, sagte ich scherzhaft.

»Meinst, ich sollte eine heiraten, um den Schein zu wahren?«, fragte Wilhelm.

»Das meinst du nicht ernst, oder?«

»Ich wäre nicht der erste Mann, der Familie gründet und sich heimlich mit seinem Geliebten trifft. Wir müssen alle Opfer bringen«, meinte er, ohne den Blick von der Statue zu wenden und zog seine Stirn kraus. Mit Fingerspitzen strich er vorsichtig über den Kopf des Pferdes einer Reiterstatuette.

»Aber möchtest du das? Eine Frau heiraten, die du nicht liebst? Und sie auch noch hintergehen? Ich könnte das nicht«, sagte ich und dachte unwillkürlich an Hedwig.

»An wen denkst du dabei? Gibt es eine Frau, von der ich wissen sollte?«, fragte er neckisch. Ich schwieg. Wilhelm und ich teilten viele Geheimnisse, doch meine Gefühle für Hedwig konnte ich nicht in Worte fassen.

»Vielleicht gibt es da jemanden, aber sie würde nicht zu mir passen«, sagte ich ausweichend und stellte erneut fest, dass es genauso war.

»Wer sagt das?«

»Ich.«

»Du warst schon immer ein Narr, wenn es um die wichtigen Entscheidungen in deinem Leben ging. Weißt du noch, als die Tochter des Fürsten von Wehlau dir schöne Augen gemacht hat? Du könntest heute Besitzer unüberschaubarer Ländereien sein, wenn du dich ihrer damals angenommen hättest.«

»Wer will schon unüberschaubare Ländereien?«, fragte ich und schritt bedächtig über den knarrenden Parkettboden hinüber ans andere Ende des Raumes. Dort hielt ich vor einem Ölgemälde, das auf den ersten Blick düster und bedrohlich wirkte. Mächtige Baumstämme umringten zwei Reiter. Einer der beiden trug einen Falken auf seiner Faust, der andere hielt seinen Arm von sich gestreckt und blickte seinem Gerfalken hinterher, der sich geradewegs auf den Weg zu seiner Beute machte. Die Herren in ihren tannengrünen Jacken interessierten mich nicht im Geringsten. Vielmehr betrachtete ich den Gerfalken, die Musterung seines Gefieders, seinen Blick, mit dem er seine Beute fixierte, und seine Flügel, die er weit ausgebreitet hatte. Ich folgte seinem Blick und sah, dass er geradezu auf eine kleine Kolonie Wildkaninchen zusteuerte. Die saßen am Fuße einer Tanne und dösten und putzten ihr Fell, während die Bedrohung sich lautlos näherte.

Die Malerei wirkte so lebensnah, dass mein Puls sich erhöhte. Wie aufregend. Sofort hatte ich den holzigen Geruch der Bäume in der Nase und glaubte, das Rauschen der Wipfel zu hören. Ich trat einen Schritt zurück, um das Kunstwerk in seiner Gesamtheit betrachten zu können. Und je länger ich auf die Reiter und die Greifvögel starrte, desto stärker breitete sich in mir eine Sehnsucht aus, die ich schwer zuordnen konnte. Es war nicht nur die Tatsache, dass Hedwig mich auf eine überraschende Weise anzog, sondern auch dieses Gefühl, das die Jagd in mir ausgelöst hatte. Die Abläufe und Handgriffe, die mir bei den ersten Jagdausflügen noch Schwierigkeiten bereitet hatten und die ich mit großer Faszination bei Hedwig beobachtet hatte. Bei ihr hatte alles so einfach gewirkt, fast fließend. Nachdenklich blickte ich auf das Ölgemälde und fragte mich, ob es möglich war, derart unterschiedliche Welten zu verbinden.

»Worüber denkst du nach?«, fragte Wilhelm mit Bedacht.

»Über unmögliche Dinge.«

»Du weißt, dass du mir alles erzählen kannst, ja?«, meinte Wilhelm.

Seine Anwesenheit beruhigte mich, ließ mich aufatmen und neue Hoffnung schöpfen.

»Wer ist sie?«, fragte er.

Ich sah, wie er mich eingehend betrachtete.

»Sie will mich nicht«, erklärte ich.

Sie lebt in einer Hütte mit einem undichten Dach, hat nur ein paar Schuhe und weiß sich nicht sonderlich zu benehmen, dachte ich bei mir, und wie von selbst musste ich schmunzeln, denn gerade die Tatsache, dass Hedwig gerne aneckte, gefiel mir so besonders an ihr. Die Zeit, die ich mit ihr verbracht hatte, war spannend und voller Überraschungen gewesen.

»Warum sollte sie dich nicht wollen? Du bist ein attraktiver Mann, bist freundlich und charmant – und wohlhabend.«

»*Sie* legt keinen Wert auf Geld – das ist ja mein Problem.« Ich lachte kurz auf und rieb mir den Nacken.

»Dann musst du sie anders beeindrucken. Da findet sich doch bestimmt eine Möglichkeit.«

Wilhelms Absätze klackerten auf dem Parkett, als er sich von mir entfernte und sich seinen geliebten Kunstwerken widmete. Ich folgte ihm nicht, sondern verharrte noch vor dem Ölgemälde, das mich zutiefst in seinen Bann zog. Und je länger ich es betrachtete, desto mehr wurde mir bewusst, dass ich den Wienerwald vermisste. Ich wollte zurück nach Eichgraben, zu Onkel Leonhards Anwesen, seinen Pferden, zu meinem Gerfalken, zu den geselligen Menschen, die lauthals und trunken in der Gaststube sangen, und ich wollte zurück zu Hedwig.

Wie beeindruckte man eine Frau, die auf ihrem Gebiet unschlagbar war und kein Interesse hatte an materiellen Gütern? Und dann wusste ich es plötzlich! Ich stöhnte laut auf, weil die Lösung schon immer da gewesen war.

»Ich muss los!«, sagte ich zu Wilhelm und umarmte ihn freundschaftlich. »Ich dank dir für deine lieben Worte!«

Dann eilte ich aus dem Ausstellungsraum, die Treppe hinab, und hinaus ins sommerlich schwüle Wien. Ich musste nach Hause, an meinem Plan feilen und mich dann so rasch wie möglich auf den Weg nach Eichgraben machen. Ich hatte schon zu viel Zeit verloren. Und doch wollte ich fest daran glauben, dass es nicht zu spät war.

»So leicht wirst du mich nicht los, Hedwig«, murmelte ich und eilte noch schneller durch die staubigen Straßen Wiens.

KAPITEL 19
HEDWIG

Ich starrte auf meine Hände. Sie zitterten. So aufgeregt, wie ich war, konnte ich unmöglich hinaus zu Nepomuk. Er würde meine Unruhe spüren und sie übernehmen. Und dann bräuchten wir gar nicht erst hinunterzugehen ins Dorf, wo der Ausgangspunkt für das Falkenjagdturnier war.

Die Aufregung rührte nicht von meiner Angst, zu verlieren, her. Nepomuk und ich waren gut, hatten viel trainiert und waren nach den wenigen Wochen ein eingespieltes Gespann. Vielmehr befürchtete ich, dass Graf Hohenberg es nicht schaffte, mich ins Turnier zu bringen. Er war der Meinung, er müsste nur auftauchen und mich an seiner Stelle in den Wettbewerb schicken, aber was, wenn man mich nicht als Ersatz akzeptierte? Was, wenn ich mich wieder auf den Heimweg machen musste, ohne die Möglichkeit, mich zu beweisen und das Preisgeld zu gewinnen?

Bartl Hufner und seinesgleichen würden mich anstarren und verhohlen auslachen, weil ich es in ihren Augen nicht verdient hatte, am Turnier teilzunehmen.

… weil ich eine Frau war. Dieser Gedanke fühlte sich immer wieder wie ein Hieb in meine Magengegend an. Eine Frau zu sein durfte kein Nachteil sein. Wir Frauen gebaren

Kinder, nährten sie an unserer Brust und zogen sie groß – wie konnte es da auch nur ein Mann wagen, zu behaupten, dass wir nicht denselben Stellenwert in der Gesellschaft hatten wie sie?

Je mehr ich über die Ungerechtigkeit zwischen den Geschlechtern nachdachte, desto mehr steigerte sich meine Aufregung.

»Ich mach mich auf den Weg!«, sagte ich zu Valerie, die den Frühstückstisch abräumte. »Wünsch mir Glück!«

»Natürlich wünsche ich dir Glück«, sagte sie und warf mir eine Kusshand zu. Ihr strahlendes Lächeln ließ mich für einen Moment vergessen, welche Hürden ich in den nächsten Tagen zu meistern hatte.

»Und du sei artig, ja?«, sagte ich zu Avis, der genüsslich an einem Knochen schabte.

»Ich begleite dich, wenn du magst!«, schlug Valerie vor.

»Nein, ich muss das allein schaffen. Deine Anwesenheit würde mich nur unnötig ablenken«, antwortete ich, weil ich den Gedanken nicht ertragen konnte, dass meine kleine Schwester dabei war, wenn man mich womöglich verhöhnte und unverrichteter Dinge vom Turnier wegschickte.

Bevor ich die Tür zur Scheune öffnete, atmete ich ein paar Mal tief ein und wieder aus. Ich musste mich sammeln und ganz bei mir sein, wenn ich Nepomuk nicht verstören wollte.

»Du hast den Sieg verdient!«, sagte ich zu mir selbst und streckte meine Schultern durch. Dann kontrollierte ich, ob ich genügend Leckerbissen für Nepomuk im Futterbeutel hatte und ob mein Federspiel und mein Messer ordentlich gewetzt am Gürtel hingen.

Als ich die Scheune betrat und mich der wohlige Geruch von Gefieder und Holz umfing, verlor ich ein Stück weit meine Nervosität. Heute war der große Tag des Turniers – der

Tag, auf den ich mich seit Jahren gefreut hatte. Graf Hohenberg war einflussreich und mächtig. Wenn er sagte, dass ich an seiner Stelle antreten durfte, dann war auf sein Wort Verlass.

Ich setzte Nepomuk die Lederhaube auf, schlüpfte in meinen Lederhandschuh und ließ mit Vaters Bussard auf der Faust meine Hütte hinter mir. Valerie winkte mir aufmunternd hinterher, und aus dem Wald begleitete mich beruhigendes Rauschen.

Der Himmel war wolkenverhangen und schirmte die herbstlichen Sonnenstrahlen von uns ab. Der Marsch ins Dorf erfrischte mich und ließ mich ein wenig zu meiner Sorglosigkeit zurückfinden. Trotzdem war da die Angst, ausgegrenzt zu werden. Ein Blick zu Nepomuk ließ mich Hoffnung schöpfen. Die Jäger aus dem Dorf würden Vaters Bussard sofort wiedererkennen und würden wissen, dass er mich zu einer noch ernster zu nehmenden Gegnerin machte, als ich es ohnehin war.

Als ich mich dem Dorfplatz näherte, hörte ich lebhaftes Stimmengewirr. Ich verlangsamte mein Tempo und schritt gemächlich durch die enge Gasse, die in den Dorfplatz mündete. Wenn man mich erblickte, wollte ich so ungerührt wie möglich wirken. Mein Auftritt sollte erhaben wirken.

Nur noch wenige Schritte, dann hätte ich mein Ziel erreicht. Hoffentlich hatte sich Graf Hohenberg schon eingefunden, um mich in Empfang zu nehmen und mich als seine Vertretung vorzustellen.

Als ich den Dorfplatz betrat, verstummten alle Stimmen. Frauen sahen mich voller Verachtung an. Wussten sie denn nicht, dass ich heute hier war, um unser Geschlecht zu verteidigen? Männer belächelten mich, schüttelten ihre rotwangigen Köpfe. Nur einige der Mädchen blickten mir voller Bewunderung entgegen – und das genügte mir. Wenn ich auch nur einem Mädchen, einer Frau das Gefühl gab, dass für uns keine Grenzen existierten, dann war ich zufrieden.

»Grüß euch!«, sagte ich betont freundlich und suchte unter den Anwesenden nach dem Gesicht des Grafen.

»Was machst du denn hier?«, fragte Bartl Hufner und trat aus der Menge hervor.

»Dir wieder eine Blumenvase über den Kopf schütten!«, meinte jemand und erntete lautes Gelächter für seinen Scherz.

»Sofern du immer noch ein Weibsbild bist, kannst du gleich wieder den Heimweg antreten!«, meinte Bartl und wurde mit noch lauterem Gelächter belohnt.

Doch ich blieb kühl, zeigte mich unberührt von den dummen Scherzen und hielt seinem Blick stand. Meinen Arm hielt ich betont hoch – sollten sie ruhig sehen, mit welchem Vogel ich antreten wollte.

»Wir werden noch sehen, wer hier den Heimweg antritt«, sagte ich und taxierte das Grüppchen Menschen ab, das sich am Dorfplatz eingefunden hatte. Ein buntes Gemisch aus Dorfbewohnern und Adeligen starrte mir entgegen. Die reichen Herren saßen auf ihren Pferden und warteten auf den Beginn des Turniers, die Frauen erfreuten sich am Trubel, der ihnen geboten wurde, und an den Buden, an denen man Gebäck und Wurst kaufen konnte. Die Jäger aus dem Dorf umringten Bartl und unterstützten ihn mit ihren finsteren Mienen, die mich einschüchtern sollten. Vielmehr erreichten sie das Gegenteil und erweckten in mir meinen Kampfgeist.

Und als sich eine weiße Droschke näherte, war ich sicher, dass es nur der Graf sein konnte. Das edel ausstaffierte Gefährt lenkte die gesamte Aufmerksamkeit von mir auf sich, und als der Kutscher die Pferde vor dem Dorfbrunnen mit einem durchdringenden »Brrrr« anhielt, warteten alle gespannt, wer denn der Droschke entsteigen würde.

Ein Lächeln umspielte meine Lippen, als sich der Graf über den Einstieg aus der Kutsche helfen ließ. In seinem goldgelben Gehrock wirkte er so erhaben, dass keiner es wagte, auch nur hinter vorgehaltener Hand zu tuscheln. Alle warteten auf ein Wort aus seinem Mund, doch der Graf ließ sich Zeit, taxierte die Menge, bis er schließlich mich erkannte.

»Fräulein Wolf, da sind Sie ja!«, meinte er und kam mit ausgebreiteten Armen auf mich zu.

»Das, meine lieben Freunde, ist Hedwig Wolf. Sie ist nicht nur die beste Jägerin, sondern hat sich auch bereit erklärt, mich im Turnier würdig zu vertreten, da ich aus gesundheitlichen Gründen nicht teilnehmen kann.«

Bestürztes Stimmengewirr erhob sich, doch der Graf ließ sich davon nicht beirren und lächelte mich breit an.

»Was meinen Sie damit?«, fragte Bartl und trat ein paar Schritte aus der Menge hervor.

»So, wie ich es sagte: Fräulein Wolf wird an meiner Stelle am Turnier teilnehmen.«

»Aber das ist nicht möglich!«, meinte Bartl und wurde von nickenden Köpfen und mehrstimmigem Brummen unterstützt.

»Alles ist möglich, wenn man das Turnier und die Jägerzunft finanziell unterstützt, so wie ich.«

Bartl rieb sich das Kinn. »Nur, uns finanziell unterstützen heißt nicht, dass Sie die Regeln ändern können.«

»Ich ändere keine Regel, denn soweit ich mich erinnern kann, wäre das nicht das erste Mal, dass eine Vertretung ins Turnier geschickt wird.«

»Eine Vertretung ja, aber keine weibliche! Nie und nimmer. Nicht im letzten Jahr, nicht in diesem und ganz bestimmt auch nicht im nächsten.«

Die anderen Jäger unterstützten Bartl klatschend und kopfnickend.

Was waren das nur für Feiglinge. War es tatsächlich ihr schlimmster Albtraum, gegen eine Frau zu verlieren?

»Ihr seid ein armseliger Haufen Männer«, sagte Graf Hohenberg, als hätte er meine Gedanken gelesen. »Habt ihr Angst vor einer Frau?«

»Nein, natürlich nicht! Dennoch besagen die Statuten, dass keine Frau sich als Teilnehmerin eintragen kann.«

»Eben!«, meinte Graf Hohenberg und zeigte mit dem Finger auf Bartl. »Fräulein Wolfs Name erscheint auf keiner Teilnehmerliste, sondern meiner. Und wenn ihr mir zeigen könnt, wo geschrieben steht, dass eine Frau nicht als Vertretung zugelassen ist, dann werden wir beide das Weite suchen, nicht wahr, Fräulein Wolf?«

Er sah mich durchdringend an, forderte mich regelrecht zu einer Zustimmung auf.

»Natürlich, Graf Hohenberg«, sagte ich geradeheraus und folgte dann seinem Blick zur Jägerschaft, die sich leise tuschelnd austauschte. Bartl holte ein in Leder gebundenes Büchlein aus seiner Tasche und blätterte aufgeregt darin.

»So leid es mir tut, aber Sie werden diesen Eintrag nicht finden«, versicherte Graf Hohenberg und grinste mich verschwörerisch an.

Das Schweigen der Jägerschaft zog sich hin. Immer mehr Gesichter lugten über Bartls Schultern und machten sich gemeinsam auf die Suche nach einem Paragrafen, der mir verbot, anstelle von Graf Hohenberg dem Turnier beizutreten.

Mit jedem Augenblick, der verstrich, mit jeder Seite, die umgeblättert wurde, stieg meine Aufregung. Ich wollte nicht weggeschickt werden. Ich wollte mit Nepomuk an diesem Turnier teilnehmen. Unbedingt.

Erst als Bartl das Buch wieder von vorne zu studieren begann, erlaubte ich mir, erleichtert aufzuatmen. Seine Miene verfinsterte sich, während er immer hastiger durch die Seiten blätterte. Er fand nichts. Sosehr er es auch wollte, er fand keinen Grund, mich vom Turnier auszuschließen.

»Das Falkenjagdturnier ist eine langjährige Tradition, und noch nie hat eine Frau daran teilgenommen!«, brummte Bartl schließlich und schloss das Buch.

»Das heißt wohl, dass Sie nicht gefunden haben, wonach Sie gesucht haben?« Graf Hohenberg legte einen Finger salopp an sein Kinn, so als würde er nachdenken.

»Wir können und werden das nicht zulassen!«, fuhr Bartl fort und drückte das Buch einem seiner Kollegen in die Hand.

»Sie ziehen das gesamte Turnier und die Jägerschaft ins Lächerliche. Das lasse ich nicht zu!«

»Wie es aussieht, haben Sie keine Wahl!«, meinte Graf Hohenberg. »Entweder Sie erkennen Fräulein Wolf als meine Vertretung an, oder ich verlange das Geld zurück, das ich in die Vorbereitung des Turniers investiert habe.«

Ich blickte zwischen Bartl und Graf Hohenberg hin und her. Es war, als würden sich die Männer mit ihren Blicken duellieren.

»Auch ich will mein Geld zurück, wenn Sie die Vertretung von Graf Hohenberg nicht zulassen.«

Ich wandte mich von Hohenberg und Bartl ab, blickte hinüber zur Menschenansammlung und suchte nach dem Gesicht, das zu dieser Stimme gehörte. Noch bevor ich es gefunden hatte, glaubte ich zu wissen, wer es war. Und doch erschien es mir unmöglich, dass Konrad hier war und sich für meine Teilnahme am Turnier einsetzte.

»Konrad!«, flüsterte ich, als ich ihm tatsächlich in die Augen blickte. Auf seiner Faust trug er seinen Gerfalken. Sollte das etwa heißen, dass er am Turnier teilnahm? Konrad?

Als unsere Blicke sich kreuzten, nickte er mir zu, und für einen kurzen Augenblick glaubte ich, ein Lächeln in seinem Gesicht zu erkennen.

Was wollte er hier? Nach unserem letzten Treffen war er, ohne sich zu verabschieden, verschwunden. Und nun war er da und lächelte mich an, als ob zwischen uns nie etwas vorgefallen wäre. Unweigerlich fragte ich mich, was er damit bezweckte, wenn er sich jetzt und hier auf meine Seite schlug. Für ihn war es doch einerlei, ob ich am Turnier teilnahm oder nicht. Oder wollte er nur dem Grafen gefallen und unterstützte ihn deshalb?

Meine Blicke wanderten von Konrad zu Graf Hohenberg und zu Bartl, der sich Hilfe suchend an seine Jagdkollegen wandte.

»Graf Hohenberg ist der Ranghöchste hier in unserer Runde, ich denke nicht, dass wir uns seinem Willen widersetzen sollten, meinen Sie nicht, Herr Hufner?«, fragte Konrad den verschwitzen Bartl. Dieser hob seinen Filzhut an und tupfte sich die Stirn trocken. Und ohne dass Bartl noch ein Wort der Zustimmung sagen musste, wussten alle Anwesenden, dass die Angelegenheit geklärt war.

Der Bauer und seine Jagdkumpane mochten vielleicht irgendwann ein paar Regeln in ihr Büchlein geschrieben haben, das Sagen hatte dennoch der Geld gebende Adel.

Ein Lächeln prickelte über meine Wangen, und mit einem Mal war mir, als wäre eine untragbare Last von meinen Schultern gefallen.

»Wie gut, dass wir das klären konnten«, meinte Graf Hohenberg zufrieden und nickte mir freudestrahlend zu. In diesem Augenblick sah er um Jahre jünger aus als sonst.

»Wenn sie an die Stelle von Graf Hohenberg nachrückt, sollte sie dann nicht mit seinem Greifvogel antreten?«, meinte Bartl und zog seine Augenbrauen hoch.

Sofort spürte ich die Blicke aller Anwesenden auf mir ruhen.

»Ich bin der Meinung, dass wir schon genug Zeit verschwendet haben«, meinte einer der betuchten Herren auf seinem Rappen.

»Wir wollen jetzt endlich starten! Soll sie doch mitmachen, schon nach wenigen Metern haben wir sie abgehängt«, meinte ein anderer, der seinen Turmfalken auf dem Lederhandschuh trug.

Die Stimmung wurde unruhig.

Bartl schüttelte entnervt den Kopf und trat einen Schritt zurück. Und da wusste ich es: Ich hatte gewonnen! Nicht das Turnier, aber immerhin hatte der Graf für mich einen Platz unter den Teilnehmern erkämpft.

Die freie Hand an die Brust gelegt, deutete ich dankbar einen Knicks an, den der Graf erwiderte. Dieser Moment befreite mich, beflügelte mich. Jetzt, heute, hier würde ich endlich an meinem ersten Falkenjagdturnier teilnehmen. Es war so weit.

Graf Hohenbergs Knappe brachte mir ein gesatteltes Pferd und half mir, aufzusteigen. Ich war keine besonders gute Reiterin, aber das spielte keine Rolle. Sobald ich meine Hütte erreicht hätte, würde ich absteigen und das Turnier zu Fuß fortsetzen. Der Wald war zu dicht, um ihn mit dem Pferd zu durchqueren, und doch wäre ich chancenlos, wenn ich als Einzige den Anstieg zu Fuß antreten würde.

Graf Hohenberg zwinkerte mir zu. Er hatte mir im Vorfeld versichert, mir eines seiner verlässlichsten Pferde zu geben. Ein junger Wallach, der besonnen und doch voller Elan war. Klein genug, um mich darauf sicher zu fühlen, und schnell genug, um mich an die vorderste Spitze zu katapultieren.

In einer Hand den Zügel und auf der anderen meinen Bussard – so ritt ich an den Start und verschaffte mir einen Überblick über meine Konkurrenten. Da waren neben Konrad einige Jäger aus dem Ort, die auf ihren Ackergäulen saßen und vermutlich ahnten, dass sie gegen die edlen Tiere der Adligen chancenlos waren. Da war der alte Bürgermeister Wimberger, der mich schon immer von oben herab behandelt hatte, weil ich ihn mehr als einmal darauf hingewiesen hatte, dass er mein Revier bejagte. Und da war der Sohn des Wirts, der etwa so alt war wie ich und dennoch um Jahre älter wirkte, was wohl seinem Lebenswandel zuzuschreiben war. Dann gingen noch einige der Bauern an den Start, die stolz ihre Habichte und Bussarde auf ihren speckigen Lederhandschuhen trugen. Wenn ich in die Gesichter blickte, die ich seit meiner Kindheit kannte und die mich stets belächelt hatten, erfüllte es mich mit Stolz, dass ich heute als gleichwertige Teilnehmerin im Turnier beweisen konnte, dass sie sich zu Unrecht über mich lustig gemacht hatten. Heute war ich eine stolze Jägerin, saß auf einem edlen Pferd, auf einem Sattel aus weichem Leder.

Die Adligen nahmen kaum Notiz von mir und waren in ihre Gespräche vertieft. Vor ihnen brauchte ich mich nicht in Acht zu nehmen, sie wären spätestens in den Wäldern, die ich so gut kannte wie niemand sonst, keine Konkurrenz mehr für mich.

Ich legte meine Schenkel an den warmen Bauch des Pferdes und trieb es zum Brunnen, wo die meisten Teilnehmer schon Aufstellung bezogen hatten. Meine Haltung durchgestreckt, den Blick nach vorne gerichtet, lächelte ich voller Vorfreude dem Turnier entgegen.

Die Stimmung war aufgeregt und doch still. Pferdehufe klapperten, Greifvögel schrien, Männerstimmen versuchten, ihre Tiere zu beruhigen. Gleich ging es los. Alles wartete auf das Startzeichen, das Bartl jeden Augenblick geben würde.

Ich versuchte, mich zu sammeln, zu konzentrieren und mich einzustimmen auf alles, was nun kommen würde.

Ich blickte Nepomuk ins Gesicht und fühlte eine Woge des Glücks durch meinen Körper wallen. Das würde mein Tag werden, ich wusste es! Nepomuk und ich waren unbesiegbar – das wussten die anderen nur noch nicht.

KAPITEL 20

Bartl trat vor uns und erklärte den geplanten Ablauf des Tages: »Jeder von Ihnen, werte Teilnehmer, ist auf sich gestellt. Die Route durch den Wald und hoch zum Schöpfl ist frei wählbar. Der Schnellste stellt sich als Erster der ersten Aufgabe und macht sich dann auf den Weg zum nächsten Treffpunkt – wo dieser ist, wird nach erledigter Aufgabe von den jeweiligen Turnierrichtern bekannt gegeben. Sie selbst sind verantwortlich für Ihre Pausen, Ihre Verpflegung, Ihren Greifvogel. Die Aufgaben werden nach ihrer Ausführung bewertet. Wer zuerst das Ziel und die höchste Punktzahl erreicht hat, ist der diesjährige Gewinner des Turniers und erhält neben Ruhm und Ehre den Pokal und das Preisgeld in Höhe von zweihundert Kronen. Ich selbst werde nicht am Turnier teilnehmen, werde aber sehr wohl den Ablauf im Auge behalten.« Nachdem er diesen Satz ausgesprochen hatte, blickte er zu mir. Die Kälte, die seine Miene ausstrahlte, ließ mich frösteln, und ich konnte nur hoffen, dass ich ihm auf meinem Pfad durch das Turnier nicht begegnete.

»Darf ich den Grafen bitten, das Turnier zu eröffnen, indem er sein Taschentuch zu Boden fallen lässt?«

Was für ein Schleimer, dieser Bartl. Ihm war wohl bewusst geworden, dass er seinen größten Geldgeber verlor, wenn dieser sich von der vorangegangenen Diskussion beleidigt zeigte.

Doch der Graf war kein nachtragender Mensch und marschierte freundlich lächelnd zu Bartl, um das weiße Tuch von ihm entgegenzunehmen.

Graf Hohenberg stellte sich vor uns auf, hob seinen Arm und hielt inne, um die Spannung zu steigern. Gelassen blickte er in die Gesichter der Teilnehmer, erst als er mich ansah, strahlten seine Augen. Seine freundlichen Züge nahmen mir den Rest an Aufregung und ließen mich entspannt durchatmen.

Der gesamte Marktplatz schien auf das weiße Tuch in Hohenbergs Hand zu starren und darauf zu warten, wann er es endlich zu Boden flattern ließ.

Und dann war es so weit. Graf Hohenberg ließ das weiße Tuch los, und unmittelbar nachdem er den Griff gelöst hatte, starteten die Teilnehmer.

»He!« »Schneller!« »Auf geht's!« Jeder trieb sein Pferd auf seine Weise an. Manche ruhig, die anderen lauter.

Ich schnalzte mit der Zunge und presste beide Schenkel an den Leib des Pferdes, und schon trabte mein Wallach los. Die Gassen des Dorfes machten es unmöglich, einen der anderen Reiter zu überholen. Es war ein chaotisches Gedränge. Man rempelte sich gegenseitig beiseite, schimpfte aufeinander ein. Nur ich verhielt mich ruhig und beobachtete das Chaos aus geringem Abstand. Meine Gelegenheit würde kommen.

»Viel Erfolg beim Turnier!«, meinte Konrad, der plötzlich neben mir auftauchte. Ich blickte ihn an, ohne das Tempo meines Pferdes auch nur ansatzweise zu drosseln, und ließ meinen Blick über seinen Körper wandern. Seine

Haltung auf dem Pferd hatte sich verbessert, seine Haut wirkte braun gebrannt, und er schien etwas an Gewicht verloren zu haben.

»Hast du heimlich trainiert?«, fragte ich so emotionslos, wie es nur möglich war.

»Ja, das habe ich!«, meinte er stolz.

»Warum? Um mich heute zu besiegen? Da muss ich dich enttäuschen!« Ich funkelte ihn an, wandte mich dann von ihm ab und erhöhte mein Tempo, um ihn hinter mir zu lassen. Ich hatte keine Zeit für ein Gespräch mit Konrad, und ich hatte keine Zeit, um mich mit irgendwelchen unnötigen Gefühlen auseinanderzusetzen.

Sobald wir das Dorf hinter uns gelassen hatten und die Straßen breiter wurden, versetzte ich meinen Wallach in einen flotten Galopp und eilte an den schwerfälligen Pferden der Bauern vorbei.

»Ja!«, triumphierte ich, nachdem wir die ersten Konkurrenten überholt hatten.

»Weiter so!«, triumphierte ich und holte den alten Bürgermeister Wimberger ein. Als wir auf gleicher Höhe waren, sah der zu mir herüber, rümpfte die Nase und spuckte verächtlich zwischen unsere Pferde.

»Blödes Weibsbild!«, rief er und trieb sein Pferd zu einem höheren Tempo an. Ich tat es ihm gleich und galoppierte noch schneller neben ihm her. Die Hufe der Pferde hämmerten über den Feldweg, während ich alle Mühe hatte, Nepomuk auf meinem Arm zu balancieren. Dieser flatterte aufgeregt, um gegen den Wind und die raschen Bewegungen des Pferdes anzukommen.

»Wir schaffen das!«, flüsterte ich Nepomuk zu, ließ meinen Zügel lockerer, damit mein Wallach noch schneller galoppieren konnte.

Der alte Wimberger saß überraschend gut im Sattel und

schien nicht daran zu denken, mich an ihm vorbeiziehen zu lassen.

»Schleich dich!«, rief er mir entgegen und versuchte, mich mit seinem Pferd vom Weg abzudrängen.

»Hör auf!«, schrie ich und lenkte meinen Wallach gegen das Pferd des alten Bürgermeisters. Der bleckte seine Zähne wie ein wütender Hund, stieß seinem Pferd die Schenkel in den Bauch, um alles an Schnelligkeit aus ihm herauszuholen.

Bald hätten wir den Fuß des Schöpfl erreicht, ich musste schnell sein, denn der Pfad den Berg hoch war so schmal, dass man unmöglich einen anderen Reiter überholen konnte. Ich blickte zu Nepomuk, der flatternd auf meiner Hand saß.

Der Wind zerrte an meinen Haaren und wirbelte mir Staub in die Augen. Die schwarze Mähne meines Pferdes flatterte wild, das Fell glänzte vom Schweiß, und die Atmung ging schnell und stoßweise. Ich wusste, dass ich alles aus meinem Pferd herausholten musste – es gab keine andere Möglichkeit!

»Schleich dich selber!«, rief ich dem Wimberger zu, als ich wusste, dass ich ihn nun überholen würde. Sein Pferd war erschöpft, wurde immer langsamer, fiel zurück, während ich an ihm vorbeizog.

»Das zahl ich dir heim!«, rief Wimberger mir hinterher, aber da hatte ich ihn schon überholt und kämpfte mich vor zum nächsten Konkurrenten.

Einige waren einfach zu schnell. Vielleicht hatten sie bessere Pferde oder waren die besseren Reiter, doch ich wusste, dass ich die restlichen Teilnehmer im Wald ausstechen konnte.

Der Weg wurde immer steiler, trotzdem kämpfte sich mein Pferd den Pfad hoch. Und als endlich meine Hütte in mein Sichtfeld rückte, atmete ich erleichtert aus.

Valerie stand vor der Tür und winkte mir aufgeregt zu. Wenige Schritte vor ihr hielt ich mein Pferd an und stieg ab. Dann drückte ich meiner Schwester den Zügel in die Hand.

»Gib ihm ausreichend zu trinken und ein paar Äpfel, hörst du? Der Graf lässt das Pferd später abholen«, erklärte ich und merkte erst jetzt, dass ich selbst völlig außer Atem war.

»Mach ich!«, versprach sie und führte den Wallach hinter die Hütte in den Schatten.

»Alles Gute«, rief sie mir hinterher, weil sie wusste, dass das Turnier jetzt erst richtig begann.

Ich nickte ihr zu und eilte los, in den Wald hinein. Jetzt war ich in meinem Revier, und hier war ich unschlagbar. Ich hob meinen Rock an und stieg über Wurzeln und Steine. Bis zum Gipfel war es noch ein ganzes Stück – zum Glück, denn so konnte ich mit Sicherheit noch den ein oder anderen Teilnehmer überholen. Als hinter mir ein Ast knackte, drehte ich mich um.

»Warum trägst du deinen Rock? Hängt der nicht viel zu schwer an deiner Taille?«

Konrad. Schon wieder. Hatte ich den nicht längst abgehängt?

»Warum solltest du dich für meinen Rock interessieren?«, fragte ich und versuchte dabei, möglichst unangestrengt zu wirken. Aber um ehrlich zu sein, fiel mir jeder Schritt schwerer als vor meiner Erkrankung vor ein paar Wochen. Mein Körper hatte noch nicht zu seiner früheren Leichtigkeit zurückgefunden. Wenn ich das Turnier absolviert hätte, würde ich mir ein paar Tage Pause gönnen.

»Warum nicht?«, meinte er schmunzelnd. »Aber habe ich nicht recht, wenn ich sage, dass dich der Kittel bei jedem deiner Schritte einschränkt? Der Stoff verfängt sich zwischen deinen Knien oder im Gebüsch.«

»Du wirst immer dreister. Jetzt machst du dir schon Gedanken über meine Knie. Du bist schamlos!«, antwortete ich hastig und konzentrierte mich wieder auf meine Atmung, die unter jedem gesprochenen Wort litt.

»Du solltest Hosen tragen!«

»Ich sollte was?«, fragte ich entrüstet und fiel aus meinem Tempo.

»Mit Hosen würde dir jeder Schritt leichter fallen, glaub mir.«

»Das mag schon sein«, antwortete ich und ärgerte mich, dass ich nicht selbst auf diese Idee gekommen war. Mit meiner freien Hand wischte ich mir den Schweiß von der Stirn.

»Lass mich einfach in Ruhe!«, fauchte ich etwas kraftlos und ärgerte mich, weil Konrad im Gegensatz zu mir kein Problem mit der Steigung zu haben schien. Leichtfüßig sprang er über Steine und Wurzeln und wirkte dabei so unglaublich glücklich. Was, wenn er mich tatsächlich besiegen konnte?

»Ich meinte es doch nur gut!«, rief er mir hinterher, doch ich schwieg und konzentrierte mich auf den Weg. Der Zorn, den Konrad in mir ausgelöst hatte, ließ mich zu meiner alten Kraft finden, und so gelang es mir, ihn ein Stück weit abzuhängen.

Meinen Rock gegen Hosen tauschen. Was dachte sich dieser Kerl eigentlich? Er war ein unverbesserlicher Wichtigtuer, und das Beste wäre es, mir keine weiteren Gedanken über ihn zu machen.

Ich trug gerne meine Röcke. Sie waren leicht und engten mich in meiner Bewegungsfreiheit nicht ein. Vielleicht verfingen sie sich das ein oder andere Mal zwischen meinen Knien, aber das war noch lange kein Grund, sie abzulegen und gegen Hosen einzutauschen.

Ich drosselte das Tempo. Die Bäume standen hier im Wald so dicht aneinander, dass es unmöglich war, ihn zu Pferd zu durchqueren. Das Geäst der Tannen und Fichten verflocht sich miteinander, sodass man als Reiter immer wieder zur Umkehr gezwungen war. Wer hier versuchte, den Wald mit dem Pferd zu durchqueren, hatte jetzt schon verloren. Erleichtert nahm ich meine Feldflasche vom Gürtel und trank einen Schluck Wasser und machte mich dann weiter auf den Weg.

Zwei Pferde irrten ohne ihren Reiter aufgeregt durch den Wald.

»Idioten«, murmelte ich und meinte damit die Jäger, die einfach kurzerhand beschlossen hatten, den Weg zu Fuß weiter zu bestreiten und ihre Pferde sich selbst zu überlassen. Wenn die Tiere Glück hatten, würde jemand sie aufgreifen und zurück in ihre Ställe bringen, bevor sie sich mit Zügel oder Steigbügel im Dickicht verfingen und dem Hungertod hilflos ausgeliefert waren.

Doch darum durfte ich mich nicht kümmern, ich hatte meinen eigenen Weg zu verfolgen. Und tatsächlich gelang es mir, aufzuholen. Einer der Adligen kämpfte sich mit seinem Pferd durch den Wald, fluchte, was wiederum seinen Falken in Unruhe versetzte.

Ein weiterer marschierte in einiger Entfernung von mir zu Fuß durch das Dickicht. Ihn würde ich schnell hinter mir lassen. Ich fokussierte mich, lief schneller, sprang über Wurzeln und verdrängte, wie sehr mich jeder Schritt anstrengte. Atmen und Nepomuks Gewicht auf meiner Hand ignorieren.

Und noch während ich mich freute, weil ich für den Moment alle abgehängt hatte und weit und breit keiner meiner Konkurrenten zu sehen war, wurde ich mit einem Mal niedergerissen. Alles ging so schnell, ich spürte einen Ruck, einen Stoß, dann verlor ich den Halt und rutschte auf dem feuchten Moos aus. Mein Blick fixierte Nepomuk, der flatternd das Gleichgewicht zu halten versuchte und dessen Riemen ich um keinen Preis loslassen durfte. Mit einem dumpfen Schlag prallte ich mit der Schulter auf eine dicke Wurzel. Mein Schrei hallte im Wald wider – laut und gequält. Auf dem Bauch liegend, versuchte ich zu verstehen, was geschehen war. Meine Schläfe schmerzte, meine Schulter pochte, und mein rechtes Knie brannte wie Feuer.

Nepomuk saß noch auf meiner Faust, flatterte aufgeregt, fast panisch.

»Alles gut, mein Junge!«, ächzte ich und setzte mich unter Schmerzen auf.

»Du?«, fragte ich entrüstet und blickte in das Gesicht von Bartl Hufner. »Warum hast du das getan? Bist du nicht bei Sinnen?«, fragte ich und kämpfte mich gegen einen Baumstamm gestützt hoch.

»Geschieht dir ganz recht! Eine Frau hat nichts im Beizjagdturnier verloren!«

»Was redest du für einen Unsinn, Bartl! Du warst doch dabei, unten beim Brunnen! Ich habe sehr wohl ein Recht auf meine Teilnahme!« Ich blickte in die Augen des Mannes und sah nur Hass.

»Wir Männer wollen unter uns bleiben. Wir wollen nicht, dass uns das Weibsvolk bis in die Wälder verfolgt und uns die Freud an der Jagd verdirbt.«

»Was bildest dir ein!«, murmelte ich und kämpfte gegen einen heftigen Schwindelanfall an. Eine Hand gegen die schmerzende Schläfe gepresst, hoffte ich, mein Unwohlsein rasch lindern zu können.

»Der Wald gehört nicht euch Männern! Hier oben hab ich seit Vaters Tod mein Jagdrevier, das kannst selbst du mir nicht streitig machen, alter Mann!«

Erschöpft lehnte ich mich gegen den Baumstamm und holte tief Luft. Warmes Blut floss von meiner Schläfe über meine Wange und meinen Hals. Ich wischte mit dem Ärmel meiner Bluse über mein Gesicht und hoffte, dass die Verletzung nicht allzu schlimm war. Erst als mein Körper sich langsam von dem Sturz und den Schmerzen erholte, türmte sich in mir ein Hass auf, der mir beinahe den Atem raubte.

»Was bist du nur für ein bedauernswerter Kerl, Bartl Hufner! Musst mir im Wald auflauern, um mich mit Gewalt zu Boden zu bringen. Aber von dir lasse ich mich nicht aufhalten.«

Wir starrten einander an. Beide voller Zorn und Hass. Ich konnte ihm ansehen, wie gerne er seine Hand erneut gegen mich erhoben hätte. Ich sah über Bartls Schulter und sah, wie sich uns aus weiter Entfernung einige Teilnehmer näherten. Bartl folgte meinem Blick und trat einen Schritt von mir zurück, als er die Männer kommen sah.

»Du bist ein Feigling, Bartl!«, fauchte ich ihn an, stemmte mich vom Baumstamm ab und machte mich auf den Weg. Der Schwindel und der pochende Schmerz an meiner Schläfe erschwerten mein Vorankommen, doch ich hörte nicht auf meinen Körper, sondern lief weiter. Der Überfall hatte mich Zeit gekostet. Zeit, die ich dringend aufholen musste, wenn ich meinen Sieg nicht verschenken wollte.

Mit dem Ärmel wischte ich das Blut aus meinem Gesicht, um den Rest würde ich mich später kümmern. Im Ziel.

Nicht mehr lange, dann hätte ich den Gipfel erreicht und würde mich der ersten Aufgabe stellen. Mein Herz pochte bei dem Gedanken, endlich Nepomuks und meine Künste zu beweisen.

Als ich aus der Waldlichtung trat, erblickte ich bereits eine kleine Ansammlung von Männern – neben den Turnierrichtern und dem Schriftführer befanden sich tatsächlich zwei Adlige auf dem Gipfel, die sich irgendwie mit ihrem Pferd erfolgreich durch den Wald gekämpft hatten und bereits ihre Aufgabe erledigt hatten.

Als man mich sah, wurde jedes Gespräch abgebrochen. Bestimmt hatten die Richter bereits von den beiden Adligen erfahren, dass eine Frau anstelle von Graf Hohenberg an den Start gegangen war. In ihren Mienen lag Verachtung und Spott. Aber davon würde ich mich nicht unterkriegen lassen. Ich hatte es zu weit geschafft, um jetzt Schwäche zu zeigen. Also verfinsterte ich meine Miene und ging möglichst selbstbewusst auf die Turnierrichter zu. Ich fühlte meine breiten Schultern, meine schweren Schritte, und Nepomuk, der mit mir zu einem großen Ganzen verschmolzen war. Ich legte alle Kraft in meinen funkelnden Blick. Die Turnierrichter sollten es nur wagen, mich von der Prüfung auszuschließen! Ich war bereit, für meinen Platz zu kämpfen!

KAPITEL 21

Hedwig Wolf, nicht wahr?«, meinte einer der Turnierrichter und nahm mich fast schon freundlich in Empfang.

»Man hat uns bereits in Kenntnis gesetzt, dass Sie als Vertretung von Graf Hohenberg antreten.«

Ich atmete erleichtert aus und erhellte meine Miene. Graf Hohenberg war einfach grandios. Wie könnte ich mich je für seine Großmütigkeit mir gegenüber bedanken?

»Sie sind verletzt«, meinte der Richter und sah sich meine Wunde an.

»Halb so wild. Ich bin bereit für meine erste Aufgabe«, sagte ich und konnte es kaum erwarten, dass es endlich losging.

»Also gut«, meinte der junge Mann, dessen Jagdbekleidung sich seinem Körper ebenso perfekt anpasste wie der Umgebung. Ich blickte zu Nepomuk, dann zum Turnierrichter und nickte.

»Die erste Aufgabe besteht darin, dass wir Ihren Bussard in einiger Entfernung freilassen und Sie ihn zu sich locken. Bewertet wird hierbei die Bindung zwischen dem Jäger und seinem Tier. Je schneller Ihr Vogel wieder bei Ihnen ist, desto höher fällt die Punktzahl aus.«

Ich schluckte schwer. Diese Aufgabe könnte eine Herausforderung für uns sein. Immerhin hatte Nepomuk lange Zeit in der Wildnis gelebt, ohne Bezug zu Menschen. Was, wenn er die Gelegenheit nutzte und meinem Ruf nicht folgte? Dann war da noch der Schock durch den Überfall des Bürgermeisters, der Nepomuk möglicherweise noch in den Knochen steckte. Und doch hatten wir keine Wahl.

»Sind Sie bereit?«

Ich war nicht bereit, und doch nickte ich und ließ zu, dass man mir Nepomuk von der Faust nahm und ihn von mir wegtrug. Mein Blick hing an meinem Bussard, der sich mit jedem lang gezogenen Schritt des Richters von mir entfernte.

Wie hatte ich mir je so sicher sein können, dass ich dieses Turnier gewinnen konnte, wenn ich schon bei der ersten Aufgabe von Unsicherheit heimgesucht wurde?

Die Turnierrichter zogen sich zu einem der Felsen zurück und überließen mir die freie Lichtung. Für einen kurzen Moment schloss ich die Augen und versuchte, mich zu sammeln. Der Angriff des alten Bürgermeisters hatte mir mehr zugesetzt, als ich mir eingestehen wollte. Innerlich zitterte ich nach wie vor, und unter meiner Schläfe pochte ein hinterlistiger Schmerz.

Und trotzdem musste ich jetzt funktionieren. Also versuchte ich, eine schöne Erinnerung in mir wachzurufen und die Gedanken an den Überfall und die Schmerzen zu verdrängen.

Und dann sah ich ihn: Avis. Mein treuer Freund, in dessen Begleitung die Beizjagd völlig andere Attribute hatte. Mit ihm an meiner Seite fühlte ich mich frei und sicher. Wenn mein Habicht flog, hatte ich das Gefühl, selbst zu fliegen. Eigentlich sollte er es sein, mit dem ich heute hier auf dem Gipfel des Schöpfl stand, um das Turnier zu gewinnen. Mit ihm würde ich mich sicher fühlen, er gäbe mir die nötige Ruhe und Ausdauer. Ein Blick in seine Augen genügte, um ein Lächeln in mein Gesicht zu zaubern.

»Avis«, flüsterte ich und öffnete die Augen. Er war nicht hier, aber ich würde dennoch gewinnen. Für ihn. Für unser jahrelanges Training.

Der Richter hatte inzwischen seinen Platz eingenommen und stand so weit von mir entfernt, dass ich Nepomuk auf seiner Faust kaum noch ausmachen konnte. Mit beiden Füßen stand ich fest auf der Wiese und fühlte mich mit dem Berg unter mir verwurzelt. Ich stellte mir vor, dass Avis es war, den ich rufen würde – mit einer Sicherheit in der Stimme, die dem Vogel keine Wahl ließ, als zu mir zu fliegen. Avis würde kommen. Und wenn ich Ruhe bewahrte, dann würde auch Nepomuk meinem Ruf folgen. Warum auch nicht? Wir hatten die letzten Tage intensiv geübt. Ich hatte ihn mit dem zartesten Fleisch angefüttert und ihn kräftig belohnt, wenn er gute Arbeit geleistet hatte.

Er war Vaters bester Vogel, und ich war die beste Jägerin. Was sollte also schiefgehen?

Aus zusammengekniffenen Augen erkannte ich im Gegenlicht, wie der Richter die Lederhaube von Nepomuks Kopf nahm, seinen Arm hob und Nepomuk freigab. Dieser stieß sich kraftvoll von der Faust des Mannes ab und stieg hoch in die Luft. Zu hoch und zu schnell, wie ich fand. Er schnellte hoch und entfernte sich mit jedem Flügelschlag weiter von mir.

»Nepomuk! Komm!«, rief ich mit hoher Stimme, die mein Bussard auch noch aus großer Entfernung wahrnehmen konnte.

»Komm!«, wiederholte ich meinen Singsang und streckte den Arm weit von mir, um Nepomuk zu signalisieren, wo er landen sollte.

Nichts. Nepomuk schien sich nicht im Geringsten für

mich zu interessieren und entfernte sich mit kurzen Flügelstößen noch weiter von mir. Wenn er bereits eine Beute ausgemacht hätte, dann wäre alles verloren. Dann würde er sie ergreifen, sich satt fressen und sich in die Wildnis zurückziehen.

»Nepomuk!«, schrie ich und schickte einen lauten Pfiff hinterher. Dann griff ich nach meinem Federspiel, das ich am Gürtel trug, und ließ es durch die Luft tanzen, um Nepomuks Aufmerksamkeit zu erregen.

»Komm!«, rief ich in hoher Stimmlage und wedelte mit der Fellattrappe. Dabei versuchte ich mir in Gedanken vorzustellen, wie Nepomuk mir entgegensteuerte, versuchte zu visualisieren, wie er bereits auf meiner Faust saß und das zarte Fleisch aus meiner Hand fraß.

Er würde kommen. Er musste kommen. Ich konnte sie förmlich spüren, die Blicke und die Spannung der Turnierrichter. Bestimmt wünschten sie mir, dass ich direkt an der ersten Aufgabe scheitern würde.

»Nepomuk!«, wiederholte ich und sah hoch zum Himmel. Tatsächlich kreiste er hoch über meinem Kopf. Er hatte mich im Blick, fixierte das Federspiel. Erleichtert lachte ich auf und hielt meinen Arm so hoch, dass er mein Signal auf jeden Fall verstehen musste.

»Nun komm!«, flüsterte ich, als er sich immer mehr senkte und ich mir sicher sein konnte, dass er auf meinem Lederhandschuh landen würde. Er musste einfach kommen. Ich griff nach dem Federspiel, damit Nepomuk sich auf meine Faust und das Stück Fleisch, das ich bereithielt, fokussierte. Und tatsächlich ließ er sich mit einer Selbstverständlichkeit auf meinem Lederhandschuh nieder, krallte sich fest und blickte mich an, als hätte er nie in Freiheit gelebt, sondern wäre immer schon auf Menschen fixiert gewesen. Auf mich.

»Du bist ein guter Junge«, lobte ich ihn und gab ihm zur

Belohnung ein Stück zartes Fasanenfleisch. »Der beste von allen!«

Mein Herz schlug heftig in meiner Brust, aber dieses Mal vor Erleichterung. Die erste Prüfung hatten wir geschafft. Ob wir die beste Punktanzahl erhielten, bezweifelte ich, aber das würde ich erfahren, wenn wir im Ziel angekommen waren. Aber so weit wollte ich noch nicht denken. Eine Aufgabe nach der anderen.

Als ich zu meiner Linken blickte, sah ich Konrad, der gerade aus dem Wald heraustrat, um sich seiner ersten Prüfung zu stellen. Er lächelte, wirkte zufrieden, und erst nach einer Weile wurde mir bewusst, dass er mein Lächeln widerspiegelte. Es war meine Erleichterung, die sich auch in seiner Miene abzeichnete. Er freute sich mit mir – und das, obwohl wir doch Gegner waren. Konkurrenten im Kampf um den Sieg im Falkenjagdturnier.

Er hob eine Hand und winkte mir zu, näherte sich mit großen Schritten. Wie gebannt verfolgte ich jede seiner Bewegungen, und dabei war mir, als sähe ich ihn heute zum ersten Mal. War seine Haltung schon immer so aufrecht gewesen? Seine Haut so braun gebrannt und seine Gesichtszüge so kantig? Er sah nicht mehr aus wie ein verweichlichter Adliger, der seine Zeit mit teurem Champagner in seinem Salon zubrachte. Er hatte sich verändert. Nur wann war das geschehen?

»Sehr geehrter Herr Ahnen! Wie schön, Sie im Turnier dabeizuhaben. Teilnehmer wie Sie sind eine Bereicherung«, meinte einer der Turnierrichter und drängte sich an mir vorbei, um Konrad gebührend zu begrüßen. Doch Konrad ignorierte das Anbiedern des Richters und wandte sich an mich: »Was ist passiert? Du siehst schrecklich aus.«

Mit seiner Hand griff er mir ans Kinn und sah besorgt auf meine Verletzung.

»Du immer mit deinen Komplimenten«, sagte ich und wünschte mir, dass seine Berührung ewig anhielt. Die Hingabe, mit der er meine Wunde begutachtete und über meine Wange strich, ließ mich den Rest an Schmerz vergessen.

»Das ist nicht lustig, Hedwig. Die Wunde sieht tief aus und muss vielleicht genäht werden. Vielleicht solltest du das Turnier abbrechen.«

»Ach was«, sagte ich und entzog mich seiner Berührung. Darum ging es ihm also? Ich sollte das Feld räumen, damit ihm der Sieg sicher war.

»Ich werde weitermachen, und zwar jetzt! Wo muss ich hin?«, fragte ich den Schriftführer, der damit beschäftigt war, meine Punktanzahl niederzuschreiben. Ich wollte nicht länger hier verharren, in Konrads Nähe, die mich immer wieder verunsicherte – ob ich nun wollte oder nicht. Lieber holte ich etwas von der verlorenen Zeit auf und widmete mich der nächsten Aufgabe.

Der Schriftführer klemmte seine Unterlagen unter den Arm und erklärte mir den Weg zur nächsten Station.

»Marschiere einfach am kleinen Laubwald entlang«, sagte er und zeigte in die Richtung, die ich einzuschlagen hatte. »Bei der Jagdhütte wirst du mit der nächsten Aufgabe erwartet.«

»Aber zur Jagdhütte kann ich auch direkt durch den Wald«, sagte ich verdutzt. »Gibt es einen Grund, warum ich außen entlanggehen sollte?«

»Nein, es gibt keinen Grund, aber das ist der Weg, den ich auch den anderen erklärt habe. Wenn du lieber quer durch den Wald gehst, dann ist das deine Entscheidung.« Der Schriftführer zwinkerte mir zu. Konnte es sein, dass ich einem Mann gegenüberstand, der es gut mit mir meinte?

Der Schriftführer war keine fünfzig. Ich kannte ihn, er war ein guter Bekannter meines Vaters gewesen. Früher hatte er

Vater regelmäßig besucht und hatte unsere Hütte erst verlassen, wenn die letzte Flasche Schnaps geleert war. Ich hatte sie heimlich beobachtet und es lustig gefunden, wenn sie zu betrunken gewesen waren, um sich von ihren Stühlen zu erheben.

»Ich dank dir, Hans«, sagte ich. Dann blickte ich ein letztes Mal zu Konrad, dem man gerade die zu bestehende Prüfung erklärte.

Im Laufschritt verließ ich die Lichtung und lief mit Nepomuk auf meiner Hand den Hang hinunter. Meine Laune hatte sich mit der bestandenen ersten Prüfung deutlich gebessert. Die Schmerzen hinter der Schläfe spürte ich kaum noch, und meine Neugierde auf die nächste Herausforderung stieg mit jedem zurückgelegten Schritt.

Und während ich eintauchte in den kühlen Laubwald, hörte ich aus weiter Entfernung Konrads Ruf nach seinem Gerfalken. Selbstbewusst hallte er zwischen den Bäumen wider und ließ keinen Zweifel daran, dass sein Fürst dem Lockruf folgen würde. Ich erinnerte mich daran, wie belustigt ich gewesen war, als Konrad mir von seinem Vorhaben, das Falkenjagdturnier zu gewinnen, erzählt hatte. Damals hatte ich ihn ausgelacht. Heute war sein Ziel in greifbare Nähe gerückt. Ich blieb stehen und wandte mich um. Zwischen den Baumstämmen hindurch konnte ich Konrad erkennen, wie er seinen Arm ausgestreckt hielt, um Fürst in Empfang zu nehmen. Und ohne es verhindern zu können, fieberte ich mit ihm mit und atmete erst erleichtert aus, als Konrad seinem Gerfalken mit einem stolzen Lächeln den Bauch kraulte. Wer hätte gedacht, dass in diesem Kerl ein Jäger steckte.

Und wer hätte gedacht, dass ich mich je in die Nähe meines Rivalen sehnte. Und doch tat ich es …

KAPITEL 22

Mit meiner freien Hand hob ich den Rock an und lief, so schnell ich konnte, durch den kleinen Laubwald. Die Luft hier war frisch vom herbstlichen Morgentau.

Nach dem anstrengenden Aufstieg zum Gipfel und der bestandenen ersten Prüfung hatte ich wieder zu meinen Kräften gefunden – und zu meinem Mut.

Hier im Laubwald war ich allein. Konrad und einige andere Teilnehmer hatte ich abgehängt. Nur noch einige Reiter waren vor mir, aber die hatten einen Umweg eingeschlagen, und mit etwas Geschick und schnellem Tempo würde ich auch sie überholen.

Die Wurzeln hier ragten hoch aus der Erde und erschwerten jeden meiner Schritte. Und doch fühlte ich mich frisch genug, um meinen Laufschritt beizubehalten. Die Äste hingen tief, und ich musste mich immer wieder ducken, um Nepomuk und meinen Kopf zu schützen. Mein Atem ging schnell und schwer, und der Schweiß sog meine Bluse fest an meinen Rücken.

Ich fühlte mich leicht und voller Tatendrang, und ich konnte es kaum erwarten, die nächste Aufgabe zu meistern. Als endlich die Jagdhütte in mein Blickfeld rückte, lief ich noch schneller. Es war, als hinge mein Leben von meiner Geschwindigkeit ab. Ich sprang über Äste und Felsen, fühlte meinen Herzschlag rasen und das Blut durch meinen Körper rauschen.

Erst kurz vor der Hütte drosselte ich mein Tempo, um etwas zur Ruhe zu kommen.

»Fräulein Hedwig!«, empfing man mich beinahe überschwänglich – was ich vermutlich dem guten Ruf des Grafen zu verdanken hatte.

»Ja, die bin ich! Waren denn schon Teilnehmer vor mir da?«, fragte ich nach Luft ringend und blickte mich um. Alles machte den Anschein, als wäre ich die Erste, die diese Station erreicht hatte.

»Tatsächlich scheinen Sie alle abgehängt zu haben, gnädiges Fräulein.«

Alle abgehängt! Ich lachte auf und konnte zum ersten Mal seit dem Start des Turniers erleichtert durchatmen. Aufgeregt blickte ich in die Augen des jungen Turnierrichters und erwartete die nächste Aufgabe.

»Ein schönes Tier, das Sie da haben, Fräulein Wolf«, meinte er und strahlte mich an. Ich starrte ihn an, fragte mich, was er genau von mir wollte. Für eine nette Konversation war ich in dieser Situation nicht zu haben. Ich wollte keine Zeit verlieren.

»Danke«, antwortete ich knapp und fand, dass in diesem Wort genügend Freundlichkeit steckte, um das Gespräch zu beenden.

»Also gut«, meinte der junge Richter und rollte mit den Augen. »In dieser Aufgabe geht es darum, dass Ihr Bussard möglichst zielgenau seine Beute fängt. Das heißt: Je direkter er sie anvisiert und erlegt, desto mehr Punkte erlangen Sie für die Aufgabe. Um den Schwierigkeitsgrad zu erhöhen, wird das Kaninchen zwischen den Bäumen freigelassen. Alles verstanden?«

»Natürlich«, sagte ich und nickte unbekümmert, weil mir bewusst war, dass ich bei dieser Prüfung nicht verlieren konnte. Niemand jagte so zielgenau wie Nepomuk – egal ob nun auf freier Wiese oder im Wald, Nepomuk überblickte jedes Umfeld.

Der junge Juror wandte sich von mir ab, griff in eine Holzkiste und holte ein zappelndes Wildkaninchen hervor. Dann marschierte er damit über die Wiese und entließ es am anderen Ende der Lichtung zwischen ein paar Büschen.

Nichts ahnend saß es da, schnupperte und versuchte, sich zu orientieren. Wie immer versuchte ich, es nicht als Opfer wahrzunehmen, sondern als Beute. Als Mädchen hatte ich Tränen geweint, wenn Vater vor meinen Augen einen Hasen oder ein Wildkaninchen erlegt hatte. Doch Vater hatte mir immer wieder erklärt, dass es nicht nötig war, traurig zu sein. Warum auch? Wir sorgten dafür, dass es keine unnötige Panik oder Schmerzen erleiden musste.

»Wir sind schneller als der Tod«, hatte Vater zu mir gesagt, aber ich hatte erst Jahre später verstanden, was er damit gemeint hatte.

Ich nahm meinem Bussard die Lederkappe vom Kopf, und noch ehe das Kaninchen den ersten Busch anvisiert hatte, hatte Nepomuk es auch schon entdeckt und machte sich startbereit. Kraftvoll durchschnitten seine Schwingen die Luft, während er nur darauf wartete, dass ich den Riemen seines Geschühs losließ und er sich von meiner Faust stemmen konnte.

»Los!«, rief ich und hob meinen Arm, um meinem Vogel zusätzlichen Schwung zu verleihen. Nepomuk spreizte seine Flügel von sich und stemmte sich regelrecht von meinem Arm, um sich auf den Weg zur anvisierten Beute zu machen. Dabei war er so schnell, dass das kleine Tier nicht einmal annähernd eine Chance hatte, sich zu verstecken oder zu fliehen.

Für einen Atemzug verharrte ich, wartete, damit ich das Kaninchen nicht unnötig verscheuchte. Doch als klar war, dass Nepomuk es erwischen würde, rannte ich hinter ihm her über die Wiese.

Als nur noch wenige Meter mich von Nepomuk trennten, erkannte ich, dass dieser mit seiner Beute rang. Mit den Hinterläufen schlug das Kaninchen wild um sich und versuchte, sich zu befreien. Mein Herz überschlug sich bei dem Gedanken, dass Nepomuk verletzt werden könnte. Mein Bussard flatterte, kämpfte mit all seiner Kraft darum, die Beute auf den Boden zu drücken. Ich musste schneller sein, längere Schritte setzen und ihm zu Hilfe eilen. Es war ein wilder Kampf zwischen Jäger und Beutetier, doch Nepomuk war kräftig und wendig und setzte sich letztendlich durch. Genau einen Atemzug später war ich bei ihm, um ihm die Beute abzunehmen, sie zu töten und mit ihm zu teilen. Ich gönnte Nepomuk etwas mehr Fleisch als bei einer gewöhnlichen Jagd, schließlich hatten wir noch einige Aufgaben vor uns, die an seinen Kräften zehren würden.

»Mein Guter!«, lobte ich ihn und wusste, dass kaum einer der anderen Teilnehmer so schnell sein konnte wie wir.

»Gratulation!«, meinte selbst der junge Turnierrichter und lüftete seinen grünen Filzhut, auf dem ein viel zu großer Gamsbart bei jeder Kopfbewegung aufgeregt hin und her wedelte. »Das war ausgezeichnet! Ich kann Ihnen verraten, dass Sie für diese Aufgabe die volle Punktzahl erhalten!«

Innerlich triumphierte ich. Äußerlich blieb ich gewohnt kühl und nickte dem Richter dankend zu. Einer der drei älteren Turnierrichter allerdings lächelte mich schief an. Etwas an dieser Miene verunsicherte mich. Es war, als widerstrebte es ihm, mir die hohe Punktzahl zu verleihen. Aber das konnte mir egal sein, oder etwa nicht? Nepomuk und ich hatten uns mit dem furiosen Beutefang die beste Bewertung verdient, das wusste ich, und das wussten auch bestimmt die Herren, die sich an meiner Teilnahme am Turnier störten.

Zwei Aufgaben lagen noch vor uns, aber inzwischen wuchs meine Hoffnung, dass ich den Sieg für mich verbuchen würde. Laut Schriftführer musste ich mich auf den Weg zur alten Eiche machen, an der man mich mit der nächsten und angeblich schwersten Prüfung erwarten würde. Wie schwer konnte sie schon sein? Der Weg hinüber zur Eiche führte über unwegsames Geröll. Dies wäre bestimmt der Punkt, an dem die letzten Reiter ihr Pferd zurücklassen mussten. Die älteren und wohlgenährten Jäger hätten mit jedem Schritt zu kämpfen, und wenn ich es überschlug, blieben noch zwei oder drei ernst zu nehmende Gegner.

»Warte!«

Noch bevor ich mich umwandte, wusste ich, in wessen Gesicht ich gleich blicken würde.

»Wenn du kurz wartest, bis ich meine Aufgabe absolviert habe, können wir gemeinsam weitergehen.«

Konrad. Ich schloss für einen kurzen Moment die Augen, um mich zu fassen.

»Warum sollten wir das?«

Konrads Miene wurde ernst.

»Weil wir die nächste Prüfung gemeinsam zu bestreiten haben?«

»Wie meinst du das? Ich bestreite mit niemandem irgendetwas. Nepomuk und ich stellen uns jeder Aufgabe allein.«

»Tja, da muss ich dich enttäuschen, Hedwig«, meinte er und lächelte verschmitzt, während er die letzten Schritte hinter sich brachte. Er blieb so nahe vor mir stehen, dass ich die Schweißtropfen an seiner Schläfe erkennen konnte.

»Heiß heute, nicht wahr?«, sagte er lächelnd und blickte zum Himmel hoch. Die Wolken hatten sich inzwischen verzogen, und die Herbstsonne schien mit voller Kraft auf uns herab. Wir hatten inzwischen September, doch dieser Sommer schien nicht enden zu wollen. Nach der nächsten Aufgabe würde ich mir eine Pause gönnen und im schattigen Wald kühles Wasser aus dem sprudelnden Bach trinken. Ich würde mir ein feuchtes Tuch in den Nacken legen und dann erfrischt dem Ziel entgegenmarschieren.

»Herr Ahnen hat recht, Fräulein Wolf«, meinte einer der Turnierrichter, der eben an uns herangetreten war. »Zur nächsten Aufgabe müssen jeweils zwei Teilnehmer gemeinsam mit ihren Greifvögeln antreten. Hat man Ihnen das nicht gesagt? Versagt einer, verlieren beide.« Der Richter war kaum älter als ich, und doch verhielt er sich mir gegenüber, als obläge ihm eine tragende Rolle im Turnier.

»Das ist nicht Ihr Ernst«, seufzte ich genervt. »So eine Aufgabe hat es noch nie gegeben. Warum dieses Mal?« Ich legte den Kopf in den Nacken und starrte zu den letzten Wolkenfetzen, die sich vor dem strahlend blauen Himmel auflösten.

»Dieses Jahr ist alles anders«, meinte Konrad und sah mir dabei tief in die Augen.

»Ich mag keine Veränderungen.« Ich sah Konrad an. Völlig gelassen stand er neben mir, seine Gesichtszüge besonnen, sein Blick mir zugetan.

»Du hast Angst, wir könnten meinetwegen versagen.«

Die Art, wie er mich mit seinem Blick durchdrang, machte es mir schwer, Ja zu sagen. Konrad hatte sich gesteigert – in Ausdauer und Technik. Sein Gerfalke saß entspannt auf seiner Faust, vertraute ihm.

»Die Wahrheit ist doch, dass wir keine Wahl haben, Hedwig. Wir müssen die Aufgaben, die man uns stellt, meistern.«

Ich taxierte seine Aufmachung und war verwundert, weil seine Kleidung so gar nicht seinem sonst so herausgeputzten Stil entsprach. Das Gegenteil war der Fall: Seine Kleidung war an den Nähten abgewetzt, seine Schuhe ausgetreten und sein Lederhandschuh abgerieben. Er muss wirklich hart gearbeitet haben in den letzten Wochen. Aber warum? Nur um mich zu besiegen? Um mich zu verspotten, weil er der Bessere war? Sein Blick ruhte auf mir, wartete auf eine Antwort.

»Warum sollte ich die Aufgabe mit dir bestreiten? Vielleicht möchte ich mich lieber mit einem anderen Teilnehmer aufstellen?« Ich zog meine Augenbrauen hoch und wartete gespannt auf seine Reaktion.

»Wenn du einen findest, der mit dir antreten möchte, dann meinetwegen«, sagte er eine Spur zu trocken. Diese Aussage traf mich. Aber natürlich, er hatte recht. Keiner der anderen Teilnehmer würde mit mir an den Start gehen wollen. Nur Konrad.

Unzählige Gedanken schwirrten durch meinen Kopf. Wenn Konrad sich weigerte, mit mir anzutreten, würde ich aus dem Turnier ausscheiden. Das wusste er. Aber er stellte sich zur Verfügung, wollte, dass ich das Ziel erreichte. Im Grunde musste ich ihm also dankbar sein.

»Also gut, ich warte hier auf dich.«

Konrad nickte und wandte sich ab, um sich der Aufgabe zu stellen, die Nepomuk und ich bereits gemeistert hatten. Ich setzte mich in den Schatten einer Fichte und beobachtete Konrad, der seinen Gerfalken zielsicher auf das frei laufende Kaninchen losließ. Immer wieder stutzte ich und fragte mich, wann dieser Mann sich derart verbessert hatte, dass er diese Aufgabe so mühelos meistern konnte. Die Art, wie er Fürst im Auge behielt, ihm leichtfüßig hinterhereilte, sich auf den Boden warf, um die Beute zu übernehmen und zu teilen, jede Bewegung war ruhig, gelassen und doch zügig genug, um keine Zeit zu verlieren. Hatte er sich noch vor ein paar Wochen angewidert von meiner erlegten Beute abgewandt, so zögerte er heute keinen Augenblick, das Wildkaninchen eigenhändig niederzustrecken.

Es fiel mir schwer, den Gedanken zuzulassen, aber Konrad hatte meine volle Bewunderung. Und wenn sich die Gelegenheit ergab, würde ich ihm zu seinem Fortschritt gratulieren. Vielleicht.

Wenig später marschierten wir zum nächsten Posten. Konrad legte ein flottes Tempo vor, dem ich nur mit Mühe folgen konnte. Mein Arm fühlte sich schwer an, und meine Füße taten es ihm gleich. Eine gewisse Müdigkeit zeichnete sich in meinem Körper und meinem Geist ab.

»Wir müssen uns einem Kombinationsflug stellen«, erklärte Konrad, während er sich über den unebenen Boden einen Weg bahnte.

»Kombinationsflug? Woher weißt du das?«

»Wenn man mit den Menschen redet, bekommt man tatsächlich Antworten, Hedwig.«

Ich konnte sein Lächeln förmlich hören.

»Wenn man Menschen nicht mag, fällt einem jedes Gespräch schwer«, neckte ich ihn.

»Ich gebe es auf!«, meinte Konrad mit einem Winken seiner Hand und lachte auf.

Wie sollte ich es deuten, dass mir Konrad trotz meiner Sturheit immer noch zugewandt war? Und als ich hinter ihm herschritt und ihm auf den Hinterkopf starrte, fragte ich mich, ob wir einander womöglich gar nicht so unähnlich waren und unsere Welten womöglich doch nicht so weit voneinander entfernt waren.

»Ein Kombinationsflug also«, fuhr Konrad fort. »Das bedeutet, dass wir beide Vögel zur selben Zeit freilassen und jeder für sich seine Beute jagen muss, ohne sich dabei vom anderen Vogel stören zu lassen.«

»Ich weiß, was ein Kombinationsflug ist, aber ein Vogel

muss normalerweise sorgsam auf diese Art der Jagd trainiert werden. Wie können die Richter das von uns verlangen, ohne es im Vorfeld kommuniziert zu haben?«

»Haben sie!«

»Mir hat niemand von dieser Art Prüfung erzählt«, sagte ich, und noch während ich das sagte, wurde mir bewusst, dass niemand mir irgendetwas gesagt hatte, weil man nicht mit mir am Start gerechnet hatte. Und Graf Hohenberg ging wohl davon aus, dass ich ohnehin jede noch so schwierige Lektion mit meinem Vogel meistern würde.

»Dann hast du den Kombinationsflug geübt?«, fragte ich Konrad.

»Natürlich. Fürst und ich sind bestens vorbereitet.«

»Natürlich«, erwiderte ich trocken. »Warum willst du dich dann ausgerechnet mit mir dieser Aufgabe stellen? Ich könnte dich mit meinem Unvermögen aus dem Turnier katapultieren.«

»Ach was, ich vertraue dir!«, sagte er über seine Schulter hinweg und marschierte flott das letzte Stück des Anstiegs hoch.

Er vertraute mir. Hat mir schon jemals ein Mensch vertraut? Außer Valerie natürlich, aber auch da war ich mir nicht sicher. Was mich aber noch viel brennender interessierte, war die Antwort auf die Frage, ob ich jemandem vertraute? Ich war so sehr daran gewöhnt, nur für mich zu sein, meinen Alltag allein zu bewältigen, dass ich mich noch nie in meinem Leben auf jemanden hatte einlassen müssen.

Und doch war es Konrads Nähe, die mir solche Fragen aufdrängte. Mein Blick hing an seinem Hinterkopf, seinen Schultern und seinem Rücken. Ich bräuchte nur die Hand auszustrecken und könnte ihn berühren. So wie in der Ballnacht, als wir uns küssten. Ich könnte wieder diese Nähe spüren, dieses Schweben und dieses Brennen nach mehr.

»Gleich sind wir da. Siehst du?« Seine Worte rissen mich aus meinen Gedanken. Mit dem Finger zeigte er zur alten Eiche, die seit meiner Kindheit unerschütterlich auf einer Lichtung stand. Kein Sturm hatte es geschafft, sie zu stürzen, und kein Blitzschlag hatte sie je getroffen. Sie stand einfach da, unbezwingbar, und breitete ihr Geäst über das saftige Gras.

Drei der Turnierrichter saßen gemütlich auf ausgebreiteten Decken im Schatten des Baumes und aßen von ihrer mitgebrachten Wegzehrung. Vermutlich deftige Speckbrote und knackige Äpfel. Allein beim Gedanken daran knurrte mein Magen.

Als die drei uns erblickten, packten sie ihre Mahlzeiten beiseite, erhoben sich von ihren Decken und klopften sich die Brotkrumen aus Hosen und Jacken.

»Die sehen doch ganz nett aus«, meinte Konrad zu mir und verfiel in einen lockeren Laufschritt.

Ich ertappte mich dabei, wie ich bereits zum Konter ausholte, um die Männer ins Lächerliche zu ziehen. Doch dann schwieg ich. Ich kannte die Männer nicht. Warum also sollte ich mich lustig über sie machen?

»Denk daran, dass bei der folgenden Übung unsere Zusammenarbeit bewertet wird. Also keine Alleingänge, ja?«, flüsterte er mir zu, doch ehe ich antworten konnte, waren wir schon bei den Turnierrichtern angekommen.

»Guten Tag, die Herren! Ich hoffe, Sie haben es schön warm hier?«, begrüßte Konrad die Männer und erntete dafür herzliches Lachen. Sofort fielen sie in ein lockeres Gespräch über die spätsommerliche Hitze und den herrlichen Blick über den Wienerwald, den man von hier oben hatte.

Es fiel Konrad nicht schwer, die Aufmerksamkeit und Sympathien der Männer auf sich zu ziehen. Und dabei machte es nicht den Anschein, als wäre ihm die Nähe zu den Menschen unangenehm. Er begegnete jedem der drei mit einer Offenheit, der man sich nicht entziehen konnte. Ich fragte mich, ob er sich bei den Turnierrichtern einen Vorteil erarbeitete oder ob er einfach immer zu allen Menschen derart freundlich war.

»Wenn Sie so weit sind, gnädiger Herr und gnädiges Fräulein, dann können wir an den Start.«

»Sind wir bereit?«, fragte Konrad und sah mich erwartungsvoll an.

Ich blickte zu Nepomuk, von dem ich keine Ahnung hatte, wie er mit einem zweiten Greifvogel in seiner Nähe umgehen würde. So stolz war ich gewesen auf die Fortschritte, die wir erreicht hatten, und nun könnte alles ganz schnell vorbei sein. Und dann wäre ich es, die Schuld an Konrads Niederlage trüge, und nicht umgekehrt. Aber was hatte ich für eine Wahl? Keine. Mir blieb nur, zu nicken und mich der Prüfung zu stellen. Jetzt.

»Wir sind bereit«, meinte Konrad, noch bevor ich zu Wort kam. Die drei Männer marschierten auf zwei Holzblöcke zu, die im Abstand von ein paar Schritten in der hohen Wiese aufgestellt waren. Einen wies man mir zu, den anderen Konrad. Bei meinem Block angekommen, verspürte ich eine unangenehme Aufregung, die sich in mir ausbreitete. Ich fühlte mich allein, und zum ersten Mal war mir dabei unwohl.

»Hedwig«, meinte Konrad, und als ich zu ihm hinübersah, lächelte er mir aufmunternd zu. In seiner Miene lag so viel Trost und Hoffnung, dass es mir beinahe Tränen in die Augen trieb. Sein Blick sagte mir, dass alles gut würde und ich mich auf ihn verlassen konnte.

»Ja«, antwortete ich auf seine ungesagten Worte und fühlte, wie in mir ein Mut heranwuchs, der alles überbrücken würde. Konrad vertraute mir, und ich würde ihn nicht im Stich lassen.

»Die Blicke bitte nach vorne gerichtet!«, meinte der Richter mit dem buschigen Schnauzbart und riss mich aus meinen Gedanken.

Ich blickte nach vorne und beobachtete zwei junge Jäger, die sich im Gleichschritt von uns entfernten. Dabei zogen sie eine gerade Linie von unseren Ausgangspunkten weg bis hinüber zum Bach, der sprudelnd eine Grenze durch die Wiese zog. Jeder der beiden trug ein Federspiel bei sich, mit dem er einen der beiden Vögel anlocken würde.

Nepomuk reagierte wunderbar auf Federspiele, blieb nur zu hoffen, dass er sich auf seines konzentrierte und nicht auf das von Fürst.

Als die beiden Männer stehen blieben und sich uns zuwandten, spürte ich ein aufgeregtes Kribbeln, das meinen gesamten Körper durchflutete. Ich konnte kaum klar denken vor Aufregung und schluckte heftig gegen meine Unsicherheit an.

Konrad und ich nahmen unseren Vögeln die Lederhauben vom Kopf und nickten den Richtern zu. Sofort begannen die beiden damit, ihre Federspiele durch die Luft zu wirbeln. Das war das Signal für Konrad und mich, die Vögel freizulassen. Kurz blickte ich hinüber zu ihm und er zu mir. Wir nickten einander kaum merklich zu, und während Konrad mich so durchdringend ansah, vergaß ich meine Aufregung und verließ mich ganz auf meine Intuition und auf Nepomuk.

Den Blick nach vorne auf unser Federspiel gerichtet, ließ ich den Geschührienen los und hob meinen Arm an, um Nepomuk mit Schwung in die Luft zu schicken.

»Fang!«, rief ich knapp und hielt dabei meinen Blick auf unser Federspiel gerichtet. Nepomuk und ich waren gedanklich eng miteinander verbunden, er würde die Ausrichtung meines Blickes übernehmen und sich auf seine Beute stürzen. Aus den Augenwinkeln heraus beobachtete ich Konrad, der ebenfalls seinen Gerfalken in die Luft geschickt hatte. Fast im Gleichschritt machten wir uns auf den Weg und folgten unseren Greifvögeln.

Ich spürte Nepomuks Kraft, mit der er die Luft unter seinen Flügeln teilte, ich spürte seine Gier, die Beute zu krallen und für sich zu beanspruchen. Es war, als flöge ich selbst durch die Luft und hetzte dem Federspiel entgegen. Wir waren eins, mein Bussard und ich. Nepomuk war kein Ersatz für Avis, und doch war er der beste Vogel, mit dem ich an den Start gehen hatte können. Er und ich – der Puls im Gleichtakt und die Sinne nur noch auf die Beute gerichtet. Ich brauchte nicht zu atmen, konzentrierte mich auf meine Schritte, folgte meinem Vogel, um bei ihm zu sein, wenn der die Fellattrappe gekrallt hatte und daran rupfte, als wäre es ein lebendiges Kaninchen.

Ich rannte, behielt Nepomuk im Blick und war absolut sicher, dass nichts unseren Erfolg durchkreuzen konnte.

Doch dann, völlig unerwartet, steuerte Nepomuk auf Konrads Federspiel zu.

»Nein!«, schrie ich und fuchtelte mit den Armen durch die Luft, um Nepomuk von seiner veränderten Flugbahn abzubringen. Kurz blickte ich zu Konrads Gerfalken, der Nepomuk überholte und ihn mit einem kräftigen Flügelschlag aus seiner Bahn verdrängte.

Wenn die beiden Greifvögel jetzt aneinanderkrachten oder sich zu rivalisieren begannen, wäre alles verloren. Ich bremste meine Schritte und starrte hoch zum Himmel, wo Nepomuk ins Schleudern geriet. Fürst hingegen verfolgte sein Ziel und schoss förmlich seiner Beute entgegen.

»Nepomuk, fang!«, rief ich zu ihm hoch, die Augen weit aufgerissen und die Kehle trocken.

»Fang!«, wiederholte ich und schnappte nach Luft, als ich

erkannte, dass mein Bussard sich wieder auf das richtige Federspiel konzentrierte.

»Ja!«, rief ich hinterher und fiel wieder in meinen Laufschritt, um möglichst zeitgleich mit Nepomuk beim Federspiel anzukommen.

Jeder Muskel in meinem Körper schien Feuer gefangen zu haben, jeder Atemzug stach sich durch meine Lunge. Und doch kämpfte ich mich weiter, verfolgte mit Schritten und Blicken meinen Nepomuk, der zielgerichtet zu seinem Federspiel flog, das noch immer durch die Luft gewirbelt wurde.

Nepomuk hatte seine Bahn korrigiert und den Zeitverlust aufgeholt. Beinahe auf gleicher Höhe schossen sie durch die Lüfte – unablässig und fokussiert.

Konrad lief neben mir her, hatte Mühe, mit mir Schritt zu halten. Ich erinnerte mich an seine Anweisung, nichts im Alleingang zu machen, und drosselte mein Tempo, um mit ihm auf gleicher Höhe zu laufen.

Meine Atemzüge durchschnitten laut die Luft, doch gleich hätten Konrad und ich und Nepomuk und Fürst das Ziel erreicht.

Ein große Welle an Glück durchflutete mich, als ich sah, wie Nepomuk sich auf sein Federspiel stürzte – fast zeitgleich mit Fürst. Jeder hatte seine Beute gekrallt und rupfte aufgeregt daran. Ich ließ mich auf meine Knie fallen, griff in meinen Beutel und holte ein Stück des saftigen Fleischs hervor, das Nepomuk gierig verschlang und sich von mir auf den Lederhandschuh heben ließ.

In der Wiese kniend, beobachtete ich meinen Bussard, wie er aufgeregt am Fleisch rupfte.

Mit einem Mal fiel die Spannung von mir ab und verwandelte sich in eine tiefe Erschöpfung, die meinen Körper schwer zu Boden drückte. Mir war danach, mich ins Gras zu legen und mich zu erholen – am besten für den gesamten Tag und die kommende Nacht. Einfach nur hier liegen und in den Himmel starren, wie er sich verdunkelte und den Blick auf die Sterne freigab. Keinen Schritt wollte ich heute mehr machen. Keinen einzigen. In diesem Moment spielten der Sieg und das Preisgeld eine Nebenrolle für mich. Ich war einfach nur glücklich, diese Aufgabe bestanden und Konrad nicht im Stich gelassen zu haben. Mir war danach, zu weinen vor Freude und erleichtert aufzuschluchzen.

Dann erst blickte ich hinüber zu Konrad, der voller Stolz auf seinen Gerfalken starrte und ihn mit Fleischbrocken förmlich überschüttete.

Nicht so viel, hätte ich ihm gerne gesagt, damit er noch bereit war für die letzte Prüfung, doch ich schwieg, und genoss den zufriedenen Ausdruck in Konrads Gesicht.

»Wir haben es geschafft!«, rief er mir zu und stand auf. Den Gerfalken auf seiner Faust eilte er mir entgegen und blieb so knapp vor mir stehen, dass wir einander fast berührten.

»Wir haben es geschafft!«, wiederholte er leise und sah mir so tief in die Augen, dass ich glaubte, er könne jeden meiner Gedanken lesen.

»Ja, das haben wir. Und das verdanken wir nur dir!«, gestand ich ihm zu und legte meine Hand auf seine. »Ohne dich an meiner Seite hätte ich vor Aufregung keinen Schritt zustande gebracht.«

»Natürlich hättest du!«, meinte er und sah auf meine Hand, die auf seiner lag. »Du bist der gleichmütigste Mensch, der mir je begegnet ist.«

»Gleichmütig?«, wiederholte ich und fühlte mich ein Stück weit verletzt von dieser Aussage. Ich ließ meinen Blick über sein Kinn wandern, über seine Bartstoppeln, und fragte mich, ob sie wohl unter den Fingerspitzen kratzen würden.

An seinem Hals pulsierten seine Adern, und der geöffnete Knopf des Hemdes gewährte Einblick auf den Ansatz seiner Brustbehaarung. Ein Schweißtropfen bahnte sich den Weg über seinen Hals und verschwand im locker geöffneten Hemd. Wie es wohl wäre, wenn ich das Hemd weiter aufknöpfte und seine Haut berührte? Wie würde es sich anfühlen, seinem Körper so nahe zu sein?

Erschrocken über meine eigenen Gedanken, trat ich einen Schritt zurück und wandte mich den Turnierrichtern zu. Die hatten die Köpfe zusammengesteckt und berieten sich vermutlich über die Punktzahl, die sie uns geben würden.

»Wie sieht es aus, meine Herren?«, fragte Konrad und schritt gelassen auf die Juroren zu. Kein Wunder, dass er mich für gleichmütig hielt. Mir mangelte es gänzlich an derart offenen Umgangsformen.

Sofort wandten sich die Männer an uns, blickten uns freundlich entgegen.

»Sehr gut, Herr Ahnen. Sie können zufrieden sein mit Ihrer Leistung!«

»Mit unserer Leistung!«, verbesserte Konrad den Richter salopp und blickte zu mir.

»Natürlich. Allerdings mussten wir Ihnen beiden aufgrund von unkorrekter Ausführung seitens Fräulein Wolf einen Punkt abziehen«, meinte der und erklärte uns den Weg zur letzten Station.

Unkorrekte Ausführung? In mir war wieder dieses Brodeln, das ich immer verspürte, bevor ich Menschen mit meinen Vorwürfen bombardierte.

Doch noch ehe ich meinen Mund geöffnet hatte, spürte ich Konrads Hand. Er legte sie nur leicht an meinen Oberarm, kaum spürbar, und doch fühlte ich mich sofort ruhiger.

»Sie haben bestimmt recht«, meinte Konrad zum Richter. »Ihren Augen entgeht auch rein gar nichts!« Konrad lachte.

Es war kein echtes Lachen, aber es hob die Laune des Richters, von dessen Gunst schließlich die Nominierung des Siegers abhing. Ich verstand. Und ich schwieg.

Vor uns lag eine lange Wegstrecke, die durch Wälder und über Geröll führte und die uns wieder in Richtung Eichgraben bringen würde. Nach der letzten Prüfung sollten wir uns am Dorfplatz einfinden, wo wir gemeinsam auf die restlichen Teilnehmer und die Verkündung der Gewinner warten sollten. »Dort werden Sie mit Getränken und einer kräftigenden Mahlzeit versorgt.«

Allein beim Gedanken an eine warme Mahlzeit verspürte ich einen schrecklichen Appetit in mir aufkeimen.

»Nur noch eine Prüfung!«, meinte Konrad an mich gewandt. Gemeinsam machten wir uns auf den Weg und tauchten ein in die Kühle des Waldes.

»Danke!«, sagte ich und meinte es so. »Für alles. Du hättest nicht mit mir antreten müssen, das weiß ich. Und wenn du nicht gewesen wärest, hätte ich den Richter wegen des Punktabzugs beschimpft. Ich weiß nicht, warum ich so bin. Ich möchte es nicht. Es ist nur ... ich ...«

»Ich weiß schon, Hedwig«, erwiderte Konrad so weich und warm, dass mir danach war, mich an ihn zu schmiegen.

»Hättest du gedacht, dass wir so weit kommen?«, fragte er und strich stolz über das Gefieder seines Gerfalken.

»Sagen wir so: Ich hätte nicht gedacht, dass *du* so weit kommst!«

»Das ist ein Scherz, nicht wahr?«

»Ja, ist es!«, sagte ich und lachte.

»Sie hat tatsächlich einen Scherz gemacht!«, meinte er verblüfft und sah mich an, als wäre ich ihm völlig fremd.

»Hör auf, dich über mich lustig zu machen!«

»Tu ich nicht, versprochen!« Konrads Miene veränderte

sich. Hatte er eben noch fröhlich gewirkt, so schien er mit einem Mal ernst zu sein.

»Ich muss dir etwas sagen!«, meinte er leise und blieb stehen. Das Licht hier im Nadelwald war düster und die Luft angenehm frisch. Etwas entfernt knackten Äste, und irgendwo bearbeitete ein Specht einen Baumstamm.

»Was?«, fragte ich und merkte, wie seine plötzliche Ernsthaftigkeit mich verunsicherte.

»Es ist so ...« Er zögerte, wich meinem Blick aus und kaute an seiner Unterlippe. Und plötzlich war ich nicht sicher, ob ich bereit war für das, was er zu sagen hatte.

»Vielleicht ist es besser, wenn wir uns auf den Weg machen und diese Sache im Ziel besprechen?«, fragte ich vorsichtig und bedachte Konrad mit einem Blick, von dem ich hoffte, dass er sanft war.

»Du hast recht. Sehen wir zu, dass wir uns den Sieg holen.«

»Wir? Du vergisst, dass wir ab sofort die letzte Prüfung wieder getrennt abzulegen haben. Wir sind wieder Rivalen.« Ich lachte und funkelte ihn überspitzt an.

»Wir sind wieder Rivalen? Wenn das so ist ...« Er ließ den Satz unausgesprochen in der Luft hängen und zwinkerte mir spitzbübisch zu. Dann wandte er sich von mir ab und begann zu rennen.

»Wir sehen uns im Ziel, Hedwig Wolf! Ich warte da auf dich!«, rief er belustigt über seine Schulter hinweg zu mir und erhöhte sein Tempo.

»Das kannst du vergessen!«, rief ich und begann ebenfalls zu rennen. Anfangs war mir, als schmerzte jeder einzelne Muskel und jeder Knochen vom kräftezehrenden Turnier. Aber schon nach wenigen Schritten schien mein Körper sich damit abzufinden, dass er zu funktionieren hatte, und die Schmerzen wurden erträglicher.

Ich rannte hinter Konrad her, behielt ihn im Blick, sprang über Wurzeln und bemoostes Gestein. Und während ich versuchte, ihn einzuholen und zu überholen, empfand ich eine Freude, die sich nur schwer erklären ließ. Es machte nicht den Eindruck, dass wir Rivalen waren, vielmehr querten wir gemeinsam mit unseren Greifvögeln den Wald. In diesem Moment spielte es keine Rolle, wer das Turnier gewinnen würde. Wir waren eine Einheit, gehörten zusammen, rannten im selben Tempo und empfanden dabei ein Gefühl von Freiheit, wie es nur hier in der Natur möglich war. Und für einen kurzen Augenblick war da diese Frage in meinem Kopf, wie es wohl wäre, wenn ich nicht länger allein wäre, wenn da jemand wäre, mit dem ich meine Leidenschaft für die Jagd teilte. Wie würde es sich anfühlen, mein Leben mit einem Menschen zu teilen, mit ihm zu jagen und den Alltag zu bestreiten? Wie wäre es, wenn es einen Mann gäbe, der mein Herz höherschlagen ließe, nach dessen Berührung ich mich sehnte und in dessen Umarmung es mich drängte? Und was, wenn dieser Mann Konrad wäre? Unsere Herzen waren eins geworden, das sagte jeder Blick von ihm. Wir waren längst keine Rivalen mehr.

Konrad rannte, vergrößerte den Vorsprung, während meine Lungen vom schnellen Lauf brannten. Ich wollte ihn einholen, wurde noch übermütiger, rannte schneller, sprang höher – und wurde unachtsam, stolperte und verlor den Halt. Es war, als fiele ich nur ganz langsam zu Boden, als könnte ich den Sturz verhindern, ihn ausbalancieren. Und doch näherte der Boden sich mir mit rasanter Geschwindigkeit. Unausweichlich. Und ich begriff, dass ich keine Chance hatte, dass ich auf dem Waldboden aufprallen würde und ich nur noch hoffen konnte, meinen Bussard nicht zu verlieren. Ich sah noch zu Nepomuk und krallte mich an seinem Geschühriemen fest. Er flatterte aufgeregt, während er mit mir zu Boden gerissen wurde. Kurz vor dem Aufprall kniff ich meine Augen zu und versuchte, mich möglichst geschützt abzurollen, um meinen Rücken und meinen Kopf nicht zu verletzen.

»Verdammt!«, fluchte ich, nachdem ich auf dem Waldboden gelandet war. Der Blick auf den unverletzten Nepomuk ließ mich erleichtert aufatmen. Er hatte im Sturz seine Lederhaube verloren, aber die war bestimmt schnell gefunden und wieder aufgesetzt. Hätte ich Vaters Bussard jetzt und hier verloren oder verletzt, hätte ich mir das nie verzeihen können. All die Strapazen des Turniers wären umsonst gewesen, mein Sieg für immer verloren.

Mein Hintern schmerzte, aber ansonsten war ich unverletzt. Ich blickte zu Konrad, doch der hatte meinen Sturz nicht bemerkt und war weitergelaufen. Inzwischen war er so weit entfernt, dass er mein Rufen nicht mehr hören würde.

Mühsam setzte ich mich auf, verschaffte mir einen Überblick. Ich musste aufstehen, weiterlaufen und Konrad einholen.

»Bleib schön, wo du bist!«

Erschrocken wandte ich mich um und blickte in Bartl Hufners Gesicht.

»Was willst du schon wieder! Mir noch mal eines über den Schädel ziehen?«, fragte ich wenig beeindruckt.

»Weiber wie du widern mich an. Ihr glaubt, euch einen Platz in der Gesellschaft erkämpfen zu können, der euch nicht zusteht.«

»Wenn du denkst, über die Regeln der Gesellschaft bestimmen zu können, dann hast du dich geirrt. Niemanden interessiert deine Meinung«, sagte ich und rieb ächzend über meine Hüften.

Der Blick, mit dem er mich von oben herab bedachte, war so voller Zorn, dass er mich unter anderen Umständen zum

Schweigen gebracht hätte. Aber mein Zorn war noch so viel größer als seiner. Die Wut, weil er der Meinung war, mich erneut von der Teilnahme am Turnier abhalten zu können, war übermäßig. Mir war danach, ihm ins Gesicht zu spucken. Aber als ich versuchte aufzustehen, durchbohrte ein stechender Schmerz meine rechte Hand.

»Bleib schön liegen, hab ich gsagt«, fauchte er und trat mit seinem Stiefel fest auf meine Finger.

»Du spinnst doch!«, schrie ich und versuchte, meine Hand zu befreien. Doch noch ehe ich eine Chance hatte, trat er auf meinen Brustkorb und drückte mich zu Boden. Mit seinem Gewicht raubte er mir den Atem.

»Konrad!«, rief ich, so laut es mir unter diesen Umständen möglich war. Doch ein Blick zu meiner Rechten genügte, um zu sehen, dass Konrad bereits aus meinem Blickfeld verschwunden war.

»Der hört dich nicht mehr!«, meinte Bartl boshaft und verlagerte noch mehr Gewicht auf meinen Brustkorb.

»Willst mich umbringen? Geh runter.« Meine Stimme war dünn und kraftlos, Bartl Hufners Lächeln dafür siegessicher. Alles in mir wollte schreien – gegen den Schmerz und die Wut. Ich war so weit gekommen, und jetzt sollte es an der Zurückgebliebenheit eines Mannes scheitern? In mir tobte es, jeder Muskel stand unter Anspannung und versuchte, sich zu befreien. Am Boden liegend hatte ich allerdings nicht den Hauch einer Chance gegen das satte Gewicht des schwergewichtigen Mannes.

Doch dann fiel mir mein Jagdmesser ein, das ich an meinem Gürtel trug. Ich könnte es dem hinterhältigen Kerl in die Wade treiben, damit er von mir abließ und ich fliehen konnte.

Nepomuk flatterte aufgeregt. Auch er versuchte, sich zu befreien. Armer Kerl, er tat mir leid. All die Aufregung hatte er nicht verdient, und doch konnte ich ihn nicht loslassen. Er würde sich in die Lüfte erheben und für immer in der Wildnis verschwinden.

Rasch tastete ich nach der Messerscheide am Gürtel, doch die musste während des Laufs nach hinten an meinen Rücken gerutscht sein. Ich konnte sie nicht ertasten und ließ mich mutlos sacken.

»Gib ihn mir!«, meinte Bartl. Seine Stimme war ein Zischen – boshaft und kalt. Ich folgte seinem Blick hinüber zu Nepomuk.

»Niemals!«, keuchte ich und versuchte, mich erneut unter seinem Gewicht aufzubäumen.

»Gib ihn mir, und ich lass dich frei!«, fuhr er fort. Ich wand mich unter seinem schweren Stiefel, doch verließen mich meine Kräfte, und ich musste mir eingestehen, dass ich dem alten Mann körperlich unterlegen war.

Langsam bückte er sich über mich, ohne dabei seinen Fuß von meinem Brustbein zu nehmen. Er streckte einen Arm aus und griff nach Nepomuks Geschühriemen. Ich krallte mich noch fester an den Lederriemen und schwor mir, ihn niemals loszulassen. Bartl fasste meine Hand und drückte sie so fest, dass ich glaubte, er würde mir sämtliche Knochen brechen.

»Nein!«, wimmerte ich, »ich lasse nicht los. Niemals!«

Bartl lachte kurz auf, schien mich nicht ernst zu nehmen und drückte nur noch fester. Die Kraft in meiner Hand würde mich bald verlassen, das konnte ich deutlich spüren. Und dann? Dann würde Bartl Hufner leichtes Spiel haben und sich Vaters Bussard aneignen. Er würde ihn zu sich nach Hause tragen und keine Skrupel davor haben, mit ihm zur Jagd zu gehen. Schließlich war ich nur eine Frau und er ein Mann, der sich nehmen konnte, wonach ihm der Sinn stand.

Nein, lieber entließ ich Nepomuk in die Freiheit. Sollte er

zurück an seinen Platz an der kleinen Lichtung, wo ich ihn gefunden und eingefangen hatte. Sollte er lieber ein Leben in Freiheit führen als unter der ungerechten Hand des Bartl Hufner.

Ich wusste nicht, welcher Schmerz größer war: der des schweren Stiefels auf meiner Brust oder der Abschiedsschmerz.

»Du kriegst meinen Nepomuk nicht!«, fauchte ich und ließ den Geschühriemen los. Sofort erhob sich mein Bussard aufgeregt flatternd von meiner Faust und flog so schnell hoch, dass Bartl den Lederriemen nicht mehr zu fassen bekam. Nepomuk flatterte den Baumwipfeln entgegen, wurde immer kleiner, bis er schließlich ganz verschwand. Er war weg. Ich schluckte schwer, blickte auf die Leere zwischen den Bäumen, hoffte, wenigstens noch einen kurzen Blick auf Nepomuk zu erhaschen – einen letzten. Mein Herz quoll über vor Traurigkeit, die sogar meinen Zorn auf Bartl weichen ließ. Der Bussard war Vaters Vogel gewesen. Nun war er weg. Und mit ihm das Gefühl von Vaters Nähe. Seinem Stolz. Der Wald verschwamm unter einer Wand aus Tränen, die satt und schwer über meine Wangen perlten.

Mach's gut, sagte ich in Gedanken und schloss dann die Augen.

»Dumme Kuh! Lässt den Bussard los«, raunte Bartl und stieß seinen Stiefel hart gegen meine Schulter. Doch das war mir in diesem Augenblick egal. Mein Zorn war versiegt. Ich hatte verloren. Alles. Es gab nichts mehr, für das ich kämpfen konnte. Ein Gefühl von kalter Leere breitete sich in mir aus und drückte mich gegen den harten Waldboden.

Plötzlich fühlte ich mich wie ein kleines Mädchen, das zu große Träume gehabt hatte. Träume, die in Wahrheit lächerlich waren und niemals auch nur eine Chance auf Erfüllung gehabt hatten.

»Am liebsten würd ich dich ohrfeigen, weil du das dümmste Weib bist, das mir je begegnet ist!«, meinte Bartl und hob drohend seine Hand hoch.

»Halt!«, hörte ich jemanden rufen und wandte mich um. Es war Konrad, der uns entgegenrannte. Noch nie hatte ich jemanden so schnell laufen gesehen. Seine Miene wirkte finster und angestrengt. Mit lang gezogenen Schritten überwand er jeden Stein und jede Wurzel. Es war, als würde er über den Waldboden fliegen.

Erschrocken über die Störung, ließ Bartl seine Hand sinken und starrte Konrad entgegen. Der Gerfalke saß trotz Konrads schnellem Tempo regungslos auf der Faust und trotzte jeder Erschütterung. Die beiden – Konrad und Fürst – wirkten wie unerschrockene Jäger. Fokussiert.

Bartl rührte sich nicht.

»Komm her, du Feigling!«, schrie Konrad vor Wut schäumend während seines Sprints. Konrad fasste Bartl am Oberarm und zog ihn zu sich. Durch die Überraschung taumelte der einen Schritt zurück, sodass ich endlich unter ihm freikam. Sofort schlüpfte ich in meinen Lederhandschuh und nahm Konrad seinen Gerfalken ab.

Bartl hob ergeben beide Arme, wimmerte und sackte schon nach Konrads erstem Faustschlag zu Boden. Konrad erhob seine Hand zu einem weiteren Schlag, doch dann zögerte er und ließ seinen Arm langsam wieder sinken.

»Du solltest dich schämen«, rief er mit einem bedrohlichen Unterton in der Stimme, den ich von ihm noch nie gehört hatte.

»Verschwinde!«, sagte er zu Bartl, der sofort das Weite suchte, und dann kam Konrad auf mich zu.

»Was ist passiert?«, fragte er und begutachtete mein Gesicht und meinen Körper.

»Es ist nichts«, sagte ich, obwohl ich meine Hand noch

immer nicht schmerzfrei bewegen konnte. »Aber Nepumuk ist weg. Er ist ...« Ich blickte hoch zu den Baumwipfeln, durch die Nepomuk eben geflogen war. Meine Stimme zitterte und brach ab. Ich griff an meinen Hals, um den brennenden Schmerz in meiner Kehle zu lindern.

»Das tut mir so leid«, meinte Konrad und legte eine Hand an meine Schulter. Doch anstatt mir Trost zu spenden, verschlimmerte diese Geste den Verlustschmerz in meiner Brust.

»Mir auch«, hauchte ich und wischte rasch ein paar Tränen aus meinen Augenwinkeln und fühlte mich so unsagbar schwach und leer.

»Ich fühle mich so dumm, weil ich tatsächlich an meinen Sieg geglaubt habe«, sagte ich und ließ den bohrenden Schmerz in meiner Brust zu.

»Nicht nur du hast an deinen Sieg geglaubt«, meinte Konrad und griff tröstend nach meiner Hand.

Sofort merkte ich, wie sich meine Augen erneut mit Tränen füllten. Ich weinte und lachte. Es war ein weinendes Lachen – schmerzhaft und voller Trauer. Noch nie hatte ich mich so schwach gefühlt und so überrumpelt. Ich glaubte, noch immer den schweren Stiefel des Bürgermeisters auf meiner Brust zu fühlen, der mich auf den Boden drückte und mich meiner Freiheit beraubte. Noch nie zuvor hatte mich jemand derart unterjocht. Gegen die Kraft des alten Mannes war ich völlig hilflos gewesen, und ebendiese Hilflosigkeit schien sich in mir festzusetzen und mich meines Mutes zu berauben. Meine Schultern sackten tiefer, und mein Blick wanderte hinab zu meinen Lederstiefeln.

»Es ist noch nicht vorbei!«, sagte Konrad und trat nahe an mich heran.

»Was meinst du?«, fragte ich und blickte ihm in die Augen.

»Das Turnier, es ist noch nicht vorbei.«

»Für dich vielleicht, für mich allerdings schon. Ich habe keinen Greifvogel mehr«, sagte ich und wischte mit dem Ärmel meine Wangen trocken.

»Doch, hast du«, meinte Konrad und zeigte mit dem Kinn auf Fürst, der immer noch auf meiner Faust saß.

»Wie meinst du das?«, fragte ich, obwohl ich sehr wohl wusste, was er vorhatte.

»Fürst ist der beste Greifvogel im Turnier. Besser noch als Nepomuk. Und du bist die beste Jägerin. Ihr beide könnt die anderen endgültig in den Schatten stellen, glaub mir.«

Mir war danach, das Angebot abzulehnen. Ich konnte doch nicht zulassen, dass Konrad meinetwegen ausschied.

»Ich möchte es so!«, sagte er und umfasste mit beiden Händen mein Gesicht.

»Also gut!«, sagte ich und lachte tränenerstickt auf. »Ich werde gewinnen. Für mich, aber auch für dich. Es wird unser Sieg, versprochen.«

»Unser Sieg. Das gefällt mir«, sagte er und lächelte mich so selig an, dass ich meine Schmerzen endgültig vergaß.

»Ich weiß«, erwiderte ich und legte meine Hand an seine Wange. Vorsichtig strich ich über sein Kinn, fühlte seine Bartstoppeln und die Wärme seiner Haut. Das war die Nähe, nach der ich mich seit unserem Kuss auf Wilhelms Ball gesehnt hatte. Konrad und ich. Nur wir beide und der Gleichtakt unserer Herzen. Ohne zu zögern, stellte ich mich auf meine Zehenspitzen und küsste ihn. Alles in mir atmete auf, als unsere Lippen sich berührten. Nichts spielte mehr eine Rolle, nur noch diese Nähe, die mich umschlang und mich jede Enttäuschung vergessen ließ. Die Zärtlichkeit, mit der Konrads Lippen die meinen erkundeten, überschwemmte mich mit Gefühlen, von denen ich keine Ahnung hatte, dass sie existierten. Dieser Kuss dufte nicht enden, sonst würde ich erneut an meiner Einsamkeit zerbrechen. Konrad umarmte mich, drückte mich an sich, als fühlte er dieselbe Furcht. Wenn ich ihn verlor, dann verlor ich auch mich. Dieser Gedanke drängte mich noch näher an ihn. Seine Lippen waren so weich und sanft, dass sie jeden meiner Gedanken berührten, jede Hoffnung nährten und jedes graue Gefühl hell erstrahlen ließen.

Als Konrad sich von meinen Lippen löste, stand ich da, verloren und erfüllt zugleich. Mit geschlossenen Augen fühlte ich dem Traum nach, in den Konrad mich soeben begleitet hatte. Ich war noch nicht bereit, mich davon zu lösen, die Augen zu öffnen und mich im Wald wiederzufinden, in dem ich eben noch Opfer von Bartls Gewalt gewesen war.

»Du musst los«, flüsterte er und küsste mich auf die Stirn.

»Ich weiß«, sagte ich.

»Na los, holt euch den Sieg. Ich erwarte euch am Dorfplatz – als Gewinner!«

Ich nickte, holte mich mit aller Kraft zurück ins Hier und Jetzt. Fürst saß auf meiner Faust, vor mir lag der Abhang, der mich nach Eichgraben führte. Ich kontrollierte den Sitz meines Gürtels und des Messers, atmete tief ein und aus. Dann blickte ich in Konrads Gesicht und erwiderte sein gutmütiges Lächeln.

»Du wirst nicht lange warten«, versprach ich und schmunzelte.

»Und nimm den hier als Glücksbringer«, meinte Konrad und setzte mir seinen grünen Filzhut auf den Kopf.

»Danke!«, sagte ich, und nach einem letzten Blick in sein Gesicht rannte ich los. Fürst saß entspannt auf meinem Handschuh und schien sich am spontanen Besitzerwechsel nicht zu stören. Fürst. Konrad. Der Kuss. Ein Strahlen breitete sich über mein Gesicht aus und durchströmte meinen gesamten Körper. Und da begriff ich, dass Liebe die stärkste Kraft war und sie alles zu überwinden vermochte.

KAPITEL 23

Bei der letzten Station angekommen, staunten die Turnierrichter nicht schlecht, als sie mich mit einem Gerfalken in Empfang nahmen. Ich konnte es förmlich in ihren Augen sehen und in den Blicken, die sie austauschten, dass sie nicht sicher waren, ob sie mir den Vogel, der nur für den Adel bestimmt war, abnehmen sollten oder nicht. Und doch schwiegen sie einvernehmlich – vermutlich weil sie keine Diskussion mit dem Grafen riskieren wollten.

Ich war so weit gekommen. Und diesen Erfolg hatten so viele Menschen mitgetragen. Grafen Hohenberg, der sich für mich starkmachte, weil er an mich glaubte. Konrad, der mir seinen Falken anvertraute, um mir den Sieg zu sichern. Ich fühlte mich auf ungeahnte Weise erfüllt und glücklich. Ich, die Einzelgängerin, hatte plötzlich Menschen an meiner Seite, die mich wohlwollend und selbstlos unterstützten. Hatte ich mir am Ende ein falsches Bild gemacht in all den Jahren meines Einsiedlerdaseins?

In diesem Moment schwor ich mir, dass ich gewinnen würde. Nicht nur für Valerie und mich, sondern auch für Graf Hohenberg und Konrad. Es wäre unser gemeinsamer Triumph – ich hätte den Sieg ohne ihre Mithilfe nicht für mich verbuchen können. Er wäre nur möglich, weil jeder seinen Teil beitrug. Nie im Leben hätte ich es für möglich gehalten, und doch war es so: Die Gemeinschaft ließ mich über mich hinauswachsen. Graf Hohenberg, Konrad und ich – wir waren als Verbündete unschlagbar.

Man würde mir den Pokal und das Preisgeld nur ungern übergeben, das war mir bewusst. Aber das spielte keine Rolle für mich. Alles, was zählte, war der erste Schritt, den ich nicht nur für mich, sondern für alle Frauen machte. Warum sollte die Beizjagd nur Männern vorbehalten sein, wo eine Frau doch mindestens so viel Gespür für den Jagdvogel entwickeln konnte?

»Sie treten für Graf Hohenberg an, nicht wahr?«, fragte der Turnierrichter und suchte auf der Teilnehmerliste nach dem passenden Namen.

»Ja, ich bin anstelle des Grafen hier«, sagte ich und hob mein Kinn an.

»Bist du bereit für die letzte Aufgabe?«, fragte ein weiterer Turnierrichter und krault durch seinen fülligen weißen Vollbart. Mit durchdringendem Blick wollte er mich verunsichern, doch das würde ihm nicht gelingen. Nicht nach diesem Tag.

Vermutlich sah ich schrecklich aus: die Kleidung nach zwei Überfällen und dem langen Marsch verschmutzt, an der Schläfe eingetrocknetes Blut und die Frisur vermutlich eine Katastrophe.

»Frauen haben in der Jagd nichts zu suchen!«, meinte der weißhaarige Richter mürrisch und drehte an den Enden seines Bartes.

»Ich kann es nicht mehr hören! Diesen Satz hat man mir heute schon unzählige Male gesagt, und doch stehe ich hier – als Erste, wie mir scheint!«

»Das bedeutet nur, dass du dich durchgeschummelt hast, nicht dass du die Beste bist.«

Ich schüttelte den Kopf und lachte kurz auf.

»Nennt man das Schummeln, wenn man sich mehr als einmal gegen einen Überfall zur Wehr setzen muss?« Mit finsterer Miene sah ich in die Runde der selbstgefälligen Männer.

»Ihr solltet euch alle schämen«, spuckte ich ihnen förmlich entgegen. »Die meisten von euch haben meinen Vater gekannt und wissen, wie gut er war, wenn es um die Beizjagd ging. Keiner konnte ihm das Wasser reichen, und ich bin die Einzige, der er sein gesamtes Wissen weitergegeben hat. Warum also sollte ich nicht das Zeug dazu haben, an diesem Turnier teilzunehmen und es zu gewinnen?«

Einer der Richter wich meinem Blick aus, ein anderer hielt ihm stand, der dritte schluckte schwer.

»Dies hier ist die letzte Prüfung von allen, die ich heute bereits mit Bravour gemeistert habe. Wenn ihr der Meinung seid, ich habe mir den Platz hier nicht verdient, dann gebt mir doch einfach die schlechteste Punktwertung. Ich kann nur hoffen, dass euch heute Nacht nicht das schlechte Gewissen drückt.«

Ich rückte Konrads Hut zurecht, der mir in die Stirn gerutscht war, und fuhr fort: »Aber sagt mir nicht, ich hätte hier nichts verloren, denn glaubt mir: Ich habe hier mehr verloren, als mir lieb ist.« Ich atmete schwer aus und dachte an Nepomuk. Wären Konrad oder Hohenberg hier, sie würden mit den Augen rollen und sich wünschen, ich hätte die letzten Sätze nicht gesagt. Und ein Stück weit hoffte ich das sogar selbst. Immerhin hatte ich riskiert, dass man mich nun nicht mehr nach meiner Leistung bewertete, sondern nach meinem Benehmen.

»Sie denken, Sie sind die Beste? Dann überzeugen Sie uns!«, meinte der weißbärtige Richter und belächelte mich spöttisch.

Einer der anderen beiden Turnierrichter wies mich in die letzte Prüfung ein.

»Ein Kinderspiel, Sie werden sehen«, meinte er und wies mit einer Hand hinter sich auf die brach liegende Wiese.

»Wie Sie sehen, haben wir hier einen Hindernisparcours aufgebaut.«

Ich folgte seinem Fingerzeig und sah auf Holzstäben aufgestellte Ringe in verschiedenen Größen.

»Ich werde Ihren Gerfalken übernehmen und ihn am anderen Ende des Parcours auf Ihr Kommando loslassen. Der kürzeste Weg zu Ihnen führt genau durch die aufgestellten Ringe – und den sollte er auch einschlagen, wenn Sie die volle Punktzahl erreichen wollen.«

»Er muss durch alle Ringe fliegen?«, fragte ich, um mich zu vergewissern, dass ich die Aufgabenstellung richtig verstanden hatte. Tatsächlich war das eine Übung, die ich noch nie zuvor probiert hatte. Weder mit Avis noch mit Nepomuk, und natürlich nicht mit Fürst. Hinzu kam, dass ich zu Fürst kaum eine Bindung hatte. Warum also sollte er durch Ringe fliegen, die er nicht kannte.

Aber was, wenn Konrad sich auf diese Übung vorbereitet hatte und Fürst wusste, dass er durch die Ringe fliegen musste, um seine Belohnung zu kassieren?

Als ich Konrads Gerfalken an den jungen Turnierrichter übergab, versuchte ich mich gedanklich mit Fürst zu verbinden. Zwischen Avis und mir existierte diese unsichtbare Verbindung seit Jahren. Manchmal hatte ich den Eindruck, er wusste ohne jedes Wort, ohne Fingerzeig oder einen weisenden Blick, was ich von ihm erwartete. Mit Avis auf Jagd zu gehen war, wie in sein Lieblingskleid zu schlüpfen oder auf dem weichsten Kissen einzuschlafen. Es war eine Selbstverständlichkeit. Nepomuk allerdings hatte mich gelehrt, dass nicht alles an der Beizjagd eine Selbstverständlichkeit war.

Mit ihm hatte ich Momente erlebt, in denen er seine erlegte Beute nur ungern abgab oder er erst nach längerem Überlegen auf meine Hand zurückkehrte. Aber vermutlich war das Nepomuks Jahren in Freiheit geschuldet.

Fürst hingegen kannte keine Freiheit – und das vereinfachte jede Prüfung. Zumindest hoffte ich das.

Wieder beobachtete ich, wie man Konrads Jagdvogel von mir wegtrug, und mit jedem weiteren Schritt des Richters spürte ich mein Herz schneller schlagen. Die Aufregung wuchs und auch die Unsicherheit.

Ich sammelte meine Gedanken und konzentrierte mich auf Fürst, der völlig entspannt auf der Faust des Richters thronte.

Am Beginn des Parcours blieb der Turnierrichter stehen und positionierte sich so, dass Fürst dem ersten Ring kaum ausweichen konnte. Dann sah der junge Mann in meine Richtung und nahm Blickkontakt mit mir auf. Ich nickte ihm zu, und er nickte zurück. Sobald ich Fürst mit einem Ruf zu verstehen gäbe, dass er sich auf den Weg zu mir machen sollte, würde er den Geschühriemen loslassen – und dann würde sich herausstellen, ob Fürst jemals in einem solchen Hindernisparcours trainiert worden war.

Für einen kurzen Moment schloss ich die Augen, sammelte mich, versuchte, präsent zu sein. Ein tiefer Atemzug, und dann öffnete ich die Augen und rief laut und mit heller Stimme: »Hier!«

Ohne zu zögern stemmte Fürst sich vom Lederhandschuh des Richters ab. Mein Herz setzte ein paar Schläge aus, während ich mit all meiner Konzentration die ersten Flügelschläge des Gerfalken verfolgte.

Flieg durch den Ring! Flieg durch den Ring!, wiederholte ich in Gedanken und erschuf ein Bild vor meinem inneren Auge, in dem Fürst seine Flügel an den Körper presste, um durch den Ring gleiten zu können.

»Hier!«, rief ich noch einmal und ging einen Schritt zurück, um seine Aufmerksamkeit auf mich zu lenken.

Und tatsächlich schoss Fürst durch den metallenen Ring, direkt auf mich zu, dann durch den zweiten, und ohne auch nur ansatzweise eine andere Richtung in Betracht zu ziehen, durchflog er auch noch den dritten. Ich hob meine linke Hand an, um ihm zu signalisieren, wo er landen sollte.

Um sein Tempo zu drosseln, breitete Fürst seine Flügel und streckte die Beine mit gespreizten Krallen von sich. Und ehe ich michs versah, saß er auf meiner Faust und blickte mir erwartungsvoll in die Augen.

Alles war so schnell gegangen, so reibungslos, dass ich nicht sicher war, was ich empfinden sollte. Es war ein Gefühl, das an Durcheinander nicht zu überbieten war. Glück, Erleichterung, Schwermut und Stolz mischten sich mit jedem Herzschlag neu und entfachten in mir eine Berg-und-Tal-Fahrt der Gefühle. Mit einem Griff in meinen Lederbeutel holte ich einen großen Brocken Fleisch hervor, den ich genau für diesen Moment aufgespart hatte. Zwar für Nepomuk, aber der säße inzwischen bestimmt im Geäst einer Fichte und freute sich über die zurückgewonnene Freiheit.

»Das hast du dir verdient«, sagte ich zu Fürst, als der gierig am Fleisch zupfte.

Ich hatte es geschafft. Ich hatte das Turnier mit all seinen Prüfungen bestanden. Ob meine Punktanzahl für den Sieg reichte, würde ich erst später im Dorf erfahren, aber eines war sicher: Ich hatte jede einzelne Aufgabe mit Bravour gemeistert, hatte mich nicht unterkriegen lassen und hatte die letzte Aufgabe sogar mit einem Vogel gemeistert, der nicht meiner war und mit dem ich kein einziges Mal trainiert hatte.

Konrad. Ihm verdankte ich diesen Triumph. Ein warmes Gefühl breitete sich in meiner Brust aus, als ich an ihn dachte und mich darauf freute, ihm am Dorfbrunnen entgegenzulaufen.

Ungeduldig wandte ich mich an die Turnierrichter, die sich wohl noch über die Punktevergabe berieten. Warum dauerte das so lange? Warum hatten die drei immer noch ihre Köpfe zusammengesteckt? Fürst und ich hatten die Aufgabe doch bestmöglich ausgeführt – warum also dieses zögerliche Verhalten?

»Haben Sie etwas an unserer Ausführung zu bemängeln?«, fragte ich nach einer Weile.

»Zu bemängeln gibt es immer etwas«, meinte der Alte und durchbohrte mich mit seinem mürrischen Blick.

Da war es schon wieder, dieses wallende Gefühl, das mich dazu anhielt, ihm meine Meinung zu äußern. Aber dieses Mal würde ich ihm nicht nachgeben. Ich würde artig warten, bis man mich entließ und zurück ins Dorf schickte. Ich konnte mich benehmen, und in diesem Moment wollte ich es auch, schließlich sollten mir die Richter gesonnen sein.

»Alles gut, Sie können jetzt gehen. Verkündung des Gewinners ist noch diesen Abend am Dorfbrunnen«, meinte der junge Richter und lächelte mir freundlich zu, und ich lächelte zurück. Mit einem angedeuteten Knicks verabschiedete ich mich von den Richtern und marschierte Richtung Eichgraben.

Mit jedem Schritt fühlte ich mich schwerer. Es war, als ob meinem Körper erst jetzt bewusst wurde, was er den gesamten Tag über geleistet hatte. Meine Füße waren schwer und rebellierten vor jedem weiteren Schritt, den sie gehen sollten. Meine Schläfe erinnerte mich pochend an den Überfall, und mein Arm wog so schwer an meinem Körper, dass ich Fürst und den wuchtigen Lederhandschuh am liebsten auf der Stelle losgeworden wäre. Ein Blick hinab ins Tal zeugte von dem langen Rückweg, der noch vor mir lag. Ich schloss die

Augen, ließ mich vom Wind den Weg hinabtreiben und fühlte in mich hinein. Die Freude und die Erleichterung überwogen die Erschöpfung. In Gedanken sah ich mich bereits unten am Brunnen stehen. Man würde mich anstarren, verächtlich und spöttisch. Alle, bis auf Graf Hohenberg und Konrad – die würden strahlen. Und genau für die beiden würde ich freudig ins Dorf einmarschieren. Diesen beiden Männern verdankte ich an diesem Tag alles.

Während meines Abstiegs verdrängte ich den Gedanken, dass ein anderer Teilnehmer das Turnier gewinnen könnte. Für mich stand fest, dass ich die Beste war, denn jetzt und hier fühlte ich mich wie eine Siegerin. Und dieses Gefühl wollte ich so lange wie möglich in mir behalten.

KAPITEL 24

KONRAD

Als ich Hedwig erblickte, wirkte sie größer und erhabener als je zuvor. Voller Stolz trug sie meinen Gerfalken auf ihrem Arm, der von den Strapazen des Turnieres vor Schmerz pochen musste.

Ich erinnerte mich an meine ersten Jagdausflüge mit Fürst und wie unfassbar anstrengend es gewesen war, den Vogel für längere Zeit auf der Faust zu tragen. Doch Hedwig machte den Eindruck, als wäre der Greifvogel keine Last und als könnte sie ihn noch stundenlang durch die Gegend tragen. Hedwig zeigte keine Schwäche, niemals. Nur heute, nach unserem Kuss, da hatte ich für einen Augenblick das Gefühl, als wollte sie sich in meinen Armen fallen lassen.

Je mehr sie mir entgegenkam, desto rasanter schlug mein Herz. Was, wenn sie den Kuss von vorher erneut als Fehler abtun würde? Was, wenn sie mich aus ihrem Leben verdrängte, noch ehe ich einen Platz darin bekommen hatte?

Wie sehr ich sie doch verabscheut hatte, für ihre Härte, die sie den Menschen entgegenbrachte, und der Arroganz, zu glauben, dass sie die beste Falknerin war. Heute wusste ich es besser: Sie war die beste! Und das Leben und die Natur hier draußen hatten sie so geformt, wie sie war. Aber hinter ihrer kalten Fassade steckte dieses warmherzige Wesen, das ich nicht mehr aus meinen Gedanken verbannen konnte. Ich wollte in ihrer Nähe sein, sie berühren und ihr in die Augen blicken, in denen sich der Wald spiegelte. Sie war selbstbewusst, und genau das mochte ich sosehr an ihr. Ohne zu zögern, peitschte sie einem die Wahrheit ins Gesicht – und wenn das eine Charakterschwäche war, dann wünschte ich mir, dass sie alle Menschen hatten.

Hedwig schien den Marsch durch die Gasse zu genießen. Alle Blicke ruhten auf ihr und Fürst. Und wenn ich in die Gesichter der Dorfbewohner blickte, dann konnte ich keinen Spott erkennen, sondern vielmehr Verwunderung. Oder auch Anerkennung? Als Erste aller Teilnehmer fand sie den Weg zum Dorfplatz, wo man sich um den Dorfbrunnen versammelt hatte und bei Musik Bier und frischen Apfelmost trank und das Beizjagdturnier als willkommenen Grund sah, zu feiern.

Schmunzelnd beobachtete ich Hedwigs Gang, der dem eines Mannes glich. Sie war eine Kämpferin und heute eine Siegerin, da war ich mir sicher. Niemand sonst hatte es so verdient wie sie, als Gewinnerin aus dem Turnier hervorzugehen – und das würde sie.

Als unsere Blicke einander trafen, erstarrte ich. Gebannt wartete ich auf eine Regung in ihrem Gesicht. Würde sie mich anlächeln oder ihren Blick wieder abwenden?

Sie lächelte. Und wie sie lächelte. Erleichtert seufzte ich auf und spiegelte ihr Strahlen. Und mit einem Mal war mir, als stünde nur ich auf dem Dorfplatz und Hedwig schritt nur mir allein entgegen. Und vielleicht tat sie das auch.

»Sie hat es tatsächlich geschafft, die Hedwig«, meinte eine Frau neben mir anerkennend und begann zu applaudieren. Es dauerte eine Weile, aber nach und nach klatschten immer mehr Leute, freuten sich und jubelten. Und ich übertönte sie alle. Mir wurde bewusst, dass sie nicht nur das Turnier bestanden, sondern einen Sieg für die Frauen erkämpft hatte. So schnell würde keiner mehr an den Fähigkeiten einer Frau in der Jagd zweifeln. Und wer weiß, vielleicht würde schon im nächsten Jahr beiden Geschlechtern die Teilnahme am Falkenjagdturnier in Eichgraben gewährt. Und sie, Hedwig, würde als erste Siegerin eines Falkenjagdturnieres in die Geschichte eingehen.

Alles in mir drängte mich, ihr entgegenzugehen. Und doch hielt ich inne, weil Hedwig diesen Weg allein gehen sollte, weil sie keinen Mann brauchte – aber vielleicht wollte sie ja einen?

»Ich habe es geschafft!«, sagte sie mit einem breiten Grinsen im Gesicht und reichte mir die Hand. Ich drückte ihre Finger zart und konnte fühlen, dass uns nicht nur die Berührung verband, sondern dass zwischen uns mehr bestand, als ich noch heute Morgen zu hoffen gewagt hatte.

»Und wie du es geschafft hast!«, sagte ich und hätte sie nur zu gerne geküsst.

»Aber weißt du was?«, fragte sie mich, während rund um uns immer noch applaudiert wurde, als wäre Hedwig bereits als Siegerin gekürt worden.

»Nein, ich habe keine Ahnung!«, antwortete ich.

»Ich werde die nächsten Tage keinen Greifvogel tragen – für keinen einzigen Schritt!«

Ich lachte und winkte Gustav zu mir, der etwas abseits des Platzes stand und auf Anweisung von mir wartete.

»Ich dank dir für die unglaubliche Leihgabe«, meinte Hedwig an mich gerichtet und übergab Fürst an meinen Stallknecht, der den Gerfalken wegbrachte vom Rummel des Dorfplatzes. Befreit vom Gerfalken und dem Lederhandschuh, rieb sie erleichtert ihren Unterarm, der von den Strapazen gerötet war. An ihrer Schläfe klebte noch immer Blut, ihre Haut war mit Staub überzogen, und ihre Haltung wirkte erschöpft. Und doch sah sie so glücklich aus wie noch nie. Ich hoffte von ganzem Herzen, dass ich einen Teil dieses Glücks ausmachte.

Die Menschen hatten sich von uns abgewandt und erwarteten die nächsten Falkner, die das Turnier hinter sich gebracht hatten und am Dorfplatz eintrafen.

Ohne darüber nachzudenken, nahm ich Hedwig an der Hand und ging mit ihr hinüber zum Gasthof. Ohne sich meiner Berührung zu entziehen, folgte sie mir durch das Gedränge.

»Du hast bestimmt Hunger, oder?«, fragte ich über die Schulter hinweg.

»Und wie! Ich könnte ein ganzes Karnickel vertragen!«

Etwas abseits nahmen wir an einem freien Tisch Platz.

»Dann hast du mit Fürst die letzte Aufgabe gemeistert?«, fragte ich, während wir auf die Kellnerin warteten.

»Fürst hat den Hindernisparcours spielend hinter sich gebracht.«

»Ja, den mochte er immer besonders gerne«, antwortete ich stolz.

»Wann habt ihr den geübt?«

»Durchgehend, seitdem ich in der Ausschreibung gelesen habe, dass er Teil einer Prüfung sein wird.«

»Tja, ich habe nie irgendwelche Unterlagen erhalten.«

»Dafür aber den besten Gerfalken, der durch jeden noch so kleinen Ring saust, um das beste Stück Fleisch zu ergattern.«

Hedwig wurde nachdenklich und wich meinem Blick aus.

»Du hast alles richtig gemacht!«, versicherte ich und bot ihr über den Tisch hinweg meine Hand an. Doch sie griff nicht danach, sondern lehnte sich in ihren Stuhl zurück.

»Worüber denkst du nach?«, fragte ich sie, doch sie blickte schweigend zum Dorfbrunnen hinüber.

»Der Graf hätte sich blamiert und hätte das Turnier vermutlich beim ersten Schriftführer beendet, weil der ihm schöne Augen gemacht hätte.«

Hedwig lachte und sah mich an.

»Du hast recht.«

»Und ich hole mir den Sieg einfach im nächsten Jahr!«

»Das hättest du wohl gerne.« Ihre Augen funkelten.

»Manches Mal muss man etwas in Kauf nehmen, um ein Ziel zu erreichen. Und das hast du. Im nächsten Jahr wird dir niemand die Teilnahme am Turnier verwehren, das kannst du mir glauben. Und den Grundstein dafür hast du heute gelegt.«

»Du hast wieder recht!«, meinte sie lächelnd und lehnte sich gegen die Tischkante, um meine Hand fassen zu können. Ihre Hand zu halten hatte etwas Vertrautes, das ich nicht mehr missen wollte. Mit jedem Atemzug wünschte ich mir, dass sie fortan Teil meines Lebens sein würde.

»Das war ein verrückter Tag, nicht wahr?«, fragte sie und strich mit ihrem Daumen über meine Fingerknöchel.

»Verrückter als jeder andere vorher«, sagte ich und hatte Angst, dass meine Miene verriet, wie sehr ich ihr verfallen war. Aber womöglich brauchte sie genau das, um zu sehen, dass wir zusammengehörten und ich es ernst mit ihr meinte.

»Bestimmt sehe ich schrecklich aus«, meinte sie und griff sich in die zerzauste Frisur.

»Du hast nie bezaubernder ausgesehen«, sagte ich und meinte es so.

»Du lügst!«

»Und wennschon, lass mich.«

Hedwig legte ihren Kopf schief und lächelte mich an.

»Ich war noch nie zuvor bei einem Falkenjagdturnier«, sagte ich, nachdem wir uns einen Krug kühles Bier bestellt hatten. »Wie lange wird es dauern, bis die Turnierrichter die

Punkte aller Teilnehmer ausgewertet haben und die Siegerehrung beginnt?«

»Kommt ganz darauf an, wann der letzte Falkner alle Aufgaben durchlaufen hat«, antwortete sie.

»Verstehe.«

Wir aßen gemütlich unsere bestellte Brotzeit, wobei ich es kaum schaffte, den Blick von Hedwig zu wenden. Noch nie zuvor hatte ich eine Frau mit einem solchen Appetit gesehen.

»Störst du dich an meinen Tischmanieren?«, fragte sie, nachdem sie einen großen Bissen vom Speckbrot genommen hatte.

»Nein«, sagte ich klar und deutlich. »Vielmehr stört es mich, wenn eine Frau es nicht wagt, ihren Hunger zu stillen, und nur an ihrem Brot knabbert, anstatt abzubeißen.«

»Das liegt an den engen Miedern, welche die Frauen bei euch tragen müssen.«

Bei euch ... diese Wortwahl ließ mich innehalten. Warum nur klang es für mich so, als lebten wir in verschiedenen Welten? Und was, wenn die Kluft zwischen uns so unüberbrückbar war, dass wir keinen gemeinsamen Nenner finden würden?

Ich legte mein Besteck beiseite und lehnte mich zurück. Nachdenklich beobachtete ich Hedwig, die genüsslich einen großen Schluck aus ihrem Bierkrug trank und sich den Mund mit ihrem Handrücken trocken wischte. Noch nie zuvor hatte ich eine Frau so sehr gewollt wie sie. Und doch musste ich mir die Frage stellen, wie sich unsere Zukunft gestalten würde. Ein Leben in Wien wäre ihr Untergang. Sie würde die Freiheit der Berge so sehr vermissen, dass ihr Strahlen mit jedem Tag mehr verblasste und von ihr nur ein trauriges Häuflein Elend übrig bliebe. Ich könnte mir nie verzeihen, wenn ich ihr ihre Freiheit wegnähme und die Lebenskraft, die sie daraus schöpfte. Eingezwängt in ein zu enges Mieder, in einer Gesellschaft, mit der sie nichts verband. Sie würde es mich spüren lassen, jeden einzelnen Tag.

Und ich? Könnte ich in ihre Hütte ziehen? Abseits jeder Gesellschaft? Keine Bälle mehr und keine Opernbesuche? Wohin würde ich meine Geschäftspartner einladen, und wohin sollte ich mit all meinem Hab und Gut?

»Geht es dir nicht gut?«, fragte sie und wirkte dabei ehrlich besorgt.

»Nein, es ist alles gut, glaub mir«, sagte ich und war sicher, dass wir eine Lösung finden würden. Vielleicht nicht heute und womöglich auch noch nicht morgen, aber wenn unsere Gefühle zueinander noch inniger würden, fänden wir einen Ort, an dem wir beide glücklich wären.

KAPITEL 25

HEDWIG

Die Erschöpfung drückte mich schwer in den Stuhl, doch in dem Moment, in dem man die Verkündung des Siegers ausrief, war sie verschwunden. Einfach so war ich völlig wach und spürte keinen Schmerz mehr in meinen Gliedern. Ich schnellte so rasant hoch, dass mein Stuhl kippte und zu Boden fiel.

Die Hand aufgeregt an den Mund gepresst, sah ich zu Konrad, der mir mit einer Gelassenheit entgegenblickte, die mich etwas erdete.

»Komm!«, meinte er, legte noch ausreichend Geld für die Getränke und die Mahlzeit auf den Tisch und stand auf. Gemeinsam gingen wir zum Dorfbrunnen, wo sich bereits alle Turnierrichter aufgestellt hatten. Unter ihnen auch Bartl Hufner, der mich mit einer Verachtung anstarrte, die mir noch nie jemand entgegengebracht hatte. Graf Hohenberg stand als größter Geldgeber mit den Richtern auf der kleinen Tribüne und lächelte mir verschmitzt entgegen.

Er grinste breit. Konnte es sein, dass er mir damit signalisieren wollte, dass ich gewonnen hatte? Nein, diesen Gedanken galt es zu verdrängen. Alles war möglich. Schließlich wusste ich nicht ansatzweise, wie sich die anderen Teilnehmer geschlagen hatten. Während des Turniers hatte ich den Fokus nur auf mich gerichtet und hatte keine Zeit gehabt, mich um meine Konkurrenz zu kümmern. Vielleicht war es irrwitzig gewesen, davon auszugehen, dass ich gewinnen würde. Möglicherweise war diese Einstellung aber auch nötig gewesen, um überhaupt eine Chance zu haben.

Ich war als Erste im Ziel gewesen, aber das war kein Garant dafür, dass ich auch die höchste Punktzahl erreicht hatte. Und mit jeder Minute, die ich wartend verbrachte, war meine Unsicherheit gestiegen.

Sämtliche Teilnehmer gruppierten sich vor der Tribüne, und wenn ich in die Gesichter der Männer sah, erkannte ich dieselbe Erschöpfung, die auch mir zu schaffen machte.

Musik setzte ein und übertönte das Stimmengewirr und Gelächter. Das laute Spiel der Jagdhörner hallte unangenehm in meinen Ohren wider. Was für die anderen eine feierliche Einstimmung auf die Siegerehrung war, war für mich eine Quälerei.

Je länger wir warten mussten, desto unruhiger wurde ich. Hatte ich heute Vormittag noch damit angegeben, die Beste zu sein, so fühlte ich mich nun zwischen all den anderen Falknern klein und nichtig. Was, wenn man nicht meinen Namen verkünden würde, sondern einen anderen?

Endlich verklangen die letzten Takte der Musik, die Hornbläser nahmen ihr Instrument vom Mund, und der Akkordeonspieler stellte seines zu Boden. Alle Blicke waren auf die Turnierrichter gerichtet, die sich bei den Teilnehmern für ihre Fairness bedankten.

Nervös rieb ich meinen Nacken und kaute an meiner Unterlippe. Konrad griff nach meiner Hand und drückte sie leicht.

»Alles wird gut«, flüsterte er mir zu und strahlte dabei, als wäre er der Gewinner des Tages.

»Ich weiß«, antwortete ich und vergaß für einen Moment tatsächlich meine Aufregung.

»So viele Teilnehmer wie noch nie …«, schnappte ich einen Brocken des Richters auf und schluckte schwer.

»Allesamt des Sieges würdig …« Mein Herz pochte so laut, dass ich befürchtete, es würde meinen Brustkorb sprengen.

»Und doch haben wir einen eindeutigen Sieger!«

Ich hielt den Atem an und starrte gebannt auf die schmalen Lippen des Richters.

»Wir freuen uns sehr, bekannt geben zu dürfen …«

Meine Güte, konnte dieser Kerl nicht einfach den verdammten Namen nennen, der auf der Urkunde stand? Ungeduldig trat ich von einem Fuß auf den anderen und kratzte mich am Oberarm.

»… dass der Gewinner des diesjährigen Beizjagdturnieres kein Geringerer ist als …«

Mit weit aufgerissenen Augen sah ich hoch zu Graf Hohenberg, der gelassen zu den Wolken hochblickte, die langsam aufzogen. Wusste er bereits, wer das Turnier gewonnen hatte? Vermutlich, wie sonst könnte er derart besonnen sein.

»… unser hochgeschätzter Graf Hohenberg!«

Sämtliche versammelte Turnierrichter wandten sich Graf Hohenberg zu und applaudierten ihm wohlwollend.

Was? In meinem Kopf herrschte Stillschweigen. Ein großes Loch hatte sich in meinen Kopf gefressen und ließ keinen klaren Gedanken zu.

Ich fühlte die Blicke der anderen Teilnehmer, die auf mich gerichtet waren, während ich entgeistert in Hohenbergs Gesicht starrte und mich fragte, welches Spiel hier gerade gespielt wurde. Als Graf Hohenbergs Blicke die meinen trafen, zog er verwirrt seine Augenbrauen hoch und schüttelte unwissend den Kopf.

Nur einige der Turnierrichter bedachten mich mit vielsagenden Blicken. Und da verstand ich: Ich war zu gut, um mich nicht als Siegerin zu küren, aber indem sie den ersten Platz dem Grafen zukommen ließen, brauchten sie sich nicht der Schmach hinzugeben, einer Frau gratulieren zu müssen.

Es war wie ein fester Hieb in meine Magengegend, und je länger ich in die Gesichter der Richter starrte, desto übler wurde mir. Und doch würde ich mit keinem Zucken meiner Mundwinkel zugeben, wie sehr mich die Entscheidung verletzte. Alle hier wussten, wer der wahre Sieger war. Alle waren dabei gewesen, als Graf Hohenberg heute Morgen mich an seiner Stelle auf den Weg hoch zum Schöpfl geschickt hatte. Alle hatten sie mich angestarrt und belächelt – und nun taten sie es wieder. Ich versuchte, die Blicke der meisten und den Hohn vieler an mir abprallen zu lassen, streckte meinen schmerzenden Rücken noch mehr durch und straffte meine Schultern noch ein Stück mehr. Und doch raubte jede Hand, die Hohenbergs schüttelte, mir zusätzlich den Atem.

Der Wunsch zu gewinnen war so übermächtig gewesen, dass ich vergessen hatte, in welcher Gesellschaft ich lebte. Kein Mann würde zulassen, dass eine Frau sich über ihn stellte. Wie groß musste der Widerwille gegen mein Geschlecht sein, wenn man es nicht schaffte, mir meinen schwer verdienten Platz zuzugestehen und mir persönlich Urkunde und Pokal zu überreichen. Lieber drückten sie das Preisgeld einem Mann in die Hand, der zu keiner einzigen Prüfung angetreten war.

»Aber das ist doch lächerlich!« Es war Konrad, der seine Stimme erhob und sich durchs Getümmel vorschob zur Tribüne.

»Das kann nicht euer Ernst sein!«, fuhr er fort und drängte ein paar der Männer und Frauen beiseite.

»Konrad!«, rief ich scharf zu ihm hinüber. Sofort hielt er inne und sah mich an.

»Tu es nicht!«, sagte ich und schüttelte den Kopf. Unsere Blicke verfingen sich, und er schien mich zu fragen, warum gerade ich ihn aufhielt. Ich, die sonst immer als Erste zur Stelle war, wenn es galt, sich laut und deutlich zu verteidigen. Aber Konrad musste meine Beweggründe nicht verstehen, er musste sich nur zurückhalten. Den Rest könnte ich ihm später erklären. Die Schmach war schon groß genug, ich wollte die Blicke der Anwesenden nicht noch mehr auf mich ziehen. Sollten sie Graf Hohenberg feiern. Ich würde es hoch erhobenen Hauptes überstehen.

Wie versteinert sah ich also zu, wie Graf Hohenberg Pokal, Preisgeld und Urkunde entgegennahm und sich von den Turnierrichtern gratulieren ließ. Und ich ertrug es. Schweigend und mit Fassung.

»Ich bedanke mich herzlich bei Ihnen allen«, meinte der Graf in die Runde gerichtet und hob freudestrahlend seinen Pokal hoch, der in der Sonne blitzte und funkelte.

»Und wenn Sie erlauben, werte Juroren, dann übergebe ich den Gewinn der rechtmäßigen Besitzerin! Hedwig Wolf, kommen Sie bitte hoch zu mir?«

Stille füllte den Dorfplatz, und ein Stich durchbohrte meinen Brustkorb. Die Blicke der Richter würde ich den Rest meines Lebens nicht vergessen. Die hochgezogenen Augenbrauen, die erschrockenen Mienen, die gerunzelten Stirnen, die aufgerissenen Münder.

»Fräulein Hedwig, kommen Sie?«, wiederholte Hohenberg und riss mich aus meiner Starre.

O ja, und ob ich hochkam. Ich bahnte mir einen Weg durch die Anwesenden bis vor zur Treppe, die hochführte zur Tribüne. Ein dicker Kloß erschwerte jeden meiner Atemzüge, aber dieses Mal war es mein Stolz, der mich über die

Maßen rührte. Graf Hohenberg, mein lieber Freund, er würde nie wissen, wie dankbar ich ihm in diesem Augenblick war und wie sehr mich seine Geste rührte.

Bartl Hufner hob noch abwehrend die Hände, als er mich die Treppen zur Tribüne hochsteigen sah, doch das war mir gleichgültig, genau wie Graf Hohenberg. Ein Stück weit hatte ich sogar den Eindruck, dass sich niemand darum scherte.

Ich brauchte keinen Applaus und keine Glückwünsche der Richter. Alles, was ich wollte, war der Pokal, der einzig und allein mir zustand. Ich hatte ihn mir verdient mit Blut und Schweiß. Und ich wollte oben stehen auf der Tribüne, wo alle Teilnehmer mich sehen konnten. Ja, sie sollten sehen, dass eine Frau das Turnier gewonnen hatte und eine Frau ihnen die Stirn bieten konnte. Und sie sollten sich diesen Augenblick einprägen und ihn sich in Erinnerung rufen, wenn sie wieder einmal die Vorhaben und Anstrengungen einer Frau belächelten.

Als ich Graf Hohenberg gegenüberstand, den schweren Pokal entgegennahm und die Blicke jedes einzelnen Anwesenden auf mir spürte, da war mir, als hätte ich alles im Leben erreicht, alles, wofür ich immer gearbeitet hatte, alles, was ich mir seit einer Ewigkeit gewünscht hatte. Mir war, als stünde ich oben auf dem Schöpfl und blickte auf die Welt hinab, die sich mir zu Füßen legte, still und unendlich weit. Mein Herz überschlug sich vor Freude, und gleichzeitig verspürte ich eine schreckliche Traurigkeit in mir, die ich nicht zuordnen konnte. Aber vielleicht war das so, wenn man ein übergroßes Ziel erreicht hatte. Vielleicht war das so, wenn man glücklich war.

»Für Sie, meine liebe Freundin! Ich gratuliere Ihnen von Herzen«, sagte Hohenberg so milde, wie nur er es konnte, und drückte mir den Gewinn in die Hand.

»Ich danke Ihnen, Graf Hohenberg.«

»Sie haben immer gesagt, dass Sie die Beste sind – und jetzt wissen es alle!« Er nahm meine Hand und hob sie hoch über unsere Köpfe.

»Einen Applaus für die Gewinnerin des diesjährigen Falkenjagdturniers – Hedwig Wolf!«, rief Graf Hohenberg feierlich in die Menge, und tatsächlich begannen einige zu klatschen. Vielleicht taten sie es aus Unterwürfigkeit gegenüber dem Grafen, aber sie klatschten. Immer mehr fielen ein in den Applaus, es war wie eine Welle, die um mich herumwogte und mich weit über den Dorfbrunnen hinaustrug. Ich suchte Konrads Gesicht in der Menge, und als ich es fand und er mich strahlend anlachte, da wusste ich, dass ich an diesem Tag so viel mehr gewonnen hatte als das Turnier.

Ich würde diesen Tag, diesen Augenblick, für immer in meinem Herzen tragen und ihn leuchten lassen, wenn ich mich in der Dunkelheit befand.

Siegerin des diesjährigen Falkenjagdturniers. Jetzt, hier oben auf der Tribüne, bejubelt von den Dorfbewohnern und den anderen Teilnehmern.

Erst als ich die Tribüne wieder verließ, wurde mir bewusst, dass der Erhalt des Preisgeldes von zweihundert Kronen auch bedeutete, dass Valerie nach Wien ziehen würde. Zweihundert Kronen – so viel verdiente ich nicht einmal in einem Monat, selbst dann nicht, wenn ich als Jagdbegleitung gut gebucht war. Valerie hätte mit dem Geld einen guten Start in ihre Zukunft.

Sosehr ich ihr immer gewünscht hatte, ihren eigenen Weg zu gehen, so nagend fühlte sich der Gedanke in diesem Augenblick an.

Dieser Tag hatte alles verändert, und an manche dieser Veränderungen würde ich mich erst gewöhnen müssen. Die nahende Einsamkeit oben in meiner Hütte machte mir keine Angst, sie stellte mich nur vor die Frage, wie sie sich wohl anfühlen würde. Oder würde ich am Ende gar nicht einsam sein?

Ich schritt Konrad entgegen, und als ich ihm ins Gesicht sah, spürte ich, dass da noch viel mehr Fragen waren, die es zu beantworten galt. Aber heute, an diesem besonderen Tag, war ich zu müde und zu glücklich, um mich um irgendwelche Antworten zu kümmern. Heute wollte ich feiern und alles Weitere auf einen anderen Tag verschieben.

KAPITEL 26

»Ich wusste, dass du gewinnst!«, meinte Konrad und drückte mich an sich.

»Und ich kann es immer noch nicht glauben!«, erwiderte ich und präsentierte ihm den Pokal, der schwerer in meiner Hand wog als Nepomuk oder Fürst.

»Komm, ich spendiere dir einen Krug Bier, oder ist der Siegerin eher nach einem Glas Doux Champagner?«

»Ich bin nicht sicher, ob ich den Lärm im Gasthof heute noch ertrage«, sagte ich und spürte in meine müden Füße.

»Ich verstehe. Und was, wenn wir beide – nur du und ich – uns auf das Anwesen meines Onkels zurückziehen und dort feiern – weit weg vom Getümmel und dem Lärm hier«, meinte Konrad geheimnisvoll und fasste nach meiner Hand.

»Nur du und ich?«, fragte ich gedankenverloren und überlegte, ob ich bereit war für die Zweisamkeit mit Konrad. Was würde es bedeuten, mich mit ihm zurückzuziehen? Würde er sich mir körperlich nähern wollen? Ein aufgeregter Schauder prickelte durch meinen Körper, und ich konnte schwer sagen, ob er der Angst oder der Vorfreude geschuldet war.

»Aber Valerie …!«, sagte ich und wusste im selben Moment, dass ich meine Schwester nur als Ausrede vorschob.

»Sie wird dich nicht vermissen«, sagte er und strich mit den Fingerspitzen über meinen Unterarm.

»Also gut«, sagte ich und war selbst überrascht über meine Entscheidung.

Und noch während wir uns vom Dorfplatz entfernten und uns dem Anwesen seines Onkels näherten, fragte ich mich, ob ich die richtige Entscheidung getroffen hatte.

»Wir werden nur gemütlich etwas trinken und essen. Vielleicht werde ich dich ein wenig küssen, aber ganz bestimmt nicht mehr – schließlich bin ich ein Gentleman«, meinte er grinsend, so als hätte er meine Gedanken gelesen.

»Ein Gentleman? Du?«, fragte ich und drückte meinen Körper sanft gegen seinen. Konrad legte seinen Arm um meine Taille und lächelte zufrieden – dazu musste ich ihn nicht ansehen, das spürte ich ganz einfach.

Als wir das Haus von Leonhard Ahnen betraten und ich mich in einem bodentiefen Spiegel erblickte, erschrak ich.

»Ich sehe schrecklich aus«, sagte ich, näherte mich dem Spiegel und legte beide Hände an meine Wangen.

»Ach was!«, meinte Konrad und stellte sich hinter mich.

»So möchtest du den Abend mit mir verbringen und mich küssen? Bist du von allen guten Geistern?«, fragte ich und lachte. An der Schläfe war noch immer verkrustetes Blut vom Sturz, die Wunde allerdings sah nicht besonders tief aus und würde in ein paar Tagen verheilt sein. Mein Haar glich einem verwilderten Strauch, und meine Kleidung war schmutzig und wies einige Risse auf.

»Das war ein harter Tag, nicht wahr?«, meinte Konrad, stellte sich hinter mich und legte seine Hände an meine Schultern.

»Du siehst immer noch frisch und sauber aus«, sagte ich und bestaunte sein gepflegtes Äußeres.

»Ich hab das Turnier aber auch nicht gewonnen.«

»Hedwig Wolf?«

Ich drehte mich um und blickte direkt in Leonhard Ahnens überraschtes Gesicht.

»Herr Ahnen, was für eine Freude, Sie so gesund anzutreffen«, sagte ich und knickste.

»Wie ist das Turnier verlaufen?«

»Sie hat es gewonnen, Onkel«, sagte Konrad stolz.

»Tatsächlich«, meinte Ahnen und klatschte erfreut in die Hände. »Darauf sollten wir anstoßen.«

»Unbedingt«, sagte ich, »aber vorher möchte ich mich noch frisch machen, wenn ich darf.«

»Ich zeige dir das Badezimmer und bitte die Kammerzofe, dir warmes Wasser zu bringen«, meinte Konrad und wies mir den Weg.

Als ob ich mich je mit warmem Wasser gewaschen hätte, dachte ich und ließ mich von Konrad die Treppen hochführen.

»Und bestimmt findet sich noch ein sauberes Kleid für dich.«

Ahnens Badezimmer war größer als Valeries und meine Schlafkammer. Alles hier blitzte und strahlte vor Sauberkeit. Beinahe hatte ich Angst, etwas zu berühren, um nichts zu verschmutzen. Ich fühlte mich fehl am Platz und hätte mich am liebsten aus dem Haus geschlichen, um den Berg hochzulaufen und in meiner Hütte die Füße ungewaschen hochzulegen und einfach an nichts mehr denken zu müssen. Und doch blieb ich, sah zu, wie die Zofe Wasser aufgoss und ein paar Leinentücher zum Abtrocknen bereitlegte.

»Soll ich Ihnen helfen?«, fragte die üppige Frau, die meine Mutter hätte sein können.

»Ich schaff das schon, danke«, sagte ich und begann, den Knoten meines Gürtels zu öffnen. Meine Finger zitterten und waren klamm von der immensen Anstrengung des Tages.

»Vielleicht wäre etwas Hilfe doch nicht schlecht!«, sagte ich mit dünner Stimme und blickte bittend in das runde Gesicht der Zofe. Diese kam auf mich zu und öffnete meinen Rock und meine Bluse. Es fühlte sich seltsam an, von einer fremden Frau entkleidet zu werden, und doch war ich einfach nur dankbar dafür, derart verwöhnt zu werden.

Die Kammerzofe tränkte ein Leinentuch im warmen Wasser und begann mich damit zu waschen. Die angenehme Wärme ließ die Anspannung des Tages von mir abfallen und machte Platz für eine satte Schwere, die mich müde aufatmen ließ.

Nachdem sie mich sauber gewaschen hatte, öffnete sie mein Haar und bürstete es mit einer Sorgfalt, die mir völlig unbekannt war. Normalerweise kämmte ich mich wirsch mit ein paar flotten Handbewegungen und band dann mein Haar zu einem Knoten. Doch diese Zuwendung war wohltuend, und fast fühlte ich mich wie die Kaiserin persönlich. Mit gekonnten Griffen steckte die Zofe mein Haar am Hinterkopf hoch und half mir dann in ein sauberes Unterkleid. Als sie nach einem Mieder griff, schüttelte ich den Kopf und lehnte ab. Wenn ich heute eines nicht mehr gebrauchen konnte, dann ein Kleidungsstück, das mir den Atem raubte und mich meiner Freiheit beraubte.

Die Zofe verstand und legte es beiseite.

»Im Schrank habe ich einen Rock und eine lockere Bluse gefunden. Beides sollte Ihnen passen.«

Das klang schon besser und fühlte sich auch besser an. Auch das angebotene Paar Schuhe lehnte ich ab. Meine Füße schmerzten von dem langen Marsch, den sie heute hinter sich gebracht hatten, und ich wollte sie in keine engen Seidenschühchen quetschen, die mir ohnehin nicht gepasst hätten.

Als die Zofe mit mir fertig war, begutachtete sie mich zufrieden und strahlte mich an.

»Sehen Sie selbst«, meinte sie und zeigte auf den Spiegel hinter uns.

Tatsächlich war ich erstaunt, wie die Zofe innerhalb kürzester Zeit aus mir eine so ansehnliche Erscheinung gezaubert hatte. Meine Haut wirkte frisch, und mein Haar glänzte fast so schön wie das der feinen Damen.

»Gefällt es Ihnen?«, fragte sie, als ich mich zufrieden im Spiegel betrachtete und vorsichtig meine Frisur befühlte.

»Ja«, sagte ich und musste zugeben, dass ich mein Spiegelbild mochte. Und vielleicht war es an der Zeit, mein altes wildes Leben hinter mir zu lassen und mich etwas Neuem zuzuwenden? Konrad hatte mich meine weiche Seite entdecken lassen – und ich mochte alles daran. Ich mochte es, von ihm umarmt und geküsst zu werden, seine Blicke, die mir sagten, dass er so viel mehr in mir sah als in jeder anderen Frau, die Art, wie wir ebenbürtig waren, und die Art, wie ich von ihm abhängig war. Nichts davon wollte ich missen. Ich wollte ihn besser kennenlernen, ihn in mein Leben lassen und meine Zukunft an seiner Seite verbringen. Aber wo? In Wien?

Allein bei dem Gedanken sackten meine Schultern tiefer. Ich konnte mir nicht vorstellen, auch nur einen Tag nicht in meinen Wäldern zu verbringen oder auf dem Schöpfl oder mit Avis, oder in einem anderen Haus als meiner Hütte. Dass ich es mir noch nicht vorstellen konnte, hieß nicht, dass es unmöglich war. Vielleicht sollte ich die Zukunft auf mich zukommen lassen und mir nicht zu viele Gedanken machen.

»Ich begleite Sie zu den gnädigen Herren«, meinte die Zofe, und als ich in ihr rundliches Gesicht blickte, fühlte ich mich nicht mehr ganz so verloren.

»Hier entlang, bitte.« Die Zofe wies mich in einen Flur, dessen Wände voll beladen waren mit Porträts von alten Männern und Malereien von Pferden und der Jagd. Die Rahmen waren goldverbrämt und vermutlich einzeln mehr wert als meine gesamte Hütte. Ich war froh, als die Zofe endlich eine Türe öffnete und ich mich den strengen Blicken von Konrads Vorfahren entziehen konnte. Wir schritten durch einen kleinen Salon, in dem es nach kaltem Zigarrenrauch roch und der überladen war mit Büchern.

Kurz dachte ich an Valerie, die alles dafür gäbe, wenn sie auch nur ein Buch besäße, und hier hatte man Kästen und Regale aufgebaut, um sie nebeneinander einordnen zu können. Der Raum wirkte düster, was bestimmt an den dunkelgrünen Vorhängen aus schwerem Samt lag und dem dunkelroten Teppich, dessen Flor so hoch war, dass meine Zehen darin versanken. Die Zofe öffnete die zweiflügelige Terrassentür und wies mich an, hinauszugehen.

Draußen angekommen, erblickte ich Konrad, der an eine Säule gelehnt in die Weite blickte.

»Wo ist dein Onkel?«, fragte ich.

»Er lässt sich entschuldigen. Er fühlte sich zu erschöpft«, meinte Konrad und streckte mir seine Hand entgegen. »Oder er hatte die Befürchtung, uns zu stören.«

Konrad strahlte mich an und zog mich zu sich.

»Von hier hat man einen wunderbaren Ausblick!«, sagte ich und bewunderte die hügelige Weite, die sich hinter den Stallungen auftat und ein völlig anderes Panorama bot, als ich es von meiner Hütte gewohnt war.

»Ich mag diesen Ausblick lieber«, sagte er neckisch grinsend und ließ seinen Blick über mein Gesicht gleiten. »Du siehst sehr hübsch aus, so ohne Geäst im Haar.«

»Kein Wunder, dass die Turnierrichter den Pokal lieber Hohenberg überreicht haben als mir. Ich habe ausgesehen wie eine Wilde.« Ich lachte kurz auf, doch dann wich ich Konrads Blick aus. Die Tatsache, dass man mich bei der Siegerehrung übergangen hatte, war immer noch schmerzlich.

»Setz dich doch. Du bist bestimmt müde.« Er wies mir einen der beiden Stühle zu, die um ein rundes Tischchen mit Einlegearbeiten standen.

»Du hast keine Ahnung, wie sehr«, sagte ich und nahm Platz.

Ein Diener stellte prall gefüllte Teller vor uns auf den Tisch und goss uns Wein ein. Beim Anblick des zarten Fleisches, das mit gedünstetem Gemüse und Kartoffeln angerichtet war, gerann mir das Wasser im Mund, und mein Magen knurrte so laut, dass Konrad es nicht überhören konnte.

»Lass es dir schmecken«, meinte er und griff zum Besteck, dessen Griffe mit völlig unnötigen Schnörkeln verziert waren. Die Art, wie Konrad seine Gabel und sein Messer hielt, seine Haltung, wenn er einen kleinen Bissen Fleisch in den Mund schob, verunsicherten mich. Wäre ich daheim, hätte ich das Fleisch auf eine Scheibe Brot gelegt und abgebissen.

Ich fühlte mich unwohl. Sollte ich es Konrad gleichtun und mit dem Besteck hantieren, als wäre es aus leicht zerbrechlichem Glas? Ich wollte mich nicht blamieren, mich aber auch nicht verstellen. In so einer Situation war ich noch nie gewesen, und zum ersten Mal fragte ich mich, was Konrad in mir sah, das ihn so anzog. Auf einen Mann seiner Herkunft und Erziehung musste ich doch abschreckend wirken?

»Was willst du eigentlich von mir?«, fragte ich und legte die Gabel wieder beiseite, ohne auch nur einen Bissen gegessen zu haben.

»Wie meinst du das?« Konrad kniff die Augen zusammen und sah mich fragend an.

»Es ist kein Geheimnis, dass wir aus verschiedenen Welten stammen. Ich werde niemals in deine passen und du nicht in meine. Ein Mann wie du heiratet eine feine Dame aus vornehmen Kreisen und führt sie auf Bälle am kaiserlichen Hof aus. Ich aber werde immer von deiner Norm abweichen, egal wie sehr ich mich auch bemühen würde.«

Konrad schluckte schwer. Er schien zu verstehen, worauf ich hinauswollte.

»Bin ich nur ein Abenteuer für dich?«, fuhr ich fort, ehe er ein Wort sagen konnte. »Möchtest du einfach wissen, wie sich *eine Wilde* wie ich im Bett macht?«

»Nein, so ist das nicht!«, erklärte er fast schon hilflos.

»Wie dann? Du kannst doch unmöglich der Meinung sein, dass wir eine gemeinsame Zukunft haben!«

Die gequälte Art, wie Konrad mich ansah, ließ mich schlussfolgern, dass er genau das zu glauben schien.

»Ich weiß nicht, welche Zukunft wir haben oder ob wir überhaupt eine haben. Aber die Wahrheit ist die: Ich fühle mich dir zugetan. Ich bin gerne in deiner Nähe, und wenn ich dir in die Augen sehe, wird mir warm ums Herz.«

Ich seufzte laut.

»So geht es mir auch«, gab ich zu und wollte nur noch in seiner Umarmung versinken.

»Dann lass uns nicht so viel überlegen, wie unsere Zukunft aussehen könnte. Lass uns einfach Zeit miteinander verbringen und sehen, wohin es uns führt. Was hältst du davon?«

»Das klingt gut«, sagte ich zufrieden, stach mir mit der Gabel ein großes Stück Kartoffel ab und schob es genüsslich in den Mund. Ich musste die Augen schließen, weil dieser Bissen so zartbuttrig schmeckte, dass ich ihn voll und ganz genießen wollte.

»So etwas Gutes habe ich noch nie gegessen«, schwärmte ich. »Ich sollte Valerie zum Koch deines Onkels schicken, damit er ihr ein paar Kniffe beibringt.« Noch während ich das sagte, erinnerte ich mich daran, dass meine Schwester nun bald nach Wien ziehen würde und ich selbst für meine Mahlzeiten verantwortlich wäre.

»Wenn du auch so einen Koch hast, dann heirate ich dich sofort!«, sagte ich und lachte.

»Ich nehme dich beim Wort!«, meinte Konrad und prostete mir lachend zu.

Mit einem Mal fühlte ich mich nicht mehr unwohl, und es war mir einerlei, ob Konrad mit seinem Besteck anders hantierte als ich.

Nach dem Essen lehnten wir uns entspannt in unseren Stühlen zurück und betrachteten den Sonnenuntergang, der sich vor uns auftat. Ich fühlte mich wohl und völlig angekommen. Mir war es egal, ob die Weingläser mit unnötigen Gravuren verziert waren oder auf jedem noch so kleinen Tisch eine Vase voll mit Blumen stand. Alles, was zählte, war die Zeit, die ich mit Konrad verbrachte, seine Geschichten von einer Kindheit, in der er gelernt hatte, zu fechten und Klavier zu spielen, von seinen Freunden, mit denen er dem Lehrer Streiche gespielt hatte und dafür von der Mutter einen Klaps auf die Finger bekommen hatte. Und er erzählte davon, wie sehr er seine Heimat Wien liebte, den Spaziergang hoch zur Gloriette, um den Blick hinab zum Schloss Schönbrunn zu genießen. Oder eine Fahrt mit dem Fiaker durch die inneren Bezirke, die an Prunk nicht zu überbieten waren.

Ich hingegen erzählte von meiner frühen Leidenschaft für die Beizjagd, von meinen ersten Jagdversuchen an Vaters Seite. Davon, wie zögerlich ich mein erstes Kaninchen getötet und dabei geweint hatte. Und ich erzählte von den rauen Winternächten, in denen Valerie und ich uns unter eine Bettdecke gekuschelt hatten und uns Geschichten vom Sommer erzählt hatten, um uns von der Kälte abzulenken. Und ich erzählte von meiner Mutter, deren Gesang den dunkelsten Raum zu erhellen vermocht hatte und deren unerklärliches Verschwinden mich auch heute noch an manchen Tagen nachdenklich stimmte. Und doch hatte ich meinen Frieden damit gemacht.

Wir blickten gemeinsam hinaus in die Weite des Wienerwaldes und ließen uns von den letzten Sonnenstrahlen wärmen. Und als die Sonne glutrot hinter den Hügeln verschwunden war, suchten wir beide schweigend die ersten Sterne am wolkenlosen Himmel.

»Hedwig?«, fragte Konrad leise und griff nach meiner Hand.

»Ja?«

»Was, wenn du heute Nacht bei mir bleibst?«

Ich wandte mich Konrad zu. Sein Gesicht lag im Dunkeln, und doch spürte ich seinen Blick auf mir.

»Du meinst …?«

»Mein Onkel hat sich bereits zurückgezogen. Wir sind erwachsen und niemandem eine Erklärung schuldig.«

»Ich fände es ganz schrecklich, mich jetzt von dir verabschieden zu müssen«, flüsterte ich.

Als ich seine Hand warm an meiner Wange fühlte, schloss ich die Augen. Sein Atem umfing mich so zärtlich, dass alle Zweifel aus meinem Herzen wichen und ich nur noch seinen Kuss spüren wollten. Vorsichtig erkundete er meine Lippen und umfasste dabei mit beiden Händen mein Gesicht. Noch nie zuvor hatte ich das Gefühl, mich derart fallen lassen zu wollen. Doch jetzt und hier hatte ich den Wunsch, in Konrads Armen zu zerfließen.

Konrad erhob sich von seinem Stuhl, fasste nach meinen Händen und zog mich zu sich hoch. Ganz eng drückte ich mich an seinen Körper, fühlte jeden seiner Atemzüge, seine Arme, die mich umschlossen, seine Wange an meiner. Jeder einzelne seiner Herzschläge vibrierte in meinem Brustkorb, und bald konnte ich nicht mehr sagen, ob es sein Herz war, das ich spürte, oder meines. Die Welt legte ihren Schatten um uns wie ein Zelt, in dem nur wir beide existierten. Er strich über meinen Rücken, ganz sanft am Anfang, doch mit jedem Augenblick, der uns verband, wurde sein Verlangen stärker.

Ich legte meinen Kopf in den Nacken, spürte, wie er mit seinem Mund meinen Hals erkundete. Seine Zunge auf meiner Haut, warm und vertraut. Seine Finger, die sich unter die Bluse schoben und den Raum zwischen ihm und mir schlossen.

Und während Konrad mich gegen die Wand drückte, strich ich mit meinen Händen über seinen Rücken und hoch in seinen Nacken. Jede Stelle seines Körpers wollte ich erkunden und spüren. Mit den Fingerspitzen fuhr ich durch sein fülliges Haar, umspielte einzelne Strähnen, strich über seine Ohren und seinen Hals.

Während Konrad zu wissen schien, wie das Spiel unserer Körper funktionierte, verließ ich mich auf mein Gefühl, mein Drängen, meine Sehnsucht. Behutsam öffnete ich die Knöpfe seines Hemdes, bis ich es über seine Schultern streifen konnte. Mit beiden Händen strich ich über seinen Oberkörper und fühlte mich dabei auf ungewohnte Weise schwach. Es war, als würde ich mich selbst verlieren. Seine Haut war glatt und warm, seine Muskeln angespannt. Und je tiefer ich meine Hände gleiten ließ, desto mehr fühlte ich meinen Körper erwachen. Meine Körpermitte begann zu lodern und sehnte sich fast schmerzlich nach einer Berührung.

Kurz hielt ich inne und löste mich von seinen Lippen.

»Ich hab noch nie …«, sagte ich verunsichert und wich seinem Blick aus.

»Wenn du möchtest, setzen wir uns einfach wieder und beobachten die Sterne, ja?«, hauchte Konrad mir ins Ohr, und allein seine Stimme schwemmte meine Bedenken in weite Ferne.

Ich schluckte schwer und spürte eine Woge der Erleichterung, die mich durchflutete. Ich löste mich von seinem Körper und nickte.

»Möchtest du doch nach Hause?«, fragte er.

»Lieber bleibe ich bei dir.« Konrad hatte etwas Weiches, Verletzliches in mir zum Vorschein gebracht. Etwas, das mich die Welt mit anderen Augen sehen ließ und mir Angst machte vor dem Alleinsein. Hier mit ihm zu sitzen und schweigend nach den Sternen zu sehen ließ mich einfach nur lächelnd zurück.

Konrad antwortete mit einem Kuss. Er strich mir durchs Haar und sah mich an, als wollte er für den Rest seines Lebens nur noch in mein Gesicht blicken.

»Du bist mir ein Rätsel, weißt du das? Einmal nur möchte ich wissen, was in deinem Kopf vorgeht«, sagte er.

»Und ich möchte wissen, was in deinem Herzen vorgeht«, sagte ich und legte meine Stirn an seine.

»Als ob du das nicht wüsstest«, flüsterte er und nahm mich an der Hand. Gemeinsam gingen wir ins Haus, tappten durch den dunklen Flur, und noch während ich mich auf der weichen Matratze seines Bettes niederließ, verschwammen meine letzten Gedanken mit einem ersten Traum, und ich fiel in einen tiefen Schlaf. Ich träumte von Avis, von Nepomuk, dem alten Bartl und vom Pokal, den Graf Hohenberg mir überreicht hatte. Ich träumte aber auch von Konrad, von seinen Händen auf meinem Körper, von seinen Lippen auf meiner Haut, davon, wie ich mich seiner unendlichen Umarmung hingab und mein Herz für immer verlor. Erschöpft von dem Turnier, schlief ich die ganze Nacht, ohne auch nur einmal aufzuwachen und mich zu wundern, in welchem Bett ich lag.

Erst als mich am nächsten Morgen die Sonne weckte und ich die Augen aufschlug, gab es diesen einen Moment, in dem ich nicht wusste, wo ich war. Doch als ich hinübersah zu Konrad, da atmete ich erleichtert auf. Er schlief noch, und so konnte ich ihn ungestört betrachten.

Friedlich und völlig entspannt lag er auf seinem Kissen und atmete leise und gleichmäßig ein und aus. An seinem Kinn zeichnete sich der Schatten seines Bartes ab. Sein Oberkörper war nackt, und die Decke verhüllte ihn nur bis zur Taille. Nie hätte ich vermutet, dass Konrads Körper so muskulös sein könnte. Seine Haut war sonnengebräunt und sein Körper von der Beizjagd gestählt. Er brachte seine Tage nicht mehr zigarrenpaffend in einem Salon zu, sondern war draußen, arbeitete mit seinem Gerfalken und hätte womöglich sogar Chancen auf einen guten Rang im Turnier gehabt, wenn er nicht mir seinen Fürst überlassen hätte.

Je länger meine Blicke über seinen Oberkörper wanderten, desto wacher fühlte ich mich. Mir war danach, die Hand auszustrecken und mit meinen Lippen seine glatte Haut zu erspüren.

Bei dem Gedanken regte sich in mir ein Feuer, dessen Flammen immer höher schlugen und das sich nicht länger eindämmen ließ.

Also hob ich die Decke an und schmiegte mich ganz nahe an Konrads Körper. Und ich wünschte mir nichts sehnlicher, als dass er aufwachte, um dort weiterzumachen, wo wir gestern aufgehört hatten …

KAPITEL 27

»Guten Morgen«, flüsterte Konrad und küsste mich auf die Stirn. Allein das Raunen in seiner Stimme steigerte meine Aufgeregtheit ins Unermessliche. Ich konnte nicht länger warten und wollte es auch nicht. Mein Kopf lag auf seiner Brust. Unter mir hörte ich das gleichmäßige Hämmern seines Herzens, und als ich meine Hand über seinen Oberkörper wandern ließ, wurden die Abstände zwischen den Schlägen kürzer. Meine Fingerspitzen strichen über die glatte Haut seiner Brust. Ich ließ mir Zeit, wollte nichts übereilen, und schloss meine Augen, um den Fokus auf das Gefühl unter meinen Fingerspitzen zu legen. Die Welt um mich herum wollte ich ausblenden und nur noch ihn spüren – Konrad, seine Haut, seinen Puls, seinen Atem.

Konrad ließ mich gewähren, hielt mich nicht zurück. Dass er meine Berührungen nicht erwiderte, nahm von mir jeden Druck. Ich durfte ihn erkunden, das Tempo vorgeben. Und er genoss es, das konnte ich an seinem Atem erkennen, der schneller wurde und intensiver.

Ich konnte nicht genug bekommen vom salzigen Geschmack seiner Haut und der Wärme, die von ihm ausging. In mir wuchs eine Aufregung empor, die mit nichts zu vergleichen war. Ich ging über vor Verlangen nach seiner Berührung, doch Konrad strich nur sanft über meinen Rücken und durch mein Haar. Er war die Ruhe, ich der Sturm.

Und noch während ich mich fragte, wie ich wohl weiter vorzugehen hatte, glitt meine Hand wie von selbst über seinen Bauch, der sich immer schneller hob und senkte. Als meine Finger seinen Bauchnabel erfühlten und sich noch weiter nach unten schoben, quoll meine Erregung über, ließ mich leise aufstöhnen bei dem Gedanken, seine Männlichkeit zu berühren. Wie würde sie sich anfühlen?

Ich atmete schwer aus und strich mit meiner Hand noch tiefer. Und dann, als ich berührte, wonach sich mein Körper so heftig gesehnt hatte, zuckte ich zurück – nur um im nächsten Augenblick erneut danach zu tasten.

Alles in mir schrie auf vor Verlangen, fast schmerzte sie, die Sehnsucht, ihn voll und ganz zu spüren. Und doch war da noch ein Rest an Angst.

Meine Finger umfassten seine Männlichkeit, erfühlten die Kontur und jede Ader, die sich unter der weichen Haut abzeichnete. Konrad stöhnte laut auf, und dieser Laut seiner Lust ließ mich alle Vorbehalte vergessen.

Ich griff nach Konrads Hand und legte sie auf meine Brust. Ich war so weit, wollte von ihm berührt werden, von seiner Zunge erforscht und seinen Lippen gekostet. Konrad verstand und drückte mich vorsichtig auf den Rücken, küsste mich auf die Lippen – ganz sanft am Anfang, doch rasch wurden seine Küsse fordernd und gierig. Als seine Lippen meine Brüste erkundeten, drückte ich meinen Kopf ins Kissen und stöhnte auf.

Seine Hand strich über meinen Bauch und weiter hinab bis zu meiner Körpermitte. Als seine Finger an meiner empfindlichsten Stelle kreisten, glaubte ich, die Welt um mich herum zu verlieren und zu zerfließen wie ein weiter Ozean.

»Hör nicht auf!«, flüsterte ich, und er hörte nicht auf, machte weiter, bis sich alles in mir aufbäumte, sich an ihn klammerte und aufschrie. Und noch während ich glaubte, dass mein Körper nicht noch weiter gehen könnte, nicht noch intensiver empfinden könnte, da wusste ich, dass ich bereit war, den letzten Schritt zu gehen. Nein, ich war nicht nur bereit, ich brauchte ihn, wusste, dass ich sonst keine Erlösung finden würde von diesem Feuer, das in mir brannte und alles in mir zum Glühen brachte.

»Ich möchte dich ganz spüren«, hauchte ich ihm ins Ohr.

Konrad antwortete mit einem Kuss. Er atmete schwer, und doch war er ruhig, schenkte mir die Sicherheit, die ich in diesem Augenblick benötigte. Er legte sich zwischen meine Beine und drang in mich ein. Ganz langsam nur – vorsichtig und doch immer weiter.

Ich hielt die Luft an, spürte den Schmerz, der meine Erregung verdrängte und mich zu zerreißen drohte. Ich biss auf meine Lippen, krallte mich am Leintuch fest und wünschte mich zurück in meine Hütte, in mein einsames Leben, in dem es keinen Mann gab, nach dem sich alles in mir sehnte.

Konrad war behutsam, bewegte sich nur langsam in mir. Er küsste meinen Hals, stöhnte in mein Ohr. Ich legte beide Arme um seinen Oberkörper und drückte ihn fest an mich. Seine Nähe tröstete mich, schwemmte den Schmerz weg und machte Platz für eine befreite Lust, ganz tief in mir. Ich stöhnte, doch dieses Mal nicht vor Schmerz, sondern weil dieses sanfte Wogen in meinem Unterleib mich schweben ließ – ungebremst und frei.

Ich schlang beide Beine um seinen Körper, und plötzlich war es, als wären wir eins. Wir wogten, stöhnten, küssten und vergruben unsere Gesichter am Körper des anderen. Sein Takt wurde schneller und sein Atem auf meiner Haut heißer.

In mir war ein Drängen, ein Flehen. Konrads Bewegungen wurden fester, und fast glaubte ich zu zerspringen vor Lust. Ich fühlte mich wie ein Vogel, der am Himmel seine Kreise zog, wie der Wind, der über die Baumwipfel fegte. Es war, als stünde ich frei auf meinem Berggipfel und atmete die ganze Welt in mich ein.

Und dann atmete ich aus. Erleichtert. Erschöpft. Glücklich. Konrads Schweiß auf meiner Haut, seine Lippen, die meinen Hals liebkosten – so lagen wir eng umschlungen im Bett, auf dem die Schatten des Vorhangs tanzten.

»Konrad«, flüsterte ich, einfach nur so, weil ich meine Stimme hören wollte. Weil ich wissen wollte, ob die Welt noch funktionierte nach dem, was ich eben erlebt hatte.

»Ja«, hauchte er und küsste meine Stirn, strich mir Haarsträhnen aus dem Gesicht und sah mich an. Er sah *mich* an, so wie mich noch nie zuvor ein Mensch gesehen hatte. Verletzlich und nackt. Und doch fühlte ich mich sicher hier an diesem Ort, bei diesem Mann.

Er zog mich so nahe an sich, wie er nur konnte. Und ich legte meine Arme um seinen Nacken und küsste ihn. Dieser Kuss war anders. Er war vertrauter als alle Küsse zuvor. Er war ein Versprechen und ein Besiegeln unserer Beziehung. Und auch wenn ich noch nicht ganz sicher war, was wir uns versprachen, so erwiderte ich den Kuss doch innig und von ganzem Herzen.

»Ich möchte bei dir bleiben«, flüsterte ich und fühlte in mir ein wohliges Glühen, weil es die Wahrheit war.

Konrad strich mit seinem Blick über mein Gesicht, so als könnte er nicht fassen, dass ich hier war und diese Worte tatsächlich zu ihm gesagt hatte.

»Das möchte ich auch«, sagte er und fuhr mit seiner Fingerspitze die Kontur meiner Lippen nach.

»Und doch muss ich nach Hause!«, sagte ich und löste

mich aus Konrads Umarmung. »Valerie ist bestimmt in Sorge um mich. Außerdem muss ich mich um Avis kümmern.«
Mit einem Schlag hatte ich mich zurück in die Realität geholt. Es war, als ob die Stunden bei Konrad nicht zu meinem Leben gehörten, sondern zu einem wunderschönen Traum, aus dem ich eben erwacht war.
»Aber du kommst doch wieder, nicht wahr?« Der Blick, mit dem Konrad mich ansah, berührte mich zutiefst. Es war, als hätte er Angst vor meiner Antwort.
»Natürlich komme ich wieder«, versicherte ich ihm, strich durch sein Haar und küsste ihn. Dann stand ich auf und suchte nach meinen Kleidern, die im Bett und am Boden verstreut lagen.
»Ich borge mir die Kleider aus, ja? Meine sind völlig verschmutzt. Ich bringe sie verlässlich wieder.«
»Behalt sie ruhig«, sagte Konrad knapp.
Ich sah zu ihm, wie er auf dem Bett lag und mich schmunzelnd beobachtete, wie ich nackt durch das Zimmer tappte und meine Sachen aufsammelte.
»Du bist wunderschön, weißt du das?«
Ich lachte kurz auf und fragte mich, ob er das tatsächlich ernst meinte. Ich war doch nicht hübsch.
»Nein, das wusste ich nicht«, sagte ich und schenkte ihm ein zögerliches Lächeln.
»Aber das bist du!« Er stand auf und kam zu mir. Nackt. Nun musste auch ich schmunzeln. Noch nie zuvor hatte ich einen völlig entkleideten Mann gesehen, und es fiel mir schwer, meinen Blick von seiner Männlichkeit abzuwenden, und doch wusste ich, dass es sich nicht schickte, ihn derart anzustarren. Allein der Anblick seiner Männlichkeit löste einen Schwall an Erinnerungen und Gefühlen in mir aus.
Konrad kam zu mir, zog mich eng an sich und küsste mich. Seine Haut roch nach dem warmen Bett und war ein

Versprechen nach Geborgenheit. Meinen Körper an seinen geschmiegt, gab ich mich dem Kuss hin und sehnte mich danach, ihn erneut in mir zu spüren. Dieses Mal würde es nicht mehr wehtun, das wusste ich. Ich könnte es von Anfang an genießen und mich ihm hemmungslos hingeben. Mein Körper erbebte allein bei dem Gedanken, dass ich nur meinen Schenkel enger an ihn zu drücken brauchte, um sein Glied zu fühlen. Ich atmete schwer aus und löste mich aus der Umarmung. Schließlich wollte ich Valerie nicht länger auf mich warten lassen.

»Ich begleite dich«, schlug Konrad vor und schlüpfte in seine Hose.

»Man würde sich nur wundern, wenn man uns beide um diese Uhrzeit gemeinsam durch das Dorf gehen sähe.«

»Du hast recht. Dann bringe ich dich möglichst ungesehen zum Hintereingang.«

Ich nickte und schloss die Knöpfe meiner Bluse. Mit ein paar Handgriffen versuchte ich, meine Frisur zu retten, dann packte ich meine alten Kleider, meinen Pokal sowie die Urkunde und das Bündel Preisgeld und ließ mich von Konrad zur Tür begleiten.

»Wenn du magst, besuche ich dich später«, schlug Konrad vor, als wir vor der Eingangstür standen.

»Lass mich nur erst mit Valerie reden, ja?«, schlug ich vor. Aber der Gedanke, Arm in Arm mit Konrad durch den Wald zu spazieren, gefiel mir.

»Woran denkst du?«, fragte Konrad.

»An vieles«, antwortete ich. »Aber ja, komm zu mir. Ich kann es kaum erwarten!« Ich hauchte ihm einen flüchtigen Kuss auf die Wange und ließ mich von Konrad zum Hinterausgang begleiten.

Zu beiden Seiten der Einfahrt blühten üppige Blumenrabatten, der Gärtner machte sich an einem Rosenbusch zu schaffen, und ein anderer harkte die Erde im Blumenbeet locker. Aus dem angrenzenden Park hörte man Vogelgezwitscher, und irgendwo bellte ein Hund.

Meine Schritte fühlten sich an diesem Morgen seltsam entspannt an. Die Anstrengung des Turniers hatte sich aus meinem Körper verflüchtigt, und der tiefe Schlaf von heute Nacht hatte mich ausreichend gestärkt, um den Heimweg zur Hütte leichten Schrittes hinter mich zu bringen.

Als ich durchs Dorf ging, zog ich mit meinem Pokal in der Hand die Blicke der Dorfbewohner auf mich. Man war sich wohl nicht sicher, wie man mir nach meinem Sieg begegnen sollte. Einige Frauen lächelten verstohlen, die Männer allerdings wandten sich von mir ab oder stierten mich finster an.

Mir war es egal. Der Pokal gehörte mir – und somit auch der Sieg. Niemand konnte mir nehmen, was ich mir schwer erarbeitet hatte.

Erst als ich Bartl auf der Holzbank vor seinem Haus sitzen sah, wurden meine Schritte langsamer. Wie von selbst hielt ich meinen Pokal ein Stück höher und warf ihm einen vielsagenden Blick zu.

»Brauchst gar nicht stolz zu sein auf deinen sogenannten *Sieg!*«, meinte er abfällig. »Wir wissen hier alle, dass du ihn nicht ehrlich verdient hast.«

Ich überlegte, ob ich den Alten einfach ignorieren sollte, aber dann zog es mich förmlich zu ihm hin.

»Was meinst du damit?«, spuckte ich ihm entgegen.

»Dass dein Sieg nicht mit rechten Dingen zugegangen ist, das mein ich!«, sagte er und verzog sein Gesicht zu einer hässlichen Fratze.

»Du solltest deine Verbitterung ablegen und einsehen, dass ich mir den Sieg verdient habe.«

Der alte Bartl starrte mich an, durchbohrte mich förmlich

mit seinen Blicken. Ich versuchte, ruhig zu bleiben. Ein Blick auf den Pokal in meiner Hand sollte mich beruhigen – schließlich hatte ich es geschafft –, was interessierte es mich da, was dieser frustrierte Mann zu sagen hatte?

»Ohne deine reichen Freunde hättest du keine Chance gehabt!«, sagte er und grinste boshaft.

»Was redest für wirres Zeug!«, schalt ich ihn und war dabei, mich von ihm abzuwenden und mich wieder auf den Heimweg zu machen.

»Kein wirres Zeug. Am besten fragst deinen Freund, der wird dir dann schon die Wahrheit sagen.«

»Wovon sprichst du, Bartl?«, fragte ich und war lauter geworden als geplant. Nun war ich es, die ihn anfunkelte und ihn mit Blicken durchbohrte.

»Du weißt genau, wen ich meine!«

»Den Grafen? Die Turnierrichter haben anerkannt, dass ich an seiner Stelle an den Start gehe.«

»Ich red nicht von Graf Hohenberg.«

»Sondern?«, fragte ich ungeduldig.

»Der Neffe vom alten Leonhard, von dem rede ich.« Er zeigte mit dem Finger hinter sich in die Richtung des Anwesens.

»Konrad? Er hat nichts Unrechtes getan.«

»Das fragst ihn am besten selbst.«

»Jetzt werde ich langsam wütend! Lass deine falschen Anschuldigungen bleiben, oder du bekommst Probleme mit mir.«

»Keine falschen Anschuldigungen«, sagte er und stand auf. »Wenn du mir nicht glaubst, dann frag doch den Wimbacher!«

»Den Wimbacher? Der redet dir doch nach dem Mund!«

»Dann frag den jungen Konrad Ahnen selbst!« Bartl sagte das so schroff und mit einer Überzeugung, dass ich innehielt.

»Ich frag niemanden irgendwas, und du solltest am besten deinen Mund halten, wenn du keine Beweise hast.« Mit diesen Worten wandte ich mich endgültig ab und marschierte rasch weiter. Ich konnte die Blicke des alten Mannes auf meinem Rücken spüren und hielt mich dazu an, mich nicht noch einmal umzudrehen.

Bei meiner Hütte angekommen, hatte ich den Zwischenfall schon abgetan. Wenn Konrad heute zu mir käme, würde ich ihm davon erzählen, dann würden wir beide die Köpfe schütteln und das Thema endgültig hinter uns lassen.

Nun aber galt es, Valerie mit meinem Sieg zu überraschen. Ich konnte ihr freudestrahlendes Gesicht kaum erwarten, wenn sie erfuhr, dass sie nun bald nach Wien ziehen konnte. Und was würde sie sagen, wenn ich ihr von mir und Konrad erzählte? Würde sie sich auch darüber freuen?

Als ich unsere Hütte betrat, lauschte ich. Aus der Küche hörte man leises Geschepper von Geschirr. Ich legte meine schmutzigen Kleider beiseite und ging mit Pokal, Urkunde und Preisgeld zu ihr.

»Hedi, da bist du ja!«, sagte sie und legte ihren Lappen beiseite, um mich zu umarmen. »Ich hab mir Sorgen gemacht. Wo warst du die ganze Nacht? Was trägst du da für Kleider?«, fragte sie und trat einen Schritt zurück.

»Tut mir leid, dass du dir Sorgen gemacht hast, aber ich war zu erschöpft, um noch den Berg hochzugehen.«

»Aber wo hast du geschlafen?«, fragte sie und starrte mich entrüstet an.

»Ich erzähl dir alles der Reihe nach!«, versprach ich. »Sieh, was ich hier habe!« Ich hielt ihr den Pokal entgegen.

»Du hast tatsächlich gewonnen!«, sagte sie andächtig und begutachtete die Schnörkel, mit denen der Pokal verziert war. »Er ist wunderschön!«

»Ja, das ist er. Und wenn wir mal wieder Geld benötigen, dann verkaufen wir ihn. Bestimmt bekommen wir dafür eine schöne Summe.« Noch während ich das sagte, wurde mir bewusst, dass es bald kein *Wir* mehr geben würde. Valerie ließ den Pokal sinken und sah mich an. Sie schien meine Gedankengänge lesen zu können und griff nach meiner Hand.

»Was, wenn du mitkommst nach Wien? Wir könnten ein völlig neues Leben führen«, meinte Valerie.

»Niemals.« Ich reichte ihr das Bündel Geld entgegen und sagte: »Mit diesem Geld beginnt dein neues Leben! Und ich ...«

Valerie griff nach dem Bündel Geldscheine, und während sie es ansah, begann sie zu strahlen und zu lächeln.

»Was ist mir dir?«, fragte sie.

»Ich muss dir etwas erzählen«, sagte ich andächtig.

Valerie stutzte.

»Du sollst wissen, wo ich diese Nacht verbracht habe. Und mit wem.« Ich schluckte schwer und wich ihrem fragenden Blick aus.

Wie überbrachte man eine solche Botschaft? Valerie hatte vor wenigen Wochen selbst noch für Konrad geschwärmt, mit ihm getanzt und sich Hoffnungen gemacht. Und nun würde ich ihre Träume zerstören.

»Sag schon!«, forderte sie mich auf.

»Es ist so ... es gibt da einen Mann.«

»Was?« Valerie lachte auf. »In deinem Leben gibt es einen Mann? Wer hätte das gedacht? Kenne ich ihn?«

»Das tust du. Es ist Konrad«, sagte ich ohne weitere Umschweife und wagte es kaum, ihr in die Augen zu sehen.

»Konrad? Aber du kannst ihn doch nicht leiden! Und du wolltest nicht, dass ich mich mit ihm einlasse.«

Ohne auf meine Erklärung zu warten, ging sie an mir vorbei in die Küche, wo sie einen Topf vom Herd nahm und mit einem Löffel die dampfende Suppe abschmeckte.

»Vali«, sagte ich und streckte meine Hand nach ihr aus. Ich konnte sehen, dass sie gegen Tränen ankämpfte. Was hatte ich nur angerichtet?

»Konrad Ahnen«, murmelte sie und rührte die Suppe mit einem Kochlöffel um. »In Wien finde ich eine bessere Partie, da bin ich mir sicher.«

»Dann bist du mir nicht böse?«

Valerie schwieg und starrte gebannt in den Kochtopf.

»Ich mag ihn wirklich sehr«, sagte ich und griff nach ihrer Hand. Für einen Augenblick befürchtete ich, sie würde sich mir entziehen, doch dann wandte sie sich mir zu.

»Ich mochte ihn auch, aber mir hast du ihn nicht vergönnt. Und jetzt ist mir auch bewusst, warum.« Ihre Augen funkelten, und ihre Miene war wie versteinert.

»Erzähl mir lieber, wie *das* hier passiert ist«, lenkte sie mit einem Mal ab und besah vorsichtig meine Schläfe. Ihre Stimme klang tränenerstickt und machte mir Angst, dass meine Gefühle für Konrad für immer zwischen uns stehen könnten.

»Du möchtest wissen, wie es zu der Verletzung gekommen ist? Ich erzähle es dir gerne, wenn du magst«, sagte ich vorsichtig und wartete auf ihre Reaktion.

»Natürlich möchte ich es wissen«, sagte sie wenig überzeugt und rang sich ein Lächeln ab. Wir würden wieder zurückfinden zu unserem gewohnten Umgang, ich musste meiner Schwester nur Zeit geben. Und während ich die Brotsuppe von Valerie löffelte, erstattete ich genauen Bericht. Begonnen bei Graf Hohenberg, der meine Teilnahme am Turnier überhaupt erst ermöglicht hatte, bis hin zur Siegerehrung. Ich sparte ein paar Stellen aus, verschwieg ihr die Annäherung von Konrad und meinen Ärger darüber, dass man den Preis anfangs Graf Hohenberg überreicht hatte.

Gemeinsam schimpften wir über Bartl Hufner, vergossen Tränen über den erneut entflogenen Nepomuk und freuten uns gemeinsam über die bestandenen Prüfungen.

»Ich war noch nie in meinem Leben so müde wie gestern, das kannst du mir glauben.«

»Aus diesem Grund hast du beschlossen, bei Konrad zu schlafen?« Valerie stand auf, räumte meinen Teller weg und sah mich dann im Stehen von oben herab an. Ihr Blick war ernst und ließ mich klein fühlen.

»Vali, bitte verzeih mir. Das mit Konrad darf nicht zwischen uns stehen. Das würde ich nicht ertragen«, flehte ich und griff nach ihrer Hand.

»Du hast recht. Ich verdanke dir alles. Lass mir noch ein wenig Zeit, dann werde ich mich daran gewöhnen, dass du und Konrad …« Sie brach ab und wandte sich dem Abwasch zu.

»Aber sag, wie ist es Avis ergangen? Hast du ihn ordnungsgemäß gefüttert?«, wollte ich wissen, um das Thema zu wechseln.

»Avis geht es wunderbar. Und jetzt, da Nepomuk nicht mehr hier ist, könnten wir ihn wieder in die Scheune übersiedeln, oder?«

Valerie hatte recht. Nepomuk war weg, er war wieder in Freiheit, würde seine weiten Kreise über seinem Revier ziehen und im Frühling pfeifend ein Weibchen anlocken.

»Ich kümmere mich um Avis«, sagte ich und stand vom Tisch auf. Mein Habicht saß auf seinem Block und säuberte mit dem Schnabel sein Gefieder.

»Avis, mein Lieber.« Ich schlüpfte in meinen Lederhandschuh und lockte ihn auf meine Faust.

»Das nächste Turnier gewinnen wir beide, versprochen?«, fragte ich meinen lieben Wegbegleiter, während ich ihn hinüber in den Schuppen trug und ihn dort auf einen Birkenast setzte. Ich füllte frisches Wasser in die Trinkschale und griff nach dem Besen, um sauber zu machen.

Als ich wenig später die Scheune verließ, sah ich Konrad, der sein Pferd an einem Baum festband. Als er mich sah, erhellte sich seine Miene.

»Begleitest du mich in den Wald, um Fallen aufzustellen?«, fragte ich ihn, als er vor mir stand und nach meiner Hand griff. Seine Berührung war sanft, und sein Blick versprach, dass wir alle Hindernisse überdauern würden. Ich wies auf den Weg, der von meiner Hütte direkt in den Wald führte. Ehe wir in den Wald eintauchten, blickte ich über meine Schulter. Valerie stand am Küchenfenster und beobachtete uns. Kurz verfingen sich unsere Blicke, doch dann wandte sie sich ab und verschwand vom Fenster. Während ich wortlos neben Konrad herging, fragte ich mich, ob sie mir je wirklich verzeihen könnte.

»Hedwig?« Konrad blieb stehen und strich über meine Stirn, meine Schläfe und Wange. Seine Berührung war vertraut. Ich schloss meine Augen und schmiegte mich an seinen Oberkörper. Mit beiden Armen hielt er mich so fest, als hätte er Angst, mich zu verlieren.

Ich küsste sein frisch rasiertes Kinn. Seine Haut roch sauber und herb und machte es schwer, mich von ihm zu lösen.

Und doch drängte es mich, diese eine Sache mit ihm zu besprechen: »Auf dem Heimweg habe ich Bartl Hufner getroffen. Er hat mir vorgeworfen, dass mein Sieg nicht rechtmäßig wäre.«

»Bartl Hufner, der dich gestern überfallen hat?«, fragte er und sah mich erstaunt an.

»Genau der«, sagte ich.

»Wie kommt er auf die Idee, dass dein Sieg nicht rechtens sei?«

»Er ist der Meinung, dass jemand die Turnierrichter bestochen hätte.«

»Bestochen?«

»Ja, damit ich gewinne.« Ich sah ihm in die Augen und suchte dort nach der Wahrheit.

»Was für ein Unsinn! Wer sollte das denn machen?«

»Du!«, sagte ich geradeheraus, weil ich nicht anders konnte.

»Ich?« Er lachte und strich über meinen Hals. »Warum sollte ich?«

»Hast du?«

»Du bist die beste Jägerin, du hättest das Turnier in jedem Fall gewonnen.«

»Hast du jemanden bestochen, um mir zum Sieg zu verhelfen?«, fragte ich erneut.

»Niemand hat den Sieg so sehr verdient wie du!«, sagte Konrad und sah mir dabei in die Augen.

»Dann hast du …?«

»Natürlich nicht! Können wir das bitte lassen?« Konrad trat einen Schritt zurück und sah mich vorwurfsvoll an.

»Warum sollte der Bartl so etwas erfinden?«

»Ich weiß es nicht. Vielleicht hat er mich mit einem der Richter gesehen und daraus seine falschen Schlüsse gezogen? Vielleicht kann er es einfach nicht fassen, dass du ohne irgendeine List gewonnen hast? Und vielleicht solltest du mir mehr glauben als dem Bartl Hufner? Es gab keine Bestechung, die hast du nicht nötig. Du hast gewonnen, weil du am härtesten trainiert hast. Bartl Hufner wollte nur Unfrieden stiften – und das hat er wohl auch geschafft!«

Konrads Stimme klang vorwurfsvoll, und natürlich hatte er recht. Wie konnte ich einem Mann, der mich überfallen hat, mehr glauben als ihm, dem ich mich so nahe fühlte wie keinem anderen?

Schweigen. Wir starrten einander an. Wortlos und endlos lange.

»Du vertraust mir nicht!«, sagte Konrad in einem Ton, in dem große Enttäuschung mitschwang.

Meine Schultern sackten nach unten, als mir bewusst wurde, in welche Richtung unser Gespräch ruderte.

»Noch vor wenigen Wochen hast du mich erpresst und hättest mich meiner gesamten Habe beraubt, wenn ich deinen Forderungen nicht nachgegeben hätte.«

»Dann ist deine Antwort *Nein*?« In seinem Blick lag eine Traurigkeit, die mich erfasste und mir die Kehle zuschnürte.

Wie gerne hätte ich ihm gesagt, dass er sich irrte und ich ihm blind vertraute – und das für den Rest meines Lebens. Aber ich konnte nicht.

Konrad öffnete den Mund, wollte etwas sagen. Doch dann schloss er ihn und starrte mich wortlos an.

Tausend Worte wirbelten durch meinen Kopf, tausend Gedanken.

»Ich möchte dich nicht verlieren«, flüsterte ich.

»Die Wahrheit ist: Wir hatten einander nie. Du hast immer wieder betont, dass wir in verschiedenen Welten leben und keine Zukunft haben. Mir war nicht bewusst, wie recht du hast.«

Seine Worte trafen mich mitten ins Herz. Sie folterten mich mit einer Wucht, mit der ich nicht gerechnet hatte.

Konrad blickte hoch zu den Baumwipfeln. Er atmete schwer ein und wieder aus, dann wandte er sich von mir ab und ging. Er ging einfach. Seine Schultern hingen, und seine Schritte schlurften.

Dicke Regentropfen fielen vom Himmel direkt auf mein Gesicht. Und erst als ich sie wegwischte, bemerkte ich, dass es Tränen waren und kein Regen. Müde lehnte ich mich gegen den Stamm einer alten Fichte und blickte hoch zum Geäst, das sich über mir gabelte und sich mit den Ästen anderer Bäume verflocht. Die Bäume ragten hoch in den Himmel, und ich fühlte mich so klein wie nie zuvor.

Mit beiden Armen umschlang ich meinen Oberkörper und ließ mich auf den Boden sinken. Mein Blick war stur auf den Teppich aus Tannennadeln gerichtet und suchte nach etwas, das es nicht zu geben schien. Nicht für mich.

KAPITEL 28

»Der Brief ist von Tante Irma!«, rief Valerie freudestrahlend und wedelte mit dem Umschlag durch die Luft. Sie hüpfte so aufgeregt durch das kleine Postamt, dass sogar der Postbeamte lachen musste.

»Nun sieh doch erst einmal nach, was sie schreibt, bevor du dich vor Freude überschlägst.«

»Was wird sie schon schreiben? Bestimmt ist es ihre Zusage, dass ich so schnell wie möglich bei ihr einziehen kann.«

Ich versuchte mich an einem Lächeln, aber es fiel mir schwer. Natürlich sollte Valeries Traum in Erfüllung gehen, das war seit einer Ewigkeit unser Plan gewesen – besser gesagt: ihrer. Aber nun, da ihre Abreise unmittelbar bevorstand, hoffte ich, dass in dem Brief eine begründete Absage stand. Vielleicht war Tante Irma krank – nicht sehr, nur ein klein wenig – und schaffte es nicht, die Verantwortung für ein weiteres Familienmitglied zu übernehmen. Oder vielleicht bat sie um zeitlichen Aufschub von ein paar Monaten, weil sie im Moment so viel um die Ohren hatte. Ein paar Monate würden schon genügen, aber jetzt, da ich mich wegen Konrad so schrecklich fühlte, konnte ich mir nicht vorstellen, auch noch meine Schwester entbehren zu müssen.

Während ich Valerie zusah, wie sie den Umschlag öffnete und den Brief entnahm, kaute ich nervös auf meiner Unterlippe. Ihre Blicke überflogen das Papier geradezu, und ihrem Strahlen entnahm ich, dass Tante Irma ihr gute Neuigkeiten hat zukommen lassen.

»Ich soll meine Koffer packen und kommen. Jederzeit«, zitierte Valerie unsere Tante. Und als ihre Augen sich mit Freudentränen füllten, überkam mich ein schlechtes Gewissen, weil ich ihr ihren Traum nicht gönnte. Ich wollte sie hier bei mir haben. Für immer. Und doch war die Zeit gekommen, in der wir uns voneinander trennen würden.

»Ich freu mich so für dich!«, sagte ich und umarmte sie, so fest ich konnte.

»Schnell, lass uns heimgehen und packen!«, sagte sie und fasste mich an der Hand, um mich aus dem Postamt zu ziehen.

Wir hasteten förmlich durch das Dorf. Seit meinem Sieg hatte sich etwas verändert. Frauen grüßten mich, winkten mir von Weitem zu und lächelten dabei.

»Menschen sind gar nicht so schlimm, wie du denkst«, hatte Konrad einmal zu mir gesagt. Was, wenn er recht hatte? Konrad. Ich vermisste ihn schmerzhaft und konnte nicht fassen, dass ich es war, die unsere Zukunft im Keim erstickt hatte.

Ob er noch hier war? Bei seinem Onkel? Nein, bestimmt war er längst nach Wien abgereist.

In der Hütte angekommen, holte Valerie eine lederne Reisetasche aus dem Schrank. Sie brauchte nicht zu suchen, vermutlich hatte sie sich die Tasche schon vor Monaten genau für diesen Augenblick zurechtgelegt.

»Ich packe nur die guten Kleider ein. Mit den zerlumpten Blusen und Röcken kann ich mich nicht in Wien sehen lassen.«

»Soll ich dir helfen?«, fragte ich und verschwieg, wie sehr es mich verletzte, dass sie die Kleider, die sonst gut genug gewesen waren, plötzlich als zerlumpt bezeichnete.

Bestimmt hatte sie recht und meinte es nicht böse. Auch zwischen uns hatte sich etwas verändert, nachdem ich ihr von meiner Nacht mit Konrad erzählt hatte. Wir sprachen miteinander und lebten unseren Alltag, und doch war da eine Distanz zwischen uns, die vorher nicht existiert hatte. Warum nur verletzte ich alle Menschen, die mir am Herzen lagen?

»Die Postkutsche fährt morgen um acht Uhr früh«, meinte Valerie und legte ihre Kleider sorgsam in den Koffer.

»Schon morgen?«, fragte ich entrüstet.

»Wann denn sonst, Hedi? Ich warte seit einer Ewigkeit auf meine Abreise, und nun will ich sie endlich antreten.«

»Ich dachte nur, wir könnten noch ein paar Tage gemeinsam verbringen.«

»Aber das tun wir doch. Du begleitest mich nach Wien und bleibst für eine Weile.«

»Und wer kümmert sich um Avis? Er kann noch immer nicht fliegen und wäre dem sicheren Tod geweiht, solange er flugunfähig ist.«

»Wir könnten auf Leonhard Ahnens Anwesen anfragen, ob man sich für eine Weile um deinen Habicht kümmert. Immerhin versorgt man dort auch Konrads Gerfalken.«

Das wäre grundsätzlich eine gute Idee, das musste ich Valerie lassen.

»Ich kann dort nicht mehr hin. Nicht nach unserem Streit«, sagte ich emotionslos.

»Es tut mir leid, daran hätte ich denken müssen.«, meinte Valerie und in ihrem Blick erkannte ich tatsächlich Mitleid. War es möglich, dass sie mit einer Verbindung zwischen mir und Konrad einverstanden gewesen wäre? Ich seufzte auf, immerhin spielte das nun keine Rolle mehr.

»Und Graf Hohenberg?«, fragte Valerie und lenkte mich von meinen Gedanken an Konrad ab.

»Du hast recht, ihn werde ich bitten.« Bis zu Graf Hohenbergs Anwesen in Kaiserspitz war es ein Fußmarsch von etwa zwei Stunden. Das ließe sich machen. Zwar war mir bei dem Gedanken, Avis in fremde Hände zu geben, nicht wohl, aber Hohenbergs Falkner waren vertrauenswürdig und würden meinen Habicht bestmöglich versorgen.

Also griff ich nach meinem Lederhandschuh und eilte in die Scheune, wo ich Avis auf meine Faust steigen ließ. Er hatte etwas an Gewicht zugenommen, sein Gefieder glänzte, und sein Blick war klar. Ich kontrollierte seine Flügel und stellte mit Bedauern fest, dass sich sein Gefiederwechsel noch lange nicht ankündigte.

»Mein Armer«, sagte ich und kraulte seinen Bauch. Ich dachte an Bartl Hufner und wie sehr ich ihn für seine Tat hasste. Aber Hass half weder ihm noch mir, also machte ich mich auf den Weg, um rasch wieder zurück zu sein. Schließlich wollte ich ein letztes Mal mit Valerie gemeinsam zu Hause zu Abend essen.

Valerie würde fehlen. Überall. Ihr lieblicher Gesang, während sie kochte. Der Duft nach Lavendelwasser, mit dem sie den Boden wischte. Ihr Gekicher, wenn sie ihre Nase in eines von Vaters vergilbten Bücher steckte und sich an den Geschichten erfreute. Ihre Umarmungen, ihr Trost, die Art, wie sie meine Hand hielt. Alles würde fehlen.

Und zum ersten Mal ließ ich die Frage zu, was aus mir werden würde, wenn ich allein in der Hütte lebte. War es meine Bestimmung, einsam zu bleiben? Aber war Einsamkeit nicht genau das, wonach ich mich immer gesehnt hatte? Nur ich und meine Tiere – war nicht das stets mein Wunsch gewesen? Keine Menschen, mit denen ich mich ärgern musste. Nur ich, meine Gedanken und die Märsche durch die Wildnis.

Ich wollte nicht verzagen und traurig sein. Ich wollte mir aber auch noch keine Zukunft ohne Valerie ausmalen.

Ein Blick in Avis' Augen genügte, um mir Mut zu machen. Wir hatten immer noch uns. Sobald er wieder tauglich war für die Jagd, würden wir den Schöpfl hochsteigen und uns sattsehen an der Weite, die Freiheit inhalieren, wenn er über die Wiesen seiner Beute entgegenglitt. Ich würde keine Traurigkeit zulassen, und Einsamkeit war, was man daraus machte. Und vielleicht war ich ja dafür gemacht, allein zu sein.

Graf Hohenberg war nicht da. Sein hagerer Diener eröffnete mir, dass er sich zurzeit in Wien befände. Dennoch schickte er mich in die Stallungen, wo man mir Avis abnahm und mir versprach, sich gut um ihn zu kümmern, bis ich ihn wieder abholte.

Der Rückweg gestaltete sich einfach, nun da ich beide Hände frei hatte. Meine Schritte waren schwungvoll, schließlich freute ich mich auf das gemeinsame Abendessen mit Valerie. Erst als ich an Ahnens Anwesen vorbeiging, wurden meine Schritte kürzer, und vor dem schmiedeeisernen Tor hielt ich sogar ganz an.

In mir tat sich ein Drängen auf, eine Sehnsucht, die gekieste Einfahrt entlangzugehen und an der Eingangstür zu klopfen. Ich wünschte mir, Konrad in die Augen sehen zu können, ihn zu riechen, zu berühren und so zu tun, als ob es keine Auseinandersetzung zwischen uns gegeben hätte.

Aber das war unmöglich. Ich wusste das, und Konrad ging es bestimmt ebenso. Wir hatten es versucht – oder etwa nicht genug? Es gab keine Möglichkeit, unsere Welten zu überbrücken, das war mir inzwischen klar geworden. Also ging ich weiter, den Berg hoch zu meiner Hütte, wo Valerie mich bereits mit einer warmen Suppe erwartete.

Sie war so weit. Sie würde ihren Traum wahr machen und ihr Leben in Wien führen. Und in mir drängte sich eine Frage auf, fast unangenehm laut: Was war eigentlich mein Traum?

Zweifelsohne war es mein Traum gewesen, beim Falkenjagdturnier zu gewinnen. Dieser Traum hatte sich erfüllt und hatte Platz gemacht für einen neuen. Ich musste nur noch herausfinden, welcher es war. Was immer es war: Ich war bereit!

Am nächsten Morgen machten wir uns früh auf den Weg ins Dorf, um die Postkutsche nicht zu verpassen. Jede von uns trug ihr Gepäck und marschierte in die eigenen Gedanken versunken den Berg hinab.

Ich konnte Valerie ansehen, dass es ihr schwerer fiel als erwartet, ihre Heimat zu verlassen, aber ich vermied es, sie darauf anzusprechen. Erst als wir in der Kutsche saßen und Eichgraben hinter uns gelassen hatten, da konnte sie ihre Tränen nicht länger zurückhalten.

»Ich werde nichts von hier vermissen. Keine einzige Gasse, kein Gesicht, noch unsere verschrobene Hütte. Und doch tut es weh!«, sagte sie und blickte aus dem Fenster, vor dem der Kirchturm immer kleiner wurde.

»Natürlich tut es weh«, sagte ich und griff nach ihrer Hand. Valerie legte ihren Kopf an meine Schulter und schluchzte leise.

»Mir tut es auch weh, glaub mir!«, flüsterte ich und küsste ihr Haar. Wir saßen an diesem Morgen allein in der Postkutsche. Zum Glück, denn jeder Mitreisende hätte sich über die zwei weinenden Frauen gewundert.

Erst als um uns herum die Hügel abflachten und die Häuser immer mehr wurden, da vergaßen wir unsere Wehmut und blickten neugierig aus den Fenstern. Ein Haus reihte sich an das andere, keines hob sich vom anderen ab, alles wirkte gleich grau und öde. Und doch zeichnete sich in Valeries Gesicht ein Strahlen ab.

»Hier werde ich wohnen, Hedi! Kannst du das fassen?«, fragte sie und drückte ihre Nase noch fester gegen die Glasscheibe der Kutsche.

»Nein, ich kann es nicht fassen«, antwortete ich trocken und konnte mir nicht vorstellen, dass auch nur ein Mensch hier in diesen staubigen Straßen glücklich sein konnte.

»Liebknechtgasse! Bittschön, die Damen!«, rief der Kutscher zu uns nach hinten und brachte die zwei Rappen mit einem lauten »Brrr« zum Stehen.

Das Gesäß schmerzte vom stundenlangen Sitzen auf der schmalen Holzbank, und so stiegen wir steif aus der Kutsche und verschafften uns einen Überblick, während der Kutscher unsere Koffer von der Gepäckablage nahm und sie zu unseren Füßen abstellte.

»Das erste Mal Wiener Luft atmen«, sagte Valerie und hob ihren Brustkorb. Ich tat es ihr gleich und fand den Geschmack von Wien ganz schrecklich. Hier fehlte der Geruch von Harz, feuchtem Moos und Freiheit.

»Die ersten Schritte auf Wiener Boden«, sagte sie und tänzelte über die staubige Straße.

»Du bist albern«, sagte ich und lachte.

»Nein, ich bin glücklich!«, meinte sie und breitete ihre Arme weit von sich, als ließe die Großstadt sie schweben.

»Komm, lass uns Tante Irmas Haus suchen. Ich muss dringend aufs Klosett«, sagte ich und erinnerte mich an meine Erleichterung, als vor einer Woche meine monatliche Blutung eingesetzt hatte. Der Gedanke an eine Schwangerschaft hatte mich in Schrecken versetzt. Hätte ich Konrads Kind bekommen oder alles darangesetzt, um es zu verlieren? Ich wusste, dass es Kräuter gab, die ein ungewolltes Kind aus dem Körper trieben, welche das waren und wie sie einzusetzen waren, war mir allerdings fremd. Wen hätte ich um Hilfe bitten sollen? Ich hatte doch niemanden. Und wie hätte sich mein Leben gestaltet, wenn ich das Kind bekommen hätte? Wäre ich glücklich geworden als Mutter? Wäre ich mit meiner Tochter oder meinem Sohn zur Jagd gegangen und hätte mein Wissen weitergegeben? Hätten wir es schön gehabt und unsere Abgeschiedenheit genossen?

Zum Glück brauchte ich mir nicht länger Gedanken darüber zu machen. Ich schwor mir nur eines: Ich würde mich nie wieder einem Mann hingeben, der nicht mein Angetrauter war.

Und da ich beschlossen hatte, mein Herz nie wieder an einen Mann zu verschenken, brauchte ich mir auch darüber nie wieder Gedanken zu machen.

»Nie wieder«, murmelte ich abwesend und glaubte plötzlich, Konrads Lippen an meinem Hals zu spüren. Ich atmete scharf ein und versuchte, die Vorstellung zu verdrängen. Konrad gehörte nicht länger zu meinem Leben – und vermutlich hatte er noch nie wirklich dazugehört.

»Da ist es ja!«, rief Valerie jauchzend und rannte zu einem der Häuser, die alle gleich aussahen. Sie verschwand ins Innere, so als wüsste sie genau, wohin sie zu gehen hatte. Und vielleicht war es so, dass Wien ihr Zuhause war und sie sich hier besser zurechtfand als in Eichgraben oder auf dem Schöpfl.

»Komm schon!«, rief sie über die Treppe herunter zu mir.

»Du hast leicht reden, immerhin trage ich einen deiner schweren Koffer«, sagte ich und mühte mich die schmalen Stufen hinauf.

Im zweiten Stockwerk vor Tante Irmas Tür angekommen, stellte ich das Gepäck ab und drückte den Rücken durch.

»Du benimmst dich, als wärst du uralt«, schalt Valerie mich und klopfte an der Wohnungstür. Keine zwei Atemzüge später öffnete sich die Tür, und uns blickte eine üppige Frau mit rundlichem Gesicht entgegen.

»Tante Irma«, meinte Valerie und fiel ihr um den Hals.
»Mädel! Lass dich ansehen!«, sagte Tante Irma und lachte. Erstaunt begutachtete sie meine Schwester und lächelte dabei.
»Was bist du hübsch geworden!«, versicherte Tante Irma und sah dann über Valeries Schulter zu mir.
»Hedwig, wie schön, dich zu sehen!«, meinte sie und umfasste mein Gesicht mit beiden Händen. »Du siehst aus wie dein Vater«, fuhr sie fort und blinzelte eine Träne aus den Augen.
Ich freute mich über Tante Irmas Worte, auch wenn sie unüberhörbar beinhalteten, dass ich nicht hübsch war. Es erfüllte mich dennoch mit Stolz, die kantigen Züge meines Vaters geerbt zu haben. Er war ein starker Mann gewesen, klug und eigensinnig – wie konnte es kein Kompliment sein, wenn Irma sagte, dass ich ihm ähnelte.
»Hattet ihr eine gute Fahrt?«, fragte sie und winkte uns in die kleine Wohnung. Neugierig blickte ich mich um. Hier sollte also meine Schwester ab sofort wohnen. Wenn man die Wohnung betrat, stand man auch schon direkt in der Wohnküche. Ein kleiner Herd stand neben dem Fenster, daneben eine Kommode mit Geschirr, davor ein Esstisch, der Platz für höchstens zwei Personen bot, und an der gegenüberliegenden Wand stand ein klappriges Bett.
»Hier schlafe ich«, sagte Irma, die wohl meinen Blicken gefolgt war. »Valeries Schlafzimmer ist dort hinten. Das Klosett ist auf dem Flur, und Wasser kann man sich jederzeit im Innenhof holen.«
Das waren also die komfortablen Wohnverhältnisse der herrschaftlichen Stadt Wien? Ich behielt meine Meinung für mich, aber ich war sicher, dass unsere Hütte mehr Luxus bot als diese armselige Wohnung. Und doch wirkte Valerie so glücklich wie nie zuvor. Vermutlich war sie geblendet von

ihrer Freude, endlich die weite Welt kennenlernen zu können. Kaum hatte Irma auf Valeries Schlafzimmer gezeigt, war sie auch schon durch die Tür verschwunden und kam nicht wieder. Bestimmt packte sie bereits ihre Koffer aus und richtete sich wohnlich ein.

»Möchtest du etwas zu trinken? Die Fahrt war sicher anstrengend, nicht wahr?«, fragte Tante Irma und ging hinüber in die Küche, wo sie einen Teekessel auf den Herd stellte.

»Ich werde auch nur ein paar Tage bleiben, um euch nicht den Platz unnötig zu schmälern«, versprach ich.

»Das macht doch nichts. Ihr teilt euch ein Bett, und du bleibst so lange, wie es für euch beide passt«, sagte sie und kramte scheppernd im Schrank nach ein paar Tassen.

Nachdem wir uns mit einer Tasse Tee gestärkt hatten, machten Valerie und ich uns auf den Weg, die Stadt zu erkunden. Tante Irma wohnte im Arbeiterbezirk Ottakring, und wir müssten ein Stückchen gehen, um die prunkvolle Innenstadt zu besichtigen, aber das machte uns nichts aus. Lange Märsche waren kein Problem für mich, und Valerie war derart aufgeregt, dass sie weder Schmerz noch Erschöpfung kannte.

»Wir machen erst halt, wenn wir vor dem Stephansdom stehen, ja?«, meinte Valerie und marschierte los.

»Oder wenn wir uns verirrt haben!«, sagte ich und stellte fest, dass jede Fassade der anderen glich.

»Wir verirren uns nicht. Immerhin ist deine Orientierung besser als die jedes Greifvogels!« Valerie lachte, doch mich schmerzte der Gedanke an meinen Habicht und an die Baumwipfel, nach denen ich mich stets ausrichtete. Mir fehlte der frische Wind, der meinen Rocksaum tanzen ließ, und die würzige Luft, die meine Laune hob.

Ich hatte meine Hütte noch keinen Tag verlassen, und schon vermisste ich sie. Wie gerne hätte ich kehrtgemacht, um meinen Koffer zu holen und die nächste Postkutsche nach Eichgraben zu nehmen. Sosehr ich die Nähe meiner Schwester liebte, so sehr wusste ich auch, dass ich mich erst wieder wohlfühlen würde, wenn ich auf der Holzbank vor meiner Hütte sitzen würde.

»Hedwig?«

Eine vertraute Stimme riss mich aus meinem Heimweh und ließ mich innehalten. Konnte es wirklich sein, dass er hier war? Noch ehe ich mich umdrehte, lächelte ich. Vielleicht nähme der Aufenthalt hier in Wien doch noch eine positive Wendung.

KAPITEL 29

Als ich in das bekannte Gesicht blickte, fiel eine Last von meinen Schultern ab, von der ich bislang nicht gewusst hatte, dass ich sie mit mir trug.

»Graf Hohenberg!«, sagte ich und ging ihm entgegen. »Was machen Sie hier?«

»Ich habe nicht unweit von hier eine Wohnung. Nichts Besonderes, aber zentral gelegen für meine Besuche in Wien.«

»Dann sind wir schon fast beim Stephansdom?«, fragte ich und fühlte mich dumm, weil ich so gar keine Ahnung von meinem Standort hatte.

»Fast. Ich kann euch begleiten, wenn ihr wollt!«

»Das wäre wunderbar!«

An der Seite meines Freundes schien das Gesicht der trostlosen Stadt gleich viel heller. Wir sprachen über unsere Anfahrt, das Turnier, meinen Sieg. Und ich erzählte, dass Avis während meiner Abwesenheit auf seinem Anwesen gepflegt wurde.

»Ich hoffe, das war in Ordnung? Ich wusste nicht, wohin mit Avis«, sagte ich und blickte ihn erwartungsvoll an.

»Es ist mir eine Ehre, den Habicht der Siegerin auf meinem Anwesen zu haben«, meinte er und zog eine Augenbraue süffisant hoch.

»Was haben die Damen denn geplant für die nächsten Tage?«

»Wir wollen gleich morgen auf Arbeitssuche gehen. Schließlich soll Valerie so schnell wie möglich für ihren Unterhalt aufkommen.«

»Es sei denn, sie heiratet eine passende Partie und muss nie wieder arbeiten.« Graf Hohenberg zwinkerte Valerie zu. Die fing seinen schelmischen Blick auf und lachte.

»Kennen Sie denn jemanden, der für mich infrage käme?«

»Valerie!«, schalt ich streng und stierte sie finster an.

»Ach was, lassen Sie sie ruhig. Wir kennen einander gut genug, um uns gegenseitig auszuhelfen. Und ja, ich kenne womöglich jemanden, der Ihnen gefallen könnte, junges Fräulein.«

Ich schloss die Augen und atmete tief durch. In was für ein Gespräch war ich da geraten. Ließ sich meine Schwester tatsächlich von Graf Hohenberg verkuppeln?

»Kommen Sie heute Abend beide zu mir in meine Stadtwohnung. Ich gebe einen kleinen Empfang und könnte Sie mit besagtem jungem Herrn bekannt machen.«

Valerie hüpfte vor Aufregung wie ein kleines Mädchen und drückte beide Hände an ihre geröteten Wangen.

»Wer wird denn noch zugegen sein?« Das war die erste Frage, die mir in den Sinn kam. Denn auf keinen Fall würde ich die Einladung annehmen, wenn auch Konrad auf der Gästeliste stünde.

»Nur ein paar Freunde. Wirklich nur ein kleiner Kreis, liebes Fräulein Hedwig«, sagte er und bot mir seinen Arm an, um mich unterzuhaken.

»Wird Konrad hier sein?«, fragte ich und fühlte, wie meine innere Anspannung sich steigerte.

»Konrad Ahnen?«, fragte Hohenberg, und seine Stimme überschlug sich. »Ich denke nicht, dass er in der Stadt ist. Zumindest habe ich ihn schon eine Weile nicht mehr gesehen. Aber sein Freund Wilhelm wird bestimmt kommen.« Graf Hohenberg schmunzelte mir zu.

»Verstehe! Ich freue mich für Sie, lieber Graf«, antwortete ich und meinte es so. Wie schön, wenn wenigstens mein treuer Freund die Liebe gefunden hatte – auch wenn er sie nur heimlich ausleben durfte.

»Also gut. Wir kommen. Danke für die Einladung«, sagte ich. Eine andere Wahl hatte ich schließlich nicht, wenn ich nicht den Zorn meiner Schwester auf mich ziehen wollte.

»Ich schicke euch eine Kutsche zu eurer Tante. Braucht ihr noch Kleider?«, fragte er und musterte uns beide.

»Unbedingt!«, rief meine Schwester. In diesem Moment schämte ich mich für sie. Wie konnte sie so schamlos sein und das Entgegenkommen unseres Freundes derart ausnutzen?

»Wir finden schon etwas, keine Bange. Aber danke!«, sagte ich und hoffte, damit Valeries Dreistigkeit entschuldigt zu haben.

»Sie lügt, hab ich recht?« Graf Hohenberg hatte die Frage an Valerie gerichtet und dabei verschmitzt gegrinst.

»Und wie!«

»Also gut, meine Damen! Wir befinden uns hier im 1. Wiener Gemeindebezirk. Dem Bezirk, der als der teuerste von allen gilt. Hier bekommt man die feinsten Kleider, die schillerndste Seide, die exquisitesten Parfums und die edelsten Möbel.«

Ich konnte nicht umhin, mit den Augen zu rollen, zumal Seide für mich immer Seide blieb, egal wie teuer sie war. Und wozu brauchte man ein Parfum, wenn es Seife gab?

»Hier entlang!«, meinte Hohenberg geradezu begeistert und öffnete eine Ladentür für uns.

Wir kamen seiner Aufforderung nach und traten ein in die kleine Schneiderei. Es roch nach Wollstoffen und frischen Blumen, die in unzähligen Vasen den Raum zieren sollten.

»Graf Hohenberg, was für eine Ehre!« Ein grau melierter, befrackter Herr näherte sich uns und grüßte Hohenberg mit einer Unterwürfigkeit, die beinahe unangenehm war.

Nachdem er Graf Hohenberg in Empfang genommen hatte, wandte er sich Valerie und mir zu und musterte uns mit einem Blick, der verriet, dass er noch nie zuvor Kundschaften wie uns bedient hatte. Dass er uns trotzdem mit größter Freundlichkeit behandelte, verdankten wir der Anwesenheit von Graf Hohenberg. Man zeigte uns eine Auswahl der neuesten Kleider, half uns in die Mieder und Röcke und beriet uns, welche Farben am besten zu unserem Hautton und der Haarfarbe passten. Ich sah es Valerie an, dass sie sich wie eine Prinzessin fühlte – und das am ersten Tag in Wien. Vermutlich war sie der Meinung, dass es für immer so bleiben würde. Aber bestimmt würde sie rasch feststellen, dass sie hart ums Überleben kämpfen musste, wenn sie in dieser großen Stadt bestehen wollte.

Ich verzichtete darauf, Hohenberg ausreden zu wollen, dass er sämtliche Kosten für unsere Kleider übernahm. Wozu auch? Er schien eine Freude daran zu haben, uns neu auszustaffieren, und Valerie würde in so einem Kleid womöglich wirklich die passende Partie finden, an deren Seite sie das Leben führen könnte, nach dem sie sich so sehr sehnte.

»Der Schneider lässt die neuen Kleider zu Ihrer Tante liefern, und mein Kutscher holt Sie am Abend ab und bringt Sie direkt zu mir. Ich hoffe, das ist in Ordnung?«, fragte der Graf, nachdem wir die exquisite Schneiderei verlassen hatten.

»Ich danke Ihnen von Herzen, lieber Graf«, sagte ich und

legte freundschaftlich meine Hand an seinen Arm. Er lächelte und fasste mit seinen behandschuhten Fingern an meine Schulter.

»Wir sehen uns. Der Stephansdom ist übrigens direkt um die Ecke!« Der Graf zwinkerte uns zu und zeigte mit dem Kinn auf die Kreuzung wenige Schritte von uns entfernt.

Wir bedankten uns beim Graf für seine Großzügigkeit und verabschiedeten uns.

Als wir den Stephansplatz erreicht hatten, verstand ich meine Schwester und ihre Liebe für Wien für einen Moment. Der Dom, der sich vor mir aufbaute und dessen Turm an den Wolken kratzte, war imposanter, als ich mir je hätte vorstellen können. Die feinen Verzierungen am Gemäuer, die Musterung am Dach, die vielen Fenster und Nischen. Vermutlich bräuchte es einen ganzen Tag, um all die in Stein gemeißelten Statuen an der Fassade zu sichten.

»Komm schon!«, rief Valerie mir zu und verschwand durch die hohe Eingangstür. Ich folgte ihr – nur um festzustellen, dass das Innenleben des Doms noch prächtiger war. Die bunten Einlegefenster tauchten alles in ein warmes Licht.

Ich beobachtete Valerie, wie sie auf einer der Bänke Platz nahm und betete. Bei wem war sie wohl mit ihren Gedanken? Bei Papa und Mama? In diesem Moment hoffte ich, dass ich ihr ein guter Ersatz für beide gewesen war und sie sich stets gerne an die Zeit mit mir erinnerte.

Als wir den Dom verließen und uns auf den Rückweg zu Tante Irma machten, war Valerie ungewohnt schweigsam. Sie wirkte bedrückt, und das, obwohl sie doch eben noch durch die Straßen gehüpft war wie ein Mädchen.

»Was soll ich heute mit dem Mann reden, den der Graf mir vorstellen will?«, fragte sie leise. »Ich bin doch viel zu ungebildet für einen Mann aus diesen Kreisen.«

»Du bist nicht ungebildet!«, antwortete ich aufgebracht.

»Vater hat uns das Lesen und Schreiben beigebracht, und mit Zahlen warst du immer besser als ich.«

»Das schon, aber ich weiß nichts von der Welt. Ein Mann möchte mit einer Frau doch ein gehaltvolles Gespräch führen, oder?«

Ich überlegte, wie ich Valerie am geschicktesten antwortete und ihr die Angst am besten nahm.

»Du weißt sehr wohl etwas von der Welt. Du kannst von deinen Wanderungen durch den Wienerwald erzählen, von den Sonnenaufgängen und dem Blick in die Welt. Du kannst davon berichten, wie wir die Greifvögel großgezogen haben oder davon, wie du mir meinen gebrochenen Arm geschient hast. Du hast viel zu sagen, liebste Valerie«, sagte ich und nahm sie an der Hand, während wir durch die Kärntner Straße flanierten und uns an den prächtigen Fassaden erfreuten.

»Vielleicht hast du recht«, antwortete sie und drückte meine Hand.

»Natürlich hab ich das!«

Ich wandte mich Valerie zu und sah, dass sie lächelte und in Gedanken wahrscheinlich schon in ihrem neuen Kleid steckte und sich fertig machte für den kleinen Empfang bei Graf Hohenberg.

Als am Abend die Kutsche eintraf, standen wir bereits vor dem Haus. Valerie freudig aufgeregt, ich in der Hoffnung, dass der Abend schnell vorübergehen möge.

»Wie sieht so ein kleiner Empfang bei einem Grafen wohl aus? Wird getanzt? Oder sitzen wir nur bei Tisch?«, fragte Valerie und zupfte die Spitze an ihrem Ausschnitt zurecht.

»Hohenberg meinte, dass seine Wohnung bescheiden sei. Was immer das bedeuten mag«, antwortete ich und lachte. Bestimmt zog sich die Wohnung über mehrere Etagen und bot Platz für ein Orchester, das uns während des Abendessens begleiten würde.

Der Kutscher hielt das Pferd in der Kramergasse und half uns über den schmalen Ausstieg. Als er uns ins Haus begleitete und die Treppen hochwies, machte sich auch in mir eine gewisse Aufregung bemerkbar.

Das Treppenhaus war mindestens zweimal so groß wie das bei Tante Irma. Das Geländer war aus Marmor und die Wände sauber und weiß.

Wir hatten den Treppenabsatz noch nicht erreicht, da öffnete sich eine Wohnungstür, und ein Diener in mintfarbenem Frack hieß uns mit einer Verbeugung willkommen. Feierlich geleitete er uns in die Wohnung, deren Foyer größer war als unsere gesamte Hütte. Unzählige Damen und Herren in feinen Gewändern standen im angrenzenden Salon und plauderten. Es wurde gelacht, Musik ertönte, und Gläser klirrten. Wie hatte ich auch glauben können, dass Hohenberg einen *kleinen* Empfang gibt. Sein Verständnis für Größe war vermutlich ein anderes als meines. Hatte ich mit höchstens zehn Gästen gerechnet, so zählte für ihn ein kleiner Empfang scheinbar an die fünfzig.

»Meine Damen!«, rief Hohenberg, als er uns beide erblickte, und eilte uns übermütig und offensichtlich leicht angetrunken entgegen.

»Wie schön, dass Sie hier sind. Kommen Sie, ich führe Sie durch meine bescheidene Wohnung.«

Ich sah zu Valerie und rollte mit den Augen. Bescheiden? Die Wände waren voll behangen mit Malereien, tapeziert mit Seidentapeten und möbliert mit Vitrinen, die mit Blumenvasen oder kleinen Statuen überladen waren.

»Hier drüben gibt es ein wunderbares Buffet, an dem Sie sich nach Belieben bedienen können.« Er zeigte auf einen endlos scheinenden Tisch, der überquoll mit Speisen, die ich noch nie zuvor gesehen habe. Kleine Häppchen, Röllchen, Türmchen – von denen ich keine Ahnung hatte, ob sie nun süß oder salzig schmeckten.

»Bedienen Sie sich!«, sagte er und zeigte auf ein silbernes Tablett, auf dem sich kleine Küchlein befanden.

»Oder lieber erst ein Glas Champagner?« Er winkte einem der Diener zu, der uns ein mit Champagnerkelchen beladenes Tablett präsentierte.

»Ich dachte, es kommen nicht so viele Gäste?«, fragte ich, nachdem ich einen Schluck getrunken hatte. Der Champagner prickelte erst auf meiner Zunge und dann in meinem Magen. Er wärmte meine Wangen und ließ mich etwas entspannter auf die unzähligen Menschen um mich blicken.

»Ach, es werden dann doch immer mehr, als man erst glaubt, nicht wahr? Übrigens ist Konrad Ahnen nun doch erschienen. Hatten Sie nicht nach ihm gefragt?«

Für einen kurzen Augenblick hatte ich Angst, das Glas würde mir entgleiten. Doch dann fasste ich mich und straffte meine Haltung.

»Konrad ist hier?«, fragte ich so leise wie möglich und sah mich vorsichtig um.

»Was ist da zwischen Ihnen und Konrad?«, wollte Hohenberg wissen und legte seinen Arm um meine Schultern, um mir noch näher zu kommen.

»Da ist nichts«, sagte ich und wand mich aus seiner Umarmung.

»Ach kommen Sie! Wenn Sie mir ein Geheimnis verraten, dann verrate ich Ihnen meines!«

»Noch ein Geheimnis?«, fragte ich. »Vielleicht nehme ich doch eines dieser Törtchen«, schlug ich vor und zeigte auf einen der üppig beladenen Servierteller hinter uns. Ich mochte es, wenn ich Graf Hohenberg zappeln lassen konnte.

»Also gut, wenn Sie es unbedingt wissen wollen, dann vertraue ich Ihnen mein Geheimnis an!«, sagte er grinsend.

»Sie haben zu viel Champagner getrunken, fürchte ich!«, war meine knappe Antwort, dann stopfte ich mir eines dieser kleinen Türmchen in den Mund.

»Das schmeckt unglaublich!«, schwärmte ich mit vollem Mund.

»Ich werde Wilhelm meinen Eltern vorstellen!«, sagte Graf Hohenberg geradeheraus, ohne näher zu erklären, was er damit meinte.

»Sie werden was?« Ich schluckte das Törtchen hinunter und griff gleich nach dem nächsten.

»Ich möchte mich nicht länger verstecken – zumindest nicht vor meiner engsten Familie!« Er blickte mich aus geweiteten Augen an und legte einen Finger an seine Lippen.

»Aber was, wenn man weder Wilhelm noch Ihre Neigung akzeptiert?«, fragte ich und verschluckte mich fast an meinem Häppchen. Hustend und nach Luft ringend, winkte ich dem Diener, der den Gästen Champagner anbot.

»Bitte sehr!«, meinte der schwarz befrackte Diener und verschwand wieder.

»Trinken Sie nicht so schnell! Sie vertragen bestimmt keinen Alkohol. Es sei denn, Sie trinken in Ihrer Hütte jeden Tag ein paar Stamper Schnaps!«

Hohenberg legte nachdenklich einen Finger ans Kinn.

»Die Wahrheit ist«, fuhr er fort, »ich habe keine Kraft mehr, um mich ein Leben lang zu verstecken. Und die Tatsache, dass meine beste Freundin der mutigste Mensch auf der Welt ist, hat mich beflügelt. Ich werde auch mutig sein, so wie Sie, liebstes Fräulein Wolf.«

Hohenbergs Blick war wehmütig. Er wusste, dass seinem Mut auch eine große Gefahr vorausging. Und doch würde er für seine Liebe einstehen. Wenn jemand ein Vorbild war, dann er.

»Sind Sie denn glücklich mit ihm?«, fragte ich Hohenberg.

»Ja, jeden Tag aufs Neue«, antwortete er mit einem Glanz in den Augen, der mich berührte.

Wie es wohl sein musste, wenn man für seine Liebe alles wagte? Wenn man sich nicht zurückzog, nur weil ein erstes Problem entstand?

Graft Hohenberg winkte einem seiner Gäste zu und verschwand. Und ich stand da, mit meinem Glas in der Hand, und bemerkte jetzt erst, dass Valerie nicht mehr neben mir stand.

Sofort waren Hohenbergs Geheimnis und Konrads Anwesenheit vergessen. Dafür erinnerte ich mich an Wilhelms Ball, auf dem ich Valerie verzweifelt gesucht hatte. Wie konnte sie mir das schon wieder antun? Ich stellte mein Glas beiseite und begann, mich umzusehen. Ich schob mich zwischen den Gästen vorbei und hielt nach Valeries himmelblauem Kleid Ausschau.

Und dann entdeckte ich sie, allein, an ihrem Glas nippend, mitten unter den Gästen, von denen sie keinen kannte.

»Verzeihung«, sagte ich zum wiederholten Mal und drängte mich an einer Dame in Pastell vorbei.

Da blickte ich plötzlich in seine Augen. Konrad. Er stand direkt vor mir und wirkte ebenso erschrocken wie ich. Unsere Blicke verhakten sich ineinander, und jeder schien auf eine Reaktion des anderen zu warten. Doch beide schwiegen wir und hielten dem anderen stand.

Je länger wir uns ansahen, desto mehr hatte ich das Gefühl, dass etwas in mir zerbrach. Oder blühte etwas neu auf? Ich war nicht sicher, fühlte mich verloren und wollte doch die Starke mimen. Ich freute mich über das Wiedersehen und wünschte mir gleichzeitig, er wäre mir nie begegnet.

Ich sah hinüber zu Valerie, die sich inzwischen mit einem mir völlig fremden jungen Mann unterhielt und dabei einen fröhlichen Eindruck machte. Sie brauchte mich nicht und nahm keine Notiz von mir oder Konrad.

»Hedwig«, sagte er. »Mit dir hatte ich nicht gerechnet. Geht es dir gut?« Nachdem er diese Frage gestellt hatte, wich er meinem Blick aus.

Nein, mir ging es nicht gut. Ich stand in Hohenbergs prunkvollem Salon, umgeben von unzähligen Menschen, und doch fühlte ich mich einsam und verloren.

Und während ich weiter in Konrads Gesicht starrte, war mir, als verschwämme die Welt um ihn herum, als löste sie sich langsam auf, und alles, was blieb, waren er und ich.

Seine Gesichtszüge wurden weicher und meine Atmung entspannter. Es war, als würden wir wortlos zueinanderfinden – und vielleicht war es genau so. Noch ehe er ein Wort sagte, wusste ich, dass wir einen Weg finden würden.

KAPITEL 30
KONRAD

Ich war nicht sicher, ob der Schmerz überwog oder die Freude, Hedwig nach unserem Streit wiederzusehen. Es hatte keinen Augenblick gegeben, in dem ich nicht an sie gedacht hatte.

Verloren war ich gewesen, nachdem sich unsere Wege getrennt hatten. Ich hatte sie vermisst. Ihre Schlagfertigkeit, ihren durchdringenden Blick, ihr Talent im Umgang mit Greifvögeln, ihren Geruch, das Gefühl von ihrer Haut auf meiner. Die Art unserer Zweisamkeit, wenn sie gerade nicht über mich spottete, sondern sie sich an mich drängte, weil sie meine Nähe genauso brauchte wie ich ihre.

Sie nun endlich wieder zu sehen, raubte mir den Atem und ließ mich gleichzeitig tief Luft holen und mich wieder lebendig fühlen.

»Hedwig«, wiederholte ich vorsichtig, doch legte sie einen Finger an meine Lippen und brachte mich zum Schweigen.

»Sag nichts«, hauchte sie, dann nahm sie mich an der Hand und zog mich hinter sich durch den Salon. Zielsicher ging sie mit mir durch die geöffnete Balkontür und blieb erst an der marmornen Balustrade stehen. Sie überblickte die Dächer der Stadt, schloss die Augen und atmete tief ein. Es war, als fände sie erst hier oben wieder zu ihrer gewohnten Freiheit.

»Immer wenn wir reden, machen wir alles kaputt«, flüsterte sie und wandte sich mir zu.

Gerne hätte ich ihr widersprochen, aber vermutlich hatte sie recht. Sie kam mir nahe, sog am Geruch meiner Haut und legte dann seufzend ihren Kopf an meine Schulter.

»Ich möchte nicht, dass es kaputt wird«, sagte sie zerbrechlich leise.

»Das möchte ich auch nicht«, hauchte ich ihr zu und umschlang ihren Oberkörper.

»Ich habe dich vermisst.« Dieser Satz aus ihrem Mund verbannte den Rest an Schwermut aus meinem Körper.

Ich drückte sie noch fester an mich, um sie nicht wieder zu verlieren. Über uns der sternenklare Nachthimmel, unter uns das rege Nachtleben Wiens und wir mittendrin, eng umschlungen, und wussten wohl beide nicht, was die Zukunft bringen würde. Es war, als würde diese eine Nacht alles verzeihen und alles ermöglichen. Und doch wussten wir beide, dass eine Umarmung noch lang kein Versprechen an die Zukunft war.

Hedwig legte ihren Kopf in den Nacken und sah mich an. In ihren Augen spiegelte sich das Licht des Mondes. Wie unglaublich schön sie doch war. In ihr funkelte die Unberührtheit der Natur, die Kraft einer Jägerin, der unbeugsame Wille einer Frau, die sich mit der Einsamkeit angefreundet hatte.

Ihre Lippen suchten die meinen. Und auch wenn zu befürchten war, dass dieser Kuss alles noch schlimmer machte, konnte ich nicht widerstehen. Ihr Atem roch nach Erdbeeren, ihre Lippen schmeckten nach Champagner. Ihr Kuss umfing mich, trug mich, tröstete mich. Mit einem Mal fielen die Tage der Ungewissheit von mir ab, und ich fand zurück zu mir selbst. Alles würde ich aufgeben, wenn sie nur bei mir bliebe – nicht nur für eine Nacht, sondern für immer.

»Möchtest du einen Spaziergang durch Wien machen? Jetzt? Mit mir?«, fragte ich sie.

»Ich könnte mich irren, aber sieht man sich eine Stadt nicht lieber bei Tag an?« Sie lachte. Und dieses Lachen ließ mich erleichtert aufatmen.

»Manche Schönheit entdeckt man nur bei Nacht«, sagte ich und strich ihr eine Haarsträhne aus der Stirn.

»Aber Valerie ...«

»Valerie ist nach Wien gekommen, um ihr eigenes Leben zu führen. Vielleicht solltest du sie heute damit beginnen lassen«, sagte ich und erwartete fast, dass sie mich wegen dieses Satzes wieder von sich stieß.

»Du hast recht«, sagte sie entschieden. »Lass uns gehen.«

Als sie mich wieder an der Hand nahm, spürte ich eine Verbundenheit zwischen uns, die nichts so leicht wieder trennen konnte. Da war ein unsichtbares Band, das Hedwig um uns geknotet hatte – und ich ließ es nur zu gerne zu.

Wenig später flanierten wir eng umschlungen durch die Nacht. Gelächter hallte an den verschnörkelten Fassaden wider, und Gaslampen erhellten mit ihrem Schimmer selbst die engsten Gassen.

»Wo gehen wir eigentlich hin?«, fragte sie mich.

»Wohin du auch möchtest«, antwortete ich und zog sie eng an mich. Ich roch an ihrem Haar, das nach Honig duftete, und küsste sie auf die Stirn.

»Ich verlasse mich ganz auf dich. Ich vertraue dir«, hauchte sie.

»Tust du das?«, fragte ich und blieb stehen.

Sie kam mir nahe, umfasste mein Gesicht mit ihren Händen und küsste mich. Ihr Kuss war Antwort genug. Ich umschlang ihren zarten Körper, drückte ihn an mich, konnte nicht genug von ihr spüren. Ihr Kuss war voller Hingabe, und für einen Augenblick glaubte ich, sie würde in meinen Händen zerfließen. Ihre weichen Lippen erspürten die meinen, sagten mir, dass sie mich brauchte – so wie ich sie.

»Wollen wir noch ein wenig durch die Nacht spazieren?«, fragte ich.

Hedwig nickte und strich zärtlich über mein Kinn. Der Blick, mit dem sie mich bedachte, ließ mich lächeln. Er war zart, und in ihm flackerte etwas, das ich nur zu gerne als innige Zuneigung deutete.

»Bitte«, sagte ich und bot ihr meinen Arm an, um sich unterzuhaken. Und das tat sie.

Ich zeigte Hedwig die Prunkbauten des Kunsthistorischen und des Naturhistorischen Museums, und wir flanierten durch den Burggarten, über den sich nächtliche Stille gelegt hatte. Hier waren wir völlig allein. Es gab nur sie und mich. Und in diesem Augenblick wünschte ich mir nichts sehnlicher, als dass es für immer so bleiben möge.

Ich blickte zu ihr hinüber, und als unsere Blicke sich trafen, wusste ich, dass sie ähnliche Gedanken hatte wie ich. Zumindest hoffte ich das.

KAPITEL 31
HEDWIG

»Wer ist das?«, fragte ich Konrad leise, als wir zurück waren in Hohenbergs Wohnung und ich Valerie mit einem mir unbekannten Mann plaudernd vorfand.

»Wenn ich mich nicht irre, ist das der jüngere Bruder des Grafen«, antwortete Konrad mir ins Ohr.

Der jüngere Bruder des Grafen Hohenberg? Tatsächlich. Bei näherer Betrachtung war die Ähnlichkeit nicht abzustreiten. Das dunkel gelockte Haar, die hochgezogene Augenbraue, der weiche Zug um die Lippen und der offene, sanfte Blick, der einen sofort in den Bann zog, und der einem sagte, dass man ihm vertrauen konnte.

Ich erkannte an Valeries schwärmendem Blick, dass sie sich Hoffnungen machte. Was, wenn der junge Graf nur oberflächliches Interesse hatte und er die unbedarfte Frau vom Land nur als Abenteuer sah?

Ich löste mich von Konrads Arm und machte mich auf den Weg zu den beiden. Valerie war zu jung, ich musste sie beschützen. Wie immer.

»Nein!«, sagte Konrad und hielt mich am Oberarm zurück. »Graf Hohenberg ist ein großzügiger und gutmütiger Mann, und wenn sein Bruder auch nur halb so edelmütig ist, dann kannst du dich glücklich schätzen, wenn er deine Schwester hofiert.«

»Warum sollte sich ein adliger Mann für eine mittellose Frau wie meine Schwester interessieren?«, fragte ich, ohne den Blick von den beiden zu wenden.

»Ist das dein Ernst?«, fragte Konrad mich eindringlich. »Wenn es wahre Gefühle sind, spielt die Abstammung keine Rolle. Sieh nur uns beide an!«

Abstammung. Allein dieses Wort zerstörte meine romantischen Gefühle. Mir war bewusst, dass Konrad es nicht abwertend gemeint hatte, und doch fühlte ich mich mit einem Mal fehl am Platz. Ich blickte in die gepuderten Gesichter der feinen Damen und fragte mich, ob ich wirklich jemals der Meinung gewesen war, zu ihnen gehören zu wollen. Was sollte ich mit Menschen wie ihnen sprechen? Wie sollte ich mich in ihrer Nähe verhalten, wenn ich nicht unnötig auffallen wollte?

Ich beobachtete eine der Damen, wie sie an ihrem Glas Champagner nippte und dabei ihren kleinen Finger abspreizte. Eine andere nahm einen Bissen von einem Häppchen und kaute ihn kaum sichtbar. Das restliche Häppchen legte sie zurück auf das silberne Tablett.

Das waren sie also, die Frauen der gehobenen Gesellschaft. Sie zwängten sich in enge Mieder, die ihnen die Luft zum Atmen raubten, aßen kaum, um ihre schmale Taille zu halten, und lachten hinter vorgehaltener Hand. Sie waren Zierrat der Gesellschaft, Zierde ihrer Ehemänner, Stolz der aufgeputzten Mütter. Aber waren sie glücklich?

Hier gehörte ich nicht her. Niemals!

Mit einem Mal bekam ich nur schwer Luft. Alles in mir drängte mich, den Raum zu verlassen, hinauszugehen an die frische Luft. Aber selbst dort würde ich – umgeben von den hohen Fassaden – nicht durchatmen können.

Ich sah hinüber zu Valerie, die sich köstlich zu unterhalten schien. Ihr Lachen wirkte echt, und ihr Strahlen war heller als je zuvor. Sie gehörte wirklich hierher in diese Stadt, in diese Gesellschaft. Und während meine Welt hier in Wien schrumpfte, wuchs die von Valerie ins Unermessliche.

Rasch ging ich hinaus auf den Balkon und drückte mich gegen die wuchtige Balustrade. Der Blick über die Dächer Wiens entspannte mich. Dennoch wusste ich, dass ich hier nicht bleiben konnte. Und noch viel weniger konnte ich hier an Konrads Seite mein Leben führen.

»Was ist los?«, fragte Konrad ehrlich besorgt.

Als ich mich zu ihm umdrehte, war mein Blick von Tränen getrübt.

Die Stadt beraubte mich meiner Kraft, sie ließ mich verblassen und innerlich schrumpfen. Noch nie zuvor hatte ich mich so sehr nach meiner Hütte gesehnt. Nach dem Schöpfl, den Wolken, die tief über den Gipfeln hingen, und dem Nebel, der von den Tälern aufstieg.

»Diese Stadt raubt mir den Atem«, sagte ich und strich über mein zu enges Mieder. »Ich ...«

»Sag jetzt nichts!«, unterbrach Konrad mich, so als schien er zu ahnen, was ich ihm gleich sagen würde. »Unser Anwesen liegt etwas außerhalb der Stadt. Du würdest es mögen. Wir könnten für Avis einen Käfig bauen, in dem er sich wohlfühlen wird.«

»Einen Käfig für Avis?«

»Ja! Und du kannst mit ihm im Park auf Jagd gehen. Wir haben dort jede Menge Wildkaninchen.«

Ich schluckte schwer und war nicht sicher, wie ich Konrad begreiflich machen sollte, dass ich unmöglich hier leben konnte, weil ganz Wien sich anfühlte wie ein Käfig. Ich fühlte mich wie eine Gefangene, eingekerkert.

»Im Park auf Jagd gehen? Nur zum Spaß?«, fragte ich mit zittriger Stimme. »Aber was macht das für einen Sinn?«

Mir entfuhr ein lauter Schluchzer, und dann wurde es mir endgültig klar: Ein Leben hier würde für mich nie Sinn ergeben. Vielleicht würde ich die Nähe zu Konrad genießen, seine Umarmungen, die Küsse, unsere Gespräche und Spaziergänge. Aber niemals würde ich hier Erfüllung finden. Und eines Tages würde ich Konrad dafür verachten, weil ich alles für ihn aufgegeben hatte.

»Gib uns wenigstens eine Chance«, meinte Konrad, der erkannte, wie sehr ich ihm mit jedem meiner Gedanken entglitt.

»Weißt du«, sagte ich, »nie im Leben hätte ich gedacht, dass ein Mensch mir so nahekommt wie du.« Ich legte eine Hand auf seine Brust und konnte das aufgeregte Hämmern seines Herzens durch seinen nachtblauen Frack spüren.

»So geht es mir auch«, sagte er und legte seine Hand auf meine.

»Wenn man bedenkt, dass wir uns am Anfang gehasst haben.«

»Haben wir das?«, fragte er und sah mich wehmütig an.

»Ja, ganz gewiss haben wir das«, versicherte ich ihm schmunzelnd.

»Aber das haben wir hinter uns gelassen«, meinte er und strich mit der Fingerkuppe seines Daumens über meine Lippen. »Wenn wir es wagten, dann hätten wir eine erfüllte Zukunft vor uns, das weiß ich.«

Hier draußen auf dem Balkon war es dunkel. Über uns das schwache Glitzern der Sterne, unter uns das Schimmern der Gaslampen. Und wir dazwischen.

»Wir werden eine erfüllte Zukunft haben. Du und ich«, flüsterte ich ihm zu und konnte spüren, wie meine Stimme brach.

Konrad atmete erleichtert auf und kam mir so nahe, dass ich die Wärme seiner Haut spüren konnte. Seine Lippen näherten sich meinen, und alles in mir strebte ihm entgegen, wollte wieder diesen Kuss, der diese Glut in mir entfachte und mich innerlich tanzen ließ.

»Wir werden eine erfüllte Zukunft haben«, wiederholte ich und trat entschlossen einen Schritt zurück. »Aber nicht gemeinsam.«

Der Glanz in seinen Augen verschwand, er blickte mir matt und verletzt entgegen.

»Das kann unmöglich dein Ernst sein«, sagte er so leise, dass ich ihn kaum verstand.

»Ich kann hier nicht leben. Diese Stadt ist schrecklich.«

»Aber du hast es doch nicht einmal versucht. Du gibst uns einfach keine Chance!«

»Eine Chance! Was bedeutet das? Dass wir einander noch näher kommen? Uns am Ende verlieben und nicht mehr ohne den anderen sein können? Ich weiß, ich könnte dich lieben, aber würde diese Liebe nicht verblassen, wenn ich in einer Stadt lebte, die mich jeder Lebenslust beraubt?«

»Das Anwesen meiner Familie liegt außerhalb der Stadt. Wir könnten dort wohnen. Ich bin sicher, dir würde es dort gefallen.«

»Und ich bin mir sicher, dass mir kein Anwesen der Welt die Freiheit geben kann, die ich oben auf meiner Hütte empfinde. Ich wäre wie Avis in einem Käfig – und selbst wenn er golden ist, so würde er mich doch meiner Freiheit berauben.«

Konrad schwieg und blickte betreten zu Boden. Die Traurigkeit, die er meinetwegen litt, trieb mir Tränen in die Augen.

»Schau«, sagte ich. »Das hier ist dein Leben: Abendgesellschaften, Champagner, Musik und Tanz, Gelächter, Gespräche mit deinesgleichen, betuchte Damen in Seide eingewickelt. Ich würde hier niemals reinpassen. Und das weißt du. Das wissen wir beide. Und die Tatsache, dass du dich womöglich eines Tages für mich schämen würdest, weil ich nicht den Erwartungen deiner adligen Freunde entspreche, die würde ich nicht ertragen.«

»Aber …«, setzte Konrad an, doch ich legte ihm einen Finger an die Lippen, um ihn zum Schweigen zu bringen.

»Ich würde alles aufgeben, nur um festzustellen, dass ich hier niemandem genüge. Tu mir das nicht an, Konrad.«

Ich nahm den Finger von seinen Lippen und spürte seiner Wärme auf meiner Haut nach.

Konrad schwieg. Er suchte nicht mehr meinen Blick, und er streckte auch nicht mehr seine Hand nach mir aus. Er wusste, dass ich im Recht war.

Ohne ein Wort des Abschieds wandte ich mich von ihm ab und ging hinein in Hohenbergs Wohnung, die überquoll an Lichtern, Klängen und Gästen. Mit gestrecktem Hals versuchte ich, Valerie zu finden. Wir mussten weg von hier. Jetzt.

Und so leid es mir tat, das Gespräch meiner Schwester mit dem jüngeren Bruder des Grafen zu unterbrechen, so dringend war auch der Wunsch, die Gesellschaft hinter mir zu lassen.

»Wir müssen weg«, sagte ich zu Valerie und fasste sie am Arm. »Jetzt!«, setzte ich nach und blickte sie so inständig an, dass sie unmöglich die Dringlichkeit meines Anliegens übersehen konnte.

»Also gut!«, sagte sie und schluckte. »Warte draußen, ja? Ich möchte mich noch von Arthur verabschieden.«

Arthur. Die beiden sprachen einander bereits mit dem Vornamen an? Wie konnte es sein, dass das Leben für manche Menschen so unkompliziert war? Man lernte sich kennen, war sich sympathisch, kam sich näher, heiratete und gründete eine Familie. Für viele schien das ausreichend Inhalt in ihrem Leben zu sein.

Warum also nicht für mich? Warum genügte es mir nicht, dass Konrad mich bei sich haben wollte? Warum verlangte ich nach mehr und war nicht fähig, Opfer zu bringen? Für eine Frau wie Valerie machte es vermutlich keinen Unterschied, ob sie nun oben auf dem Schöpfl auf Jagd ging oder in Konrads Park. Sie war genügsam, konnte sich unterordnen, während ich es nicht schaffte, mein Leben in die Hand eines Mannes zu legen, der es nur gut mit mir meinte, und der so liebevoll und gütig sein konnte, wie ich es ohnehin nicht verdient hatte. Schroff, wie ich war, war es vermutlich das Beste, meinen Alltag für mich allein auszurichten.

Während ich vor dem Haus auf meine Schwester wartete, fragte ich mich, ob ich zu ungeduldig gewesen war. Womöglich hatte Konrad recht, wenn er sagte, dass ich uns wenigstens eine Chance hätte geben sollen. Und doch wusste ich es besser. Mein Herz hatte sich vehement gegen ein Leben in Wien ausgesprochen – hier würde es zerbrechen. Und wenn ich mich auf etwas verlassen konnte, dann auf mein Herz.

Als Valerie zu mir auf die Straße kam, wirkte sie besorgt.

»Was ist los?«, fragte sie und griff nach meiner Hand. Es war seltsam, dass es plötzlich Valerie war, die sich um mich sorgte, und nicht umgekehrt. Die Großstadt hatte unsere Rollen vertauscht und mich hilflos werden lassen. Valerie hingegen war endlich angekommen, wo sie schon immer hingewollt hatte.

»Es ist nichts«, log ich, weil ich wusste, dass ich an jedem weiteren Wort zerbrechen würde. Meine Entscheidung laut auszusprechen würde sie echt machen – und das würde ich nicht ertragen.

»Warum wolltest du dann so früh aufbrechen?«, hakte sie nach.

»Ich fühlte mich nicht wohl. Es war ein langer Tag und die Luft da drinnen zu stickig. Lass uns einfach die gemeinsame Nacht in Wien genießen, ja?«

Valerie nahm es zur Kenntnis und machte sich gemeinsam mit mir auf den Weg zu Tante Irma.

»Erzähl du mir lieber von diesem Arthur. Das sah mir nach einem sehr intensiven Gespräch aus«, sagte ich, um von mir abzulenken, und gab ihr einen Stups.

»Arthur! Was soll ich sagen …«, schwärmte Valerie und blickte hoch zu den Sternen, als stünde dort oben etwas über ihre Gefühle geschrieben. »Wir haben uns für morgen verabredet.«

»Habt ihr das?«, fragte ich neugierig.

»Ja. Und ich glaube, ich vermisse ihn jetzt schon.«

Ich lachte und freute mich mit Valerie. Gleichzeitig horchte ich in mich hinein und fühlte nur diese unermessliche Sehnsucht nach Konrad. War letztendlich diese innere Zerrissenheit meine Bestimmung?

Müdigkeit legte sich über meine Gedanken und auf meine Glieder. Die lange Fahrt, das aufreibende Gespräch mit Konrad – all das hatte an mir genagt und mich erschöpft. Ich sehnte mich nach dem Bett in Tante Irmas Wohnung. Und vielleicht würden sich meine Gedanken über Nacht von selbst klären …

KAPITEL 32

Am nächsten Tag begleitete ich Valerie zu ihrer Verabredung mit Arthur, da sie sich ohne Aufsicht nicht treffen durften.

»Aber du hältst dich im Hintergrund, ja?«, hatte sie mich gebeten, und ich hatte ihr versprochen, dass ich nur als Anstandsdame fungieren und etwas Abstand halten würde.

Während ich hinter den beiden durch die inneren Bezirke herspazierte, hatte ich ausreichend Zeit, meine Entscheidung noch einmal zu überdenken.

Doch je länger ich durch die Straßen und Gassen Wiens schlenderte, desto eindeutiger wurde mir bewusst, dass meine Abreise unumgänglich war. Ich gehörte nicht hierher. Die Luft stand dick zwischen den Fassaden, und jeder Atemzug war eine Qual.

Valerie und Arthur hingegen genossen ihre frische Bekanntschaft, tuschelten und lachten. Ihr Umgang wirkte vertraut und ließ mich hoffen, dass meine Schwester in guten Händen war. Und wenn ich den verzückten Blicken des jungen Grafen Glauben schenken durfte, dann war zu erwarten, dass er Valerie in nächster Zukunft einen Antrag machen würde.

Allein bei dem Gedanken, dass meine Schwester ihr Glück gefunden hatte und am Ziel angekommen war, wuchs in mir eine Freude an, die meine Traurigkeit und meine Zerrissenheit in den Schatten stellte.

Wenn Valerie ihren Weg gefunden hatte, dann konnte ich sie rasch der Obhut meiner Tante überlassen und nach Hause reisen.

Nach Hause. Allein der Gedanke an meine Hütte rief in mir eine solche Wehmut wach, dass ich am liebsten noch am selben Tag meinen Koffer gepackt hätte.

Und warum auch nicht? Hatte ich nicht alles getan, was ich meiner Schwester versprochen hatte? Der Sieg beim Falkenjagdturnier, das Preisgeld, die Fahrt nach Wien und der Einzug bei unserer Tante. Valerie war genau dort, wohin sie sich gewünscht hatte. Und ich hatte ihr all das ermöglicht. Warum also sollte ich noch länger bleiben? Tante Irma würde sich ausreichend um sie kümmern und ihr bei der Arbeitssuche behilflich sein – sofern diese noch nötig war. Wahrscheinlicher war eine Heirat mit dem jungen Grafen.

Wer hätte das gedacht: Meine kleine Schwester würde in eines der einflussreichsten Häuser Österreichs einheiraten. Gattin eines Grafen. Besitzer eines Anwesens. Herr unzähliger Bediensteter. Ihr Leben würde die Kehrtwende erfahren, von der sie immer geträumt hatte – und mehr noch.

Meine Wangen prickelten, während ich meinen Blick auf die beiden gerichtet hielt. Alles würde gut werden für Valerie. Und für mich. Ich brauchte nur meine Freiheit, meine Berge, meine Hütte, meinen Habicht.

Ja, mein Entschluss stand fest: Ich würde am nächsten Tag abreisen und meine Schwester der Obhut von Tante Irma überlassen. Wir könnten uns Briefe schreiben und ab und zu besuchen.

Nachdem ich diesen Entschluss für mich gefasst hatte, fielen mir die Atemzüge leichter. Nur noch eine Nacht, und morgen machte ich mich auf die Heimreise.

»Wie schade«, meinte Valerie, als ich ihr später in Tante Irmas Wohnung von meinem Plan erzählte. »Ich hatte gehofft, dass wir beide noch etwas Zeit miteinander verbringen. Wir könnten uns noch einige Sehenswürdigkeiten ansehen. Den Prater zum Beispiel oder die Rotunde. Oder wir könnten gemeinsam mit Konrad und Arthur einen Ausflug machen. Das wäre bestimmt lustig, meinst du nicht?«

»Ja, das wäre bestimmt lustig«, sagte ich gedankenverloren und ging hinüber zu meinem Koffer. »Das holen wir nach, versprochen.«

»Du wirkst so bedrückt. Ist es wegen Arthur? Magst du ihn nicht?«, fragte Valerie verunsichert.

»Ganz ehrlich: Dein Arthur scheint ein ganz wunderbarer Mensch zu sein. Er ist fürsorglich, umsichtig, und nach seinen Blicken zu urteilen hat er dich in sein Herz geschlossen.«

»Aber?«, fragte Valerie und sah mich aus ihren großen Augen an.

»Kein *Aber!* Ich bin mir sicher, dass er dir bald einen Antrag machen wird und du an seiner Seite dein Glück finden wirst.«

»Bist du sicher?« Valeries Wangen erröteten.

»Natürlich! Unser Wiedersehen wird auf deiner pompösen Hochzeit stattfinden. Du wirst die prächtigsten Kleider tragen, deine eigene Kammerzofe wird dir das Haar hochstecken und deine Mieder schnüren. Die Köche werden nur zubereiten, wonach dir der Sinn steht, und Arthur wird dich auf Händen tragen und dir jeden Tag ein neues Pferd schenken. Oder ein Gemälde. Oder eine Vase.«

Valerie und ich lachten auf und fielen uns in die Arme.

»Es geht mir nicht nur um Vasen oder Kleider, das weißt du, nicht wahr?«

»Natürlich weiß ich das. Ihr beide seid füreinander geschaffen, das habe ich sofort erkannt.«

»Was, wenn er es sich anders überlegt und er erkennt, wie einfältig ich im Grunde bin?«

»Ich hatte den Eindruck, er interessierte sich für jedes einzelne Wort von dir. Er hing förmlich an deinen Lippen. Er sorgte sich um dich und war bemüht, dir zu gefallen. Und wenn jemand nicht einfältig ist, dann wohl du!«

»Ich wäre gerne mehr wie du!«, sagte Valerie und wirkte dabei bedrückt.

»Wie ich? Aber du hasst die Jagd, die Wildnis und meine Art, mich nicht zu kämmen.«

»Du bist im Herzen frei, du brauchst keinen Mann, um dein Glück zu finden. Konrad und du, ihr habt erkannt, dass ihr nicht zueinander passt, aber du zerbrichst nicht daran, sondern lebst dein Leben weiter. Für dich.«

Hatte Valerie recht?

Ich glaubte noch immer, seine Stimme zu hören, seine Hand an meinem Rücken zu spüren und seinen herben Geruch zu schmecken. Er fehlte mir. Seine Umarmung, seine Nähe, seine Küsse, sein Lachen und die Art, wie er mich ansah. An seiner Seite hatte ich mich besonders gefühlt. An seiner Seite war ich mehr ich als ohne ihn.

Und doch wusste ich, dass es keine Rückkehr gab. Meine Entscheidung war gefallen.

»Nein, ich bin nicht frei«, sagte ich so leise, dass Valerie mich nicht hören konnte. Und während ich meinen Koffer packte, kämpfte ich gegen meine aufsteigenden Tränen an.

Als wir am nächsten Morgen zur Einstiegstelle der Postkutsche gingen, schwiegen wir beide. Ich konnte Valeries Angst vor unserem Abschied förmlich spüren. Nun wäre sie zum ersten Mal auf sich gestellt, ohne mich, ihre große Schwester, die ihr bei allen Problemen und Sorgen zur Seite stand. Wenn sie heute Abend zu Bett ging, wäre sie so weit von mir entfernt wie nie zuvor. Ich wünschte, ich könnte ihr diesen Schmerz und diese Angst nehmen, doch ich fühlte dieselbe. Wie würde sich mein Zuhause anfühlen ohne meine Schwester?

Immer wieder blickte ich über meine Schulter – ohne genau zu wissen, was ich mir davon erhoffte. Konrad würde nicht erscheinen, um mich aufzuhalten. Er wusste schließlich nicht einmal von meiner Abreise.

In mir herrschte ein unerträglicher Zwiespalt. Hatte ich mich früher frei gefühlt, so war ich nun Gefangene meiner Gefühle. Ein Teil in mir drängte mich dazu, hierzubleiben und zu Konrad zu gehen. Der andere Teil konnte es nicht erwarten, oben auf dem Schöpfl zu stehen und mit ausgebreiteten Armen in die Welt zu blicken, den Wind um mich zu spüren und die klare Luft zu atmen.

Nur, welcher Teil überwog? Kurz schloss ich die Augen, versuchte abzuwägen. Tatsächlich war es Konrads Bild, das vor meinen Augen erschien. Wehmütig biss ich auf meine Unterlippe und schluchzte leise auf.

Wie hatte es nur passieren können, dass dieser Mann mir so wichtig geworden war? Er passte nicht in mein Leben und ich nicht in seines. Und auch wenn es heute schmerzte, ihm für immer den Rücken zuzukehren, so war es dennoch die richtige Entscheidung.

Die Postkutsche stand bereits an der Haltestelle, eines der beiden Pferde scharrte ungeduldig mit dem Huf. Es war ein kühler Morgen, erste Nebelfetzen erzählten Geschichten vom nahenden Herbst.

Als wir bei der Kutsche angekommen waren und ich dem Kutscher meinen Fahrschein gezeigt hatte, lud der meinen Koffer auf das Dach und vertäute ihn mit einem Seil. Valerie und ich sahen ihm beide auf die Finger – nicht weil wir Angst um meinen Koffer hatten, sondern weil es uns vom unausweichlichen Abschied ablenkte.

»Einsteigen, die Dame!«, meinte der Kutscher, und plötzlich hatte ich Angst, die letzten Tage mit Valerie nicht ausreichend genutzt zu haben.

»Ich besuch dich ganz bald«, meinte meine Schwester und fiel mir schluchzend um den Hals.

»Und ich besuche dich«, antwortete ich und vergrub mein Gesicht in ihrem duftenden Haar.

Als ich meine Arme um sie schlang und sie an mich drückte, da war mir, als verabschiedete ich nicht nur meine Schwester, sondern auch mein altes Leben. Und ein Stück weit verabschiedete ich in dieser Umarmung Konrad.

Ich schaffte es nicht länger, meine Tränen zurückzuhalten. Mein Körper zitterte, meine Kehle schmerzte, und meine Schluchzer hallten durch die menschenleeren Straßen.

Mir war, als zerbräche ich in tausend Stücke und noch mehr. Wie sollte ich all diese Einzelteile wieder zusammenfügen, wenn ich einsam in meiner Hütte saß? Hatte ich mich falsch entschieden? Hätte ich Konrad und mir eine Chance geben sollen? Hier in Wien, auf seinem Anwesen?

»Bitte einsteigen, gnädige Dame«, wiederholte der Kutscher ungeduldig und legte seine Hand sanft an meinen Oberarm.

Ich nickte, löste mich von meiner Schwester, und sie löste sich von mir. Wir standen einander gegenüber, sahen uns an, beide verweint, beide verzweifelt. Ich bräuchte den Kutscher nur bitten, meinen Koffer wieder vom Dach der Kutsche zu nehmen, und mit Valerie zurück in Tante Irmas Wohnung gehen. Wir könnten gemeinsam das Frühstück zu uns nehmen und den Tag genießen. Vielleicht fände ich den Mut, zu Konrad zu gehen und ihn um Verzeihung zu bitten. Und vielleicht fänden wir beide einen Weg für eine gemeinsame Zukunft.

Mut. Ich bräuchte Mut. Und war ich bislang immer der Meinung gewesen, ich wäre taff und unbesiegbar, so musste ich mir hier und jetzt eingestehen, dass ich ein armseliges Häufchen Elend war. Unfähig, dem Mann, für den mein Herz schlug, meine Gefühle zu gestehen. Lieber stieg ich in die Kutsche und bereute den Rest meiner Tage die unausgesprochenen Worte zwischen mir und Konrad.

»Wir schreiben einander. Jeden Tag!«, meinte Valerie feierlich, als wäre es ein Schwur. Dann küsste sie mich auf die Wange und reichte mir die Hand, um mir beim Einstieg in die Kutsche behilflich zu sein.

Ich bräuchte nur nicht nach ihrer Hand zu greifen. Es wäre so einfach. Mir war, als beobachtete ich mich selbst dabei, wie ich zögerlich meinen Arm ausstreckte und meine Hand in die meiner Schwester legte. Dann sah ich, wie ich einen Fuß hob und in die Kutsche stieg. Ich sah mich dort sitzen, verweint und mit gebrochenem Herzen, wissend, dass sich mein Leben ab sofort und für immer völlig anders anfühlen würde.

Valerie legte ihre Hand an die dünne Scheibe, die uns voneinander trennte, und ich tat es ihr gleich. Der Kutscher schnalzte mit der Zunge und trieb die Pferde mit einem lauten »Hopp!« an. Die Kutsche rollte an, langsam genug, damit Valerie noch ein paar Schritte neben mir herlaufen konnte.

»Halten Sie an! Ich muss aussteigen!«, hätte ich gerne gerufen, doch ich tat es nicht. Valerie blieb stehen, winkte mit beiden Armen, und ich sah zu, wie sie immer kleiner wurde, bis sie schließlich ganz aus meinem Blickfeld verschwunden war.

Ich lehnte mich zurück, legte beide Hände auf meine Brust und schluchzte laut auf. Der Schmerz, der in mir tobte, war übermächtig und wütete in meinem Körper und meinen Gedanken. Ich hasste mich für meine Entscheidung, und doch wusste ich, dass es keine andere gegeben hätte. Mit gleichmäßigen Atemzügen versuchte ich mich zu beruhigen und die Gedanken an Konrad und Valerie aus meinem Kopf zu verdrängen. Lieber konzentrierte ich mich auf Avis und meine Hütte. Meine Wanderungen durch den Wald und hoch zum Gipfel.

Bald schon würde Konrad nur noch in meiner Erinnerung existieren. Seine Berührungen auf meiner Haut würden verblassen und Platz machen für eine Zukunft ohne ihn, seine Küsse und Umarmungen. Ich würde lernen, wieder für mich zu sein, und ich würde es genießen. Irgendwann. Vielleicht.

Wien zog an mir vorbei, die Straßen wurden immer weniger besiedelt und machten Platz für die unendlichen Weiten des Wienerwaldes.

Mit einem Lächeln blickte ich den bewaldeten Hügeln und Bergen entgegen. Und doch wusste ich, dass es nur ein aufgesetztes Lächeln war.

KAPITEL 33

Wenige Stunden später betrat ich meine Hütte, stellte den Koffer ab und starrte in den leeren Raum. Es war, als hätte Valerie alles Lebenswerte mit sich nach Wien genommen.

Seit einer Ewigkeit hatte ich gewusst, dass es so kommen und ich mein Leben allein hier verbringen würde. Aber nun, da es so weit war, kam es mir unecht vor. Bestimmt hätte ich mich in ein paar Tagen daran gewöhnt, aber in diesem Moment fühlte sich das Alleinsein hoffnungslos an.

Ich sah Avis, der auf meiner Faust saß, an. Ja, er war mein Vertrauter, mein Freund und Gefährte, aber die Gegenwart meiner Schwester konnte er nicht ersetzen.

»Bei Graf Hohenberg hat man dich etwas zu großzügig gefüttert«, sagte ich, um den Raum mit meiner Stimme zu füllen. Dann setzte ich Avis auf seinem Block ab und zog den schweren Lederhandschuh aus. Ich packte das Brot aus, das ich mir im Dorf gekauft hatte, und schlug es in ein Leinentuch. Gleich morgen würde ich auf Jagd gehen müssen, aber heute war ich zu müde für jeden einzelnen Schritt. Ich würde mich auf meine Bank vor dem Haus setzen und die Aussicht und die Ruhe genießen. Ich musste den Lärm und den

Schmutz Wiens ablegen, dann würde ich wieder voll und ganz zu Hause ankommen.

Und als ich hinüberblickte zur Waldlichtung, aus der fröhlicher Vogelgesang zu mir drang, da stellte sich langsam ein Gefühl in mir ein, dass ich mich richtig entschieden hatte. Hier gehörte ich her. Ich sog die Luft tief in meine Lunge und lehnte mich gegen die sonnengewärmte Hausmauer. Avis saß neben mir auf seinem Block und rupfte an einem Stück Trockenfleisch. Er schien zufrieden zu sein, jetzt da er wieder in seiner gewohnten Umgebung war. Nicht mehr lange, dann wären seine Flugfedern nachgewachsen, und wir könnten wieder gemeinsam auf die Jagd gehen – wie früher.

Wenige Tage später saß ich in der Küche und würzte ein frisch erlegtes Wildkaninchen ein, als sich Hufgeklapper meiner Hütte näherte. Sofort wischte ich meine Hände an der umgebundenen Schürze ab und ging hinaus. Noch während ich die Tür öffnete, hoffte ich, dass es niemand aus dem Dorf war, der etwas von mir wollte.

»Graf Hohenberg!«, rief ich erfreut aus, als ich meinen Freund zu Pferd sah. Ich löste den Knoten meiner Schürze und nahm sie ab. Bestimmt hatte ich nicht die besten Manieren, aber einen Grafen würde ich niemals in einer schmutzigen Schürze in Empfang nehmen.

»Mein liebes Fräulein Hedwig!«, sagte er und winkte mir aufgeregt zu. Bei mir angekommen, hüpfte er galant aus dem Sattel und kam mit ausgebreiteten Armen auf mich zu. Noch während ich mich fragte, ob er mich am Ende umarmen wollte, da drückte er mich bereits an sich und umfing mich mit seinem süßlichen Parfum und seiner Herzlichkeit.

»Was machen Sie hier?«, fragte ich ihn, nachdem er mich wieder freigegeben hatte.

»Ich besuche eine alte Freundin, sonst nichts. Und wer

weiß, vielleicht stehen wir einander bald näher, als wir es bereits tun.« Er grinste breit, strahlte heller als die Sonne, die sich an diesen Herbsttagen immer weniger zeigte.

»Wie meinen Sie das?«, fragte ich, obwohl ich mir fast denken konnte, worauf er anspielte.

»Kommen Sie, lassen Sie uns ein wenig die Beine vertreten«, meinte er und zeigte auf den Wald.

Ich nickte, hakte mich bei seinem angebotenen Arm unter und spazierte an seiner Seite hinüber zur Waldlichtung.

Es tat gut, endlich wieder einen Menschen an meiner Seite zu haben. Die letzten Tage hatte ich allein mit mir und meinen Gedanken zugebracht und hatte festgestellt, wie sehr ich die Ruhe hier oben genoss. Die Tage in Wien hatte ich hinter mir gelassen, und auch Valerie hatte ich ein Stück weit loslassen können. Nur Konrad krallte sich noch hartnäckig an meinen Gefühlen fest und machte es mir schwer, zu meiner alten Leichtigkeit zurückzufinden.

»Wie geht es Ihnen? Sie sind so überstürzt aus Wien abgereist, dass ich mich gar nicht verabschieden konnte.«

»Ich wollte Tante Irma nicht länger zur Last fallen«, log ich und sah aus meinen Augenwinkeln heraus, dass Graf Hohenberg verwundert seine Augenbrauen hob.

»Die gute Tante. Ich hab sie kennengelernt, und da machte sie weiß Gott nicht den Eindruck, als wäre sie nicht gastfreundlich.«

»Sie sind aber nicht zu mir gekommen, um über Tante Irma zu sprechen, hoffe ich. Das wäre eine absolute Enttäuschung«, sagte ich und gähnte gespielt.

»Welcher Grund wäre Ihnen lieber? Valerie und Arthur? Oder Konrad?«

Ich verschluckte mich und musste heftig husten.

»Warum sollte mich Konrad interessieren?«, fragte ich mit heiserer Stimme und räusperte mich erneut.

»Zumindest interessiert er sich für Sie.«

»Ich verstehe nicht. Warum sollte er?« Meine Stimme überschlug sich.

»Aber ich möchte Sie nicht mit Konrad langweilen und komme lieber zum tatsächlichen Grund meiner Anreise.«

Wenn Hohenberg vorhatte, mich vorzuführen, dann gelang ihm das gerade ausgezeichnet. Natürlich wollte ich unbedingt wissen, inwiefern Konrad sich für mich interessierte, dennoch zwang ich mich dazu, zu schweigen. Ich würde mir nicht die Blöße geben und Hohenberg von meinem Gefühlschaos erzählen. Nein, das würde ich für mich behalten und tief in den Wäldern begraben.

»Sie haben angedeutet, dass es um unsere Geschwister geht?«, fragte ich neugierig. »Die beiden sind einander zugetan.«

»Das ist nicht zu übersehen, glauben Sie mir«, sagte Hohenberg und lachte.

»Wie meinen Sie das? Sie verhalten sich doch nicht ungebührlich?«, fragte ich ehrlich besorgt – und das, obwohl ich mich selbst unverheiratet einem Mann hingegeben hatte. Sofort schossen Bilder und Gefühle in mir hoch, die ich noch gerade eben für immer aus meinem Kopf verbannen wollte. Konrads Hände zwischen meinen Schenkeln, seine Zunge auf meiner Brust, unser Atem, der stoßweise durch das Zimmer vibrierte.

»Fräulein Hedwig?«, fragte Hohenberg und sah mich eindringlich an. »Haben Sie mir zugehört?«

»Verzeihung«, sagte ich und schüttelte meinen Kopf.

»Die beiden wollen heiraten, und zwar so bald wie möglich. Und ehe mein Bruder Sie um den Segen bittet, wollte ich vorfühlen, wie Sie zu dieser Verbindung stehen.«

»Ich?« Mit einem lauten Seufzer befreite ich mich endgültig von den Gedanken an Konrads Berührungen und widmete mich voll und ganz meinem Freund.

»Die Frage ist wohl eher, wie Sie zu dieser Ehe stehen«, sagte ich. »Ihre Familie gehört dem Adel an, Valerie ist ein Mädchen vom Land, ohne Titel, Ländereien oder Bildung. Würden Sie es denn dulden, wenn Ihr Bruder eine Frau solcher Abstammung heiraten wollte?«

Hohenberg rieb sich das Kinn und machte den Eindruck, als würde er meine ausgesprochenen Gedanken in eine Waagschale werfen.

»Ich darf ehrlich sein, ja?«, fragte er und blieb direkt unter einer altgewachsenen Fichte stehen. »Ihre Schwester ist hübsch, sie ist freundlich, und sie ist bemüht, sämtliche Benimmregeln unserer Gesellschaft zu lernen und umzusetzen.«

»Aber?«, fragte ich und stemmte meine Hände in die Taille.

»Kein Aber. Sie ist wunderbar. Die Tatsache, dass sie über kein Vermögen oder einen Adelstitel verfügt, ist für uns kein Thema.«

»Das klingt wunderbar. Dann feiern wir also bald eine Hochzeit?«

»Das tun wir.« Hohenberg blickte nachdenklich in die Ferne. Fast wirkte er wehmütig.

»Was ist mit Ihnen?«, fragte ich ehrlich besorgt.

»Ich wünsche es meinem Bruder von Herzen, dass er seine Liebe heiraten kann, wissen Sie?«

»Ja, natürlich.«

»Wie gerne würde auch ich mein Leben an der Seite meiner Liebe verbringen. Mit ihr gemeinsam Bälle besuchen, tanzen, in der Öffentlichkeit zu ihr stehen.«

»Sie sprechen von Wilhelm?«, fragte ich vorsichtig.

»Ja. Und leider hat sich das Gespräch mit meinen Eltern nicht so entwickelt, wie ich es mir erhofft hatte. Mein Vater wollte nichts über einen Mann an meiner Seite hören. Es war einfach nur enttäuschend.«

»Das tut mir so entsetzlich leid«, sagte ich und umarmte meinen Freund, weil ich seinen Schmerz so sehr fühlen konnte.

»Tja, das ist mein Los«, sagte er mit einem schmerzerfüllten Lächeln. »Meine Liebe zu Wilhelm wird geheim bleiben – was nicht heißt, dass ich sie mir nehmen lasse.« Eine Träne perlte über seine Wange. Er streckte seine Hand aus und tupfte sie weg.

»Ich kenne Ihren Schmerz und wünschte von Herzen, ich könnte Sie davon erlösen. Es tut mir leid, dass Ihre Liebe geheim bleiben muss. Das haben Sie nicht verdient.«

»Niemand hat das.«

»Niemand.«

»Jeder hat es verdient, an der Seite seiner Liebe glücklich zu werden.«

»Da stimme ich Ihnen zu!«

»Auch Sie, Fräulein Hedwig.«

»Ich?«, fragte ich, erschrocken über die Wende in unserem Gespräch. Oder hat Hohenberg genau darauf hinausgewollt?

»Und auch Konrad hat es verdient«, setzte er nach.

»Ich gönne Konrad jedes Glück der Welt«, versicherte ich.

»Sie wären sein Glück. Und auch wenn Sie es abstreiten – und das werden Sie, so gut kenne ich Sie –, er wäre Ihr Glück.«

Hohenbergs Worte trafen mich mitten ins Herz.

»Was bezwecken Sie eigentlich mit diesem Gespräch?«

»Ich will Sie wachrütteln!«

»Das ist nicht nötig.«

»Und ob es das ist! Sehen Sie sich an«, meinte er und wies mit einer Hand auf meinen Körper. »Sie reden sich ein, dass Sie die Einsamkeit brauchen, um glücklich zu sein. Leben hier oben, völlig fern jeder Zivilisation.«

»So habe ich schon immer gelebt!«, verteidigte ich mich.

»Na und? Manchmal ist es Zeit für Veränderungen! Und seien Sie mir nicht bös, Fräulein Hedwig, aber bei Ihnen ist es höchste Zeit!« Seine Stimme war eindringlich geworden und sein Ausdruck so streng, wie ich es noch nie an ihm gesehen hatte.

»In Wien könnte ich nicht leben, das wäre mein Untergang.«

»Kein Mensch redet von Wien!«

»Wien ist aber die Stadt, in der Konrad lebt.«

»Wenn Sie Konrad die Möglichkeit gegeben hätten, Ihnen sein Anwesen zu zeigen, dann wüssten Sie, dass es nicht annähernd an das verstaubte Wien erinnert.«

»Ich brauche keinen Park. Ich brauche meine Wälder.«

»Was Sie brauchen, ist ein Kompromiss!«, sagte er knapp und starrte mich an.

Ich wich seinem sturen Blick aus und sog die würzige Waldluft in mich auf. Hier war ich zu Hause und würde es auch bleiben. Meine Heimat war der Wienerwald. Es gab für mich keinen Kompromiss.

»Dann wollen Valerie und Arthur wirklich heiraten?«, fragte ich.

Graf Hohenberg sah mich entrüstet an und rollte mit den Augen.

»Sie wollen das Thema Konrad wirklich abhaken? Meinetwegen, Fräulein Hedwig, wenn Sie nicht glücklich werden wollen, dann akzeptiere ich das.«

»Ich bin glücklich!«

»Was für ein Unsinn. Ich sehe es Ihnen doch an, wie sehr Sie sich quälen. Aber wenn Sie nicht darüber reden oder eine Lösung dafür finden möchten, dann reden wir über die Hochzeit unserer Geschwister. Sehr schön!«

Und das taten wir. Wir schlenderten noch eine ganze Weile durch den Wald, sprachen über die Verliebtheit der beiden, über ihre täglichen Treffen, bei denen sie zum Verdruss von Tante Irma heimlich Händchen hielten. Hohenberg erzählte, dass die beiden nach ihrer Hochzeit das städtische Anwesen seiner Eltern beziehen wollten.

»Dort haben sie einen ganzen Trakt zur eigenen Verfügung! Die Möbel sind neu und das Schrankzimmer Ihrer Schwester größer als Ihre Hütte.«

Ich lachte auf. Was für eine Freude, dass Valeries Träume sich tatsächlich erfüllten. Sie und Arthur. Wie gerne hätte ich meine Schwester jetzt hier, um sie fest in die Arme zu schließen und zu küssen. Ich würde ihr von Herzen gratulieren und ihr nur das Beste für ihre Zukunft wünschen. Wir würden lachen vor Freude, aber auch weinen, weil keiner unserer Eltern diesen Augenblick miterlebte. Aber das Glück würde überwiegen.

»Dann darf ich Ihnen zur perfekten Schwägerin gratulieren!«, sagte ich und reichte Hohenberg meine Hand.

»Und ich Ihnen zum perfekten Schwager! Und wir beide? Was sind wir dann zueinander?«, fragte er schmunzelnd.

»Wir sind und bleiben beste Freunde!«, antwortete ich und meinte es so.

»Was für ein Glück!«, meinte Graf Hohenberg und drückte mich kurz an sich. »Dann werde ich meinen Bruder dazu ermutigen, Sie aufzusuchen und um Ihren Segen zu bitten.«

»Warum hat er das nicht gleich gemacht?«

»Ich sag es nur ungern, aber ich glaube, er hat Angst vor Ihnen.« Hohenberg lachte auf und klopfte mir scherzhaft gegen den Oberarm.

Ich lachte mit ihm, aber es war ein verhaltenes Lachen. Eines, das ich nicht so meinte. Wie konnte es sein, dass ein junger Mann Angst vor mir hatte? War mein Eindruck auf die Menschen tatsächlich so furchterregend? Ich war eine

Einsiedlerin, eine Einzelgängerin, eine Jägerin, und stolz darauf. Aber was genau machte mich zu jemandem, den man fürchtete?

Ich dachte an Konrad. An seine Art, mich anzusehen, mich zu berühren und stundenlang mit mir zu sprechen. Was, wenn er der einzige Mensch war, der hinter meiner verschrobenen Art *mich* gesehen hatte? An seiner Seite war die Welt so klar, so einfach. Wir zankten uns, aber vielmehr verstanden wir einander, fühlten uns und brauchten uns.

»Ich habe mich falsch entschieden«, sagte ich zu mir und starrte auf die dicken Baumwurzeln, die sich über den Waldboden schlängelten.

»Natürlich haben Sie das«, meinte Hohenberg verständnisvoll.

»Aber warum?«, fragte ich hilflos.

»Weil Sie ein fürchterlicher Dickschädel sind. Und Sie haben Angst davor, geliebt zu werden.«

»Ich habe vor gar nichts Angst!«

»Was für einen unsagbaren Unsinn Sie da reden. Und das wissen Sie auch!« Hohenberg wandte sich von mir ab und ging zurück zur Hütte. Ich folgte ihm, schweigsam und gedankenverloren.

»Wissen Sie, was das Gute daran ist, wenn man einen Fehler einsieht?«, fragte Graf Hohenberg, als er bei meiner Hütte und seinem Pferd angekommen war.

Ich schüttelte den Kopf und sah ihn erwartungsvoll an.

»Man kann Fehler zugeben und wiedergutmachen!«

»So einen Fehler kann man nicht mehr gut machen!«

»Meine Güte, Fräulein Hedwig! Lieber verzichten Sie auf Ihr Glück, anstatt sich zu entschuldigen und um eine zweite Chance zu bitten?« Hohenberg zog seine Augenbraue hoch und sah mich eindringlich an.

»In ein paar Tagen kommt Arthur. Seien Sie wenigstens zu ihm nett, ja?«

»Sie tun, als wäre ich eine alte Hexe!«

»Nein, alt sind Sie nicht!« Mit diesen Worten schwang er sich auf sein Pferd und winkte mir zum Abschied. »Denken Sie über meine Worte nach!«, rief er mir über die Schulter hinweg zu, dann ritt er den steilen Weg hinab, und ich sah ihm nach, bis er verschwunden war.

Ich nahm mir vor, über Graf Hohenbergs Worte nachzudenken.

KAPITEL 34

Am nächsten Morgen schlug ich die Augen auf und wusste es. Ich wusste, was ich zu tun hatte, um mein Leben in die richtigen Bahnen zu lenken. Graf Hohenberg hatte recht: Ich hatte einen Fehler gemacht, aber vielleicht war es noch nicht zu spät, ihn wiedergutzumachen.

Schwungvoll sprang ich aus dem Bett und ging nach draußen, um mich am Quellwasser ordentlich zu waschen. Dann schlüpfte ich in mein Kleid und band mein Haar zu einem unordentlichen Knoten. Valerie würde die Augen verdrehen, wenn sie mich so sehen würde. Und doch spielte mein Aussehen für mein Vorhaben keine Rolle.

Ich griff nach meinem Lederhandschuh und setzte Avis auf meine Faust. Gemeinsam mit ihm wollte ich den Berg hochsteigen, bis zum Gipfel. Ich wollte die Aussicht und die Ruhe genießen, und noch einmal in mich gehen, bevor ich mich auf den Weg machte.

Es tat so gut, durch den Wald zu wandern, den Blick nach vorne gerichtet, das Ziel vor Augen. Jeder Schritt war mir vertraut, jede Wurzel, jeder Stein. Hier war mein Zuhause. Hier gehörte ich hin. Immer. Für den Rest meines Lebens.

Und doch wusste ich jetzt, dass es Dinge gab, für die es sich lohnte, Opfer zu bringen.

Ich würde jeden Baum hier vermissen, die Aussicht und die Stille. Und doch war es meine Wahl, ob ich Konrad vermissen wollte oder ein paar Fichten. Und meine Wahl war gefallen.

Es war an der Zeit, über meinen Schatten zu springen, meine Fenster zu öffnen für die Welt. Hier hatte ich bereits alles erlebt. Hier war ich aufgewachsen, hatte unzählige Erinnerungen gesammelt – mit meinen Eltern, meiner Schwester, meinen ersten Jagdausflügen, meinem eigenen Habicht, dem ersten erlegten Kaninchen, Wanderungen zu den höchsten Gipfeln und in die tiefsten Wälder. Erinnerungen an das Rauschen des Baches hinter meiner Hütte oder an den Geruch von frisch zubereitetem Fasan. Es gab so viele Dinge, die ich in mein Herz eingeschlossen hatte, aber nun war es an der Zeit, einen Schritt weiterzugehen, neue Erinnerungen zu schaffen, neue Gefühle zuzulassen, Konrad und mir eine Chance zu geben.

Der Gedanke an eine Zukunft mit Konrad machte mich glücklich und aufgeregt zugleich. Alles lag offen vor mir, wie ein unbeschriebenes Blatt Papier.

Am Gipfel angekommen, breitete ich meine Arme aus und legte den Kopf in den Nacken. Ich wollte das Gefühl von Freiheit so tief in mich einatmen, dass ich mich ein Leben lang daran erinnern konnte. Und doch fühlte ich keine Wehmut. Es war kein schmerzhafter Abschied. Das Prickeln in meinem Körper sagte mir, dass es Zeit war für diesen Aufbruch. Ein Abschied konnte auch immer ein Neuanfang sein. Im Herzen war ich wild und frei, und dieses Gefühl würde mich nie verlassen. Ich blickte zu Avis, der ruhig auf meiner Hand verharrte und den Ausblick in die Ferne ebenso zu genießen schien wie ich.

»Sind wir bereit für eine neue Heimat? Eine neue Aussicht? Ein neues Revier?«

Ich sah ihm tief in die Augen und strich mit einem Finger über seinen Bauch. Ein lauter Ruf riss mich aus meinen Gedanken, und als ich hochblickte zum Himmel, da sah ich Nepomuk am Himmel seine Kreise ziehen. Der Schrei meines Bussards löste in mir Wehmut aus – aber auch Hoffnung. Majestätisch schwebte er durch die Luft, unaufhaltsam und zielsicher. Und frei.

»Nepomuk!«, flüsterte ich und winkte ihm, während Tränen meine Sicht trübten. Mein Bussard stieg höher, kraftvoll und unbesiegbar.

»Ja, wir sind bereit.« Ich atmete tief ein und wandte meinen Blick ab von Nepomuk.

Wie würde Konrad reagieren, wenn ich ihm gegenüberstand und um Verzeihung bat? Würde er mich küssen und umarmen? Oder wäre er skeptisch und würde mich um Bedenkzeit bitten? Was, wenn er mich von sich stieß, weil ich ihn zu sehr verletzt hatte?

Ich schluckte schwer und versuchte, diesen Gedanken zu verdrängen.

»Du bist die mutigste Jägerin«, sagte ich mir selbst mit Entschlossenheit, doch meine Aufregung wollte nicht versiegen. »Ich habe meinen Entschluss gefasst und werde daran festhalten!«, sagte ich zu mir, zu Avis und der wilden Weite, die sich vor uns auftat. Dann wandte ich mich entschlossen vom Horizont ab, um mich auf den Rückweg zu machen.

Wenn ich heute noch nach Wien fahren wollte, dann musste ich zusehen, dass ich meinen Koffer packte und die Postkutsche erwischte. Avis würde ich mitnehmen. Es gäbe für uns kein Zurück mehr. Unsere Zukunft war bei Konrad in Wien.

Noch bevor ich den ersten Schritt ins Tal machen wollte, hielt ich inne. Ein Mann kam den Berg hochgestiegen, den Kopf gesenkt, und doch erkannte ich ihn sofort an seiner Haltung, seinem Haar und der Art, wie er ging.

»Konrad?«, fragte ich und fühlte das aufgeregte Hämmern meines Herzens. Er blickte hoch, mir direkt in die Augen – und ich ihm. Die Anspannung zwischen uns war unerträglich. Sogar Avis begann, aufgeregt zu flattern.

Es war mir unmöglich, auch nur einen Atemzug zu machen. Gebannt blickte ich in sein Gesicht, suchte nach einer Antwort auf meine Fragen – und fand sie.

In seiner Miene spiegelte sich dieselbe Angst, wie ich sie fühlte. Wir waren beide verloren – ohneeinander.

Als uns nur noch ein Schritt voneinander trennte, blieb er stehen. Doch wer würde ihn gehen? Er oder ich? Wir sahen einander an, ohne auch nur ein Wort zu sprechen. In meinem Körper tobte ein Schmerz, der mich in seine Arme zwang, und doch hielt ich mich zurück, verharrte, ohne auch nur ein Gefühl preiszugeben.

»Warum bist du aus Wien abgereist?«, fragte er und wirkte dabei so unglaublich verletzlich.

»Ich konnte nicht mehr atmen«, beantwortete ich seine Frage und hoffte, dass er verstand, was ich meinte.

»Warum hast du nicht mit mir darüber geredet?«

»Aber das habe ich doch!«, sagte ich und dachte an den Abend in Hohenbergs Wohnung, als ich ihn darüber in Kenntnis gesetzt hatte, dass ich nicht in Wien leben konnte. Hatte er nicht verstanden, wie ernst mir diese Entscheidung gewesen war? War er der Meinung gewesen, ich würde bleiben und mit ihm nach einer Lösung suchen?

Plötzlich fühlte ich mich schuldig. Ich hatte ihn im Stich gelassen, ihn enttäuscht.

»Wenn ich an ein Leben in Wien denke, dann schnürt sich

mir meine Kehle zusammen. Ganz eng!«, erklärte ich ihm und griff mir an den Hals.

Er nickte. Hörte mir einfach zu. Ließ mir Zeit, so, wie er es immer machte.

Und mit einem Mal konnte ich wieder atmen.

»Dann liegt es nicht an mir?«, fragte er vorsichtig.

»Natürlich nicht.« Für einen kurzen Augenblick war ich versucht, den letzten Schritt zu gehen, und doch verharrte ich.

Mein Blick glitt hinab ins Tal, in dem die Dächer der Häuser sich aneinanderschmiegten. Immer wieder war ich fasziniert von diesem Blick, den der Gipfel mir bot. Dann sah ich zu Konrad, hinter ihm schlängelte sich ein Pfad den Berg hinab – schmal und unwegsam. Man musste seine Schritte mit Bedacht setzen, um nicht zu stolpern oder zu stürzen.

Und dann verstand ich plötzlich: Konrad war den weiten Weg zu mir hochgekommen, doch den letzten Schritt musste ich tun. Es war an mir, mich zu entscheiden, denn er wusste längst, dass er zu mir gehörte.

Der Wind strich durch mein Haar und erinnerte mich an meine Freiheit, die ich nur hier oben fühlte.

Und plötzlich war es ganz einfach. Ich ging den letzten Schritt, schloss die Lücke zwischen uns.

»Dachtest du, ich würde dich all dessen hier berauben?«, fragte er ganz leise und legte eine Hand an mein Kinn, damit ich ihm direkt in die Augen sah.

»Wie meinst du das?«

»Wenn Wien für dich so schrecklich ist, finden wir eine andere Lösung für uns.« Er umfasste mein Gesicht mit beiden Händen und kam mir ganz nahe. Ein warmer Schauder durchflutete meinen Körper und machte mir begreiflich, dass alles möglich war, wenn ich nur die Liebe zuließ.

Ich sah zu Avis, der entspannt auf meiner Hand saß und von mir zu Konrad blickte und wieder zurück.

»Daran wirst du dich gewöhnen müssen, mein Lieber«, sagte Konrad scherzhaft zu meinem Habicht und lachte. »Ich will nur bei dir sein«, flüsterte er mir sanft zu, bevor er mich küsste.

Es war ein langer, inniger Kuss, der mich umhüllte wie eine warme Decke in einer frostigen Winternacht. Ich glaubte, Konrad überall zu fühlen. In meinem Herzen, meinen Gedanken, unter meiner Haut. Er war allgegenwärtig mit einer Selbstverständlichkeit, die mich aufatmen ließ.

Und als er sich von meinen Lippen löste, war mir, als wäre der Tag plötzlich heller, als hätte sich ein Nebelvorhang gelöst, der mich daran gehindert hatte, ins strahlende Licht der Sonne zu blicken. Meine Wangen glühten, und mein Herz überschlug sich. Ich fühlte mich größer, vielleicht, weil ich schwebte.

»Komm, lass uns gehen«, sagte ich und reichte Konrad meine Hand. Und als er sie ergriff, da wusste ich, dass ich nicht für das Alleinsein in meiner Hütte gemacht war, sondern dass mein Herz seit jeher auf diesen einen Moment gewartet hatte.

DANKSAGUNG

Mein größter Dank gilt wie immer meiner Verlagslektorin Anne M. Hilliges, die mir in einem Gespräch das Thema Falkenjagd vorgeschlagen hat. Ich war sofort begeistert und konnte Hedwig, die Jägerin, förmlich vor mir sehen, wie sie mit Avis auf ihrer Faust den Berg hochsteigt.

Bedanken möchte ich mich auch bei meiner Agentin Roswitha Kern, die mir immer mit unglaublichem Verständnis und unerschöpflicher Ruhe zur Seite steht. Danke!

Besonders bedanken möchte ich mich bei Lisi Pfann-Irrgeher, selbst Falknerin. Danke für das ausführliche Gespräch, in dem du mir deine Begeisterung und Liebe für die Beizjagd nahegebracht hast. Du hast mich verstehen lassen, mit wie viel Respekt und Umsicht eine Falknerin auf die Jagd geht.

Mit einer Autorin verheiratet zu sein ist sicher eine Herausforderung. Ständig brütet sie über irgendwelchen Ideen, ist geistig abwesend und redet am liebsten über ihr aktuelles Projekt. Danke, lieber Hermann, dass du mich und meinen Beruf als Autorin immer ernst nimmst.

Danke, liebe Leser*innen, dass ihr mich und Hedwig den Schöpfl hinauf- und wieder zurückbegleitet habt. Ich hoffe, ihr habt unsere gemeinsame Zeit so genossen wie ich!

Eure Nora Lynn

Mit ihrem Pferd wagt sie die höchsten Sprünge, trotzt jeder Konvention - und die Konkurrenz ihres Widersachers spornt sie noch mehr an

NORA LYNN
REBELLIN DER HOHEN SCHULE
Roman

Wien, 1875: Kaiserin Sisi, die im Herrensattel reitet, inspiriert die zwanzigjährige Margarete zu ihrem großen Traum. Als erste Frau will sie Bereiterin an der Spanischen Hofreitschule in Wien werden. Während sie dafür hart arbeitet, plant ihre Mutter sie gewinnbringend zu verheiraten – ausgerechnet mit dem reichen, arroganten sowie unwiderstehlich attraktiven August. Während ihm der Posten als Bereiter und sämtliche weibliche Aufmerksamkeit zu fliegen, ist Margarete sich sicher: Ihr Herz wird er nicht erobern! Wird sie ihren Traum, als Bereiterin arbeiten zu dürfen, verwirklichen können, ohne sich durch die Liebe ablenken zu lassen?

Große Romance in einem historischen Setting – für Leserinnen von Bridgerton und der Wallflower-Serie!

Historical Romance meets New Adult voller Intrigen, Gefühl und Spice